Zum Buch:

»Lotte verliebte sich in dem Sommer, als der Soldat vom Himmel fiel. Es war heiß in diesem Jahr, sehr heiß, der Winter mit all seinem Schnee und Eis lag unvorstellbar weit zurück. Als Lotte in jenem Sommer also im Kirschbaum saß, schreckte sie ein dumpfer Einschlag aus ihren Gedanken, gefolgt von einem Rauschen und Rascheln. Sie spähte durch die Blätter. Im Garten stand ein Soldat – und schaute zu ihr herüber. Hinterher wusste Lotte nicht zu sagen, wer von ihnen beiden sich mehr erschrocken hatte. Sie, weil aus heiterem Himmel ein fremder Mann in ihren Garten gesegelt war. Oder er, weil er mitten in einem Bohnenbeet stand. Verstohlen lächelten sie sich zu, dann besann er sich, entledigte sich seines Fallschirms und sprintete durch die Beete davon.«

Zur Autorin:

Ilona Einwohlt, 1968 in Pinneberg geboren, wollte eigentlich Ernährungswissenschaftlerin werden. Doch dann las sie in der Chemievorlesung »Das andere Geschlecht« von Simone de Beauvoir und widmete sich fortan der Literatur. Längst ist aus der Germanistik- und Hispanistikstudentin eine erfolgreiche Kinder- und Jugendbuchautorin geworden, die sich gerne Themen mitten aus dem Leben widmet. Ilona Einwohlt lebt mit ihrer Familie in Darmstadt. »Mohnschwestern« ist ihr Belletristikdebüt.

Ilona Einwohlt

Mohnschwestern

Roman

HarperCollins

1. Auflage 2021

Ungekürzte Ausgabe im HarperCollins Taschenbuch

Umschlaggestaltung von PPP Pre Print Partner GmbH & Co. KG, Köln;
Artwork von zero-media.net, Münschen
Umschlagabbildung von Rekha Garton / Arcangel, akg / mauritius images
Gesetzt aus der Stempel Garamond
von GGP Media GmbH, Pößneck
Druck und Bindung von CPI books GmbH, Leck
Printed in Germany
ISBN 978-3-7499-0286-6
www.harpercollins.de

Dieser Roman beruht auf Erinnerungen, Dokumentationen und Aufzeichnungen vieler Menschen: jener, die die Schrecken des Nationalsozialismus selbst erlebten, und jener, die darüber geforscht, geschrieben und gefilmt haben. Gegen das Vergessen und für das Erinnern. Wie jetzt auch ich, die für Frieden, Freiheit, Demokratie und ein »Nie wieder« schreibt.

Personen, Handlungen und Orte dieses Romans sind frei erfunden, auch die Widerstandsgruppe. Die historischen Ereignisse sind jedoch inspiriert von der Situation in meiner Heimatstadt Darmstadt, vor allem von der Brandnacht am 11. September 1944, in der zwölftausend Menschen ihr Leben ließen und die Innenstadt komplett zerstört wurde.

Für meine Mutter

Reißt die Bretter von den Stirnen,
denn im Ofen fehlt's an Holz!
Stille Nacht und heilge Nacht –
Weint, wenn's geht, nicht! Sondern lacht!

Erich Kästner

Noch vor wenigen Stunden hatte die Brücke im Nebel gelegen, die Spitzen der Pylonen hatten in vagem Orange durch das dichte Grau geblinzelt, ein trüber, trostloser Tag. Doch dann hatte ein Windstoß das Wetter gewandelt, und nun strahlte der Himmel über der Bucht und zauberte dem jungen Mann unten am Hafen ein Lächeln ins Gesicht.

»Solange der Wind der Veränderung weht, ist nichts verloren«, murmelte er und drehte das Paket in seiner Hand, adressiert an seinen Bruder in Deutschland. Dem Land, das seine Heimat nicht mehr war. Solange dieses Regime an der Macht war, wollte er nicht einen Fuß auf jene Straßen setzen, in denen Menschen verfolgt wurden, nicht auf Plätzen stehen, wo sie Bücher verbrannten und Synagogen zerstörten. Schauer liefen über seinen Rücken. »Nie wieder«, murmelte er, »nie wieder darf so etwas passieren, solange ich lebe, ich schwöre, ich werde alles dafür tun. Und du, mein Bruder, wirst deine Sache machen, aufklären, Flugblätter verteilen. Weil du dich entschlossen hast, zu bleiben. Du wirst kämpfen, dort vor Ort, in der Stadt, die auch mal meine Heimat war.«

Der junge Mann überprüfte abermals die Schnüre seines Päckchens, es würde eine lange Reise überstehen müssen. Es würde keine Übelkeitswellen auf der Überfahrt zu ertragen haben, wie seinerzeit er, und noch weniger unter Bettwanzen leiden müssen, sowieso nicht unter ungewaschenen Mitreisenden und harten Holzbänken. Er hoffte inständig, dass es seinen Adressaten unbeschadet erreichen würde. Abermals lächelte er bei der Vorstellung, wie sein Bruder die Kordeln lösen und das Packpapier entfernen würde. Wie er beim Anblick des üppig orange-rot-gelben Blütenbildes überrascht den Kopf schütteln und das Arrangement zunächst als Kitsch abtun würde. Bis er dann bemerken würde, dass es eine neue Maltechnik war, die er hier ausprobiert hatte, expressionistisch, wie sie sagten, vor allem aber von seinen mexikanischen Freunden inspiriert.

Sie hatten sich eines Abends in der Bar kennengelernt, eine schicksalhafte Fügung bei viel zu vielen Zigaretten und noch mehr Wein. Einwanderer aus verschiedenen Welten und doch vereint in ihrem Klassenkampf, in ihrer Künstlerseele sowieso. Schnell hatten sie sich in der gemeinsamen Sprache der Farben und Formen gefunden, es bedurfte weniger Worte, ihr Anliegen war universell und mit Pinselstrichen darzustellen. Frieden. Freiheit. Gerechtigkeit. Für alle. Gemeinsam malten sie fortan ihre politischen Botschaften auf Leinwände, manchmal auch auf Häuserwände und Tore oben im Mission District, hielten gegenseitig Wache und organisierten Farben, woher auch immer.

Das Bild in seiner Hand bedeutete ihm alles, spiegelte es doch die Farben seines neuen Lebens wider: Orange und Gelb und Rot strahlten in allen Schattierungen, ein bunter Mohnblumenstrauß an Möglichkeiten im Hier und Jetzt. Hoffnung und Offenbarung zugleich. Alles, wovon er immer geträumt hatte, schien ihm nun in greifbarer Nähe, Sonne, Leben, Licht und Wärme pulsierten in seiner Hand, in dieser Stadt, die für ihn die so ersehnte Freiheit bedeutete.

»Möge es dir Liebe und Licht bringen in diesen dunklen Zeiten, mein geliebter Bruder«, murmelte er, die Widmung auf der Rückseite wiederholend. Er hatte mit Diego signiert, Wilhelm würde verstehen.

Mit einem Lächeln löste sich Dieter Petersen aus seinen Gedanken und zündete sich eine Zigarette an. Dann brachte er sein Päckchen zum Schalter.

11. September 1944

Später konnte sie nicht sagen, warum sie an diesem Tag die festen Stiefel angezogen hatte, die ihr das Leben retten sollten. Es war ein sonniger Herbsttag, die Luft schmeckte noch ein bisschen wie im Sommer, und auch wenn es in den letzten Monaten beinahe täglich Fliegeralarm gegeben hatte, versuchte sich Lotte keine Sorgen zu machen. Die Engländer würden die Stadt wegen ihrer großherzoglichen Verwandtschaft bestimmt verschonen. Hätten sie ihre Stadt auslöschen wollen, sie hätten es längst getan, sagte man. So hatte es nur einige schwere Luftangriffe gegeben, und zum Glück waren sie zu Hause im Deppertweg immer mit dem Schrecken davongekommen, wenn ein paar Kilometer weiter Luftminen und Brandbomben auf die Stadt gefallen waren. Lotte hatte sich daran gewöhnt, neben dem gepackten Koffer zu schlafen, stets bereit für die Flucht in den Luftschutzkeller. Oft genug blieb sie inzwischen einfach liegen – wenn sie nicht sowieso schon unten war.

Bei diesem Gedanken musste Lotte lächeln. Wenn die Nachbarn wüssten, wie gerne sie sich in den Räumen unter den Häusern in ihrer Straße aufhielt! Und das lag beileibe nicht an dem weiß getünchten Keller, den sich bei Fliegeralarm fünf Familien und mehr teilen mussten. Sondern an dem heimlichen Liebesnest, das sie sich gemeinsam mit Wilhelm dort unten eingerichtet hatte und in dem sie sich trafen, so oft sie konnten. Die Keller der Häuser waren durch ein ausgeklügeltes System an Türen und Gängen miteinander verbunden, wie in einem Labyrinth. Es gab dort hinter einer unscheinbaren Tür einen kleinen Raum, den nur sie beide kannten, und man musste aufpassen, nicht gesehen zu werden. Aber um Wilhelm zu treffen, tat Lotte alles. Und vor allem tat sie es heimlich.

Sein Doppelspiel durfte nicht auffliegen, niemand durfte wissen, dass sie sich trafen, dass sie seine Geliebte war. Ihr war es egal, was die anderen von ihr dachten. Wenn sie sich wieder einmal davonschlich und ihre Mutter ihr einen dieser Blicke schenkte, kümmerte sie das nicht.

Auch für heute waren sie noch verabredet, später am Abend, und Lotte zählte die Minuten, nicht die Stunden. Wilhelm wollte eine neue Swing-Platte mitbringen, sie würden gemeinsam tanzen und dann … Bei dem Gedanken an die Berührungen seiner Hände wurde Lotte rot. Erst neulich hatte sie bei Oltkes im Laden ein Gespräch zwischen zwei Frauen belauscht, die sich über die »leichten Mädchen« ausgelassen hatten. »Ein anständiges deutsches Mädel tut das nicht«, hatten sie gesagt. Wenn die wüssten, wie viel Spaß »das« machte, dachte Lotte und wurde noch röter. Nie im Leben hätte sie erwartet, dass sie mal »so eine« werden würde, aber Wilhelm machte mit ihr Dinge, die sie sich nie hätte erträumen können. Sie lebte für diese Momente mit ihm, ertrug die trostlosen Tage des Krieges, der für Deutschland längst verloren schien, auch wenn sie in der Wochenschau das Gegenteil behaupteten und immer noch etliche am Gerede vom baldigen Sieg der Deutschen festhielten. Noch kämpften sie an den Fronten, in Frankreich, in Russland, stellten selbst Frauen und Kinder an die Flaks, aber auch wenn man es bloß nicht laut sagen durfte, musste mittlerweile wohl jeder einsehen, dass es längst vorbei war, dass die Alliierten nur noch auf die bedingungslose Kapitulation des Führers warteten. Es bestand Aussicht auf Frieden, und Lotte versuchte, fest daran zu glauben.

Wilhelm küsste ihre Tränen weg, wenn sie dann doch weinen musste, weil ihr alles so aussichtslos, so traurig vorkam. Weil Vati fort war und ihre besten Freundinnen auch verloren schienen. Weil die Mutter angesichts der vielen Todesnachrichten nur noch verzweifelt vor sich hin starrte, die Bibel in der Hand, *Jesus ist Sieger*. Ein Schatten ihrer selbst, kaum noch da, kurz vorm Verschwinden. Lotte wusste, dass der Else sie beschützte und es ihrer Familie nur deshalb so gut ging, weil ihre Mutter die Dinge mit dem Blockwart machte, die sie mit Wilhelm tat und die ihr so viel Vergnügen bereiteten. Mit dem Unterschied, dass ihre Mutter dabei nicht glücklich war, sie hatte ihre Tränen gesehen.

Lotte atmete tief durch, es würde schon alles gut gehen, hatte Wilhelm ihr das nicht versprochen? Wenn der Krieg vorbei war, das Regime endgültig am Ende, würde ihrer Liebe nichts mehr im Wege stehen. Dann würden sie beide in Amerika ein ganz neues Leben beginnen, bei Wilhelms Bruder in San Francisco. Sie bräuchten nur eine Schiffspassage. Wilhelm hatte die nötigen Unterlagen bereits zusammen, gut versteckt im Mauerwerk lagen in einer Geldkassette etliche Scheine, zusammengespart im Laufe der letzten Monate.

All diese Dinge gingen ihr jetzt durch den Kopf, während sie mit den Lebensmittelmarken anstand, die ihr die Mutter gegeben hatte. Heute sollte es Kartoffeln geben, die aus dem Garten reichten schon lange nicht mehr. Doch es wurde gemunkelt, dass die Rationen bald abermals gekürzt werden sollten. Noch weniger Brot! Noch weniger Fleisch! Bei dem Gedanken rumorte unwillkürlich Lottes Magen, mit einem Mal fühlte sie sich schwach. Doch es war nicht nur der permanente Hunger, der ihr zu schaffen machte. Der Krieg mit all seinen Schrecken nagte an ihr, ständig war Fliegeralarm, immer wieder gab es Angriffe und Todesopfer, zerstörte Häuser, Obdachlose und Verletzte, Schutt und Asche überall. Trotzdem hielt Lotte das Alltagsleben aufrecht, spielte weiterhin mit dem jüngeren Bruder und nähte wie die anderen Frauen Mullbinden für die Lazarette. Lotte glaubte an den Frieden, und dennoch hatte sich die Angst wie ein Schatten auf ihre Seele gelegt. Wilhelm vermochte sie nicht wegzuküssen, so zärtlich er auch war.

Bei dem Gedanken an ihren Geliebten straffte Lotte die Schultern. Ihm zuliebe würde sie durchhalten, das hatte sie ihm versprechen müssen. Ein versonnenes Lächeln legte sich um ihren Mund, sie duldete es sogar, dass sich jemand an ihr vorbeidrängelte. Mit Wilhelm würde alles gut werden, das spürte sie. Und es beruhigte sie, dass es trotz des großen Andrangs vor dem Verpflegungslager am Hauptbahnhof heute anscheinend wirklich Kartoffeln für alle gab. War es nicht ein gutes Zeichen, dass die Menschen in ihrer Stadt trotz des Krieges immer noch so gut versorgt waren? Ganz bestimmt hatten sie alle nichts mehr zu befürchten, die meisten hatten wie sie über den Sommer genügend Gemüsekonserven eingelagert, und vor dem Winter würde garantiert das Kriegsende verkündet, davon war Wilhelm felsenfest überzeugt, und Lotte glaubte ihm.

Rasch drückte sie dem Händler die Marke in die Hand und nahm ihre Tüte mit den Kartoffeln entgegen. Nachdem sie auch noch ein kleines Säckchen Zucker erstanden hatte, war sich Lotte sicher: Heute war ihr Glückstag! Nur der Munitionszug hinten auf dem Abstellgleis wirkte bedrohlich. Die Waggons reihten sich wie dunkle Ungeheuer aneinander, schwarze Höllenperlen, in denen eine zerstörerische Kraft wohnte, an die sie lieber gar nicht denken mochte.

Rasch wandte sie den Blick ab und dachte wieder an Wilhelm, an das einzige Mal, als sie sonntags zusammen ins Grüne geradelt waren, ein Festtag, weil sie sich sonst ja nur im dunklen Schutz des Kellers treffen konnten. Auf Umwegen waren sie an den See gefahren, unendlich weit, und das bei gleißendem Sonnenschein und glühender Hitze. Stundenlang waren sie im Wasser gewesen, hatten ausgelassen herumgetobt, um dann auf der Picknickdecke dicht aneinandergeschmiegt in den Himmel zu träumen, da war es bald Zeit, den Heimweg anzutreten. An diesem Tag hatte er ihr seine Liebe gestanden und noch so viel mehr. Dinge, die sie verwirrten und doch für immer mit ihm verbanden. Seither wusste Lotte nicht, ob sie lachen oder weinen sollte, so froh war sie, in seiner Nähe zu sein. Sie meinte, ihr Herz würde überquellen vor so viel Glück, nicht auszuhalten.

In der Wohnung roch es nach Kohlsuppe, aber niemand begrüßte sie, als sie mit ihren Schätzen die Küche betrat. Das war ungewöhnlich, denn es war schon spät. Bald würde die Dunkelheit einsetzen und sich niemand mehr gerne draußen auf den Straßen aufhalten. Es herrschte Verdunklungsgebot, jeder hatte Angst vor dem nächtlichen Fliegeralarm, und die wenigen ruhigen Stunden am Abend waren kostbar. Mit der Mutter und Otto saß sie dann zusammen, nähte, schwatzte oder hörte Radio.

Seit Lotte Wilhelm kannte, hörte sie heimlich BBC und manchmal auch die Swing-Platten von Fritz, auch wenn es verboten war. Längst hatte sie aufgehört, schicke Röcke zu tragen und sich zu schminken. Nicht weil sie Sorge hatte, mit ihrem Aufzug die Nationalsozialisten zu provozieren und im Jugendkonzentrationslager zu landen. Nein, es schien ihr einfach nicht mehr angemessen, Lippenstift aufzutragen, wo überall um sie herum Menschen hungerten und nur noch das Nötigste am Leib trugen. Die Menschen waren kriegsmüde, erschöpft und abgemagert, jeder sehnte sich nach Frieden. Deswegen hatte Lotte ihre Kleider in einer Schachtel im Schrank versteckt. Wenn der Krieg erst vorbei war, würde sie sich hübsch machen, zum Sonntagsspaziergang mit Wilhelm. Und tanzen, tanzen, tanzen und danach …

Wilhelm hatte sie fest an sich gedrückt, als sie ihm von ihren Gedanken erzählt hatte, und sie hatte seine Verzweiflung gespürt, als er gesagt hatte: »Wir lassen uns das Leben nicht verbieten, unsere Liebe erst recht nicht, hörst du!«

An jenem Tag hatte er beschlossen, vorerst nicht mehr in der Öffentlichkeit zu tanzen, schon seit einiger Zeit trug er diesen blauen Mantel. Er wollte kein Swingheini mehr sein, selbst hinter verschlossenen Türen nichts mehr dafür riskieren, passte sich nach außen an, um im Untergrund etwas zu bewirken. Wilhelm spielte ein doppeltes Spiel, es war gefährlich, was er machte, und Lotte wusste nie, ob er zu einer Verabredung kommen würde oder nicht, lebte in ständiger Sorge und Angst um ihn. Aber sie hatte keine Wahl, sie wollte Wilhelm nicht verlieren. Abends, wenn es dunkel war und niemand etwas merkte, schlich sie sich davon und traf sich mit ihm. Heimlich. Im Luftschutzkeller. Sie konnte nicht anders, wie von Fäden gezogen musste sie zu ihm, immer wieder. Seit fast einem Jahr beherrschte er ihre Gedanken … seit sie damals Fritz gerettet hatten.

Niemals würde Lotte jenen Moment auf der Brücke vergessen, als Wilhelm sie angeschaut hatte und sie ihn, ein Blick, den zwei Menschen tauschten, um sich in dem anderen zu erkennen. Von da an wusste Lotte, dass er ihr Mann sein würde, egal was passierte, egal wie lange sie auf ihn warten müsste. Sie war glücklich mit ihm, allein das zählte, jede Minute, ach was, jede Sekunde war kostbar, und nur deswegen waren die Tage erträglich – und die Nächte mit dem Fliegeralarm.

Die Suppe auf dem Herd duftete verlockend, Lotte ignorierte ihren knurrenden Magen. Sie würde später gemeinsam mit Wilhelm essen, wie immer würde er von irgendwoher ein Stück Brot mitbringen und einen Zipfel Wurst, ein Festmahl für sie beide. Sie konnte es kaum erwarten.

Draußen vor dem Fenster wurde es langsam dunkel, Lotte fragte sich, wo ihre Mutter und Otto blieben. Es war ungewöhnlich, dass sie zu so später Uhrzeit noch unterwegs waren. Lotte nutzte die Gelegenheit, um sich frisch zu machen, ohne dass die Mutter sie wegen der Seifenverschwendung schimpfte. Nur wenige Minuten später lief Lotte wieder die Treppe hinunter, beeilte sich, durfte vom Else nicht bemerkt werden. Diesmal lief sie nicht nach draußen, diesmal lief sie in den Luftschutzkeller, vorbei an den Matratzen und Regalen, am Notdurfteimer und den Gasmasken, die jemand achtlos in der Ecke hatte stehen lassen. Sie öffnete vorsichtig die Gasschutztür, kletterte an einer Leiter vorbei in einen schmalen Gang und lief weiter, jetzt stand sie im Luftschutzkeller des Nachbarhauses. Abermals lief sie durch das Labyrinth der Kellergänge, bis sie zu dem versteckten Räumchen kam. Wilhelm würde vom anderen Ende der Straße den Weg durch die Unterkellerung zu ihr finden.

Schnell hatten sich Lottes Augen an die Dunkelheit gewöhnt, sie tastete nach dem Lichtschalter hinten an der Wand, bevor sie die Streichhölzer suchte und die Kerze neben der Matratze anzündete. Es war nicht das erste Mal, dass sie vor Wilhelm hier war. Der Gedanke, ganz allein unter den Häusern der Stadt zu sein, versetzte sie in einen Zustand zwischen Angst und Erregung. Lotte schaltete das Deckenlicht aus, das Grammophon an, legte die Nadel auf die Platte. Der Rhythmus ging ihr sofort ins Blut, Musik strömte durch ihren Körper, vergessen war der Krieg und alles. Sie tanzte einfach drauflos. Es war egal, dass die Musik bis nach oben an die Decke dröhnte, egal, dass sie laut mitsang, sie war hier, tanzte, tanzte, als ob es um ihr Leben ginge, sie konnte nicht anders. Drehte sich, zappelte mit den Armen, kickte die Beine, so wie Wilhelm, als sie ihn im Tanzpalast getroffen hatte. Damals … Lotte hielt inne. Sofort hatte sie wieder die Szene auf der Brücke vor Augen, erinnerte sich an seinen Blick. Sie dachte an all die kurzen, zufälligen Treffen im Park, die Küsse im Schnee, bis sie sich eines Tages hier unten verabredet hatten. Für Wilhelm war es ein Leichtes, in das Nachbarhaus zu gelangen, und so hatten sie sich hier nach und nach ein Liebesnest eingerichtet. Er hatte die Matratze mitgebracht, Lotte Decken, ein Kissen. Eines Tages hatte Wilhelm ihr ein kleines Ölgemälde geschenkt. Seitdem leuchtete rotorangegelber Mohn über ihnen, wenn sie sich liebten.

Irgendwann brachte er dann das Grammophon mit und eine Platte, ihre Lieblingsplatte. Sie tanzten gemeinsam, spürten nur sich und nichts sonst, tanzten fröhlich und ausgelassen und schließlich nur noch ganz leise und sanft, bis Wilhelm seine Hände zärtlich über ihr Kleid wandern ließ, sie seine Halsbeuge küsste und er ihre Haare, sie ihm das Hemd aufknöpfte und sie beide im Liebestaumel versanken.

Oft schon waren sie ineinander versunken eingeschlafen und mit einem Schreck aufgesprungen, hatten hastig ihre Kleidung aufgesammelt und sich angezogen. Ein kurzer, leidenschaftlicher Abschiedskuss und noch einer und noch einer, dann trat jeder wieder durch die kleine Tür zurück in seine Welt, die triste, traurige zerbombte Welt.

Wenn der Krieg nur endlich vorbei wäre, dachte Lotte. Sie hatte sich auf der Matratze zusammengerollt, die flackernde Kerze warf unruhige Lichter an die Wand und brachte den Mohn zum Leuchten, golden schimmerte er zu ihr herunter. Langsam machte sie sich nun doch Sorgen um Wilhelm. Wo er nur blieb? Aber in jüngster Zeit verspätete er sich öfter.

Lotte lauschte in die Dunkelheit, längst waren ihr die Geräusche des Hauses vertraut, das Pfeifen der Rohre, das Ächzen des Kellergebälks. Doch heute war alles anders, alles wirkte gespenstisch ruhig. Lotte zog sich die Decke über die Schultern, ihr blieb nichts anderes übrig, als zu warten. Irgendwann musste sie eingeschlafen sein und hatte jegliches Zeitgefühl verloren, als sie spürte, wie sich Wilhelm neben sie legte und sie sanft auf die Wange küsste.

»Wo warst du so lange? Ist etwas passiert?«, flüsterte sie

schlaftrunken, während sie sich in die Arme des Geliebten schmiegte.

»Nein, es ist alles wie immer«, antwortete er, aber sie hörte seiner Stimme an, dass ihm etwas Sorgen bereitete. Schon fügte er hinzu: »Sie rechnen für heute Nacht mit einem Bombenangriff der Engländer.«

»Wieder einmal … Das glaubst du doch selbst nicht!« Lotte zog ihn dichter zu sich und küsste ihn zärtlich auf den Mund, Wilhelm ließ zur Antwort seine Hände über ihren schmalen Körper wandern. Dünn war sie geworden, kein Wunder.

»Nein, ich glaub's nicht«, murmelte Wilhelm in ihre Haare und zog ihr wie nebenbei das Kleid über den Kopf. »Aber seit einer Weile haben sie die Drahtfunkwecker an …«

»Solange sie ticken, passiert uns nichts …«, antwortete Lotte, küsste ihn stürmisch, und kurz darauf vergaßen sie die Traurigkeit um sich herum. In leidenschaftlicher Umarmung gefangen, sich atmend, spürend, liebend, gaben sie sich einander hin. Ihr Atem ging stoßweise, und wie nebenbei registrierte Lotte das rasche Auf- und Abschwellen der Sirene, diesen Ton, der ihr durch Mark und Bein ging, sie erschütterte und sämtliche Körperzellen in Alarmbereitschaft versetzte. Alles in ihr vibrierte. Lotte spürte Wilhelms Irritation, wie er die Hände von ihr nehmen wollte, den Kopf lauschend hob, doch sie küsste ihn weiter, klammerte sich an ihn, verdrängte Panik und Todesangst. »Nicht aufhören«, flüsterte sie, »es sind doch nur wieder die Engländer, wie immer, sie werden uns schon nicht treffen …«

Und während die Sirenen nicht aufhörten zu heulen, hielten sie sich innig umschlungen, liebten sich, wie sie sich noch nie geliebt hatten, wollten kein Ende finden. Ihre Körper schwitzten heiß, Lotte meinte zu verglühen, die Münder in Küssen versunken. Sekunden später bebte die Erde. Lotte schrie auf, aus Wilhelms Kehle drang ein tiefer Laut – und dann …

Flieger dröhnten über der Stadt, brachten den Tod, Sprengbomben heulten nieder. Jetzt hörte sie nebenan die Menschen schreien. Immer wieder gab es dumpfe Einschläge, dass die Wände vibrierten und Staub von der Decke bröselte.

Lotte hielt sich an Wilhelm fest, der sich aufgerichtet und das Licht angeschaltet hatte, während er hastig nach seiner Kleidung suchte. Der nächste Einschlag schüttelte sie, rüttelte an den Wänden.

Lieber Gott.

»Zieh dich an, schnell, wir müssen hier raus«, rief er und reichte Lotte das Kleid, das er vorhin – war es nicht schon eine Ewigkeit her? – achtlos in die Ecke geworfen hatte.

»Aber hier sind wir in Sicherheit«, wagte Lotte schwach zu protestieren. Sie hatte Angst, ob sie es zugeben mochte oder nicht. Mit zittrigen Fingern zog sie sich ihr Kleid über und schnürte ihre Stiefel zu. Hatte nicht der Else immer wieder gepredigt, dass sie in den Kellern nur überleben würden, wenn sie sich an die Regeln hielten? Dem Schutzwart bedingungslos gehorchten?

In diesem Moment gab es drei heftige Einschläge hintereinander, die Wände wackelten noch stärker und der Strom fiel aus. Lotte schrie erschrocken auf.

»Nicht mehr, wenn der Bombenhagel vorbei ist, hörst du? Sie fliegen einen Fächer und lassen Feuer vom Himmel regnen. Sie wollen die Stadt in einem einzigen Anlauf anstecken … uns vernichten. Ich weiß, dass wir auf ihrer Liste stehen.«

Woher weißt du das, wollte Lotte fragen, doch das Dröhnen der Fliegermotoren, das Bombengeheul ließ sie verstummen. Sie hielt sich die Ohren zu und versuchte, die aufsteigenden Tränen hinunterzuschlucken. *Bewahre und behüte uns.*

»Wir müssen abwarten.« Wilhelm beugte sich schützend über sie, doch sofort richtete er sich wieder auf. »Wenn ihre Strategie aufgegangen ist und alle Bomben und Kanister abgeworfen sind, rennen wir raus, verstehst du? Hier, nimm meinen Mantel, wir müssen ihn nass machen …«

Er warf ihr seinen triefend nassen Mantel zu, das Blau dunkler als sonst. Lotte nickte und leistete insgeheim Abbitte. Wie oft hatte sie ihn für seine Vorsichtsmaßnahmen ausgelacht. Spielverderber hatte sie ihn genannt, wenn er die Sicherheitsvorkehrungen prüfte, Gasmasken und einen Eimer Wasser bereitstellte, bevor er die Kerzen anzündete und das Grammophon einschaltete. Lotte wagte einen Blick zur Seite, ihre Lieblingsplatte lag stumm auf dem Teller. Später würde sie nicht mehr sagen können, warum sie sie nahm und in ihren Beutel steckte, gemeinsam mit dem Mohnbild von der Wand.

Und dann fielen Bomben, eine Ewigkeit lang, wieder und wieder und immer wieder. Wieder ein Einschlag, das Mauerwerk um sie herum brach krachend ein, Holzlatten splitterten, alles schleuderte durcheinander, während sie eng aneinandergekauert dasaßen und beteten. Die Tür zum Kellergang schlug auf, aufgewirbelter Staub brannte in ihren Augen, sie konnte fast nichts erkennen. Jetzt war das Dröhnen über ihnen verstummt, eine fast gespenstische Stille legte sich über sie. Lotte horchte in die Dunkelheit hinein, mochte nicht glauben, dass der Bombenregen aufgehört hatte. Dafür roch es jetzt überall nach Staub und Rauch.

»Komm, raus hier …« Wilhelm griff nach ihrer Hand und zog sie mit sich. Durch das Kellerlabyrinth und vorbei an den anderen Schutzräumen, wo sich Menschen aneinanderklammerten, sich langsam aus ihrer Schockstarre lösten, mühsam auf alle viere kamen, um dann hustend aufzustehen. Lotte meinte, die Nachbarin zu erkennen, irgendwo mussten doch auch Otto und ihre Mutter sein, aber Wilhelm ließ ihr keine Zeit, sie zu suchen. Mit den Füßen und der freien Hand schob er Schutt und Steine zur Seite, zog Lotte eilig die Treppenstufen nach oben ins Freie. Die Wand des Nachbarhauses gab es nicht mehr.

»Oh mein Gott«, entfuhr es ihr, als sie die brennenden Dachstühle um sich herum erblickte. Dort, wo sich einst backsteinrote Häuserwände aneinandergereiht hatten, stand alles in Flammen, Ströme von Phosphor hatten die Stadt in ein Inferno verwandelt. Aus einigen Kellern kamen jetzt Menschen hervor, hustend, schnaufend, aber am Leben. Schnell formierten sich Löschreihen, Eimer mit Sand und Wasser wurden weitergereicht, doch es schien aussichtslos. Lotte folgte Wilhelm durch die brennenden Straßen. »Wir müssen helfen«, rief sie ihm atemlos zu.

»Wir müssen hier weg!«, antwortete er, zog sie mit sich und rannte weiter. Das Atmen fiel ihr immer schwerer, beißender Rauch legte sich auf ihre Lungen, das Feuer prasselte in ihren Ohren.

Plötzlich krachte es abermals, ohrenbetäubend laut, eine Reihe von Explosionen, ein merkwürdig helles Geräusch. Woher kam das?

»Sie kommen wieder! Wir müssen zurück in den Keller!« Lotte schaute panisch in den Himmel.

»Nein, das glaube ich nicht …« Doch Wilhelm blieb stehen, horchte angestrengt. Angst stand ihm ins Gesicht geschrieben. Da! Wieder und immer wieder hörten sie dieses merkwürdige Explosionsgeräusch, und es waren nicht die Fensterscheiben, die neben ihnen zerbarsten. »Das sind Granaten … die Waggons explodieren … Sie haben den Munitionszug getroffen«, flüsterte er fassungslos. »Oh mein Gott.«

Direkt vor Lotte krachte ein brennender Balken auf die Straße, glühende Dachpappe segelte wie ein Papierflieger hinterher, sie konnte gerade noch ausweichen. Die Luft wurde heiß und heißer, die Flammensäulen um sie herum stiegen immer höher.

»Weiter, komm!«, sagte Wilhelm, »hier dürfen wir nicht bleiben!«

»Es ist sinnlos …« Aber Lotte folgte ihm, den Mantel immer noch um sich geschlungen, obwohl er längst getrocknet war. Inmitten des Funkenflugs bahnten sie sich einen Weg durch das Flammenmeer, rannten um ihr Leben. Die Stadt brannte lichterloh. Lotte stolperte, knickte um. Hustend rappelte sie sich auf, sie konnte kaum mit Wilhelm Schritt halten. Bloß nicht hinfallen. Weiter. Weiter.

»Ihre Strategie ist aufgegangen, sie haben einen Feuersturm entfacht«, hörte sie ihn fluchen, als sie wieder einmal eine Querstraße nicht passieren konnten, weil sie komplett in Flammen stand und ihnen faustgroße Glutbrocken entgegenschlugen. Weiter. Menschen taumelten auf der Flucht an ihnen vorbei, kämpften mit der Glut zu ihren Füßen. Ein Vater zog seinen kleinen Jungen eilig mit sich, das Kind strauchelte und blieb im glühenden Asphalt stecken. Der Mann blieb stehen, zog und zerrte und fiel schließlich selbst auf die Knie, Lotte hörte seine verzweifelten Schreie. Eine schwangere Frau war an der gegenüberliegenden Häuserecke zusammengebrochen, niemand half ihr auf, niemand konnte sie retten. Im Umdrehen erkannte Lotte, dass sie gerade ihr Kind gebar, und der Anblick brannte sich für immer in ihre Seele.

»Wo willst du hin?« Lottes Stimme versagte. Längst glühten ihre Füße in den Stiefeln, schwer atmend hielt sie den Beutel in ihren Händen umklammert. Über ihnen züngelten die Flammen meterhoch aus den Häusern.

»Hierhin.« Wilhelm deutete auf den Bismarckbrunnen ein paar Meter vor ihnen. »Geh dort hinein, hier bist du in Sicherheit. Komm, schnell, mach den Mantel nass.« Er half ihr in den Brunnen, in dem sich bereits etliche Menschen drängelten, aber noch zusammenrückten, um ihr Platz zu machen.

Behutsam legte Wilhelm Lotte den Mantel um. Dann küsste er sie auf die Stirn. »Bleib hier, bis Hilfe kommt. Bleib! Hörst du, nicht aus dem Wasser raus! Rühr dich nicht hier weg, egal was passiert.«

»Und du? Was hast du vor?« Lotte hielt seine Hände fest, wollte ihn nicht gehen lassen.

»Helfen. Ich muss helfen. Bevor die Flammen alles vernichten …« Er riss sich von ihr los, lief ein paar Schritte, bevor er noch einmal zurückkam und seine Stirn an ihre lehnte. »Was auch immer passiert, Lotte, ich bin bei dir, unsere Seelen sind eins. Ich liebe dich, vergiss das nicht! Nie, hörst du! Wir sehen uns wieder … irgendwo, irgendwann.«

Wie lange Lotte in jener Nacht in dem Brunnen saß, wusste sie im Nachhinein nicht mehr zu sagen. Immer wieder stand sie auf, wollte hinaus, doch immer wieder wurde sie zurückgezogen. Menschen drängelten sich zu ihnen, Wildfremde hielten sich an den Händen und spendeten sich gegenseitig Trost, der Mann neben ihr weinte stumm. Dicht aneinandergedrängt saßen sie da, hielten sich feuchte Taschentücher vor die Nase, während das Wasser um sie herum langsam verdampfte, bewacht vom starren Blick des Denkmals. Lotte versuchte ruhig zu bleiben, betete, doch die Sorge um Wilhelm, ihre Mutter und Otto brachte sie schier um den Verstand. Der Feuersturm rauschte in ihren Ohren. Dann ein Geräusch, das ihr seltsam vertraut vorkam. Glocken. Die Glocken der Kirche läuteten, unbeständig, leise, nicht wie sonntags, wenn der schwarze Markus predigte, sondern im dumpfen Todesschlag. Es musste der Feuersturm sein, der sie zum Läuten brachte.

Lottes Gesicht glühte, bald würde es nicht mehr genug Wasser für sie alle im Brunnen geben. Aber was hatte Wilhelm gesagt: Sie sollte hierbleiben. Ganz bestimmt würde er bald zurückkommen und Hilfe mitbringen, die Feuerwehr war ja unterwegs und würde rettendes Nass auf sie regnen lassen. Immer noch flüchteten Menschen an ihnen vorbei, versuchten sich vor der Feuerhölle in Sicherheit zu bringen. Immerhin hatten die Explosionen aufgehört. Dafür prasselte das Feuer um sie herum noch stärker, Funken flogen auf sie herab und versengten ihre Haare. Sie fühlten sich an wie Draht, als Lotte vorsichtig danach tastete. Der Mann neben ihr hatte aufgehört zu weinen und war nach vorne gekippt. Lotte wagte nicht, ihn zu berühren. Bestimmt war er tot.

Lottes Mund war trocken, in ihren Augen brannte der Rauch. Immer noch stoben Funken auf sie herab, brannten Löcher in Wilhelms Mantel und auch in den Beutel, den sie fest an sich gedrückt hielt. Das Wimmern im Brunnen wurde leiser, die Menschen neben ihr mussten eingeschlafen sein oder … Lotte wagte nicht, Schlimmeres zu denken. Da endlich wurde das Prasseln des Feuers leiser, legte sich der Feuersturm.

Grabesstille lag über der Stadt, als Lotte erwachte und in die Dämmerung blinzelte, nicht ein Vogel zwitscherte, kein grüner Baum, nur Tote, überall um sie herum Tod, alles schwarz, verbrannt. In ihrer Hand das Bild mit dem leuchtenden Mohn.

Ein Jahr zuvor

I

Lotte verliebte sich in dem Sommer, als der Soldat vom Himmel fiel. Es war heiß in diesem Jahr, sehr heiß, der Winter mit all seinem Schnee und Eis lag unvorstellbar weit zurück. In jenen Monaten hatten Tausende Männer bei klirrender Kälte ihr Leben gelassen, eingekesselt und erfroren an Körper, Leib und Seele. Und es war noch gar nicht lange her, dass so viele den totalen Krieg bejubelt hatten, im Glauben, sie könnten diesen Krieg noch gewinnen, der seit vier Jahren ihren Alltag bestimmte.

Aber Lotte wusste es anders. Sie hatte ihren Vater erlebt, der mit fahlem Gesicht am Tisch saß und keine Antworten auf ihre Fragen hatte. Keine liebevollen Berührungen für seine Frau, erst recht keine Gesten für seine beiden Ältesten, Lotte und Fritz, nur der kleine Sohn vermochte ihn aufzuheitern. Sie hatte die Hoffnungslosigkeit in den Augen der Soldaten auf Heimaturlaub gelesen, in den Feldpostbriefen von Hans zwischen den Zeilen. Lotte wusste, dass Studenten hingerichtet wurden, die ihren Widerstand offen bekannten. Jeder, der anders dachte, als das Regime es vorschrieb, war in Gefahr, und Juden transportierten sie einfach ab. Es war eine leidvolle Zeit und Lotte betete jeden Tag für Frieden.

An diesem Tag also saß sie wieder einmal in ihrem Versteck im alten Kirschbaum und ließ die Beine baumeln, eine Angewohnheit aus Kindheitstagen, die sie nicht ablegen mochte. Wie oft hatte Hans sie deswegen getadelt, als junge Frau, die zudem einen Verlobungsring trug, schickte sich das nicht. Aber Hans wusste ja nicht, wie viel Spaß es machte, barfuß einen Baum hinaufzuklettern, und wie egal es war, dass einem dabei Arme und Beine zerkratzten! Wie sich ein Bauch voller Kirschen anfühlte und die Backen voller Kerne! Wie es war, heimlich im Blätterdach zu hocken, während ringsum Geschichten passierten. Jemand wie Hans aß auch nicht händeweise ungewaschene Himbeeren und sowieso keine Tomaten, bei Hans musste immer alles ganz sauber und korrekt sein und seine Ordnung haben. Nie im Leben würde er sich die Hände mit Gartenarbeit schmutzig machen oder unter der Woche mit seinen guten Schuhen auf die Straße gehen. Hans tanzte nie im Regen, sondern hockte am liebsten am Schreibtisch, studierte Fachliteratur und las in der Zeitung.

Trotzdem liebte sie ihn, vielleicht gerade deswegen, weil er so strebsam war, so anders als sie. Sie ergänzten sich gut und waren ein schönes Paar. Hans und Lotte kannten sich aus Kindheitstagen, waren gemeinsam zur Schule gegangen, und während er zur Hitlerjugend ging, kam sie zum Bund Deutscher Mädel. Hans war natürlich ihr Partner in der Tanzschule gewesen und der erste Mann, den sie heimlich geküsst hatte. Sie küssten sich gerne, und da war es nur konsequent, dass sie jetzt miteinander verlobt waren. Für Lottes Mutter schien ein Traum in Erfüllung zu gehen, Hans war genau der richtige Mann, um ihrer Tochter die Flausen aus dem Kopf zu treiben, sodass sie ihr Studium sein lassen und Kinder kriegen würde, wie es sich für eine richtige Frau gehörte. Für Lotte war Hans der einzige Mensch, mit dem sie sich vorstellen konnte, ihr Leben zu verbringen, die anderen jungen Männer, die sie kannte, waren ihr nicht ernsthaft genug. Er liebte sie so, wie sie war. Auch mit schmutzigen Gartenfüßen und Studienplänen und Kirschkernen im Bauch.

Doch Hans' Marschbefehl hatte ihre Hochzeitspläne

durchkreuzt. Er diente nun bei den Bodeneinheiten, glücklicherweise nur im Nachrichtenbereich, und doch war er ständig feindlichen Angriffen ausgesetzt, bangte um sein Leben, wie er in seinen Briefen schrieb, und auch Lotte lebte in ständiger Sorge um ihn. Wie es ihm wohl erging, so ohne fließend Wasser und ohne regelmäßige warme Mahlzeiten, wie er sie von seiner Mutter gewohnt war. Seine Mutter, die keine Gelegenheit ausließ, um bei Oltkes im Laden mit ihrem Prachtsohn zu prahlen, der an der Front so tapfer das Reich verteidige und bereit sei, für den Führer zu sterben. Immer mit so einem speziellen Seitenblick zu Lotte, weil diese beim BDM keine Abzeichen gesammelt hatte und jetzt studieren ging, anstatt im Lazarett zu helfen oder Zünder zu justieren.

Schnell schob Lotte die düsteren Gedanken beiseite. Ihm würde schon nichts passieren, dieser Krieg würde bald vorbei und er wieder zu Hause sein und sie endlich seine Frau. Bei dieser Vorstellung lächelte Lotte. Oft hatte sie in den letzten Wochen nackt vor ihrem Spiegel gestanden, dabei ihre Brüste gestreichelt und sie wunderschön gefunden. Sie fühlte sich bereit für die Ehe und sehr erwachsen, erwachsener als ihre Freundinnen Hedwig und Ruth, die den jungen Männern hinterherkicherten und ihnen schöne Augen machten. Die beiden wollten natürlich alles über Hans und die Verlobung wissen, als ihnen Lotte davon erzählte – und von ihrem ersten Kuss.

Wie sie jetzt im Blätterdach hockte, strich sie sich versonnen über die Lippen, es war schön mit Hans, schöner als in den Filmen, die sie in den Kinos schaute. Hans war ihr liebster Kamerad unter der Sonne und ein ernsthafter und pflichtbewusster Mensch. Er würde einmal die Fabrik seines Vaters erben, in der er jetzt schon arbeitete, er konnte Lotte ein sorgenfreies Leben bieten, sogar mit einem großen Haus. Genau deswegen war ihre Mutter froh, denn in ihren Augen gehörte eine Frau an den Herd – und nicht an die Universität.

Lottes Miene verdüsterte sich. Es war ein ewiges Streitthema im Hause der Braunstetts, dass Lotte studierte, der Mutter ein Dorn im Auge, der es Lotte sowieso nie recht machen konnte. Dabei arbeitete sie selbst als Aushilfslehrerin, allerdings weniger aus innerer Überzeugung denn aus den Umständen heraus. Da Vati im Krieg diente und das Geld vorne und hinten nicht reichte, unterrichtete die Mutter seit einiger Zeit im Schulhaus gegenüber, hatte seine Stelle eingenommen und kümmerte sich um Kriegswaisen und Schulkinder. Aber sie machte keinen Hehl daraus, dass sie es allein aus mütterlichem Pflichtgefühl und Nächstenliebe tat, sie hielt von studierten Mädeln und diesem neumodischen Getue nichts. Wissensdurst und Erkenntnisgeist waren für sie Männersache, und Frauen waren Mütter, was hatten sie an der Universität zu suchen? Sie hätte Lotte viel lieber als Kinderkrankenschwester gesehen, dann hätte sie wenigstens jetzt schon Geld verdient.

Und dennoch hatte Lotte sich begeistert eingeschrieben. Das neue Regime förderte das Frauenstudium und die Vereinbarkeit von Familie und Beruf, warum also zu Hause sitzen und auf einen Mann warten, wenn sie selbst etwas tun konnte. Lotte wollte Lehrerin werden, sie konnte gut mit Kindern umgehen und würde ihnen alles beibringen, was sie wusste – das ABC, Rechnen, Lesen, vor allem aber das Denken wollte sie mit ihnen üben, schien ihr doch das selbstständige Denken in letzter Zeit bei vielen abhandengekommen zu sein. Hans war jetzt schon stolz auf sein Lottchen und wusste, sie würde eine ganz wunderbare Lehrerin sein – und eine noch bessere Mutter für seine Kinder, trug sie doch Leichtigkeit und Frohsinn im Herzen. Sie würde nicht wie ihre Mutter mit der Bibel auf dem Stuhl in der Ecke sitzen, sondern mit den Kindern tanzen, singen und Musik machen. Lotte träumte zwar gerne vor sich hin und studierte ihre Bücher – doch sie tanzte auch für ihr

Leben gern. Die Beine fliegen und das Herz sprechen lassen, sich fröhlich und ungestüm im Takt drehen, federleicht über das Parkett schweben … Hans nannte sie liebevoll seine *Sommertänzerin*.

Seit Lotte denken konnte, zog Musik sie magisch an und war aus ihrem Leben nicht fortzudenken. Wann immer sich die Möglichkeit ergab, spielte sie bei ihrer Freundin Ruth am Flügel. Deren Mutter war eine gefragte Pianistin und hatte einige große Auftritte in den Musikfilmen der Zeit. Mit ihrem sympathischen wie bescheidenen Auftreten eroberte sie die Herzen im Sturm. Frau Rosenthal freute sich über Lottes Interesse, wo doch ihre eigene Tochter eher die Nase rümpfte und alle erdenklichen Ausreden erfand, wenn sie ihre Stücke üben sollte. Gerne erteilte Frau Rosenthal Lotte Unterricht und ermunterte ihre talentierte Schülerin zum Spiel. Doch die Zusammenkünfte waren in den letzten Monaten rar geworden, obwohl Ruths Mutter keine Rollen mehr hatte und außergewöhnlich oft zu Hause war. Der Flügel verwaiste in den großzügigen Räumen, kaum einer wagte zu spielen, die Schikanen und Verbote, die alltäglichen Anfeindungen und Gemeinheiten hatten sie stumm gemacht. Selbst Lotte berührte die Tasten nicht mehr, wenn sie dann doch mal zu Besuch bei Rosenthals war, auch wenn es sie jedes Mal in den Fingern juckte. Vergangen die Zeit, in der sie vierhändig Schubert spielten oder ein Scherzo, vorbei jene herrlich unbeschwerten Stunden, in denen sie gemeinsam das Kino besuchten: Filme über Liebe und Leidenschaft, schwere Stimmen mit sehnsuchtsvollen Liedern. Federleichte Tänzerinnen auf der Bühne, fröhliche Sprüche für beste Unterhaltung. Ruths Mutter hatte immer eine zusätzliche Freikarte für Lotte bereitgehabt, und so hatte sie zum Neid von Hedwig und den anderen Mädchen all die Berühmtheiten der Zeit kennengelernt und sogar Autogrammkarten bekommen.

Lotte verdankte Ruths Mutter Einblicke in eine andere Welt, die aufregender nicht sein konnte, glitzernd, funkelnd, hell. Weit weg vom Kriegsalltag mit Luftangriffen und Bomben, Hungern, Anstehen und Löchern in den Strümpfen, hier war die Welt ohne Sorgen. Wenn Lotte im Saal in ihrem Plüschsessel saß in ihrem besten gelben Kleid, ließ sie sich mitreißen von der Choreografie der Tänzerinnen, ihrem lustigen Gesang, dem Lächeln in den Gesichtern um sie herum. Begeistert klatschte sie im Takt, wippte mit dem Bein, schwebte federleicht über die Bühne und tanzte die Treppe hinunter, dass einem schwindelig wurde. Die Musik erfüllte sie, nie war sie so glücklich wie in jenen erwartungsvollen Momenten, wenn das Licht ausging und sie in der Dunkelheit des Saals in den Sessel gedrückt darauf wartete, dass sich der Vorhang aufrollte, wenn sie vor Aufregung an ihren Lippen nagte und ihr das Herz fast am Zerspringen war.

Als Lotte in jenem Sommer also im Kirschbaum saß, verborgen in den leer gepflückten Ästen mit dem dichten Blattwerk, begann sie wieder einmal, von einem bejubelten Auftritt zu träumen. Sie war reich und schön, entbehrte nichts, ein Star mit einer eigenen Garderobiere, Pelzkragen und rotgemalten Lippen. Wenn sie tanzte, sahen die Menschen gebannt zu, klatschten begeistert Beifall, sie hingen an ihren Lippen, wenn sie sang, wollten Autogramme und …

Ein dumpfer Einschlag schreckte Lotte aus ihren Gedanken, gefolgt von einem Rauschen und Rascheln. Erschrocken spähte sie durch die Blätter. Im Garten des Mehrfamilienhauses stand ein Soldat – und schaute zu ihr herüber. Hinterher wusste Lotte nicht zu sagen, wer von ihnen beiden sich wohl mehr erschrocken hatte. Sie, weil aus heiterem Himmel ein fremder Mann in ihren Garten gesegelt war. Oder er, weil er mitten in einem Bohnenbeet stand. Verstohlen lächelten sie sich zu, für den Bruchteil einer Sekunde nur, schüttelten ungläubig die Köpfe, dass so etwas passierte. Zwei Fremde, die sich am helllichten Nachmittag mitten im Gemüsegarten gegenübersahen, sich verbündeten, nur sie und er, als stünde die Welt still.

Dann besann er sich, entledigte sich eiligst seines Fallschirms und sprintete durch die Beete davon. Sprang über die Nachbarsmauer und war schon um die Ecke verschwunden, bevor Lotte überhaupt erkennen konnte, welche Uniform er trug. In Windeseile kletterte sie vom Baum herunter, schaute nach links und nach rechts, ob auch ja niemand etwas von dem Flüchtigen bemerkt hatte, und machte sich dann daran, den Fallschirm aufzurollen. Denn dass es nur unliebsame Fragen geben würde, wenn jemand den Zwischenfall bemerkte, war so klar wie der Sommerhimmel über ihr. Dummerweise hatte der Fallschirmspringer beim Landen die Karotten zertrampelt und beim Weglaufen auch keine Rücksicht auf die Bohnen genommen, die sie ordentlich angehäufelt hatte.

Erschrocken schaute sich Lotte um. Hoffentlich hatte der Blockwart von der Landung nichts bemerkt! Sie mochte den stämmigen Mann nicht, der immer so seltsam zwinkerte. Der Erste Weltkrieg hatte dem Else ein Glasauge beschert, sie wusste nie, wann er sie wirklich ansah. Lotte misstraute ihm. Er würde sofort Alarm melden, und binnen kürzester Zeit würden zwischen den Tomaten- und Lauchpflanzen Polizei und Gestapo herumstolzieren. Die Beete zertrampelt und das Unglück fertig.

Schnell raffte sie den Stoff und die Seile zusammen, den Arm voller Seide, die sich unter ihren Fingern weich und fließend anfühlte. Lotte zog und schleppte den Fallschirm in die kleine Hütte am Ende des Gartens, die ihnen gehörte. Sie konnte nur hoffen, dass sämtliche Nachbarn um diese Uhrzeit beschäftigt waren oder wenigstens Mittagsschlaf hielten. Eilig stopfte Lotte die unzähligen Stoffbahnen in die kleine Luke unter den Dielen. Dort, wo eine schmale Treppe in einen kleinen Lagerraum führte, ergoss sich nun ein weißes Meer aus Seide und brachte das Dunkel zum Leuchten.

Mit einem leisen Lächeln klappte Lotte kurz darauf den Deckel zu und schob das Tischchen darüber. Sie hatte den Raum eines Tages entdeckt, als sie beim Fegen an einer der Holzkanten hängen geblieben war und sich über diese kleine, feine Unebenheit im Boden gewundert hatte. Einer inneren Stimme folgend hatte sie niemandem davon erzählt, selbst Ruth nicht, der sie sonst immer alles anvertraute. Irgendwann würde dieser Raum für irgendwas gut sein, und jetzt war genau dieser Moment.

Lotte griff nach der Hacke und lief wieder nach draußen. Während sie sich im Bohnenbeet zu schaffen machte, um die Schleifspuren der Fangleinen zu verwischen und die Ordnung der Dinge wiederherzustellen, blickte sie sich möglichst unauffällig um. Zu ihrer Erleichterung war alles ruhig.

Mit leichter Hand stieß Lotte die Hacke in den Boden, die trockene Erde gab rasch nach, und binnen kurzer Zeit waren die Beete vorbildlich aufgelockert wie in Böttners Gartenbuch. Später würde sie noch gießen, dann wären auch die letzten Spuren beseitigt. Zufrieden stellte sie die Hacke zurück, keine Minute zu früh, denn in diesem Augenblick kam Otto in den Garten gerannt, einen kleinen gefleckten Mischlingshund im Schlepptau.

»Lotte, Lotte, stell dir vor, was der Lumpi kann …«, stieß Otto atemlos hervor, als er die Schwester erblickte. Mitten im Satz hielt er inne und schaute irritiert auf die Erdklumpen zu ihren Füßen. »Warum gräbst du im Sommer um?«

»Weil … die Erde musste aufgelockert werden. Wegen der Trockenheit, verstehst du? Wenn es später regnet, kann das Wasser so viel besser in den Boden eindringen.«

Schnell strich Lotte ihrem kleinen Bruder durchs blonde Haar, hielt aber mitten in der Bewegung inne.

»Igitt, was ist das denn?« Angewidert betrachtete sie die Klümpchen, die sich zwischen ihren Fingerspitzen rollten.

»Ach, das ist nur Zuckerrübensirup von Oma Schmidt!« Otto grinste sein typisches Otto-Grinsen. »Und was ist das?«

Lotte stockte der Atem.

Doch zu ihrer Erleichterung zeigte Otto auf ein kleines Stück Metall, das neben den Eimern auf dem Boden lag. Schnell bückte er sich und hob es auf, drehte es zwischen seinen Fingern, kniff das rechte Auge zusammen und hielt es dicht vors andere, um es genauer betrachten zu können.

»Sieht nach einem abgerissenen Knopf aus, oder?«, meinte Lotte und versuchte, ihrer Stimme einen leichten Klang zu geben. In Wirklichkeit hielt sie die Luft an. Denn Lumpi schnupperte aufgeregt in der Hütte herum. Das hatte ihr gerade noch gefehlt! Ein Blick genügte, um festzustellen, dass noch ein Stückchen Fallschirmseide aus der Luke hing, kaum sichtbar, aber jetzt, wo sie es entdeckt hatte, musste Lotte die ganze Zeit hinschauen.

»Kann ich gebrauchen«, sagte Otto und steckte ihn ein. »Lumpi, komm, Lumpi, sei brav. Was hat er denn nur?«

Lumpi dachte nicht daran, Kunststückchen vorzuführen. Immer wieder flitzte er von drinnen nach draußen und von draußen nach drinnen. Lotte spürte, wie sie immer nervöser wurde. Wie sollte sie Otto bloß erklären, dass sich etliche Quadratmeter feinste Fallschirmseide und wertvolle Seile unter dem Dielenboden befanden? Ohne Frage würde er sofort eins und eins zusammenzählen und selbst mit seinen zehn Jahren verstehen, dass es kompliziert werden konnte, von einem geflüchteten Soldaten zu wissen. Auch wenn der wer weiß wohin verschwunden war, ganz egal, wessen Abzeichen er auf seiner Uniform trug.

»Komm, gehen wir nach draußen. Da kann Lumpi zeigen, was er kann.« Lotte fasste ihren Bruder an der Hand und zog ihn mit sich. »Hilfe, die kleben ja wie Fliegenpapier! Was macht denn der Sirup an deinen Händen?«, rief sie mit gespieltem Entsetzen.

Otto kicherte. Dann schickte er Lumpi zu Lottes Erleichterung endlich in den Garten, wo er ihn mit einem Stöckchen zu Kunststückchen zu animieren versuchte.

»Soso.« Lotte rollte amüsiert die Augen und wischte sich die Hände am Kittel ab. Hedwigs Oma steckte ihrem Bruder bei jeder Gelegenheit eine Kleinigkeit zu: Rosinen, ein Stückchen Brot oder wie heute etwas Süßes zum Naschen. Angeblich, weil er sich so rührend um Lumpi kümmerte. In Wirklichkeit hatte sie einen Narren an Otto gefressen, weil er sie an Hedwigs Vater erinnerte, als der noch ein kleiner Bub gewesen war. Heinrich Schmidt, der wie ihr Vati und alle Männer mit dem festen Glauben an den Endsieg in den Krieg gezogen war. Wahrscheinlich kämpften sie sogar Seite an Seite an der Westfront.

»Aus, pfui, Lumpi, was machst du da«, tadelte Otto den kleinen Mischlingshund, der gerade am Bohnenbusch sein Beinchen heben wollte, doch Lotte hatte ihn schon beiseitegezogen.

»Also, was ist jetzt?« Sie guckte ihren Bruder erwartungsvoll an.

»Also, pass auf!« Otto pfiff ein Lied – und Lumpi bellte im Takt, dabei drehte er sich im Kreis.

»Das ist ja großartig!« Lotte war in die Hocke gegangen, um Lumpi ausgiebig zu loben. »Aber jetzt wird es Zeit, wieder zu Frauchen zu gehen. Otto muss Hausaufgaben machen. Und ich will Ruth besuchen, ihr ein paar Pfirsiche vorbeibringen.«

»Also gut«, maulte Otto und marschierte Richtung Haus, nicht ohne Lumpi vorher gebührend verabschiedet zu haben, der sich Richtung Nachbargrundstück trollte.

September 2006

Ob sie ihn wiedersehen würde? So viele Male hatte Hazel, wenn sie morgens auf dem Weg zur Arbeit im vollen Bus saß, insgeheim die Haltestellen gezählt, bis er am Luisenplatz einstieg, um ihn dann aus dem sicheren Schutz der Menschenmenge heraus zu beobachten. Es war ihr zur Gewohnheit geworden, ein Blick, fast wie ein Zunicken, wenn er sich einen Platz suchte und dabei zu ihr herübersah, sie in der hintersten Reihe, er im Mittelgang zwischen all den anderen. Sie wusste kaum etwas von ihm, aber sie kannte seine Hände, die sich an der abgewetzten Griffstange festhielten, wenn der Bus schaukelnd losfuhr, wie ihre eigenen. Sie wusste, dass er gleich mit der linken Hand den Sitz seiner Kopfhörer prüfen würde, während er mit nachdenklichen blauen Augen aus dem Fenster blickte und sich mit lässiger Geste die dunklen Locken aus dem Gesicht strich. Oft genug hatte sie sich gefragt, welche Musik er wohl hörte. Jazz, Blues, R'n'B?

Hazel und Henry. Die Liebe des Millenniums.

So vertraut war ihr seine rechte Hand, die lässig auf der Griffstange ruhte, bereit, fest zuzupacken, wenn der Bus plötzlich anhielt. Wie oft hatte sie die feinen Linien der Haut verfolgt, beobachtet, wie sie sich über die Knöchel spannten und in einem kräftigen Nageloval endeten. Sie hatte den breiten silbernen Ring am rechten kleinen Finger so ausführlich studiert, dass sie den Riesenkratzer sofort bemerkt und sich gefragt hatte, was da wohl passiert war – ein Sturz? Ein Unfall? Sie liebte die sanfte Behaarung seiner Unterarme, die je nach Jahreszeit bereits unter dem Ärmelbündchen der Daunenjacke oder erst nach einer Weile unter einem lässigen Shirt verschwand. Seine Hand, seine Hände, sie kannte sie besser als alles andere an ihm, genau gesagt waren sie das Einzige, was sie bisher wirklich von ihm kannte.

Und diese Hände hatten sie berührt, gestreichelt, liebkost, einen ganzen Abend lang, überall, wo sie es sich nur vorstellen konnte. Es war auf der Party am Samstag gewesen, bei ihrer Freundin Anne, eigentlich total öde der Abend, denn niemand hatte so recht Lust. Kein Wunder, nach der Sache mit Sascha, der bei einem Autounfall am Mittag schwer verletzt worden war. Sascha war der attraktivste Mann in ihrer Clique, alle ihre Freundinnen hatten es auf ihn abgesehen. Er war eine gute Partie, sollte der Vater ihrer Kinder werden. Jetzt lag er mit gebrochenen Beinen und Nierenquetschung im Krankenhaus, und die Freundinnen heulten um die Wette, vielleicht weil sie wirklich Angst um ihn hatten, vielleicht weil der Abend für sie jetzt gelaufen war. Hazel hatte mit ihrem Prosecco in der Ecke gesessen und sich gerade überlegt, ob sie lieber nach Hause gehen sollte, in Ruhe ein Buch lesen, als er auf einmal den Raum betreten und sich suchend umgeschaut hatte, so wie sonst immer im Bus. Unwillkürlich war sie zusammengezuckt, dann hatte sie beschlossen zu bleiben. Hatte er sie gesehen? Die Hände lässig in die Hosentaschen vergraben, hatte er Anne begrüßt und sich mit ihr eine Weile unterhalten. Den ganzen Abend über hatten sie sich beobachtet, belauert, angeschaut, zugeschaut, wie sie tranken, ohne auch nur ein Wort miteinander zu reden.

Hazel und Henry.

Später in der Nacht, als die meisten in der Ecke hingen, bekifft, besoffen oder verliebt, hatte er sich auf einmal neben sie gesetzt, ohne ein Wort zu sagen, als ob sie sich schon ewig kannten. Seine Arme kitzelten an ihren, er hatte sie angeschaut, sie hatte gelächelt, und er hatte sie bei den Händen gefasst – mit seinen Händen! –, und es war das Normalste der Welt gewesen, dass er sie mit sich zog. Und noch normaler war es, dass sie ihm folgte, und das Allernormalste war, dass sie später draußen auf der Wiese zwischen den Mohnblumen lagen und sich küssten. Sein Mund war weich und sanft, seine Hände waren überall, streichelten ihr Gesicht, ihren Mund, ihren Busen, wühlten in ihren Haaren, rutschten vom Bauch abwärts immer tiefer zwischen ihre Beine. Sie hatte nur noch die Funken über, in und auf ihrem Körper gespürt, und auch jetzt noch prickelte und kribbelte es überall, wenn sie an ihn dachte. Danach hatten sie sich gegenseitig und verlegen grinsend die Grashalme von den Klamotten gezupft und waren eng umschlungen noch stundenlang stillschweigend durch die Nacht gewandert. Irgendwann hatte er sie vor ihrer Haustür verabschiedet, mit einem brennend intensiven Kuss, so als ob er sie in sich aufsaugen wollte, so als ob er sie nie mehr loslassen wollte.

Am Morgen war sie nur langsam aufgewacht. Noch immer meinte sie, seine Hände überall zu spüren, nur allmählich kapierte sie, was geschehen war. Ihr ganzer Körper roch nach ihm, ihr Hintern war vom Gras zerkratzt, ganz rot und juckte. Doch als sie nach ihrem Handy kramte, Fehlanzeige, nur eine Nachricht von Anne: WIE WAR ER ODER IST ER NOCH? ;-)

Lächelnd hatte sie das Handy auf den Tisch gelegt. Sie wusste, dass sie sich wiedersehen würden, heute, morgen oder irgendwann, wie der Zufall es eben wollte. Als es schon dunkel wurde, hatte er immer noch nicht geschrieben und sie auch nicht, und da war sie sich dann nicht mehr so sicher.

Und nach einer unruhigen traumlosen Nacht saß sie nun im Bus, wie immer in der hinteren Reihe, und wartete auf die nächste Haltestelle. Würde er einsteigen? Würde er zu ihr kommen? Und was würde sie tun? Das Flattern im Bauch war unerträglich und viel stärker als all die Morgen davor. Letzte Nacht hatte sie seine Hände anders kennengelernt, wusste, wie sie sich anfühlen und berühren konnten, wusste auch, wie er atmete, wie er roch, kannte seine Augen, sein Lächeln, seinen Mund, seinen Körper …

Der Bus hielt, aber er stieg nicht ein. Sie seufzte und lehnte sich halb enttäuscht, halb erleichtert zurück. Was hatte sie gedacht? Dass sie von nun an ein Paar sein würden? So richtig mit Händchen halten und täglich treffen? Und womöglich einem Ring zum Geburtstag? Dass das nicht funktionierte, hatte sie oft genug bei ihren Freundinnen mitgekriegt, Anne vor allem war jedes Mal todunglücklich, wenn sich ein Lover nicht mehr meldete, erfand tausend Ausreden dafür und redete sich alles schön. Sie hatte sich geschworen, dass ihr das niemals passieren würde, und nun saß sie da und fühlte ihren Brustkorb eng werden. Wie sie die restliche Busfahrt hinter sich brachte, wusste sie später nicht mehr. An jeder Haltestelle war sie zusammengezuckt. Sie würde ihn so schnell nicht vergessen, wie auch.

*

Als Lotte bei Rosenthals klingelte, öffnete niemand. Kein vertrautes Türsummen zur Antwort. Irritiert schaute Lotte auf die Uhr, es war später Nachmittag, normalerweise war Ruth in den letzten Wochen immer zu Hause gewesen. Sie ging nur noch selten vor die Tür, das Tragen des gelben Sterns fand sie entwürdigend, genauso die vielen Verbote. Dann lieber gar nicht. »Juden drin statt Juden raus«, hatte sie gesagt und bitter gelächelt dabei. Lotte hatte es das Herz zugeschnürt, es war ihr unmöglich geworden, wegzuschauen bei dem, was da um sie herum passierte.

Als sie jünger war, hatte sie die Hetze nicht ernst genommen, die Eltern hatten Hitler gewählt und sprachen begeistert über seine Erfolge: neue Autobahnen, Arbeit für alle, ein Großdeutsches Reich. Doch konnte Lotte all das nicht mehr bewundern, wenn dafür Kriege geführt, Menschen getötet und Juden »umgesiedelt« werden mussten. Auf der Straße hörte man schreckliche Geschichten von Lagern und Hinrichtungen, sie waren zu grausam, um wahr zu sein, und Lotte sprach lieber mit niemandem darüber, auch nicht mit Fritz, selbst wenn der ganz bestimmt nicht damit einverstanden war, was da im Land geschah.

Überhaupt war es schwer geworden, seine Meinung zu äußern. Ein falsches Wort, und man ging ins Lager. Es war vielleicht feige, doch die Angst hatte sie stumm gemacht, selbst gegenüber ihrer Freundin, und das schlechte Gewissen deswegen verdrängte Lotte lieber, ging studieren oder in den Garten. Sie fühlte sich schäbig deswegen und gleichzeitig hilflos, was sollte sie auch tun? Seit Ruths Verlobter Elias abgeholt worden war, war die Freundin still geworden. Die neuen Sitzordnungen und Regeln, die Beschimpfungen, all das hatte sie ertragen. Aber plötzlich war die Bedrohung greifbar, plötzlich fehlten immer mehr, und Lotte wusste nicht, wie sie Ruth trösten sollte.

Jetzt wollte sie ihr die Geschichte von dem Soldaten erzählen, der gerade in ihrem Garten gelandet war, ganz bestimmt würde das Ruth aufheitern, dessen war sich Lotte sicher. Sie klingelte ein zweites und ein drittes Mal, aber der Summer blieb stumm. Dass auch Ruths Eltern nicht zu Hause waren, irritierte Lotte. Am Ende … Sie wagte den schrecklichen Gedanken nicht weiterzudenken und auch nicht, bei den Nachbarn nachzufragen. Beklommen drehte sie sich weg. Sie würde es später noch einmal versuchen. Dann würde sie Ruth von der Fallschirmseide erzählen, und sie beide würden wie frisch verliebte Teenager davon träumen, ganz in Weiß und in einem Blütenmeer aus roten Rosen zu heiraten.

Bei diesem Gedanken verdüsterte sich Lottes Miene. Ruth und sie hatten sich schon oft die feierlichen Zeremonien ausgemalt, aber Hans wäre es lieber gewesen, sie hätte mit Hedwig eine Doppelhochzeit geplant. Sie war ihm als ihre Freundin lieber, ein Mädchen arischer Herkunft, er hatte so eine Bemerkung gemacht. Seufzend lief sie weiter. Warum nur war in letzter Zeit alles so kompliziert geworden?

Um sich abzulenken, klingelte Lotte bei Hedwig, vielleicht wusste sie, wo Ruth steckte, auch wenn sich die beiden seit einiger Zeit aus dem Weg gingen. Ein Dreier-Kränzchen hatte es schon lange nicht mehr gegeben, dabei waren Ruth und Hedwig früher einmal ziemlich dicke Freundinnen gewesen. Ruth war es gewesen, die Hedwigs Kaninchen in ihrem Schrank versteckt hatte, als ihre Brüder auf der Jagd nach einem Sonntagsbraten waren. Aber Hedwig schien das vergessen zu haben.

Die Freundin öffnete Lotte mürrisch die Tür, machte eine vage Geste Richtung Küchenstuhl und bot ihr halbherzig ein Glas Wasser an. Hedwig hatte Ruth auch nicht gesehen und tat Lottes Frage mit einer vagen Handbewegung ab.

»Die taucht schon wieder auf. Wahrscheinlich macht sie einen kleinen Spaziergang ... Hilf mir lieber! Es ist zum Verzweifeln.« Hedwig verzog das Gesicht.

»Was ist denn passiert?«, fragte Lotte, konnte sich aber schon denken, warum ihre Freundin so schlecht gelaunt war: Hedwigs einzige Sorge galt aktuell ihrer neuen Frisur. Sie wollte sich für die Reichsbräuteschule der NS-Frauenschaft bewerben und bei ihrem Bewerbungsgespräch einen besonders ordentlichen Eindruck machen. Vor ihr auf dem Tischchen lagen zerblätterte Frauenzeitschriften, viel dünner als gewohnt. Das Papier wurde knapp in diesem Krieg, doch die Fragen und Belange der Frauen blieben unverändert groß. Auch bei Hedwig, die sich gerade um nichts anderes als um ihr Aussehen sorgte. Ihre krausen Haare spielten ihr immer wieder einen Streich, rutschten ständig wieder aus den zahlreichen Spangen heraus, die sich Hedwig auf den Kopf geklemmt hatte. Verzweifelt versuchte sie, sich einen Zopf zu flechten.

Lotte seufzte. Einst hatte sie ihre Freundin glühend um deren Lockenpracht beneidet, hatte sie selbst doch dieses dünne, blonde Haar und Locken nur, wenn sie sich welche legte. Doch Hedwig wollte ihre nur loswerden. Wie oft schon hatte Lotte Hedwigs störrische Haare auf deren Wunsch hin stundenlang gebürstet, geglättet, mit allen möglichen Pomaden und Tinkturen beackert in der Hoffnung, sie würden endlich glatt und ordentlich anliegen. Aber Hedwigs Haare taten ihr diesen Gefallen nicht, sie standen weiterhin wild ab. Auch wenn Lotte Hedwig seit Kindheitstagen als zuverlässige und beste Freundin kannte, mit der man um die Wette schwimmen und herumalbern konnte, bis einem die Puste ausging, so musste sie inzwischen manchmal an deren Verstand zweifeln. Wie konnte sich jemand nur so über Äußerlichkeiten aufregen? Lotte konnte nur hoffen, dass Hedwigs Bemühungen bald Früchte tragen würden – in Form eines schmucken Offiziers, der sie rechtmäßig ehelichte, bevor ihre Freundin endgültig verrückt würde.

Bei diesem Gedanken fiel Lottes Blick auf den Verlobungsring an ihrer Hand, und sie verzog das Gesicht. Sie vermisste Hans, seine Späßchen, die gemeinsamen Ausflüge oder Fahrten mit dem Auto, seine Küsse … Bald würde er auf Heimaturlaub kommen, dann würden sie alles nachholen. Alles. Hoffentlich blieb er unversehrt.

Hedwig hatte unterdessen zwei Blusen hervorgeholt und drehte sich vor dem schmalen Spiegel in der Küche.

»Welche steht mir besser?«, fragte sie. »Die helle mit dem Rosenmuster oder die züchtige blaue mit der Schleife? Jetzt sag schon. Oder ist es dir egal, ob ich ihnen gefalle?«

Lotte grinste in sich hinein. Es war immer das Gleiche mit Hedwig, ständig fühlte sie sich zurückgesetzt, zurückgewiesen und nicht ernst genommen. Wenn Lotte jetzt nicht auf sie einginge, würde sie wieder tagelang beleidigt schmollen.

»Zu deinen Haaren passt die hier besser, in der anderen siehst du aus wie eine strenge Gouvernante«, meinte Lotte und griff nach der geblümten Bluse. Prompt biss sie sich auf die Lippe, das war natürlich auch nicht die Bemerkung, die Hedwig hatte hören wollen. Oder gerade doch?

»Findest du? Wer wird denn hier Lehrerin?« Mit einem Schlag war Hedwig wieder die Alte, schien nicht die Bohne gekränkt, sondern hatte die dunkle Bluse vom Bügel genommen. »Meine Kinderchen, seid schön artig und hört zu, was die liebe Frau Lehrerin Lotte zu euch sagt!« Sie schnappte sich einen Kochlöffel und fuchtelte damit Lotte mit gespielt strenger Miene vor der Nase herum.

Kichernd sanken die Freundinnen auf die Bank, den Stoff in den Händen.

»Du Frollein, ick sehe was, was du nicht siehst«, meinte Lotte und zeigte auf einen Obstfleck zwischen den Rosenblüten. »Aber er fällt zum Glück gar nicht auf …« Sie hielt die geblümte Bluse ein Stückchen von sich weg, die Rosen rankten sich lieblich über den Stoff.

»Wie kriegen wir den nur weg?« Hedwig schrubbte energisch an dem Fleck herum. »Wir hatten gerade erst Wäsche, ich habe stundenlang gestampft und geackert. Himmel, wie konnte ich den nur übersehen! Wie stehe ich jetzt als deutsches Mädel da?«

Theatralisch hantierte sie über dem Waschbecken mit Fleckensalz und Bürstchen an dem dünnen Stoff herum. Es hätte kein besseres Schauspiel geben können: die frisch gewaschenen Hemden, Schlüpfer und Handtücher zum Trocknen über dem Herd, daneben Hedwig mit ihren wirren Haaren, wie sie über das Waschbecken gebeugt stand und wie verrückt an dem Stück Stoff herumschrubbte. Denn obwohl draußen herrlichster Sonnenschein war, wurde die Wäsche drinnen aufgehängt. Hedwigs Mutter hatte Angst vor Zigeunern und anderem *Gesocks*. »Nachher hängen zwei Schlüpfer da«, pflegte sie zu sagen und: »Vorsicht ist die Mutter der Porzellankiste.«

Hedwigs Eltern waren beide in der Partei engagiert, das hatte sich im Laufe der letzten Jahre so ergeben. Mittlerweile hatten sie Karriere gemacht und waren kaum noch zu Hause. Auch Hedwigs Brüder waren mit Begeisterung bei der Hitlerjugend und absolvierten nun ihre militärische Ausbildung in einer der neu eröffneten Junkerschulen der Waffen-SS. Lotte hatte es mit gemischten Gefühlen hingenommen: die strengen Blusen und Röcke, Uniformen, Armbinden und Abzeichen. Das Bild vom Führer über der Anrichte, die Fahne im Fenster und immer der Hitlergruß. Die fanatische Parteizugehörigkeit der Familie hatte einen Riss in ihre Freundschaft getragen, ob sie es wahrhaben wollte oder nicht, das Misstrauen war da. Egal ob es um Ruth und Elias ging – oder um Geheimnisse wie die Tatsache, dass ein Soldat in ihrem Garten gelandet war. Sie würde Hedwig besser nicht davon erzählen. Unbehaglich rutschte Lotte auf ihrem Stuhl hin und her. Sie wusste, dass auch Oma Schmidt mit den Aktivitäten ihrer Enkelin nicht einverstanden war, sie hatte nie einen Hehl daraus gemacht und sich mit entsprechenden Bemerkungen nicht zurückgehalten. Es ging das Gerücht, dass die verschwurbelte Alte schon Menschen zur Flucht verholfen hatte. Vielleicht hatte sie auch etwas über Ruths Verbleib gehört, sie würde sie so bald wie möglich fragen.

Bei Schmidts in der Wohnung war es eng, hier lebten normalerweise sechs Menschen und ein Hund auf kleinem Raum. Alles war vollgestellt, Sofa, Schränke und Regale. Überall standen Vasen, unzählige Blumenvasen. Früher war Lotte gerne hergekommen, hatte sich von Oma Schmidt mit Gugelhupf und heißer Schokolade verwöhnen lassen, bevor sie mit

Hedwig und Ruth wieder zum Spielen nach draußen verschwunden war. Heute fehlte ihr plötzlich die Luft zum Atmen.

»Pass auf, du zerreißt noch den Stoff«, rief sie, doch zu spät, das Unglück war geschehen, und Hedwig brach in Tränen aus. Verzweifelt knüllte sie die Rosenbluse in den Händen zusammen und sank auf den nächstbesten Küchenstuhl.

»Was soll ich denn jetzt nur anziehen? Wir haben nachher Haushaltungskursus und lernen, Blumen in der Vase zu arrangieren«, heulte sie los.

»Du lernst, wie man Blumen in die Vase steckt? Wozu?« Lotte guckte die Freundin ungläubig an und zählte insgeheim die herumstehenden Vasen auf und in der Anrichte, bevor sie Hedwig beiläufig die Bluse aus der Hand nahm. Nachdem sie das Löchlein begutachtet hatte, sagte sie: »Hol mir rasch Nadel und Faden, ich stopfe dir das.«

Und während sie mit geschickten Händen das Malheur beseitigte und Hedwig sich ausgiebig und nicht sehr damenhaft die Nase schnäuzte, fragte sich Lotte ernsthaft, warum junge Frauen lernen mussten, Blumen in Vasen zu stellen.

»Am Ende sagt dir die Lehrerin noch, dass du das passende Gefäß aussuchen und die Stängel anschneiden sollst«, ulkte sie laut und bemerkte gar nicht, wie sich Hedwigs Miene verfinsterte, so sehr war sie in ihre Stopfarbeit vertieft.

»Ja, das ist doch wichtig! Das alles dient der Vorbereitung«, antwortete Hedwig. »Der Mann soll ein schönes Zuhause vorfinden, wenn er von einem langen Tag heimkommt. Und ein schönes Blumenarrangement gehört dazu.«

»Das meinst du nicht ernst?« Lotte blickte auf. Doch Hedwig saß ihr mit versteinerter Miene gegenüber und nickte.

»Natürlich meine ich es ernst!«

Lotte schluckte und verkniff sich eine Bemerkung. Was war nur mit der Freundin geschehen! Seit sie mit den anderen

Mädchen bei *Glaube und Schönheit* mitmachte, wurden ihre Ansichten immer merkwürdiger. Und jetzt wollte sie sogar eine Reichsbräuteschule besuchen, um eine perfekte Hausfrau und Mutter für ihren künftigen Ehemann zu werden! Für einen Moment schaute ihr Lotte in die Augen, suchte das Vertraute darin, doch Hedwig schien ihr weit weg zu sein. Und dass Ruth verschwunden war, schien sie nicht weiter zu beunruhigen, dabei war es ihre Freundin! Sie musste doch auch bemerkt haben, dass die Nazis die Juden aus den Städten und Dörfern vertrieben, und niemand wusste genau, wohin. Oder sie wusste es und schwieg. Oder sie traute sich wie Lotte selbst nicht, darüber zu sprechen.

»Ich mache mir ernsthaft Sorgen wegen Ruth. Findest du es nicht seltsam, dass niemand zu Hause ist?« Lotte atmete tief aus. Doch. Sie musste das Hedwig fragen. Wissen, wie die Freundin zu der Sache stand, um ihrer alten Freundschaft willen. Der unaussprechliche Verdacht hing zwischen ihnen. Lotte schaute Hedwig erwartungsvoll an, dann widmete sie sich wieder ihrer Handarbeit. Noch zwei Stiche, Faden verwahren, und die Bluse sah aus wie neu.

Aber Hedwig tat so, als hätte sie Lottes Frage nicht gehört. »Danke schön!« Sie nahm Lotte die Bluse aus der Hand, drückte ihr einen Kuss auf die Wange und war schon wieder bei ihrem Lieblingsthema. »Komm doch mal mit zu unseren Treffen, du wirst schon sehen, das wird famos! Und du lernst etwas für deine Zukunft als gute Ehefrau und Mutter, Hans wird es dir danken. Und die anderen Mädel sind alle so nett!«

Hans' und Lottes Verlobung war Hedwigs Lieblingsthema. Glühend neidisch, hatte sie bereits alles für die Hochzeit durchdacht, wusste, welches Brautkleid Lotte tragen sollte und welche Blumen dazu. Hedwig war die perfekte Brautjungfer und wäre ganz bestimmt die viel bessere Ehefrau. Eine ohne Eigensinn, die nicht studierte und später nicht arbeiten gehen wollte.

»Vielleicht«, wischte Lotte den Gedanken rasch zur Seite und stand auf. »Aber ich muss morgen an die Uni ... und um den Garten muss ich mich auch noch kümmern, es ist alles so trocken ... Dabei blühen die Dahlien in diesem Jahr so schön. Wenn du willst, kannst du welche für deine Vasen haben, dann kommt dein Offizier ganz bestimmt.«

Sie grinste Hedwig an, doch die Freundin überhörte den letzten Satz geflissentlich. »Was macht denn der Fritz? Den habe ich lange nicht mehr gesehen«, fragte sie, während sie ihre Bluse zum Trocknen auf einen Kleiderbügel hängte.

Hedwig schwärmte seit Kindheitstagen heimlich für Lottes Bruder und dachte, niemand wüsste es. Früher hatten sie allesamt im Wald Räuber und Gendarm gespielt, Ruth, Hedwig, Fritz, sie und noch ein paar andere Kinder aus dem Deppertweg. Im Weiher hatten sie sich gegenseitig Schwimmen beigebracht und wie man beim Tauchen kein Wasser in die Nase bekommt. Sie hatten Steinchen über die Oberfläche springen lassen, und Fritz hatte sogar fünf Aufsetzer hinbekommen, bevor sein Stein gesunken war. Sie hatten Rüben vom Feld stibitzt und die Zwiebeln eingesammelt, die der Bauer übersehen hatte. Schon damals hatte Lotte die Blicke gesehen, die Hedwig ihrem Bruder zuwarf, und bemerkt, wie sie seine Nähe suchte, zufällig neben ihm auf dem Handtuch lag oder sich von ihm auf dem Fahrrad auf der Lenkerstange kutschieren ließ. Oder wie sie ihm das erste Stück Apfelkuchen reichte, wenn sie gemeinsam bei Schmidts an der Kaffeetafel saßen, und ihm noch mal extra Schlagsahne hinzugab. Aber zu Hedwigs Leidwesen war Fritz niemals auf ihre zaghaften Annährungsversuche eingegangen. Stattdessen hatte er Elsbeth und Katja und Hannah und Marie schöne Augen gemacht, war mit ihnen schwimmen gewesen oder tanzen, hatte sie unterm

Kirschbaum geküsst, eine nach der anderen. Aktuell hatte er eine Freundin namens Magda, von der Lotte nur wusste, dass sie Klavierspielen spießig fand und wie ihr Bruder gerne Swing tanzte. Von Hedwig hatte Fritz nie ernsthaft Notiz genommen und sie heimlich Esel genannt, wegen ihrer Haare. Zum Glück hatte sie es nie gehört.

Kein Wunder, dass du Fritz nicht mehr siehst, lag es Lotte auf den Lippen, *wo du doch nur noch in diesen Kreisen verkehrst.* Doch statt einer Antwort zuckte sie mit den Schultern, die Türklinke bereits in der Hand, und sagte: »Musst uns halt mal wieder besuchen kommen. Die Blumen im Garten wollen in die passende Vase …«

Da wurde sie von Hedwig einfach aus der Wohnung geschoben.

In dieser Nacht gab es Fliegeralarm, das Wer-weiß-wievielte-Mal in diesem Jahr. Den ganzen Abend über schon hatten sie die Drahtfunkwecker an, und als die Sirenen auf dem Dach von Oltkes gegenüber heulten, blieben höchstens zehn Minuten, um in den Luftschutzkeller zu gehen. Sofort war die Angst da. Das An- und Abschwellen des Signals ging Lotte durch und durch, sie beeilte sich, den schlaftrunkenen Otto die Treppe hinunterzuziehen, während die Mutter und Fritz die Koffer mit den Dokumenten, Erinnerungsfotos und Kleidungsstücken trugen, die immer bereitstanden. Auch aus den Nachbarwohnungen stolperten sie alle eilig in den Keller, Leuchtstreifen wiesen den Weg in den Raum, der ihnen wegen seiner stabilen Decke ausreichend Schutz bieten würde. Lotte nickte Dorothee zu, die ihre gebrechliche Oma führte. Das Nachbarsmädchen trug nur sein weißes Nachthemd, alle anderen schliefen im Trainingsanzug. Seit Dorothee das Märchen von Schneewittchen erzählt bekommen hatte, trug sie immer weiße Sachen. Sie hielt sich für eine Prinzessin und wollte sich nicht schmutzig machen, in den Kirschbaum klettern schon gar nicht.

Lotte schüttelte insgeheim den Kopf. Wenn Dorothee nur endlich Vernunft annehmen würde, in den dünnen Sachen konnte sie sich hier unten den Tod holen. Reichte es nicht, dass ihre Oma so krank war? Dorothee lebte mit ihrer Oma in der Wohnung über ihnen, ihre Eltern dienten an der Front. Der Vater als Oberleutnant, die Mutter als Wehrmachtshelferin, in Wahrheit arbeiteten beide in Lazaretten. Der eine operierte Schusswunden, amputierte Beine, rettete Leben, die andere wechselte Verbände, verabreichte Morphium, begleitete die zu Krüppeln verwundeten Männer beim Sterben. Lotte wusste das, weil sie hier im Haus beinahe wie Schwestern lebten und Dorothee ihr mit belegter Stimme die Feldpostbriefe ihrer Eltern vorlas. Die Nachbarsmädchen trennte nur ein Jahr, Lotte war die Ältere, wobei sie oft das Gefühl hatte, Dorothee wäre die reifere von ihnen beiden. In den letzten Wochen war sie merkwürdig still geworden und schien Lotte auszuweichen. Irgendetwas bedrückte sie.

»Bitte Ruhe bewahren«, predigte der Else ein ums andere Mal, und tatsächlich half es, dass sich die Nachbarinnen und der eine verbliebene Nachbar auf die Bänke und Stühle setzten und dicht zusammenrückten. In seiner Funktion als Luftschutzwart trommelte der Else bei jedem Alarm alle zusammen. Im Luftschutzkeller dann achtete er auf strenge Ordnung und sachgemäße Benutzung der Einrichtung inklusive Notdurfteimer, kontrollierte die Zugänge zu den anderen Kellern und vermittelte allen ein Gefühl von Sicherheit. Im Regal hatte er einige Vorräte verstaut für den Fall, dass sie verschüttet würden. So könnten sie wenigstens ein paar Tage überleben. Alle waren ihm dankbar dafür, auch wenn ihnen der Blockwart sonst überall auflauerte und dokumentierte, wer seine Fahne schwenkte und wer nicht.

Jetzt setzte sich der Else neben Dorothee und legte ihr fürsorglich eine Decke um, Oma Michalke, die sich kaum auf den Beinen zu halten wusste, hielt er die Hand. Das war die andere Seite vom Else: Er kümmerte sich aufopferungsvoll um die Hausgemeinschaft, vor allem um die Frauen, deren Männer in den Krieg gezogen waren, und sorgte dafür, dass die Lebensmittel für alle reichten und ihnen im Winter der Ofen nicht ausging. Lotte war der hemdsärmelige Mann dennoch unsympathisch, und sie ging ihm nach Möglichkeit aus dem Weg.

Kaum einer sprach, es war eine bedrückende Stille, und Lotte bebte innerlich vor Angst. Der Luftschutzkeller war nur schwach erleuchtet, manchmal wackelte die Lampe an der Decke. Sie hielt Fritz' Hand fest, während die Sirenen heulten und Flieger über die Stadt donnerten, jedes Mal zuckte sie zusammen, erwartete den Einschlag, eine Explosion. Am Pfeifton erkannte man, ob die Bomben in der Nähe oder in weiterer Entfernung einschlugen. Lotte hielt jedes Mal den Atem an und hoffte, dass es nicht sie erwischte. Bis jetzt hatten sie Glück gehabt.

Dicht an ihren Bruder und ihre Mutter gedrängt, betete Lotte für Schutz und Beistand, für Hans, Vati, Tante Gertrud und Onkel Fritz, ihre Lieben nah und fern – und für Ruth, wo immer die Freundin und deren Eltern steckten. Sie waren vorhin immer noch nicht zu Hause gewesen. Auch wenn Ruths Familie andere Zeremonien pflegte, so beteten sie doch zu demselben Gott. Und der sollte auf ihre liebste Freundin aufpassen, wo immer sie war, er sollte bitte dafür sorgen, dass ihr nichts geschah.

»Wann verstehen sie nur, dass sie diesen verdammten Krieg nicht mehr gewinnen können?«, murmelte Fritz vor sich hin. In diesem Moment gab es in weiter Ferne Einschläge, die Wände wackelten leicht und von der Decke rieselte Putz. Otto kauerte im Schoß seiner Mutter, die ihm unablässig über die Haare strich. Der Angriff war noch lange nicht vorbei, wieder und wieder jagten Flugzeuge über sie hinweg, wieder und wieder pfiffen die Bomben, schlugen in kilometerweiter Entfernung ein.

»Sei still! Bitte, Fritz, reiß dich zusammen«, mahnte sie leise. »Mach es nicht noch schlimmer, als es ist.«

Der Bruder war am späten Abend mit mürrischer Miene nach Hause gekommen und alsbald auf sein Zimmer verschwunden, wo er auf dem Grammophon Musik abspielte. Jene Musik, die viele junge Menschen begeisterte, zu der sie verbotenerweise in abgedunkelten Lokalen Swing tanzten. »Muss das sein?«, hatte die Mutter geschimpft und gegen die Tür geklopft, und da hatte Fritz noch lauter gedreht, Lotte hatte ihn sogar tanzen gehört. Doch als die Sirenen losheulten, hatte er seine Musik abgestellt und ihr mit dem Nötigsten geholfen.

Lotte atmete tief durch und versuchte, nicht in Panik auszubrechen. Die Dunkelheit des Kellers und die Enge mit den vielen Menschen bereiteten ihr Unbehagen, beklemmten sie. Streit zwischen ihrer Mutter und Fritz konnte sie jetzt am allerwenigsten gebrauchen. Ihr Bruder hatte nie einen Hehl daraus gemacht, dass er mit der politischen Gesinnung seiner Eltern nicht einverstanden war, die vor knapp zehn Jahren wie die Hälfte aller Deutschen Hitler gewählt hatten. Schon damals war ihm die Gleichmacherei nicht recht gewesen, schon damals hatte er immer wieder gesagt, dass Hitler Krieg bedeuten würde. Nachdem Fritz gezwungenermaßen die Hitlerjugend hinter sich gebracht hatte, setzte er nun alles daran, bloß nicht eingezogen zu werden. Als Medizinstudent schien er erst mal auf der sicheren Seite, als Swing tanzte er unbekümmert durch das Leben, doch politische Reden hörte man selten von ihm. Nur wenn man ihn zu sehr provozierte, brach es aus ihm heraus. Soweit Lotte wusste, hatte er sich während seiner Zeit bei der Hitlerjugend keine Freunde gemacht.

Lotte war sich nicht sicher, was ihre Mutter von den aktuellen Entwicklungen hielt. Selbst als Aushilfslehrerin hatte sie den Befehlen der Partei zu folgen, auf die Erziehung der Knaben und Mädchen einzuwirken, sie auf ihre unterschiedlichen Aufgaben im nationalsozialistischen Staat vorzubereiten. Ob sie jetzt wirklich Rassenlehre und Leibeserziehung statt Französisch und Kunst unterrichtete? Lotte schüttelte sich insgeheim. An der Uni lernte sie all solche Dinge, und es graute ihr jetzt schon davor, irgendwann gezwungen zu sein, sie an ihre Schüler weiterzugeben. Aber sie hatte dieses Studium nicht zuletzt deshalb gewählt, um nicht im Krieg helfen zu müssen. Und mit der geheimen Hoffnung, dass sich die Unterrichtspläne eines Tages wieder ändern würden.

»Bei einem Großangriff auf Hamburg sind gerade über 35.000 Menschen ums Leben gekommen«, flüsterte Fritz. »Das ist doch Wahnsinn!«

Abermals wackelte die Decke. Wann nur war der Angriff endlich vorbei?

»Sie haben uns den Krieg erklärt. Das ist Wahnsinn!«, kam es barsch vom Else.

»Klar, dass er das sagt. Wer hat denn wen angegriffen?« Fritz sog hörbar Luft ein, und die Mutter neben ihr zuckte zusammen. Lotte hielt den Atem an und wartete auf eine Reaktion vom Else. Fritz machte weiter. »Und was ist mit all den Toten?«

Bei diesen Worten schluchzten einige der Nachbarinnen auf. Es stimmte, was Fritz sagte, längst wurde ihr Alltag von traurigen Nachrichten bestimmt. Wenn wieder mal der Vater einer Freundin gefallen war, der Mann einer Nachbarin seinen Marschbefehl erhalten hatte oder der Sohn der Familie an die Westfront musste.

»Bürschchen, du lebst gefährlich! Andere verteidigen tapfer unser Vaterland! Und was machst du? Machst einen auf feinen Herrn Student und hockst dir den Hintern platt.« Der Else richtete sich mahnend auf.

»Fritz, bitte!«, flehte die Mutter abermals.

»Das ist jetzt nicht der Ort!« Lotte schaute ihren Bruder bittend an. Wenn er jetzt nicht schwieg, brachte er sie alle in Gefahr.

Doch Fritz dachte nicht daran, den Mund zu halten.

»Merkst du nicht, was passiert?« Immerhin hatte er seine Stimme wieder gesenkt und flüsterte Lotte ins Ohr, sodass nur sie es hören konnte. »Als könnten sie einem die eigene Meinung verbieten! Von wegen deutscher Geist, dass ich nicht lache. Was ist daran deutsch, wenn ich nicht mehr frei denken darf? Wenn sie Bücher verbrennen und Wissen zensieren und die Menschen für dumm verkaufen?« Letzteres hatte er doch wieder laut gesagt.

»Fritz!«

»Und erinnere dich an den Tag, als hier die Synagoge brannte! Oder hast du das vergessen?«, schob er hinterher.

Lotte schüttelte stumm den Kopf, ringsum waren alle ganz still geworden, nur der Else schnaubte hörbar. Die Mutter hatte ihren Kopf gesenkt.

Natürlich hatte Lotte nicht vergessen, wie konnte sie. Sie war damals gerade vom Konfirmandenunterricht gekommen, als jemand rief: »Da vorne brennt's!« Zu ihrem Entsetzen war es die Liberale Synagoge gewesen, die lichterloh brannte, die vier Zwiebeltürme und die schmucke Fassade, die Fritz schon so oft fotografiert hatte, weil es so ein außergewöhnlich imposantes Bauwerk war. So schnell sie konnte, war Lotte damals zu Ruth gelaufen und hatte die Freundin geholt, deren Eltern waren gleich mitgekommen. Arm in Arm hatten sie an diesem Abend dagestanden, in Tränen aufgelöst, konnten kaum glauben, was da vor ihren Augen geschah. Fassungslos hatten sie mit ansehen müssen, wie die einstige Zierde der Stadt bis auf die Grundmauern niederbrannte und die Türme alle nacheinander einstürzten, es Glut und Asche regnete und ihre Haare dabei versengt wurden. Ruth hatte in ihrer Verzweiflung nach einem Bündel verkohltem Papier gegriffen, ein Stück Thorarolle, wie sie entzifferte, und es heimlich in ihrer Rocktasche verstaut.

Zu Lottes großer Verwunderung war die Feuerwehr angerückt und hatte die Schläuche ausgerollt, aber sonst nichts weiter gegen den Brand unternommen, der augenscheinlich kein Zufall war. Aber das war nicht das Schlimmste gewesen. Viel schlimmer waren diejenigen, die beim Anblick der berstenden Scheiben johlten und Beifall klatschten, als die Flammen aus dem Dachstuhl schlugen. Der Moment hatte sich tief in Lottes Seele eingebrannt. Nein. Sie würde ihn niemals vergessen. Auch nicht, wie Ruth und sie sich am nächsten Morgen zur Brandstelle geschlichen hatten, um das Unfassbare endgültig zu begreifen. Heimlich hatten sie ein Glasfenster aus dem Schutt geborgen, das das Feuer unversehrt überlebt hatte. Seitdem stand es bei Ruth vor dem Spiegel. Ob es dort immer noch war? Lotte atmete flacher, Angst und Sorge um ihre beste Freundin schnürten ihr das Herz zu.

Plötzlich pfiff es laut, es gab ein seltsames Geräusch, aber keine Explosion. Lotte schaute erschrocken erst Fritz, dann ihre Mutter an.

»Was war das?«, flüsterte sie.

»Wir schauen nach!«, meinte Fritz und war schon aufgestanden. Obwohl ihn der Else daran hindern wollte, lief er die Treppe hinauf bis auf den Dachboden, Lotte ihm hinterher. Ihr stockte der Atem, als sie die Bombe bemerkte, die auf die Wäscheleine gefallen war, die Laken hatten den Flug abgebremst.

»Schnell, fass mit an, wir müssen sie aus dem Fenster werfen!« Fritz zerrte die Bombe gemeinsam mit der Wäsche von der Leine, Lotte griff zu, verhedderte sich in der Panik. Sie war erstaunlich leicht. Mit aller Kraft schleuderten sie das Ding aus der Dachluke. Keine Sekunde zu spät. Unten explodierte die Bombe auf dem Straßenpflaster.

»Phosphor«, sagte Fritz mit belegter Stimme und deutete auf die weißen Flecken rings um den Einschlag, als sie sich aus dem Dachfenster beugten. »Was meinst du, wie das gebrannt hätte! Komm, wir müssen wieder runter.«

Lotte schlug das Herz bis zum Hals. Unfähig, etwas zu sagen, lief sie hinter ihm her in den Keller, wo sie sich dann in die Arme ihres Bruders kauerte und die Augen schloss. In dieser Nacht blieben sie im Deppertweg verschont, doch nur ein paar Straßen weiter gab es Tote und Verletzte, wurden etliche Häuser durch den Angriff zerstört.

Lotte war müde, sehr müde, als sie aufwachte. Tiefe Ringe hatten sich unter ihren Augen eingegraben. Die Mutter musterte sie am Frühstückstisch sorgenvoll.

»Geh doch vor der Uni eine Runde schwimmen, die frische Luft tut dir sicher gut«, meinte sie und schob ihr Ottos Ration Bioferrin hin.

Dankbar lächelte Lotte ihre Mutter an. Die Aussicht auf ein erfrischendes Bad im See weckte augenblicklich ihre Lebensgeister, da ertrug sie selbst den bitter-wässrigen Malzkaffee, der ihr auch mit Kaffeegewürz nicht schmeckte. Noch besser: Sie würde Ruth abholen und gemeinsam mit ihr an den See radeln, heute früh wären sie beide dort ganz bestimmt mutterseelenallein.

Unten an der Haustür stieß Lotte mit Dorothee zusammen, die gerade fluchtartig die Treppe hinuntergestürmt kam.

»Guten Morgen, kommst du mit an den See?«, rief Lotte der Nachbarsfreundin zu und versuchte, die Hand der Vorüberhastenden zu erhaschen. Doch die wich ihr mit einer geschickten Drehung aus, sodass Lotte ihr weißes Kleid um die Ohren wehte.

»Lass mich … außerdem ist mein Badeanzug kaputt«, antwortete sie harsch und wäre beinahe gestolpert, so eilig rannte sie weiter.

»Willst du wirklich nicht mitkommen? Ist irgendwas passiert?«, rief Lotte ihr nach. »Später erzählst du es mir, ja?« Hatte die Freundin ein Geheimnis, von dem sie nichts wissen sollte?

Kopfschüttelnd lief Lotte der Davoneilenden hinterher, die längst nach draußen auf die Straße verschwunden war. Was hatte sich Dorothee verändert! Seit einigen Monaten blieb sie lieber für sich alleine zu Hause, wenn Lotte mit Hedwig und Ruth sonntags zu Lübckes tanzen ging. Sie interessierte sich weder für die neuesten Filme im Kino noch für den jeweiligen Offizier, für den Hedwig gerade schwärmte. Dorothee wollte schon lange nicht mehr die neuesten Neuigkeiten erzählen oder mit zum Schwimmen kommen, jedes Mal hatte sie irgendeine Ausrede. Dabei waren sie früher immer alle so gerne am See gewesen, den ganzen Tag, gemeinsam mit den Eltern, Geschwistern und Freunden, alle hatten sie gebadet, wie Gott sie schuf, und so viel Spaß gehabt. Es war herrlich gewesen!

Bei der Erinnerung regten sich Lottes Lebensgeister, gleich würde sie wieder kopfüber in den See springen und gemeinsam mit Ruth um die Wette schwimmen …

Das gut gelaunte Lächeln erstarb schlagartig auf ihren Lippen, als sie den Menschenauflauf vier Häuser weiter bemerkte.

Rasch lief sie darauf zu, wusste sofort, was das zu bedeuten hatte. Die Mutter hatte sie beschworen, niemals stehen zu bleiben, wenn die Uniformierten Menschen verhafteten und Wohnungen räumten. Stets hatte sich Lotte daran gehalten. Hatte versucht, das Unmögliche zu ignorieren, versucht, wegzusehen und -zuhören, besser nicht auffallen, besser einfach weitermachen und nicht selbst abgeführt werden. Man hörte so viel. Schnell konnte einem ein leicht dahingeplappertes »Der Krieg ist nicht mehr zu gewinnen« oder »Der Führer führt nicht richtig« zum Verhängnis werden. Da war es besser, zu schweigen und nichts zu riskieren, und Lotte hielt sich nicht zuletzt der Mutter zuliebe daran. Es reichte, wenn Fritz sich nicht den Mund verbieten ließ. Und hatte sie nicht erst neulich zur Polizei gemusst, weil Otto Herrn Rosenthal auf der Straße gegrüßt hatte? »Ein arisches Kind grüßt keine Juden«, hatte es geheißen und ob sie ihren Jungen nicht erzogen habe. Im Übrigen hätten Juden auf die andere Straßenseite zu wechseln, wenn sich arische Kinder auf ihrer Seite befänden. Die Mutter war sprachlos von der Wache nach Hause gekommen und hatte bei Oma Schmidt einen Schnaps trinken müssen und noch zwei hinterher.

Heute lief Lotte nicht weiter, sondern kam näher und blieb stehen. Es waren Frau Rosenthal und ihr Mann, die gerade mit harschen Befehlen auf einen Laster gescheucht wurden, wo sich bereits andere Menschen drängten. Ergeben, ohne Widerstand folgten sie den Anweisungen, die Hände über den Köpfen. Es gab überhaupt keinen Grund, ihnen die Waffen in die Rippen zu hauen, sie zu stoßen, zu zerren, an den Haaren zu ziehen. Und trotzdem behandelten die Männer sie wie störrisches Vieh, schrien, trieben sie mit Stöcken an. Manche stolperten, fielen über ihre Koffer. Hunde bellten mit Befehlen um die Wette, schnappten nach Fersen und Hosenbeinen. Lotte vergaß vor Schreck, Luft zu holen, ein stummer Schrei drang aus ihrer Kehle. Das konnte nicht sein. Nicht die Eltern ihrer besten Freundin!

Nicht der Mann, der ihr das Streichen ohne Tropfnasen beigebracht hatte. Glühbirnen zu wechseln und das Fahrrad zu reparieren. Nicht die Frau, der sie bewundernd Beifall geklatscht hatte, der sie großartige Filmmomente verdankte. Die so viel aufgeschlossener war als ihre eigene Mutter, mit der sie über Zeitgeschehen und Frauensachen sprechen konnte, lachen, weinen, alles auf einmal.

Ruth war nicht da. Ihr fröhliches Gesicht nirgends zu entdecken. Panisch schaute sich Lotte um. War sie noch oben in der Wohnung? Oder schon auf dem Wagen? Lotte wollte näher ran, Ruths Eltern fragen, doch sie wurde abgedrängt, es war ein unsägliches Gewimmel. Als plötzlich Schüsse durch die Luft peitschen, schrie sie unwillkürlich auf.

»Nein«, kam es tonlos über ihre Lippen. Sie schüttelte den Kopf, Übelkeit kroch in ihr hoch, Angst legte sich um sie wie ein schwerer Mantel. Lotte schwankte, kraftlos hielt sie sich am Laternenpfahl fest. Für einen kurzen Moment nur schloss sie die Augen. *Lieber Gott, lass das alles nicht wahr sein, lass mich aus diesem Traum aufwachen, sorge du für uns, bitte, bitte mach, dass alles wieder gut wird …* Aber als Lotte die Augen wieder öffnete, war nichts gut und die Angst immer noch da, hatte sich in ihrer Magengrube festgegraben, in ihren Nacken geklammert. Ein Gefühl, das sie in den nächsten Jahren begleiten würde. Eisennacken. Faustgefühl. Klammerbrust. Angstbauch.

Lotte keuchte gegen die aufsteigende Übelkeit an, sie musste Ruth sehen, die Freundin umarmen, wenigstens ein letztes Mal den Rosenthals die Hand reichen. Allen Warnungen zum Trotz drängelte sie sich durch und lief zu dem Laster, auf dem die Menschen jetzt schweigend dastanden. Voller Panik suchte Lotte die Reihen ab. Sie erkannte den Buchhändler und seine

Frau, sie hielten sich und ihren Sohn eng umschlungen, Verzweiflung in ihrem Blick. Jakob Zuckerberg, noch mit Mehlstaub im Gesicht, man musste ihn direkt aus der Backstube geholt haben. Wo war sein Bruder Moses? Kaufmann Rothschild und seine Familie, alle im feinen Zwirn, doch wer bemerkte das schon? Ein Polizist bewachte sie, starrte vor sich hin, ohne jegliche Gefühlsregung im Gesicht, ein anderer brüllte Befehle.

Ohne weiter darüber nachzudenken, stolperte Lotte auf Ruths Eltern zu, streckte die Hände nach ihnen aus, rief laut ihre Namen, wieder und immer wieder. Frau Rosenthal drehte sich zu ihr um, bückte sich und reichte ihr die Hände.

»Lotte! Tanz mein Kind, tanz! Für die Freiheit deiner Seele! *Kol tuv!*« Sie drückte Lotte fest, so fest, wie man jemanden nur halten kann, wenn man weiß, dieser Abschied ist für immer.

Wo ist Ruth? hätte Lotte sie am liebsten gefragt, aber in diesem Moment spürte sie, dass sie damit etwas verraten hätte, was niemand wissen durfte. Lotte schüttelte fassungslos den Kopf, wusste nicht, was sie denken, sagen, fühlen sollte, völlig geschockt hielt sie Frau Rosenthals Hände fest, einfach nur fest, und brachte keinen Ton über die Lippen, ihr Herz zersprang.

Da spürte Lotte eine Hand auf ihrer Schulter, jemand zog sie vom Wagen weg, ganz sanft, kaum merklich, nur langsam lösten sich die verschlungenen Hände voneinander. Ein allerletztes Auf Wiedersehen, der Hals so eng, Lotte meinte zu ersticken.

»Komm da weg«, raunte ihr eine warme, tiefe Stimme ins Ohr, sie kitzelte in ihrem Nacken.

Erschrocken drehte sich Lotte um und schaute in das Gesicht eines hageren, großen Mannes, merkwürdig fremd und vertraut zugleich. Sommersprossen. Er hatte unzählige Sommersprossen. Ein tiefer Schmerz lag in seinen Augen, berührte ihr Herz und ließ sie erschauern. Einen Augenblick nur, grün und freundlich und tief, dann war der Moment vorbei.

Geschockt, gelähmt, unfähig, etwas zu antworten, ließ sich Lotte von ihm fortführen. Es war der Mann mit dem Fallschirm, der den Arm um sie gelegt hatte, als wolle er sie beschützen, und sie an die Seite zog. Beklommen schaute Lotte dem Laster hinterher, flüsterte ein leises »Lebt wohl!«, als die Rücklichter um die Ecke verschwanden.

»Hab keine Angst!«, sagte der Mann mit belegter Stimme, er hielt sie immer noch fest, und sie kauerte in seinen Armen, als könnte er sie vor allem Bösen der Welt retten. Dabei weinte sie in seine Uniform. Ausgerechnet. Nur langsam erwachte Lotte aus ihrer Schockstarre. Überrascht schaute sie ihn an. Seine Augen wirkten sorgenvoll, widersprachen seinen tröstenden Worten. Und doch wollte sie ihm so gerne glauben, hätte das Erlebte von gerade eben so gerne ungeschehen gemacht, endlich Frieden.

Bevor sie etwas erwidern konnte, löste er sich mit einem Ruck von ihr und lief eilig davon. So eilig, dass ihm sein Paket unter dem Arm beinahe wegrutschte. Lotte schüttelte den Kopf, wie um den Anblick des Davonhastenden loszuwerden. Wer war das? Und warum um Himmels willen hatte er sie angesprochen? Hatte er sie wiedererkannt?

Lotte atmete tief durch, stützte die Hände in die Seite und rang nach Luft. Sicher wäre es das Beste, ebenfalls zu verschwinden, aber sie schien wie festgewachsen. So musste sie mit ansehen, wie die Männer der Schutzstaffel jetzt Lampen, Sessel und Tische aus dem Haus schleppten, Schränke und einen Volksempfänger. Zu Lottes Schrecken mühten sich die Männer sogar mit dem Klavier. Als sie das gute Kaffeegeschirr erkannte, mit dem bei Ruths Geburtstag im Mai noch der Geburtstagstisch gedeckt worden war, sackten Lotte die Beine weg. Was hatten sie gelacht und gealbert an jenem Nachmittag, Hedwig, Ruth und sie! Ruth war zwanzig geworden und schon lange in Elias von gegenüber verschossen, das hatte sie den Freundinnen an jenem Nachmittag gestanden. Schamesröte hatte ihre Wangen überzogen, als sie von dem Kuss erzählte, den sie heimlich im Türeingang getauscht hatten, und dass sie nun verlobt waren. Lotte freute sich, gönnte der Freundin das Glück von Herzen, fühlte sie doch mit Hans ganz genauso. Hedwig dagegen hatte eine Bemerkung gemacht, bei deren Erinnerung sich Lottes Miene jetzt verdüsterte.

»Das ist nicht in des Führers Sinne«, hatte sie gesagt, zwar sehr leise, aber doch deutlich vernehmbar. Ruth hatte sich kerzengerade aufgesetzt, mit einem Schlag ganz blass im Gesicht.

Lotte hatte die Situation damals einfach überspielt und allen noch einen Klacks köstliche Sahne auf die Erdbeerküchlein kredenzt, die Frau Rosenthal trotz der Umstände für ihre Tochter gebacken hatte. Hedwig war schon immer eifersüchtig auf Ruth gewesen, besser man nahm ihre Bemerkung nicht so ernst. Doch kurz darauf hatte sich Hedwig unter einem Vorwand verabschiedet, und Ruth und Lotte hatten schweigend das Geschirr in die Küche geräumt. Dieselben geblümten Teller und Tassen, die jetzt ein Uniformierter in einem Karton davontrug. Der Anblick schnürte Lotte die Kehle zu, fassungslos schlug sie die Hände vors Gesicht und drehte sich weg. Sie hatte genug gesehen. *Hab keine Angst*, hatte er gesagt, seine Worte hallten tröstend in ihr nach. Im Wegdrehen meinte Lotte, Oma Schmidt oben am Fenster bemerkt zu haben, die Gardine wackelte ein wenig. Und unten am Eingang ihres Wohnhauses stand der Else und zwinkerte ihr zu.

»Hier steckst du, ich hab dich überall gesucht! Komm weg von hier!« Fritz kam ihr entgegen, nahm die Schwester an der

Hand und zog sie einfach mit sich. Schweigend liefen sie und liefen, den ganzen Weg nebeneinanderher, bis sie im Park waren.

»Hast du das gesehen?«, fragte Lotte. Sie zitterte immer noch am ganzen Körper.

»Ja«, antwortete Fritz und seine Stimme klang bitter.

»Sie sind weg. Ruth ist weg.« Obwohl sie es nicht wahrhaben wollte, musste sie es sagen. Die Worte kamen ihr kaum über die Lippen.

»Ich weiß.« Fritz zog seine Schwester auf eine Bank.

»Was machen sie jetzt mit den Sachen?«, fragte Lotte nach einer Weile. Sie wagte nicht, daran zu denken, was sie mit den Menschen machten, die sie abtransportiert hatten.

Fritz schluckte und schwieg eine Weile, bevor er ihr antwortete. »Damit statten sie die freien Wohnungen aus, beschenken ihre arischen Frauen, damit sie gemeinsam einen arischen Haushalt mit vielen arischen Kindern gründen können. Ist das nicht unglaublich? Sie bereichern sich mit Dingen von Menschen, die sie verachten!«

»Sie haben doch schon so viel zerstört, ihre Geschäfte, ihre Synagogen. Und jetzt bringen sie sie weg. Wozu das alles? Es ist so … unbegreiflich.« Lotte schlug die Hände vors Gesicht, nur mühsam hielt sie die Tränen zurück.

»Verstehst du jetzt, warum ich nicht dazugehören will? Warum ich nicht im Gleichschritt mitmarschiere?« Fritz war ein Stück von seiner Schwester abgerückt und hatte nach ihren Händen gegriffen. »Schau hin, Lotte! Schau, was wirklich passiert! Alle halten mich für einen Spinner, aber du wirst schon sehen. Die Gedanken sind frei!«

»Pssst, wenn dich jemand hört!« Lotte sah sich um, aber keiner der Spaziergänger schien sich für das Geschwisterpaar zu interessieren. »Bist du echt so ein Swingheini?« Letzteres flüsterte sie. »Das ist gefährlich, Fritz!«

»Ja und? Wir haben wenigstens Spaß!«

»Spaß!«, schnaubte Lotte. »Sie haben gerade unsere jüdischen Nachbarn abtransportiert – und du denkst an Spaß?«

»Lotte, versteh doch! Das Leben geht weiter!«, rief Fritz. »Wir wollen unsere Sache machen, tanzen, unsere Lieder spielen. Und nicht die Musik der Braunhemden!«

Verstohlen musterte Lotte ihren Bruder von der Seite, er hatte schon immer gerne leidenschaftliche Reden geschwungen. Eine Zeit lang hatte Fritz die Haare wie die Hitlerjungen getragen, stramm rasiert, seit dem Studium ließ er sie wieder wachsen. Als ob er als Medizinstudent einen Freibrief hätte. Dachte wohl, er könnte über die Stränge schlagen und tun und lassen, was er wollte! Bis jetzt hatte er Glück gehabt und war nicht aufgefallen. Doch die Zeiten waren streng, der Ton rau, es war nur eine Frage der Zeit, bis ihn einer dieser übereifrigen Hitlerjungen verraten würde. Sie konnte nur hoffen, dass Fritz wusste, was er tat.

»Aber das ist gefährlich«, protestierte Lotte schwach.

»Ist es das? Gefährlicher, als sein Leben im Schützengraben für diesen Zwerg zu riskieren, kann es nicht sein!«

»Du hast doch gesehen, was passiert. Heute sind es Rosenthals, morgen holen sie dich.«

»Jetzt mal den Teufel nicht an die Wand, Lotte!« Fritz war aufgesprungen. »Es geht um Musik, um Freiheit. Das ist harmlos … und hat mit Widerstand nichts zu tun, wenn du das meinst. Da gibt es ganz andere.«

Lotte schaute ihren Bruder zweifelnd an. Der nickte ihr noch einmal kurz zu und lief dann mit zügigen Schritten davon.

Völlig in Gedanken bei Ruth und dem Gespräch mit Fritz, bemerkte Lotte beim Eintreten nicht gleich das Geräusch, das aus dem Keller drang. Sie hielt inne und drehte den Kopf, um besser ins Haus horchen zu können. Da! Schon wieder. Sie hatte sich nicht getäuscht. Das Schnaufen war nicht ihres, es kam von unten. Lotte meinte, auch ein leises Wimmern zu hören.

»Hallo, ist da jemand?«, rief sie alarmiert und schaltete das Licht ein.

In diesem Moment kam Dorothee die Treppe hinaufgestürmt, das weiße Kleid flatterte ihr um die Ohren.

»Was ist passiert?«, rief Lotte, doch die Nachbarsfreundin war längst nach draußen auf die Straße verschwunden.

»Das muss ich nicht verstehen, oder?«, murmelte Lotte und wollte gerade das Licht löschen, als sie den Else bemerkte.

»Sieh einer an, das Fräulein Braunstett!«

Lotte schluckte. Sie machte nach Möglichkeit einen Bogen um den Blockwart, jetzt hatte er sich direkt vor ihr aufgebaut und zwinkerte in einer Tour. Am liebsten wäre Lotte an ihm vorbei, doch er versperrte ihr den Weg.

Lotte kannte ihn, seit sie denken konnte. Er lebte im Erdgeschoss gleich neben dem Eingang, war immer über alles und jeden bestens informiert. Seit Dorothees Eltern einberufen worden waren, unterstützte er Oma und Enkelin, versorgte sie mit Kuchen und Speck, kümmerte sich um kaputte Wasserhähne und organisierte auch mal einen Arzt, wenn Oma Michalke die Rheumaschübe zu arg plagten. Seit einiger Zeit schaute er auch bei der Mutter nach dem Rechten, weil Vati ja im Krieg war und ein Mann im Haus fehlte. Fritz zählte für ihn offensichtlich nicht.

»Lassen Sie mich vorbei!« Lotte gab ihrer Stimme einen entschiedenen Klang, doch er trat nicht zur Seite. Schon spürte sie seinen Atem in ihrem Gesicht, er roch nicht gut.

»Wohin denn so eilig, meine Hübsche«, meinte er. Es war nicht das erste Mal, dass der Else solche Annäherungsversuche machte. Seit sie einen Büstenhalter trug, schaute er sie immer so besonders an. Erst beim Fliegeralarm vor zwei Wochen war er dicht neben sie gerutscht, als sie eng aneinandergekauert im Luftschutzkeller saßen, dass sie seinen Zwiebelatem riechen musste. Und hatte er nicht diese Bemerkung über Dorothee gemacht, als er mit dem Postboten plauschte? »Sie macht es wie eine Große …«, und dazu diese anzügliche Bewegung. Der Postbote hatte gegrinst, und Lotte hatte sich beeilt, dass sie zur Tür hinauskam. Und jetzt war er mit Dorothee alleine unten im Keller gewesen.

»Lassen Sie mich in Ruhe! Sonst …«, versuchte es Lotte noch einmal.

»Ach ja? Sonst was?« Der Else grinste süffisant, seine Finger spielten mit Lottes Haaren. Sie biss sich auf die Lippen. Jetzt bloß kein falsches Wort.

Zum Glück kam in diesem Augenblick Otto ins Haus gepoltert. Er trug einen Henkelmann wie eine Trophäe in der Hand und stürmte die Treppe hinauf, wie es so seine Art war. Irritiert ließ der Else von Lotte ab, und diese nutzte die Gelegenheit. Eilig folgte sie ihrem Bruder in die Wohnung.

»Du wirst schon sehen, was du davon hast!«, rief ihr der Else drohend hinterher.

In der Küche erwartete ihre Mutter sie bereits mit dem gedeckten Tisch. Müde sah sie aus, die Sorgen und Entbehrungen der letzten Kriegsjahre hatten tiefe Spuren in ihrem Gesicht hinterlassen. Es war lange her, dass Lotte sie hatte lachen sehen.

»Schau, ich hab dicke Suppe mitgebracht! Der Pförtner vom Ausbesserungswerk hat sie für mich aufgehoben.« Otto überreichte der Mutter stolz seinen Henkelmann.

»Lasst euch bloß nicht erwischen!«, mahnte Lotte und atmete tief durch. Ihr saß der Schock immer noch in den Gliedern. Erst Ruth. Dann Dorothee.

»I wo, mich verpfeift schon keiner! Außerdem habe ich für ihn Wache gehalten, weil er eine wichtige Verabredung hatte.« Otto grinste über das ganze Gesicht, und da musste Lotte ihrem kleinen Bruder einen Kuss auf die Stirn drücken. Er war wirklich ein gewiefter Kerl und schaffte es immer, dass die Menschen ihm etwas schenkten, Bonsche, Brot oder eben auch mal Suppe.

»Hast du Oma Schmidt den Eimer mit den Pfirsichen gebracht?«, fragte sie.

»Klar, sie will einen Kuchen backen. Ich bekomme natürlich ein Stück extra, hat sie gesagt.« Otto setzte sich und langte zu.

Prompt erntete er einen mahnenden Blick von seiner Mutter. »Erst beten!«

»Aber Fritz ist noch nicht da!«, maulte Otto und ließ den Löffel wieder sinken.

»Der kommt schon noch«, meinte Lotte und wechselte einen kurzen Blick mit ihrer Mutter. In letzter Zeit verspätete sich Fritz immer öfter zu den Mahlzeiten, häufig kam er erst mit Einbruch der Dunkelheit nach Hause.

»Apropos Kuchen«, sagte die Mutter. »Ich wollte vorhin Himbeeren gegen Mehl und Zucker tauschen, aber die Bäckerei war geschlossen …« Sie hob fragend den Kopf.

Lotte wusste, dass sie die Antwort kannte. Otto zuckte zusammen.

»Rosenthals waren auch dabei …« Lotte versagte die Stimme. »Aber Ruth nicht. Warum, warum machen sie das? Was haben sie mit ihnen vor? Und wo ist Ruth?« Lotte schlug die Hände vors Gesicht und begann hemmungslos zu schluchzen.

Die Mutter legte ihr mitfühlend den Arm auf die Schulter. »Nicht vor dem Jungen, Lotte. Bitte nicht vor dem Jungen, reiß dich zusammen, jetzt beruhige dich doch.«

Aber Lotte konnte sich nicht beruhigen, wollte sich nicht beruhigen, die ganze Zeit schon hatte sie die Tränen nur mühsam zurückgehalten. Die Bilder des Nachmittags schoben sich wieder und wieder vor ihre Augen. Frau Rosenthal, wie sie nach ihrer Hand gegriffen hatte. Jakob Zuckerberg mit dem Mehlstaub im Gesicht. All die anderen lieb gewonnenen Nachbarinnen und Nachbarn. Keine Ruth. Und die grünen Augen, die sie so seelenvoll angeschaut hatten, ihr so viel erzählten, die warme Hand, die sich sanft auf die ihre gelegt hatte und ihr Frieden versprach.

»Lotte! Du musst nicht traurig sein.« Ottos Stimme drang an ihre Ohren, er war dicht an sie herangerückt und schmiegte sich tröstend an seine Schwester. »Es wird alles gut! Bestimmt. Ich verspreche es dir. Und jetzt lass uns endlich essen, die Suppe wird kalt.«

Beklommen nickte Lotte, sie fühlte einen Stein im Magen, aber keinen Hunger. Nur zu gerne wollte sie Ottos Worten Glauben schenken.

»Herr, hab Dank für diese Gaben …« Die Mutter hatte den Kopf gesenkt und mit geschlossenen Augen die Hände zum Gebet gefaltet, von klein auf ein lieb gewonnenes Ritual. Lotte gefiel der Gedanke, dass es jemanden gab, der es gut mit ihr meinte, der auf sie aufpasste. *Bitte, bitte behüte Ruth.* Wenn die anderen mit einem Gott haderten, der diesen Krieg zuließ und noch viel, viel Schlimmeres, so fühlte sich Lotte tief im Herzen ganz wunderbar behütet. Auch an diesem Abend. Sie ahnte nicht, dass ihr jener kindliche Glaube eines Tages das Leben retten würde.

Juli 2011

Er kam immer wieder zurück, und sie öffnete ihm jedes Mal die Tür, konnte ohne ihn nicht sein, wie auch? Henry hatte ihr Herz berührt, nicht nur ihren Körper, es war, als öffnete er ihr eine andere Welt. Eine Welt der Freiheit, voller Vertrauen in den anderen, Hazel fühlte sich geliebt wie noch nie in ihrem Leben, und sie hatte selbst noch nie so viel Liebe gegeben.

Aufgewachsen mit einer Mutter, die distanzierter nicht hätte sein können, hatte sich Hazel ihr Leben lang nach Liebe verzehrt, Geborgenheit vermisst. Hilflos gewaltigen Wutwellen ausgesetzt, wenn die Mutter wieder einmal nicht wusste, wohin mit ihren Aggressionen, keinen Ausdruck für ihre Traurigkeit fand, außer zu schreien, schreien, schreien, so viel Wut in sich, so laut, so mächtig, dass Hazel sich immer mehr zurückzog. Ihr Leben lang hatte sie sich selbst und ihre Gefühle kleingemacht, nicht gelernt, Maß zu halten. Essen, Alkohol, Drogen, Sex: Immer nahm sie zu viel – oder zu wenig. Immer gab sie zu viel – oder zu wenig. Immer erwartete sie zu viel – oder zu wenig. Egal was sie tat, der Schreimutter konnte sie es nicht recht machen. So hatte sich Hazel in eine Welt der Rationalität geflüchtet, ihre eigenen Gefühle beinahe vergessen, sich selbst verleugnet und nicht mehr gewusst, was sie wollte, was sie brauchte, wer sie war. Henry hatte sie wach geküsst, wie ein Prinz, sie gerettet, wie ein Mensch nur einen anderen Menschen retten kann.

Fünf Sommer lang waren sie unzertrennlich. Sie lasen sich gegenseitig aus ihren Lieblingsbüchern vor, und Hazel erinnerte sich noch gut daran, wie er sie ausgelacht hatte, als sie vom »Zauberberg« begann. Erst als sie im Winter so traurig wurde, hatte er verstanden, was es mit jenem Schneekapitel auf sich hatte, in dem der junge Castorp sich selbst begegnete und schließlich Abschied vom Tode nahm, sich fürs Leben entschied. Nie wieder machte er einen Witz darüber. Im Gegenteil. Er hatte verstanden, dass Hazel im Winter litt, wirklich litt, hatte ihr eine Wärmflasche und warme Socken geschenkt, ihr literweise Tee bereitet und für Sonne in ihrem Herzen gesorgt.

Henry hatte sie zum Lachen gebracht, sie getröstet, für sie gekocht. Wenn sie wieder einmal spät nach Hause kam, stand alles bereit. Ohne Vorwürfe, einfach so. Henry umschwebte sie mit seiner Liebe, und Hazel konnte ihr Glück kaum fassen. Zum ersten Mal in ihrem Leben fühlte sie sich geliebt, wirklich geliebt.

Henry war Künstler, er spielte Theater und tanzte, seine Welt war die Bühne, und für einige Saisons hatte er ein Engagement in ihrer Stadt. Selbstredend lebte er in ihrer Wohnung, liebte die Freiheit, sich morgens wieder hinzulegen, wenn Hazel schon in die Bibliothek musste, nachdem er ihr einen Milchkaffee bereitet und Obst für den Tag geschnitten hatte.

Im Gegenzug brachte sie seine Unterlagen in Ordnung und Struktur in sein Leben, massierte seine Muskeln und fragte ihn seine Texte ab. Schlief schon, wenn er von einer Aufführung nach Hause kam. Der schönste Moment des Tages war, wenn er zu ihr ins Bett kroch, sich an sie schmiegte und sie festhielt, wenn sie sich liebten und dann engumschlungen einschliefen.

Mit Henry lernte Hazel zu lieben. Manchmal glaubte sie, vor unfassbarem Glück zerspringen zu müssen.

Und dann, plötzlich, von einem Tag auf den anderen, zog Henry sich zurück. Irgendetwas war vorgefallen, beschäftigte ihn, über das er nicht reden wollte oder konnte, er war schon immer sehr für sich gewesen und wurde nun immer seltsamer. Hazel musste mit ansehen, wie ihre Liebe schwand, verblasste, sich auflöste, wie Gefühle traurig wurden und schmerzten. Mit jedem Tag entfernte er sich weiter von ihr, nahm ein Stück von ihr, Seele und Herz in Fetzen. Immer öfter vergrub sie sich in ihren Büchern, verlor sich zwischen den Zeilen, gab sich selbst auf. Immer öfter ging er auf Reisen. Irgendwann hatte er dann Besuch von dieser Frau.

Natürlich konnte er alles erklären und es war nicht so, wie es aussah, aber Hazel wollte keine Erklärung und schmiss ihn aus der Wohnung, samt dem Bett, auf dem er mit der anderen gelegen hatte. Ihre eigene Reaktion fühlte sich fremd an, wie in einem schlechten Theaterstück. Für Männer wie Henry aber war es wohl normal, geübt, nicht das erste Mal, dass er sie betrog, und Hazel verstand nicht, warum, wollte es auch nicht verstehen.

*

»Wo steckt denn Fritz?« Lotte machte sich mittlerweile Sorgen um ihren Bruder. Er war noch nicht nach Hause gekommen, obwohl längst Verdunklungsgebot war. Sie fühlte sich immer noch wie in einem schlechten Traum gefangen, versuchte, die Bilder des Tages zu vergessen. Räumte den Tisch ab, auch das unbenutzte Gedeck von Fritz. Wusch das Geschirr, wischte den Boden.

Otto hatte den Inhalt seiner Hosentasche ausgeleert und untersuchte seine Schätze: Bonsche, Gummiring, eine Rosine und zwei Nägel.

»Es ist eine Gürtelschnalle«, meinte Otto enttäuscht und drehte das Metallteil zwischen seinen Fingern. »Hier, kannst du haben, das ist was für Mädchen!«

Erleichtert griff Lotte zu und steckte es rasch in ihren Rock. Ottos Logik erschloss sich ihr nicht, aber alles, was zählte, war die vermeintliche Gürtelschnalle in ihrer Hand, wahrscheinlich ein Fallschirmschützenabzeichen der Wehrmacht. Ob er seiner Kompanie davongesprungen war?

Später lag Lotte in ihrem Bett und lauschte durch den Lichtschlitz unter der Tür in den Flur. Sie verstand kein Wort, aber dem Tonfall nach stritt ihre Mutter heftig mit Fritz, der mittlerweile nach Hause gekommen war. Noch stiller als sonst hatte er sich sofort über seinen Teller Suppe hergemacht und ihn ohne ein weiteres Wort leer gelöffelt. Auf die Fragen der Mutter hatte er nicht geantwortet, nur eisern vor sich hin geschwiegen. Bis diese ihn mit einem energischen »Du sagst mir jetzt endlich, was los ist!« zur Rede gestellt hatte. Das war der Moment gewesen, in dem sich Otto und Lotte in die Kammer verzogen hatten, auch wenn sie beide furchtbar neugierig waren und ebenfalls endlich wissen wollten, wo der Bruder gewesen war. Doch ganz bestimmt würde er es ihr morgen erzählen.

Seufzend drehte sich Lotte zur Seite, die Decke hatte sie weggestrampelt. Es war heiß und stickig im Zimmer, durch das kleine Fensterchen drang kaum frische Luft. Überhaupt fühlte sich Lotte beklommen; wie in einer Endlosschleife liefen wieder und wieder die gleichen Bilder an ihr vorbei: Rosenthals auf dem Laster und Ruth nicht dabei. Sie am Klingelschild und niemand öffnete. Grüne Augen, die sie anlächelten, so vertraut und fast zu nahe. Wie konnte er behaupten, dass sie keine Angst haben müsste, und dabei die Uniform der Braunen tragen? Wie würde sie jemals wieder frei atmen können? Lotte perlte Schweiß auf der Stirn. Fritz hatte recht mit dem, was er sagte. Nur wem nützte das? Die Wahrheit brachte sie alle nur in Gefahr, sie hatte jetzt mit eigenen Augen gesehen, wozu sie in der Lage waren, und zuvor schon die Flüsterpropaganda auf der Straße gehört.

Krieg von allen Seiten, nirgends war man noch sicher, wusste nicht mehr, wer Freund oder Feind war. Und wenn man keinen Garten hatte oder einen Otto, verhungerte man. Lottes Brust entfuhr ein tiefer Seufzer. Hoffentlich würde es in dieser Nacht keinen Fliegeralarm geben, in letzter Zeit war kaum ein Tag ohne vergangen. Engländer und Amerikaner hatten schon zahlreiche deutsche Städte aus der Luft angegriffen, auch ihre Stadt. Bis jetzt hatte es dabei vergleichsweise wenige Tote gegeben, keine totale Zerstörung. Aber was wäre, wenn auch sie ausgebombt würden?

In der Wohnung war es mittlerweile ruhig geworden, die Mutter und Fritz hatten offensichtlich ihren Streit beigelegt und waren schlafen gegangen. Lotte drehte sich wieder auf die andere Seite. Sie bangte so sehr um Ruth und deren Familie, dass es in ihrem Herzen schmerzte! Gleich morgen nach dem Aufstehen würde sie sie suchen gehen, herumhorchen, wer etwas wusste, vielleicht Oma Schmidt …

Trotz allem, was hier geschah, blieb es für Lotte unvorstellbar, aus der Stadt zu flüchten, wie Fritz es angedeutet hatte. Sie mochte überhaupt nicht daran denken, das Haus und den Garten, in denen sie aufgewachsen war, zurückzulassen, Plünderern und Bomben ausgeliefert. Ohne zu wissen, wann sie wieder zurückkommen würden. Und wo sollten sie überhaupt hin? Etwa zu Vatis Schwester aufs Land? Zu Muttis Verwandten an die Ostsee? Aber sonst würde Otto womöglich mit der Hitlerjugend aufs Land verschickt und Fritz doch noch eingezogen. Oder sie zum Lazarettdienst verpflichtet. Wie alle Mädchen in ihrem Alter war sie beim Bund Deutscher Mädel gewesen. Im Gegensatz zu Hedwig, die mit Feuereifer bei der Sache war, sich zur Führerin hochgedient hatte und jetzt als Gauleiterin in *Glaube und Schönheit* weiterwirkte, hatte sie sich nie recht für diese Treffen begeistern können.

Lotte zupfte die Decke zurecht. Sie hatte beim BDM erlebt, was Glaube in Zeiten wie diesen bedeuten sollte, und gelernt, ihre Beziehung zu Gott lieber für sich zu behalten. Es schien ihr nicht förderlich, laut darüber nachzudenken und sich als Christin zu bekennen, auch wenn der Pfarrer in seiner Kirche nach wie vor von Freiheit und Mut und Bekenntnis predigte. Derzeit hatte es nur einen zu geben, an den sie glauben sollten, der ihnen Heil und Segen versprach, ihr Erlöser sein sollte. Für den sie leben und sterben sollten, kämpfen, kämpfen, kämpfen, ihr Leben geben – oder ein Kind gebären. Oder zwei. Am besten vier, fünf, sechs und mehr, dann gab es Prämien, so wollte es der Führer, die Partei, so sagte es die Propaganda. Ein Hoch auf Frauen und Mütter, und alle fühlten sich geehrt.

Doch Lotte war nicht bereit dazu, ihren Glauben gegen die Vorstellungen der Nationalsozialisten einzutauschen. Hatte Gott sie nicht zur Freiheit befreit? Sie wollte selbst entscheiden, an wen und was sie glauben sollte, wann und wem sie ein Kind gebären würde, ob sie arbeiten gehen, Familie haben wollte … Sie vermochte sich beim besten Willen nicht vorzustellen, wie jener kleine Mann mit dem Schnurrbart sein Volk zum großen Endsieg führen sollte. Wenn ihre Freundinnen den Führer bejubelten, von seinem sonnenwarmen Blick schwärmten, ihre Fähnchen schwenkten, wenn alle im Gleichschritt versammelt waren, begeistert klatschten und sich vom Rhythmus der Marschmusik anstecken ließen, wurde Lottes Herz ganz eng. Vor drei Jahren, fast auf den Tag genau, hatte ihr der Führer bei einer Kundgebung die Hand geküsst, als sie mit den anderen an der Absperrung stand und er vorbeischritt. Flüchtig nur, aber es hatte gereicht, damit die Haut an der Stelle tagelang brannte. Hans war stolz auf sie gewesen und Hedwig hatte sie glühend um diesen Handkuss beneidet, aber Lotte hatte geschrubbt und geschrubbt, es hatte wochenlang nicht aufgehört, und sie hatte dieses Brandmal verflucht und diesen Hitler gleich mit. Aber das durfte niemand wissen. Genauso wie niemand von dem Mann erfahren durfte, der in ihrem Garten gelandet war, dessen Auftauchen sie heute gerettet hatte, dessen warmer, freundlicher Blick ihr jetzt noch bei der Erinnerung Herzklopfen bereitete. Und mit diesem Gedanken schlief Lotte endlich ein.

Wie immer in jüngster Zeit würde es ein schmales Frühstück geben mit Hafergrütze und Muckefuck. Bei dem Gedanken wollte Lotte an diesem Morgen erst recht liegen bleiben. Was sollte sie heute an der Uni? Mühsam stieg sie aus dem Bett, die tägliche Morgengymnastik, Leibesertüchtigungen für einen gesunden Frauenkörper, ließ sie bleiben. Plötzlich sah sie alles in einem anderen Licht. Hedwig zuliebe hatten sich die Freundinnen einst regelmäßige Gymnastik geschworen, und Lotte hatte grinsend eingewilligt, sie tanzte dabei immer mehr, als dass sie turnte, und hatte Spaß daran. Doch seit gestern war ihr klar, dass dieser Spaß bitterer Ernst war. Der gesunde Frauenkörper sollte nichts anderes tun, als arisches Leben zu schenken, während die Juden verschwinden sollten. Und war es nicht das, was auch Hedwig anstrebte?

Lotte griff nach dem Schwamm, wusch sich erst warm, dann kalt, wieder warm und zum Schluss wieder kalt, das regte die Durchblutung der Haut an, brachte den Kreislauf auf Trab und zauberte rosige Wangen, behauptete zumindest Hedwig, und die kannte sich mit solchen Dingen bestens aus. Lotte seufzte und legte den Schwamm beiseite. Schon wieder Hedwig. Hedwig, die alles dafür tat, um einen Nazi-Offizier heiraten zu können. Einen, der dann Wohnungen räumte und seiner künftigen Frau Geschirr schenkte. Lotte lachte bitter auf, während sie sich das hellblaue Kleid mit der weißen Blume überstreifte, das sie sich im letzten Jahr gemeinsam mit Ruth geschneidert hatte.

Ruth. Lotte ließ sich kraftlos auf ihr Bett sinken. Sie musste unbedingt herausfinden, wohin sie Rosenthals gebracht hatten und was mit Ruth geschehen war. Gleich nach dem Frühstück würde sie sich kümmern. Statt zur Uni zu gehen, würde sie sich vorsichtig umhorchen. Es gab nicht viele, denen man vertrauen konnte, aber Oma Schmidt war eine davon. Vielleicht wusste sie etwas über Ruths Verbleib, ganz bestimmt, versuchte sich Lotte Mut zuzusprechen.

In der Küche wiederholte sich dann das allmorgendliche Theater mit Otto, der seine Hafergrütze nicht essen wollte, egal wie sehr die Mutter auf ihn einredete und ihm vorrechnete, dass er sich in Zeiten wie diesen sein Frühstück beileibe nicht aussuchen konnte. Otto blieb stur.

»Wenn du deine Hafergrütze isst, werde ich nie wieder über dicke Suppe stöhnen«, versprach Lotte, um ihren Bruder aufzumuntern, obwohl es für sie nicht viel Schlimmeres gab als Mehlklumpen statt Fleischeinlage. Und sie selbst brachte heute früh auch keinen Bissen herunter.

»Das sagst du nur so«, meinte er schlau und knabberte missmutig an einer Brotkante.

»Stimmt«, musste Lotte zugeben, froh, noch einmal davongekommen zu sein. »Dann eben nicht.«

Als Lotte aus dem Haus trat, beschlich sie ein beklemmendes Gefühl. Und das lag nicht am Else, der sie mit seinen Blicken verfolgte. Der Lärm und die Aufregung und die Autos von gestern waren verschwunden, lähmende Stille lag über den Häusern, die Wohnungen darin wirkten verwaist. Oltkes hatten ihren Laden geschlossen, und im Restaurant nebenan hing unübersehbar ein neues Schild: *Juden sind in diesem Lokal unerwünscht – rein arischer Betrieb.* Die Bäckerei von Zuckerbergs war schon wieder geöffnet, sie hatte wohl gleich jemand mit dem passenden Parteibuch übernommen. Lotte lachte bitter auf. Ganz bestimmt gäbe es mit dem Neuen keine Tauschgeschäfte.

Die Straße war wie leer gefegt. Kein Auto, keine spielenden Kinder, kein Otto mit Lumpi. Nur hinten am schmiedeeisernen Tor mit den Blumenornamenten meinte Lotte, eine Gestalt zu bemerken, wie sie stiller Teilhaber der gespenstischen Ruhe. Lotte kniff die Augen zusammen, um besser sehen zu können. Keine Frage, es war der Mann, der in ihr Leben gesegelt war und sie gestern vom Laster weggezogen hatte. Sie meinte, immer noch seine warme Hand auf ihrer Schulter zu spüren, seine Stimme zu hören. Sah seine Sommersprossen direkt vor sich. Lotte schüttelte den Kopf. Wie konnte das sein? Jener Moment hatte sich tief in ihre Seele geprägt. Vorsichtig hob sie die Hand zum Gruß. Aber da war der Mann auch schon wieder verschwunden.

Lotte lief weiter, ihre Absätze hallten zwischen den Häusern nach. Wider besseres Wissen klingelte sie am Messingschild der Rosenthals. Gleich würde der Summer gehen, sie würde drei Stockwerke hochstürmen und der geliebten Freundin um den Hals fliegen. Doch die Tür blieb stumm, wie alles im Haus, nichts und niemand regte sich. Lotte klopfte, erst sanft, dann lauter, immer stärker hämmerte sie gegen die Tür.

»Mach doch auf«, rief sie verzweifelt und spürte, wie die Tränen aus ihr herausbrechen wollten. »Mach doch bitte, bitte auf!«

Bilder der Vergangenheit zogen vorüber, sie dachte an die beste Freundin. Wie sie gemeinsam eingeschult wurden, jede mit einer dicken weißen Schleife im blonden Haar, und stolz den Tornister auf dem Rücken. Ruth, wie sie ihr kichernd ihren ersten Büstenhalter zeigte, weil sie im Gegensatz zu Lotte bereits mit vierzehn einen richtigen Busen hatte. Ruth, wie sie so verliebt von ihrem Elias geschwärmt hatte, den sie bald in einer jüdischen Zeremonie heiraten würde, sie freute sich auf Kinder, würde eine wunderbare Ehefrau und Mutter sein. Ruth, die sich mit ihr über die Verlobung mit Hans freute und sie über seinen Fronteinsatz hinwegtröstete. Ruth, die sie festhielt, wie es nur eine beste Freundin kann, die einen im Herzen versteht. Irgendwann beruhigte sich Lotte, wischte sich die Tränen aus dem Gesicht.

Niemand öffnete.

Eilig lief Lotte zu Schmidts hinüber und klingelte Sturm. Lumpi bellte wie verrückt.

»Ist Hedwig da? Haben Sie etwas von Ruth gehört?«, fragte sie atemlos, als Oma Schmidt die Tür öffnete.

»Kindchen, Kindchen, wo brennt's denn? Nein und nein, habe ich nicht.« Die alte Dame schüttelte den Kopf. Sie selbst trug ihren Kittel und war augenscheinlich dabei, einige alte Kleidungsstücke zu sortieren. »Frontspende«, murmelte sie, als sie Lottes fragenden Blicken folgte.

»Aber wo steckt Ruth dann? Sie ist wie vom Erdboden verschwunden, und gestern haben sie Rosenthals und Moses weggebracht ...« Lottes Stimme brach, vor lauter Tränen konnte sie nicht weitersprechen.

»Komm, trink einen Schluck Wasser, du bist ja völlig durcheinander!« Oma Schmidt drückte sie auf einen Stuhl in der Küche und reichte ihr ein Glas. Dann sah sie Lotte lange an, als würde sie überlegen, was sie ihr erzählen sollte und was nicht.

»Es ist eine harte Zeit für uns alle ... die Braunen machen grauenhafte Dinge, treiben Juden wie Vieh in diese Waggons, bringen sie weg und dann ...« Und während Oma Schmidt weitersprach und barbarische Szenarien beschwor, die Lotte am liebsten nie gehört hätte, keimte in ihr die Hoffnung, dass Ruth doch noch am Leben war, irgendwo in Sicherheit. Warum genau sie das glaubte, wusste Lotte in jenem Moment nicht zu sagen. Vielleicht war es das bunte Fensterchen, das sie vor sich auf dem Küchenschrank entdeckte. Vielleicht lag es an dem grünen Wollkleid, das Oma Schmidt schnell vor ihr in dem Kleidersack versteckt hatte, der für die Frontspende bestimmt war. Vielleicht war es aber auch das Fallschirmschützenabzeichen, das Lotte jetzt in ihrer Rocktasche fühlte. Ein Zeichen, dass alles gut werden würde. Und doch ...

»Ich muss sie finden!« Lotte wollte aufstehen, doch Oma Schmidt hielt sie zurück.

»Du musst vorsichtig sein«, sagte sie und sah Lotte beschwörend an. »Bring dich nicht unnötig in Gefahr. Wenn Ruth nicht auf dem Laster war, ist sie bestimmt in Sicherheit. Versuche, darauf zu vertrauen. Bete für sie! Für uns alle!«

Lotte nickte. Ja, das würde sie. Aber gleichzeitig konnte sie auch nicht einfach abwarten und tatenlos zusehen. Das spürte sie ganz deutlich. Sie würde weiter nachforschen. Sie musste ihre Freundin finden.

Kraftlos und müde, wie sie sich fühlte, hätte Lotte am liebsten die Elektrische genommen. Der Schlafmangel der letzten Nächte war eine schlimme Folter, wie sollte sie nur den Tag überstehen? Doch um bei Nachbarn und Freunden herumzufragen, musste sie zu Fuß gehen, und so ließ sie die *Bim* an sich vorübertuckern und lief los. Vorbei an den roten Backsteinhäusern, dem Feinkostladen und der Apotheke. Vorsichtig musste sie sein, sie durfte nicht jeden fragen, ob er etwas über Ruths Verbleib wüsste, die Oltkes bestimmt nicht.

In der Bäckerei war niemand, ein paar Hitlerjungen lungerten davor herum, und so traute sich Lotte nicht, bei der netten Frau Eder obendrüber zu klingeln. Eilig lief sie weiter, am Ludwigsturm vorbei mit dem Kiosk davor. In der Stadt waren heute viele Menschen unterwegs, es schien, als hätten alle noch etwas Dringendes zu erledigen, schnell noch Stoff und Garn besorgen oder einen neuen Fahrradschlauch kaufen. In der Drogerie schüttelten sie betreten die Köpfe, als Lotte vorsichtig Andeutungen machte. Und auch der Mann hinter der Kinokasse, ein enger Vertrauter von Frau Rosenthal, der ihr immer die besten Plätze reserviert hatte, konnte ihr nicht weiterhelfen.

Im Bismarckbrunnen spielten die Kinder, ein paar Jungen und Mädchen plantschten barfuß darin herum. Da konnte sich Lotte trotz ihrer traurigen Gedanken ein Grinsen nicht verkneifen. Das Gelächter der Kinder erinnerte sie an früher, als Fritz und sie sich gegenseitig im Brunnen nass gespritzt hatten. Die Mutter hatte sie dafür natürlich getadelt, aber die Geschwister hatten einen Riesenspaß gehabt und waren glücklich und klitschnass nach Hause gekommen. Damals durften sie noch nicht alleine mit dem Fahrrad zum nahe gelegenen Badesee radeln und hatten jede Gelegenheit genutzt, um sich zu erfrischen. Einen ganzen Sommer lang!

Auch auf dem Marktplatz herrschte buntes Treiben, die Bauern aus dem Umland boten frisches Obst und Gemüse an, verkauften Hühner und Honig. Das Jahr hatte ihnen trotz Hitze eine reiche Ernte beschert, die Körbe quollen über vor Äpfeln, Karotten, Tomaten, Bohnen und Kartoffeln, und wer es sich leisten konnte, langte zu. Also ob kein Krieg wäre, dachte Lotte, als ob sie nicht immer wieder Luftangriffen ausgesetzt wären, bei denen Hunderte Menschen starben, verwundet oder obdachlos wurden. Sie unterhielt sich eine Weile mit der alten Marktfrau über das Einlegen von sauren Bohnen und versuchte nebenbei herauszufinden, ob sie etwas wusste.

»Kindchen, Kindchen, pass auf!«, sagte sie nur. Dann zog sie Lotte ein Stückchen näher zu sich heran und hörte sich an wie Oma Schmidt, als sie weitersprach. »Wenn deine Freundin nicht auf dem Laster war, ist sie bestimmt in Sicherheit, versteckt bei lieben Menschen, die auf sie aufpassen. Du darfst keine Nachforschungen anstellen, hörst du? Du bringst sonst alle in Gefahr!« Sie schenkte Lotte zum Abschied einen saftigen Apfel und dafür musste die ihr versprechen, stillzuhalten. Wie schwer ihr das fiel – doch die alte Marktfrau hatte recht, das wusste sie im Herzen.

Beklommen lief Lotte weiter. Am Langen Ludwig hing die Hakenkreuzfahne, wehte leise im Wind, beinahe mahnend. Schließlich stieg Lotte doch in die Bim, um zur Uni zu fahren, zahlte der Schaffnerin zehn Pfennig und setzte sich an einen

Fensterplatz. Seufzend schloss sie die Augen, aber nur kurz, zu groß war die Versuchung, einzuschlafen. Hoffentlich konnte sie gleich der Vorlesung folgen! Noch einmal gut aufpassen, bevor es Semesterferien gab, sagte sie sich, noch einmal alles mitschreiben und aufmerksam zuhören. Das würde sie ablenken von den sorgenvollen Gedanken an Ruth. Dann würde sie etliche Wochen Pause haben, um erst zum Winter hin mit voller Kraft weiterzustudieren. Was ihre Mutter nur hatte? Sie würde ihr schon zeigen, dass Wissensdurst und Lehre durchaus Frauensache waren! Ganz bestimmt widersprach es nicht der weiblichen Natur, gleichzeitig Kinder zu haben und berufstätig zu sein, das machten andere Frauen ja auch. Aber ihre Mutter hatte traditionelle Ansichten, und Lotte war entsprechend erzogen worden: eine Ausbildung ja, aber mit dem Ziel, so bald wie möglich der schönsten Berufung zu folgen, die es gab, nämlich Hausfrau und Mutter zu sein. Zum Glück war Hans da anderer Meinung und dachte viel moderner, die Nazis ja auch. Er war jetzt schon stolz auf seine Lotte, die eines Tages Lehrerin *und* Mutter sein würde.

Hans! Hoffentlich geht es ihm gut, dachte Lotte mit sorgenvollem Herzen, während sie jetzt am Hospital im Akaziengarten vorbeifuhren. Hier war ein Garnisonslazarett für die deutschen Soldaten eingerichtet. Gleich nachher würde sie ihm einen Brief schreiben und so unverfänglich wie möglich vom Schicksal der Rosenthals erzählen.

Kurz darauf hielt die Bim am Paradeplatz. Lotte schreckte auf, sie musste für einen Moment eingenickt sein. Schnell stieg sie aus, von hier waren es nur wenige Meter zu Fuß bis zur Universität. Um in Schwung zu kommen, beschleunigte sie ihre Schritte, nicht zuletzt auch wegen der Erinnerung an den Aufmarsch genau an dieser Stelle. Es schien ihr eine Ewigkeit her, dass sie hier gemeinsam mit ihrer Mutter, Otto, Fritz und Vati in der jubelnden Menge gestanden hatte, während die Soldaten an ihnen vorbeimarschiert waren. Die Hitlerjugend stand damals in Reih und Glied, allen voran Hedwig, die damals schon als Gruppenleiterin beim Bund Deutscher Mädel aktiv war. Ruth war an jenem Tag lieber zu Hause geblieben.

Fritz hatte den Aufmarsch gefilmt. Kurz zuvor hatte er sein Erspartes zusammengekratzt und sich eine Kodak 8 gekauft, mit der er fortan alles, was ihm vor die Linse kam, filmte, ein Tick, den er lange Zeit nicht ablegen sollte.

»Die Pickelhaube poliert, die Rotzbremse in Form gebracht – so marschieren sie mit stolzgeschwellter Brust über die Straße«, so lautete sein Kommentar zu jenen Bildern, die jetzt wieder vor Lottes innerem Auge abliefen. Und noch ein Bild kam ihr in Erinnerung, während ihre Absätze auf dem Kopfsteinpflaster widerhallten und das Kleid im Sommerwind um ihre Beine wehte: wie Vater und Mutter die Arme zum Hitlergruß gehoben hatten, stolz, dass es endlich voranging für Deutschland.

Fritz hatte seinen Eltern oft vorgeworfen, dass sie Hitler gewählt hatten, laut und leidenschaftlich war er geworden, hatte aufgezählt, welche Gräueltaten geschahen, wie sie die arische Rasse bereinigen wollten: die Verfolgung der Juden, die Brandanschläge, die vermeintlichen Evakuierungen und Umsiedlungen – und niemand konnte wirklich sagen, was dann mit ihnen geschah. Es gingen die fürchterlichsten Gerüchte, die niemand glauben wollte, weil sie so unvorstellbar grausam waren. Dazu die ständige Gefahr, in der Andersdenkende lebten, die vielen Erlasse und Verbote, das Marschieren im Gleichschritt.

Der Vater hatte ihm daraufhin den Mund verboten. Seitdem rechnete Lotte jeden Tag damit, dass ihr großer Bruder seine Koffer packen und auf Nimmerwiedersehen die Stadt verlassen würde.

Die Vorlesung verlief wie im Film. Keiner von der Sorte, bei dem man vor Kurzweil amüsiert lachte und applaudierte, sich von der Musik mitreißen ließ, im weiß funkelnden Traum der Glitzerwelt versank. Es war eher wie ein nebelweißer Abspann, der an einem vorüberzog und bei dem man nicht wusste, welche Rolle einem zugeteilt war: mittendrin als Akteur in der Handlung? Oder zum Zuschauen verdammt?

Lotte vermochte den Ausführungen des Professors vorne am Pult kaum zu folgen, sie war unfähig, auch nur einen sinnvollen Gedanken zu Papier zu bringen. Das Lesebuch für Grundschüler vor der Nase, hatte sie immer nur Frau Rosenthals verzweifelten Blick im Sinn, spürte sie ihre Hände, sah sie dem Kaffeegeschirr mitsamt seinen Geschichten hinterher.

»Ziel ist die Erziehung der Jugend zu religiös-sittlicher Bildung und zur persönlichen Tüchtigkeit im Geiste des deutschen Volks- und Menschentums.«

Lotte konnte sich nicht konzentrieren, unablässig dachte sie an Ruth, vermochte sich lieber nicht auszumalen, welches Schicksal die Freundin erleiden musste. Oder hatte sie sich wirklich rechtzeitig in Sicherheit bringen können und war nun irgendwo untergetaucht? Lotte wagte es nicht einmal zu denken. Bei wem könnte sie sich versteckt haben?

»Deutsche Bildung, damit unsere Knaben und Mädchen Kinder des Landes werden, das sie geboren hat.«

Was der Professor nur hatte – Kinderreime, Spiellieder, Märchen. Damit sollten die Kinder lesen lernen? Mit Abzählversen und Gedichten von Frührot bis zur dunklen Nacht. Alles in des Führers Sinne, aber das sagte er nicht explizit, vielleicht wollte er es auch nicht sagen, vielleicht weil er wie viele andere gegen die Nationalsozialisten war, aber niemand durfte davon wissen.

Aber was nützte es, wenn niemand etwas sagte, niemand etwas machte! Die Gestapo würde weiterhin kommen und die Menschen holen, niemand konnte es verhindern. Wie im Deppertweg, direkt vor ihrer Haustür. Wie überall.

Seit Lotte an der Universität war, hatte sie immer mal wieder von studentischen Gruppierungen gehört, jungen Studenten, die sich heimlich trafen. Es gab welche, die Aktionen schmiedeten, manchmal Flugblätter verteilten, und andere, die einfach nur durch unangepasstes Verhalten auffielen. Sie trugen keine Uniform, sondern karierte Hemden oder ihre Haare länger, es war auch der ein oder andere Swingheini wie Fritz darunter. Diese Studenten waren weder richtig organisiert, noch leisteten sie aktiv politischen Widerstand, sie waren ganz normale junge Menschen, die einfach nicht mit dem aktuellen Regime einverstanden waren. Neugierig wie sie war, hätte Lotte gerne mehr darüber erfahren und gewusst, inwiefern Fritz dabei mitmischte. Doch der hatte sie bisher nicht eingeweiht. Wer wollte auch schon seine kleine Schwester dabeihaben!

»Eine wichtige Quelle der Erkenntnis deutschen Wesens ist die bildende Kunst.«

Die Bilder des Büchleins sollten die Kinder zum Lesen ermutigen, sollten sie einmal ermüden angesichts der Reime und Verse, der kurzen und langen Geschichten. Eines Tages würde sie als Lehrerin vor lauter Kindern stehen, die sie mit erwartungsvollen Augen anschauen würden. Eifrig das Abc und schreiben lernen würden, das Einmaleins … Lotte schüttelte bei dem Gedanken den Kopf. Die Zukunft – welche Zukunft? – lag in unerreichbar weiter Ferne. Sie war hier, sie selbst war in Sicherheit, aber sie holten Menschen ab, und niemand wusste, wohin sie sie brachten.

Ihre Freundin war weg.

Suchend blickte sich Lotte in dem kleinen Café neben der Universität um. Alle Tische waren voll besetzt, aber sie konnte ihren Bruder nirgends entdecken. Dann eben nicht. Gerade als sie wieder zur Tür hinauswollte, drang eine vertraute Stimme an ihr Ohr.

»Hallo, Schwesterchen, so alleine? Darf ich dir Magda vorstellen?« Fritz winkte sie heran und bedeutete ihr, sich zu ihm zu setzen. Genauer gesagt saß er nicht alleine da, sondern mit einer bunten Truppe Studentinnen und Studenten. Seine Freundin saß mit geröteten Wangen neben ihm, die dunklen Locken zerzaust, offensichtlich hatten sie gerade hitzig debattiert. Schnell schob sie ein paar Blätter zusammen und legte ein Buch darüber, als Lotte auf dem Stuhl neben ihr Platz nahm.

»Hallo«, grüßte Lotte schüchtern in die Runde und ließ flüchtig ihren Blick schweifen. Seit sie studierte, begegneten sich die Geschwister öfters an der Universität. Zu ihrem Leidwesen nahm Fritz sonst kaum Notiz von ihr. Seit sie denken konnte, nahm er sie nie ganz ernst, machte sich manchmal sogar über sie lustig. Egal ob Lotte Chopin spielen konnte oder bei der Kinopremiere Zarah Leander getroffen hatte, egal ob sie zentnerweise Karotten für den Wintervorrat eingemietet und Sauerkraut eingelegt hatte, egal dass sie sich ihrer Mutter gegenüber durchgesetzt hatte und studieren ging, immer ging er über ihre begeisterte Erzählung hinweg. Fritz hatte seine eigene Vorstellung von der Welt und für die Belange seiner Schwester so gut wie kein Interesse. Erst seit sie Lehrerin werden wollte, nahm er sich gelegentlich mehr Zeit, mit ihr zu sprechen, weil sie so in seinen Augen endlich etwas Sinnvolles tun konnte: nämlich den Lehrplan missachten und Kindern das Denken beibringen. Er rannte damit bei Lotte offene Türen ein, hatte sie doch selbst ihre Probleme mit Rassenkunde und germanischen Heldensagen. Und sie hatte nicht vor, irgendjemandem Textaufgaben vorzurechnen, in denen es darum ging, wie viele Wohnungen für arische Familien gebaut werden könnten, wenn man 10.000 Reichsmark an einem Irrenhaus sparte.

Die lebhafte Diskussion am Tisch verstummte, als sich Lotte zu ihnen setzte. Sonst nie um Lächeln und Worte verlegen, wagte sie nicht, ein Gespräch zu beginnen. Sie wirkten alle so zielstrebig, so reif. Irgendwie anders. Die jungen Männer trugen ihre Haare länger, als es gerade vorgegeben war, und die Frauen waren geschminkt. Und das am helllichten Tag! Den Büchern und Unterlagen nach zu urteilen waren sie alle Kommilitonen aus dem Medizinstudium.

»Hübsches Kleid«, sagte Magda freundlich zu ihr. »Fritz hat erzählt, wie gut du nähen kannst …«

Überrascht blickte Lotte auf und strich verlegen über den blauen Stoff. Fritz hatte über sie gesprochen! Ausgerechnet mit Magda. Magda, die sich die Lippen rot schminkte und das Muttermal daneben betonte, die enge Blusen und Goldschmuck trug. Deren dunkle Locken ihr ein ungestümes Aussehen verliehen und die ganz bestimmt nicht davon träumte, Hausfrau und Mutter zu sein.

»Wenn du magst, zeige ich dir, wie es geht«, hörte sie sich sagen.

»Gerne!« Damit wandte Magda ihre Aufmerksamkeit aber schon wieder Fritz zu. Die Runde plante in den Semesterferien einen Ausflug. Sie wollten bis nach Italien fahren, Freiheit und Abenteuer genießen, und in Kohten schlafen. Magda wollte ihre Balalaika mitnehmen, sie zupfte fröhlich in der Luft herum.

»Pssst!«, rief da ein Dunkelhaariger hinten am Tisch, der sich Lotte als Bertolt vorgestellt hatte. Eine Truppe Hitlerjungen spazierte in das Café. Sofort senkten sich ringsherum die Stimmen. Jeder tat, als wäre er außerordentlich damit beschäftigt, seine Bücher zu studieren und Aufgaben zu lösen. Die Braunhemden inspizierten Papierkörbe und Tische, einem Studenten zogen sie einfach den Stuhl weg, einem anderen schütteten sie den Inhalt seiner Tasche auf den Boden. Einer von ihnen guckte die ganze Zeit hinüber zu Fritz, der sich ein Heft vor die Nase hielt.

»Unauffälliger ging's nicht, was?«, rutschte es Lotte raus, als die Hitlerjungen endlich verschwunden waren. Sofort schlug sie sich die Hand auf den Mund. Was hatte sie da gerade gesagt?

Fritz lachte schallend los. »Hahaha, meine kleine Schwester! Mach dir keine Sorgen, das war nur Hannes. Der sucht mit seinen Pimpfen nach einem Grund, mich anzupöbeln. Aber da kann er lange warten, hier findet er nichts.«

Auch die anderen am Tisch grinsten. Magda lächelte ihr zu, und Lotte meinte, so etwas wie Anerkennung in ihrem Blick zu lesen. Dennoch wäre sie am liebsten aufgesprungen und verschwunden, als sie alle Blicke auf sich spürte. Stattdessen blieb sie sitzen und hörte wie gebannt weiter zu, wie die Studenten Pläne schmiedeten, längst widmeten sie sich wieder ihrer bevorstehenden Fahrt. Dabei ging es nicht nur darum, was in den Rucksack einzupacken wäre, sondern vor allem um die Frage, welche Wanderwege wohl taugten, um den überall im Land verteilten Spitzeln aus dem Weg zu gehen.

Lottes Gedanken schweiften ab, sie dachte wieder an Ruth und schickte ein heimliches Gebet zum Himmel. Eine leise Suche, ein stummes Bitten um eine Antwort. Für einen kurzen Moment nur schloss sie die Augen, spürte in sich hinein, bat Gott um ein Zeichen, ein klitzekleines nur, das sie beruhigen würde, ihr Sicherheit geben, oder eine Eingebung, wie sie mit dem Verlust der besten Freundin umgehen sollte. *Lieber Gott, bewahre und behüte uns, schenke uns Frieden …*

Als sie die Augen wieder öffnete, schaute sie direkt in das Gesicht eines jungen Mannes, der sich ihr in diesem Moment gegenübersetzte und sie aufmerksam musterte. Es war der Mann, der vorgestern plötzlich in ihrem Garten gestanden hatte, der gleiche, der sie von dem Laster weggezogen hatte, nur dass er heute ein helles Hemd mit einer Weste trug. Keine Uniform. Ein Blick, ein Herzhüpfer, auch er hatte sie wiedererkannt. Seine Augen lächelten warm, als er sie jetzt ansprach.

»Ich bin Wilhelm«, stellte er sich vor und reichte ihr die Hand. »Und du musst Lotte sein. Fritz hat mir schon viel von dir erzählt.«

Lotte nickte stumm, und ohne es zu wollen, lief sie rot an. Was um Himmels willen hatte Fritz über sie gesagt? Verlegen senkte sie den Kopf, um sofort wieder hochzusehen. Wilhelm schaute sie immer noch an.

Ein Lächeln huschte über ihre Lippen, und obwohl ihre Wangen glühten, hielt sie nun seinem Blick stand, schaute zurück in seine unglaublich grünen Augen, ein Waldsee an Gefühlen und Geschichten.

»Schön, dich kennenzulernen«, sagte er und ließ endlich ihre Hand los.

Schön, dich wiederzusehen, hätte sie beinahe geantwortet, biss sich im letzten Augenblick aber auf die Lippen. Es schien ihr geschickter, sich nicht zu erkennen zu geben. Auch wenn sie innerlich darauf brannte, herauszufinden, warum er in ihrem Garten gelandet war und jetzt in Zivil vor ihr stand. Ob Fritz und die anderen davon wussten?

Wilhelm zog einen Stuhl heran und setzte sich wie selbstverständlich neben sie. Während er sich mit Fritz und den anderen unterhielt, spürte Lotte immer wieder seine Blicke auf ihr, sie hinterließen kleine Leuchtfeuer auf ihrem Körper, er strahlte eine große Wärme aus. Interessiert verfolgte sie das Gespräch über die bevorstehende Fahrt, und sie fühlte sich geschmeichelt, dass ihr offenbar alle am Tisch vertrauten. Wilhelm fragte nach Schnee in den Bergen und überlegte laut, wie man sich vor Ort am besten Skier beschaffen könnte.

»Magst du Schnee?«, fragte er Lotte.

»Wenn es nicht immer so kalt wäre … Es wirkt dann alles so hell und klar«, antwortete sie, um nach kurzem Überlegen hinzuzufügen: »Den Sommer mit Sonne, seinen Kirschen und bunten Blumen mag ich jedenfalls lieber.«

»Stimmt! Das liebe ich auch … barfuß über die Wiese laufen oder im See schwimmen.« Er lächelte und dabei strahlten seine Augen noch mehr. Oder waren es die vielen Sommersprossen, die über sein Gesicht tanzten?

Lottes Herz hüpfte, wie er das sagte. Wilhelm sprach mit Leidenschaft und tiefer Stimme, bestimmt konnte er schön singen. Ganz bestimmt sang er schön. Sie wunderte sich insgeheim über sich selbst, dass sie überhaupt so etwas dachte. Während er redete, gestikulierte er mit seinen Händen, wie um das Gesagte zu unterstreichen. Es wirkte eindrucksvoll, wenn er sprach. Fritz musterte sie mit einem besonderen Blick, dabei strich er sich die Haare aus der Stirn, er trug sie so lang, wie es gerade noch erlaubt war. Als Swingheini zeigte er sich schon längst nicht mehr öffentlich, sie hatten den Swing verboten. Das hinderte Fritz nicht daran, regelmäßig heimlich tanzen zu gehen, und offensichtlich hatte er darüber Magda und die anderen am Tisch kennengelernt. Wilhelm dagegen hatte seine rotblonden Haare stramm gescheitelt und deutlich kürzer geschnitten. Lotte wunderte sich nicht darüber, auch wenn dieser Mann ihr sonst jede Menge Geheimnisse aufgab.

Mit merkwürdig beschwingten Schritten lief Lotte den ganzen Weg zurück nach Hause und schwitzte sehr dabei, ohne es zu merken. Dieser Wilhelm schien ihr ein interessanter Mensch zu sein. Zu gern hätte sie mehr über ihn erfahren, bei nächster Gelegenheit würde sie Fritz unauffällig über ihn aushorchen. Ob Fritz wusste, dass er ein Fallschirmjäger war und Uniform trug? Gleichzeitig schien er auch ein Swingheini zu sein, einer von denen, die unbekümmert durchs Leben tanzten und dem Nazi-Regime den Regenschirm zeigten. Wie passte das zusammen? Er wirkte viel ernsthafter als Fritz und seine Studienkollegen, das machte ihn in ihren Augen noch sympathischer.

Beinahe fröhlich und gut gelaunt bog sie in den Deppertweg ein. Als sie an Ruths Haus vorbeilief, blieb sie wie angewurzelt stehen. Wie konnte sie nur vergessen! Sie hatte ihren Bruder fragen wollen, wie sie nach Ruth suchen könne, ohne sich verdächtig zu machen – aber dann waren die anderen Studenten dabei gewesen und Wilhelm war dazugekommen, und plötzlich war die Sorge um die Freundin in die Ferne gerückt.

Für einen kurzen Moment wollte sie klingeln, doch sie widerstand dem Impuls, es war sinnlos. Erschöpft und verzweifelt zugleich ließ Lotte die Stirn gegen das Klingelschild sinken. *Bitte, bitte mach, dass ihr nichts geschehen ist.*

Dann schlich sie die restlichen Meter bis zu sich nach Hause. Früher hatte sie die Stufen immer gezählt – es waren acht bis zum Treppenpodest, teilbar durch zwei oder vier, und je nach Tagesform lief sie immer zwei Stufen oder vier auf einmal nehmend nach oben –, aber heute schleppte sie sich mühsam hinauf.

»Da ist ein Brief für dich angekommen«, wurde sie freudestrahlend von Otto begrüßt, als sie die Wohnung betrat. Aufgeregt deutete er auf den Umschlag auf dem Tisch. »Der ist bestimmt vom Hans!«, meinte er und hüpfte dabei von einem Bein aufs andere. »Jetzt mach schon auf!«

»Und am besten soll ich ihn dir auch noch gleich vorlesen, was?« Lotte griff nach dem braunen Umschlag und steckte ihn rasch in ihre Jackentasche. Dann schenkte sie sich ein Glas Wasser ein.

»Ich muss doch wissen, wie es meinem Freund geht«, meinte Otto vorwurfsvoll und setzte sich endlich. »Und dann schreib ich ihm zurück, das habe ich Hans versprochen.«

»Natürlich!« Hans kümmerte sich rührend um ihren kleinen Bruder. Erst beim letzten Heimaturlaub hatte er mit Otto stundenlang *Mensch ärgere Dich nicht* gespielt. Otto hatte ständig gewonnen, und zu seiner Freude hatte sich Hans ordentlich geärgert, zumindest hatte er so getan, als wäre jeder Rauswurf für ihn unsäglich unerträglich.

Fritz dagegen konnte Hans nicht besonders gut leiden. Er hielt Lottes Verlobten für einen spießigen Langweiler, der keine eigene Meinung hatte. Einen typischen Mitläufer, weder harmlos noch gefährlich, jemand, der sich fügte und sich aus lauter Angst in Schockstarre begab, der Masse hinterherlief. Das Schlimmste, was man über einen Menschen sagen konnte.

Mit großen Schlucken trank Lotte ein Glas Wasser leer, sie spürte ihre Beine von dem heutigen langen Marsch und hätte sich am liebsten auf das Sofa gelegt.

»Später lese ich ihn dir vor, versprochen!«, sagte sie matt. »Jetzt muss ich mich erst mal um den Garten kümmern …« Was nicht mal gelogen war, bei der Hitze musste gegossen werden, und Bohnen und Karotten waren auch zu ernten.

Lotte hatte ihr Kleid gegen einen Kittel getauscht und hockte nun im Kirschbaum, drehte den Brief von Hans in der Hand. Sonst konnte sie es immer kaum erwarten, die Feldpost zu öffnen und seine Nachricht zu lesen. Heute saß sie mit gemischten Gefühlen in dem Geäst zwischen den Blättern, die sich langsam herbstlich verfärbten. Bis jetzt hatte sie keine Worte gefunden, um Hans von Ruth zu erzählen. Wie sollte sie ihm darüber schreiben? Und hatte er die Anfänge der Abtransporte nicht noch selbst miterlebt? Jedes Wort darüber schien zu banal. Außerdem wurde die Post kontrolliert.

Mit gemischten Gefühlen knibbelte sie den Umschlag mit den Fingern auf und zog das Blatt mit den eng geschriebenen Zeilen heraus. Sie erkannte Hans' Handschrift sofort.

Mein liebes Lottchen, begann sie zu lesen, und sogleich huschte ein Lächeln über ihr Gesicht. Hans liebte es, sie so zu nennen, je öfter, desto besser. *Die gute Nachricht zuerst: Mir geht es gut! Heute ist Ruhetag, ausführlich Zeit zum Baden, Rasieren, Erholen und Schreiben. Du weißt gar nicht, wie sehr du mich mit deinen lieben Briefen beschenkst! Du musst nämlich wissen, dass die Postauslieferung bei der Essensvergabe erfolgt. Frage ich »Habe ich Post?« und bekomme ein »Jawohl« zur Antwort, schmeckt mir das Essen noch mal so gut. Dann esse ich Löffel um Löffel mit Bedacht, schiele immer wieder hinüber nach dem Brief und kann es kaum erwarten, endlich alleine zu sein, um ihn in Ruhe zu öffnen. Mancher Kamerad jedoch kann seine Ungeduld nicht beherrschen und hantiert mit Kuvert, Löffel und Henkelmann – du kannst dir vorstellen, wie oft dabei der Brief verkleckert wird. Nein, da warte ich lieber ab, was da wohl für liebe Worte von dir drinstehen, und löffele geduldig meinen Teller leer, mit jedem Löffel steigt die Vorfreude, die Erwartung.*

Lotte musste grinsen. Das war so ganz typisch ihr geliebter Hans! Alles ordentlich und mit Bedacht, bei Hans gab es kein Durcheinander, Geduld war seine Maxime. Dabei ging es ihm weniger um den Inhalt des Briefes als um den Genuss, er mochte es, wenn die Dinge hintereinander passierten, damit er sie besser auskosten konnte. Ob Arbeiten, Zeitunglesen, Essen oder Autofahren, Hans machte nie zwei Dinge gleichzeitig. Lotte konnte sich gut vorstellen, wie er dort in seinem Lager eingerichtet war, das Feldbett akkurat gestellt und bezogen, die Stiefel ordentlich davor. Ganz bestimmt hatten sie noch nicht mal einen Kratzer, obwohl er schon so viele Monate im Kriegsdienst war.

Hans hatte das neue Regime von Anfang an begrüßt, ihm gefielen die klaren Befehle, das Marschieren in Reih und Glied. Das gab ihm Orientierung und Halt, wie er sagte. Nie im Leben wäre ihm eingefallen, seinen Arm nicht zum Hitlergruß zu erheben oder das Mitsingen des Deutschlandliedes zu verweigern, wie es Otto gerne machte – weil ihm das alles viel zu lange dauerte und der Arm nach so vielen Strophen müde wurde. Hans dagegen stand eisern alles wie befohlen durch, und wenn es sein musste, sang er das Horst-Wessel-Lied noch gleich zweimal hinterher.

Beklommen ließ Lotte den Brief sinken. Es hörte sich fast so an, als wäre Hans im Urlaub, kein Wort von schrecklichen Schusswunden und Toten, wie man es sich erzählte. In seinem letzten Brief hatte das noch anders geklungen, da hatte er leise angedeutet, wie sehr ihm die ständigen Angriffe zusetzten, welche Angst er jedes Mal ausstand. Offensichtlich hatten sie ihn wieder in die zweite Reihe versetzt und er genoss seine geliebte Ruhe. Trotzdem. Wenn Hans den Kriegsalltag so erleben würde, wie sie ihn tagtäglich erfuhr – das Anstehen mit den Lebensmittelmarken, den ständigen Hunger, die nächtliche Angst bei Fliegeralarm, die zerbombten Häuser –, dann würde er hoffentlich anders schreiben. Wenn er hätte mit ansehen müssen, wie sie ihre lieben Nachbarn auf die Laster jagten, würde er bestimmt nicht mehr so siegessicher klingen und für das Großdeutsche Reich kämpfen. Lotte dachte es beinahe trotzig, mochte und konnte nicht glauben, dass ihrem Hans das alles egal war. Synagogen im Feuer, geplünderte Wohnungen, Schilder in den Schaufenstern, das alles hatte er doch mit eigenen Augen gesehen. Hatte er das etwa vergessen? Und jetzt war und blieb ihre Freundin verschwunden.

Damit konnte, durfte auch Hans nicht einverstanden sein, davon war sie überzeugt, schließlich war Ruth ihre beste Freundin. Ganz bestimmt hätte er ihre Sorge geteilt. Bei Hedwig war sie sich nicht mehr so sicher, mit ihr hatte sie lieber nicht mehr über den Abtransport von Rosenthals und den anderen gesprochen. Sie gingen sich seit Neuestem lieber aus dem Weg, dabei wusste Hedwig sicher Bescheid. Hedwig, die nur noch davon träumte, einen schicken Wehrmachtsoffizier zu heiraten, dem sie möglichst viele Kinder gebären wollte.

Lotte spürte ein Ziehen in ihrer Brust, als sie daran dachte. Kinder! Die Nachbarinnen waren auch ständig schwanger, sie freuten sich nicht jedes Mal darüber und ihre Körper wurden immer schwächer. Hans hatte natürlich davon gesprochen und von einer großen Familie geträumt. Aber wer wusste schon, was die Zukunft brachte. Mit einer energischen Handbewegung verscheuchte Lotte die Biene, die ihren Kopf umschwirrte, und las weiter.

Lese ich endlich deinen lieben Brief, geht in meinem Herzen die Sonne auf! Vergessen sind der Laufgraben, die täglichen Verwaltungsarbeiten, die Sorge um die Kameraden, die in vorderster Front kämpfen müssen …

An dieser Stelle schüttelte Lotte den Kopf. Ihr Hans war kein Held. Was hatte sie auch erwartet? Dass er sich todesmutig in den Kampf stürzen würde? Insgeheim war sie ja erleichtert darüber, dass er so besonnen agierte und nicht gleich sein Leben riskierte, auch wenn er den Führer verehrte und vieles für ihn geben würde. So weit ging er dann doch nicht. Denn Hans hatte ein Ziel: Er wollte leben. Gemeinsam mit Lotte.

… dann denke ich an dich, an den Duft deiner weichen Haare, und stelle mir vor, wie wir gemeinsam, Seite an Seite, spazieren gehen. Du schiebst den Kinderwagen mit unserem kleinen Jungen, der fröhlich strahlt. Und wenn wir erst zu Hause sind in unserem gemütlichen Heim, das du so schön eingerichtet hast und sauber hältst, dann spiele ich mit dem Bengel und du darfst dich ausruhen. Ach, du glaubst nicht, wie sehr ich mich darauf freue, wenn wir erst mal verheiratet sind und unsere kleine Familie haben. Dann gehe ich tagsüber in die Firma arbeiten, und abends erwartet mich sehnsüchtig meine geliebte Frau, so wie ich jetzt sehnsüchtig darauf warte, dich endlich, endlich wieder in meine Arme zu schließen. Ob ich dich dann wieder küssen darf? Ich wage nicht, davon zu träumen, aber wenn wir erst Mann und Frau sind …

Lotte lächelte. Für einen Moment lehnte sie sich mit geschlossenen Augen an den warmen Baumstamm, ein vertrautes Gefühl aus Kindheitstagen, getragen vom Summen der Bienen um sie herum, dem leisen Murmeln aus Nachbars Garten. Oma Schmidt, die nach Lumpi rief, und irgendwo ein Fahrradfahrer, der klingelte. Was hatte Hans geschrieben: ausruhen. Ach, was täte das gut, wenn sie jetzt einfach sitzen bleiben könnte, die Lider geschlossen, und wegdösen, die schrecklichen Gedanken an die Menschen auf dem Lkw, die Sorge um Ruth vergessen. Aber sie musste sich um den Garten kümmern, Bohnen ernten, gießen, die immer noch üppig blühenden Dahlien, die knospenden Astern, den frisch gesäten Feldsalat und den Kohl für den Winter. Und später noch das Buch zu Ende studieren.

Gerade als Lotte die Geräte zurück in den Schuppen stellte, kam Dorothee in den Garten gelaufen. Sie wirkte wie immer in jüngster Zeit gehetzt, als würde sie jemand verfolgen.

»Hallo, Lotte, schön dich zu sehen!«, rief sie ihr entgegen, und ihre Stimme zitterte dabei. »Kann ich dir helfen?«

»Du bist lustig! Die Arbeit ist längst erledigt«, meinte Lotte und bemerkte zu ihrem Unmut den Else, der am Hintereingang herumlungerte. »Komm, setzen wir uns einen Moment auf die Bank.«

»Nein … nicht.« Dorothee zögerte, doch sie war stehen geblieben. Ihr weißes Kleid schlotterte um ihre Hüften.

»Es ist wegen ihm, oder?« Lotte hatte dem Nachbarsmädchen den Arm um die Schulter gelegt, als wollte sie Dorothee beschützen. Dabei fühlte sie sich selbst nicht stark genug, um sich dem Else zu widersetzen. Für einen Moment zögerte Dorothee, als wollte sie weglaufen.

»Er ist widerlich«, sagte sie leise.

»Er darf das nicht.«

»Er darf alles.« Dorothee flüsterte. »Es ist meine Schuld.«

»Sagt wer?«

»Er.«

»Das muss ich nicht verstehen, oder?« Lotte schüttelte den Kopf. »Komm, lass uns hochgehen. Ich koche uns einen Kaffee … und dann erzählst du mir alles. Bestimmt kann ich dir helfen.«

»Lass mich! Niemand kann mir helfen! Ich bringe nur Unglück … und jetzt …« Dorothee schlug die Hände vors Gesicht. Immerhin hatte sie sich auf die Bank neben Lotte gesetzt.

»Jetzt was?«, fragte Lotte behutsam nach und legte ihr den Arm um die Schulter.

»Ich erwarte ein Kind«, flüsterte sie.

»Von ihm?«, rief Lotte entsetzt auf.

»Es war ein Fehler, es dir zu erzählen.« Mit einem energischen Ruck befreite sich Dorothee aus Lottes Arm, sprang auf und rannte davon.

»Wo willst du hin? Was willst du tun?« Fassungslos starrte Lotte ihr hinterher. Der Else hatte Dorothee ein Kind gemacht. Deswegen. Mit einem mulmigen Gefühl griff sie nach ihrem Erntekorb. Der Else starrte immer noch zu ihr herüber.

Mai 2015

Die Frage, *warum* Henry gegangen war, quälte Hazel viele, viele Monate und Jahre und hatte sie nie verlassen. Auch wenn sie dem Therapeuten anderes erzählte, bescherte sie ihr schlaflose Nächte und Migräne. Sie wusste nicht mehr weiter, trank und aß zu viel, verkümmerte und konnte sich selbst nicht leiden. Hielt die Kommentare von Anne nicht aus, die ihrer Mutter sowieso nicht, ihre fragenden Blicke, die fordernden Erwartungen. Warum nur immer der Falsche? Wann endlich Familie, wann endlich ein Enkelkind, wann endlich erlöst du mich? Vorwürfe, weil Hazel kaum noch zu ihr nach Hause kam, um sie zu besuchen. Sie ertrug die selbstmitleidigen Blicke der Mutter nicht mehr, ihre heruntergezogenen Mundwinkel, ihre versteckte Wut. Den abwesenden Blick, wenn sie ihr nicht zuhörte, die Teilnahmslosigkeit, wenn Hazel von ihrem neuen Projekt in der Bibliothek erzählte. Irgendwann besuchte Hazel sie überhaupt nicht mehr. Noch mehr Vorwürfe waren die Folge, aber sie fühlte sich befreit, der Therapeut war stolz auf sie. Hazel lebte allein, nicht einsam, ging arbeiten und las sich durch die Weltliteratur, lernte Gedichte auswendig, besuchte Ausstellungen und schwelgte in den Bildern der Kahlo, wann immer sich die Möglichkeit dazu ergab.

Dann sollte sie die Direktorin ans Goethe-Institut in San Francisco begleiten, die deutsch-amerikanische Freundschaft festigen, und das war Hazels Rettung. Eine Kultur- und Städtereise, Hazel genoss jede organisierte Minute, fühlte sich endlich wieder sicher und froh. Vergessen der Liebeskummer wegen Henry, die bitteren Vorwürfe ihrer Mutter. Kein Vergleich zu der unglücklichen Zeit in Kalifornien damals, sie war in dieser pulsierenden Metropole und fühlte sich großartig. Selbstredend nutzte sie jede freie Minute, um die Stadt auf eigene Faust zu entdecken, die Parks, den Pier, die Promenaden.

Eines Tages landete Hazel im Mission District. Es war eher ein Zufall, sie hatte die falsche U-Bahn erwischt und war dann eben ausgestiegen, einfach drauflosgelaufen. Wenn sie die Straße hinuntergehen würde, würde sie schon irgendwann wieder im Zentrum ankommen, so viel Orientierungssinn besaß sie, immerhin. Sofort fühlte sie sich in den Bann gezogen vom Charme der Häuser, den unzähligen Cafés und Läden, sie schlenderte unbekümmert umher und landete schließlich in der Kirche. Mit Gottes Wort hatte sie nicht viel zu tun, war weder getauft noch sonst irgendwie religiös erzogen worden, und doch sah sie sich mit einem Mal inmitten des Kirchenschiffs sitzen, ertappte sich dabei, wie sie gebannt der Probepredigt einer jungen Ministrantin lauschte und dem Organisten, der sein Instrument stimmte, und das alles unter dem Auge Gottes, das vom Deckengewölbe auf sie hinabblickte.

Beinahe glücklich trat sie später hinaus, blinzelte in das grelle Sonnenlicht und holte sich einen *burrito* zu essen. Oben dann, im *Mission Park*, saß sie auf der Bank, schaute hinunter auf die Bucht und konnte das erste Mal seit Monaten wieder frei atmen. Warum konnte es nicht immer so sein, warum konnte sie nicht für immer hier sitzen, hier leben, hier frei sein? In ein paar Tagen müsste sie wieder in den Flieger steigen, zurück, wieder die kleine Bibliotheksangestellte, die Bücher und Medien katalogisierte, Datenbanken aktualisierte und pflegte.

Um auf andere Gedanken zu kommen, sprang Hazel auf und

lief weiter durch die Straßen. Sie musste sich beeilen, wenn sie nicht zu spät zum Abendempfang mit dem Institutsleiter kommen wollte. Am besten nahm sie wieder die U-Bahn, das war der schnellste Weg, der Stadtplan zeigte ihr die Richtung, führte sie an den *Murals* vorbei. Hazel hatte von den bunten Wandgemälden gehört, aber keine Vorstellung davon gehabt, jetzt war sie überwältigt von ihrer betörenden Vielfalt. Wie konnte sie da vorübereilen, vergessen der Termin. Sie blieb stehen, konnte sich nicht sattsehen, suchte ihre versteckten Botschaften, die verschlungenen Konturen, die fröhlichen Farben. Die Bilder, gesprühte Kunstwerke, berührten sie. Fasziniert stand sie davor und versuchte zu entschlüsseln, welche Geschichten sich in ihnen verbargen. Manche protestierten eindeutig gegen Verfolgung und Unterdrückung, zeigten politische Symbole, andere spielten mit Flächen und Formen, porträtierten Künstlerinnen und Künstler der Zeit.

Es war ein kurzer Moment des Glücks, des unfassbar großen Glücks, das einem nur selten vergönnt ist, heiß zu spüren und flüchtig zu fassen, aber es erfüllte Hazel bis in die letzte Faser ihres Körpers, und zu Hause wurde sie die Erinnerung nicht mehr los.

Und dann dieses sonnengelbe, wie von Licht durchflutete Kunstwerk, rot, gelb, orange in allen Schattierungen, sie musste zweimal hinschauen, um zu bemerken, dass es Kalifornischer Mohn sein sollte, der dort abgebildet war, bunt und gelb und leuchtend. Und auch wenn es lange her war und nicht mehr sein sollte, er sie verletzt hatte wie kein Mensch zuvor und sie Abschied von dem Für-immer genommen hatte, fühlte sie mit einem Mal wieder Henrys Nähe, glühte seine Liebe in ihrem Bauch und seine Wärme auf ihrer Haut. Als wäre er immer noch da.

*

»Du musst endlich mal auf andere Gedanken kommen«, meinte Fritz am Wochenende. »Du kannst nicht die ganze Zeit hier sitzen und Trübsal blasen, davon kommt Ruth auch nicht zurück. Komm, zieh dich um, wir gehen in den Tanzpalast.«

Zögernd willigte Lotte ein, insgeheim froh über die Abwechslung. Die Sorge um Ruth ließ sie kaum zur Ruhe kommen, und eigentlich sollte sie sich nicht noch die Nacht beim Tanzen um die Ohren schlagen, aber wie hätte die Freundin selbst gesagt: Schlafen kannst du, wenn du tot bist! Also hatte sie ihr hübsches gelbes Kleid gewählt, sich frisch gemacht und die Haare frisiert.

Keine halbe Stunde später liefen Lotte und Fritz durch die verdunkelte Stadt. Ihr Bruder kannte den Weg, hatte sie fürsorglich an der Hand gefasst. Man hätte die beiden für ein Liebespaar halten können, so vertraut wirkten sie, als sie jetzt das Café betraten. Schnell die Tür zugezogen, damit kein Lichtstrahl nach draußen dringen und jemand Verdacht schöpfen konnte.

Das Orchester spielte laut, ungewohnt laut für Lottes Ohren, aber der Rhythmus machte, dass ihre Beine sofort anfingen zu zucken. Vorne auf der Bühne stand ein schmächtiger junger Mann, voller Inbrunst und Leidenschaft in sein Gitarrensolo versunken. Auf der Tanzfläche drehten sich junge Männer und Frauen ausgelassen umeinander herum und hatten augenscheinlich riesigen Spaß.

»Hier entlang.« Fritz zog Lotte durch das verrauchte Café hinter sich her zu seinen Freunden, die in einer Ecke an einem Tisch saßen, Magda, Karl, Bertolt, der Lotte sofort einen Stuhl neben sich anbot und ihr zuvorkommend beim Kellner ein Bier bestellte. Mit einer koketten Geste zog Magda Fritz sofort auf die Tanzfläche. Keine Scheu, kein damenhaftes Geziere, die Lust zu tanzen war ihr förmlich anzumerken. Und sie wollte Fritz. Der wollte auch und legte jetzt los, dass Lotte vor Staunen der Mund offen blieb.

Sie hatte ja geahnt, dass ihr Bruder Swing tanzte, jenen Tanz, der neuerdings als entartet galt und verboten war. Sie selbst tanzte unglaublich gerne und hatte wie alle jungen Menschen in ihrem Alter die Tanzschule besucht. Dort hatte sie pflichtgemäß Walzer und Foxtrott gelernt. Saubere Fingernägel und ordentliche Kleidung vorgezeigt, Damenwahl, Tanzkarte, alles sittsam und geregelt, nichts dem Zufall überlassen. Alles ganz anders als in den Tanzfilmen, wo in Glitzerpalästen das Orchester spielte und die Tänzerinnen fröhlich eingehakt im Takt ihre Beine schwangen.

Lotte hatte sich während der Tanzstunden immer fürchterlich gelangweilt und es unglaublich öde gefunden, sich unter den Augen der strengen Lehrerin im gleichmäßig gezählten Takt zu bewegen. Hans hatte natürlich eifersüchtig über seine Tanzpartnerin gewacht und niemanden an Lotte herangelassen ... Einmal hatte sie es gewagt und sich einen anderen ausgesucht, da hatte er tagelang geschmollt und nichts mehr von ihr wissen wollen. Fritz hatte die Tanzstunden bei Lübckes zum Leidwesen der Mutter von jeher boykottiert. Lotte verstand jetzt, warum. Fritz suchte die Freiheit, er wollte keinen Gleichschritt und brauchte niemanden, der ihm sagte, was zu tun sei.

Ausgelassen, fröhlich und frei waren die Bewegungen der jungen Männer und Frauen, als ob jeder seiner eigenen Choreographie folgen würde. Und doch wirkte es harmonisch, jeder Schritt, jede Armbewegung saß. Vor allem Magda in ihrem roten Kleid hatte den Dreh raus, kickte grazil und mit grandioser Leichtigkeit die Beine, wackelte mit dem Po und wiegte ihre Hüfte, rutschte über den Boden und ließ sich von Fritz in die Höhe heben. Nie im Leben würde sie solch einen Tanz wagen, dachte Lotte, während sie fasziniert den Tänzern zuschaute, schon vom Zugucken wurde ihr beinahe schwindelig.

Jetzt machte Magda sogar Purzelbäume über Fritz' Rücken! Lottes Bruder schien in seinem Element, übermütig wirbelte er Magda herum, forderte sie kokett heraus und sie ihn, und Lotte verstand, warum die beiden solch ein prächtiges Paar abgaben: Sie ergänzten sich wundervoll, ahnten die Bewegungen des anderen förmlich voraus, waren jeder für sich und doch zusammen, die Anziehungskraft zwischen den beiden wirkte bis zu ihr herüber.

Verlegen wandte Lotte den Blick ab. Hans und sie hatten nie so leidenschaftlich miteinander getanzt. Weder beim Foxtrott noch beim langsamen Walzer. Konzentriert hatte er den Takt gezählt und war ihr immer wieder mit lautem Pardon auf die Füße getreten. Der Rhythmus lag ihm nicht im Blut, auch wenn er das Gegenteil behauptete und Lotte regelmäßig ausführte. Sofort bekam sie ein schlechtes Gewissen. Während Hans im Krieg war, amüsierte sie sich hier.

Auf einmal teilte sich die Menge und machte Platz für einen Tänzer, der Lotte nur allzu bekannt war: Wilhelm, der völlig in der Musik aufzugehen schien, die jetzt immer wilder und abgedrehter wurde, dem Gitarrensolo war das Saxophon gefolgt. Die Arme wild zappelnd zur Seite gestreckt, drehte er sich um die eigene Achse, die Hände in der Luft, die Zigarette im Mundwinkel. Und immer wieder strich er sich die Haare aus der Stirn. Lotte lächelte und ertappte sich dabei, wie ihre Füße wippten. Am liebsten wäre sie aufgesprungen und hätte mitgetanzt, aber sie traute sich nicht. Noch nicht. So schaute sie weiterhin fasziniert zu, wie die anderen über das Parkett wirbelten und Wilhelm sich in einem unglaublichen Tempo bewegte, drehte, tanzte. Kleine Schweißtropfen hatten sich auf seiner Stirn gebildet, er wischte sie wie nebenbei weg, ohne auch nur den Rhythmus zu verlieren.

Wie anders war diese Musik als die, zu der sie sonst immer tanzte, wilder, auffordernder, ausgelassener. Ruth hätte das bestimmt auch gefallen, ohne Umschweife hätte sie sich auffordern lassen und mitgemacht. Sofort gefror Lottes Lächeln auf den Lippen. Die Fröhlichkeit des Moments, vorbei.

Als Magda, Fritz und Bertolt an ihren Tisch kamen, mit strahlenden Augen und erhitzten Gesichtern, blickte Lotte traurig vor sich hin. Magda wischte sich die verschwitzten Locken aus dem Gesicht und trank gierig ein paar Schlucke Bier, zündete sich eine Zigarette an.

»Was ist los? Komm! Vergiss deine Sorgen, wenigstens für heute Abend!«, meinte Fritz übermütig und zog seine Schwester vom Stuhl. »Du tanzt doch so gerne … Spürst du die Musik? Sie geht einem durch und durch, nicht wahr? Schau dir Wilhelm an, von dem kann selbst ich noch was lernen …«

Der hatte sich mittlerweile zu ihnen gesellt und prostete jetzt erst Fritz und dann Lotte zu. »Dein Bruder übertreibt«, meinte er und lächelte sie an. Dabei ruhte sein Blick auf ihr, und sie ließ es zu, dass seine Augen in ihre tauchten, ein Hin und Her, ein Hier und Jetzt, nur sie beide. Die anderen, der Tumult, die Musik um sie herum waren wie ausgeblendet. Wilhelm war nicht nur in Lottes Garten gelandet, sondern auch in ihrem Herzen.

»Wenn du magst, zeige ich dir ein paar Schritte«, hörte sie ihn sagen, wie durch Watte drang seine Stimme an ihr Ohr. »Swing ist ein Gefühl. Wenn du die Musik in dich hineinlässt … Komm schon«, forderte er sie auf, als Lotte keine Anstalten machte, aufzustehen, geschweige denn seine Hand zu ergreifen. Lotte zögerte, es schickte sich nicht. Sie war Hans' Verlobte, sie durfte nicht mit einem anderen tanzen. Schon gar nicht, wenn jemand sie so ansah wie Wilhelm und ihr Herz dabei kleine Saltos drehte.

Noch bevor Lotte eine Entscheidung treffen konnte, spielte die Band plötzlich einen deutschen Schlager und alle Paare drehten sich wie auf Kommando im Kreis. Fritz machte seine

Zigarette aus und forderte Magda formvollendet zum Foxtrott auf, lächelnd willigte diese ein.

»Darf ich bitten?« Galant hielt Wilhelm Lotte seinen Arm hin und führte sie sicher aufs Parkett.

»Das war knapp«, flüsterte er in ihr Ohr und schielte über ihren Kopf hinweg auf die Polizisten, die jetzt das Lokal durchsuchten. »Diese Razzien machen sie jedes Mal.«

Obwohl Wilhelm versuchte, seiner Stimme einen sicheren Klang zu geben, spürte Lotte seine Nervosität. Die Paare um sie herum lächelten beim Tanzen, und dennoch war die angespannte Stimmung im Saal deutlich zu spüren.

»Woher wissen sie es überhaupt?«, fragte Lotte.

»Hannes! Er war früher einer von uns, aber mittlerweile trägt er die Armbinde und nutzt jede Gelegenheit, sich wichtig zu machen. Stöbert an der Uni und in unseren Cafés herum, taucht überall unangemeldet auf. Er kann Fritz nicht leiden. Bestimmt hat er uns verraten.« Wilhelm zog Lotte ein Stück näher an sich heran, das Orchester spielte einen langsamen Walzer.

Lotte nickte. Jetzt erkannte sie den Hitlerjungen von neulich im Café. Er hatte sich an der Tanzfläche aufgebaut und nahm ihren Bruder ins Visier. Lotte versuchte, nicht ständig zu Fritz und Magda hinüberzustarren.

»Und wenn sie etwas finden?« Sie schluckte und schaute sich möglichst unauffällig um. Einige mussten ihre Ausweise zeigen, ein Polizist studierte genau die Noten des Saxophonisten.

»Solange sie nichts beweisen können …« Wilhelm verzog sein Gesicht. »Komm, lass uns einfach tanzen!«

Und während die Braunen das Tanzcafé auf verdächtige Personen hin kontrollierten und nirgends einen Hinweis auf verbotene Musik finden konnten, schwebte Lotte in Wilhelms Armen über das Parkett, als hätten sie schon immer miteinander getanzt. Raum und Kontur verschwanden, sie sah nur ihn, seine grünen Augen, tauchte ein in sein Lächeln und das Meer voller Sommersprossen in seinem Gesicht.

Irgendwann zogen die Polizisten unverrichteter Dinge ab. Alle atmeten erleichtert auf, nur langsam lockerte sich die Stimmung wieder.

»Das war knapp«, meinte Fritz, als sie alle am Tisch beieinandersaßen und rauchten.

»Es wird immer gefährlicher«, ergänzte Wilhelm und reichte Lotte ein Glas Wasser. »Beim letzten Mal haben sie welche verhaftet und ins Arbeitslager gebracht.«

»Aber wir sind hier! Wir lassen uns den Swing nicht verbieten!«, sagte Fritz.

»Sie sitzen am längeren Hebel«, meinte Wilhelm düster. »Wir müssen aufpassen …«

»Und wenn sie wiederkommen?« Lotte schaute ängstlich zur Eingangstür.

»Dann tanzen wir!«, rief Fritz übermütig und griff nach Magdas Hand, ihm schien die Aktion von gerade eben nichts auszumachen. Magda lachte – und Lotte klopfte immer noch das Herz.

It don't mean a thing … in diesem Moment drehte das Orchester richtig auf. Sofort stürmten wieder alle auf die Tanzfläche, vergessen die Verbote, vergessen Spitzel und Gestapo … *if it ain't got that swing,* Saxophonist und Gitarrist spielten um die Wette und brachten den Saal zum Toben.

»Come on!«, rief Wilhelm und hatte Lotte schon in seine Arme gezogen. »Jetzt tanzen wir richtig!«

Ohne lange nachzudenken, ließ sie sich von ihm auf die Tanzfläche führen. Die ersten Schritte waren locker und befreiend, beschwingt folgte Lotte Wilhelms Bewegungen … *just give that rhythm …* vergessen Ruth, vergessen Hans, Lotte hatte Spaß. Dieser Tanz folgte keinen Regeln, nur einem inneren Rhythmus! Und den besaß man oder nicht, und Lotte lag er im Blut. Die Musik … *everything you've got* … die jungen Tänzerinnen und Tänzer um sie herum … Noch nie hatte sich Lotte so frei und leicht und beschwingt gefühlt wie in den Armen von Wilhelm. Sie konnte überhaupt nicht mehr aufhören zu lächeln.

Lottes Augen strahlten mit den Bühnenscheinwerfern um die Wette, auch wenn ihr der Schweiß in feinen Rinnsalen den Rücken hinunterrann und sie das Gefühl hatte, ihr Gesicht würde glühen wie einer der unzähligen Leuchtkörper über ihr. Das weiße Kleid klebte an ihrem schmalen Oberkörper, als sie grazil und mit schwingendem Rocksaum die Treppe hinunterglitt. Aber egal: Lotte war hier, in ihrem Element, hatte endlich ihr Ziel erreicht, und deswegen gab sie alles: Sie stand auf den Brettern, die für sie die Welt bedeuteten – und das begeisterte Publikum lag ihr zu Füßen. *Ich brauche keine Millionen …* Hinreißend sah sie aus, die Strasssteinchen ihres Kleides funkelten wie tausend Sterne, federleicht schwebte sie über die Bühne, drehte sich im Kreis, lief die Treppe hinauf und wieder herunter … *mir fehlt kein Pfennig zum Glück …* der Tänzer hob sie hoch in eine schwerelose Hebefigur, um sie neben dem Piano abzusetzen, sofort griffen ihre Finger in die Tasten … *ich brauche weiter nichts als nur Musik, Musik, Musik …* Es waren schmale, feingliedrige Finger, die nun voller Gefühl spielten, den schwarzen und weißen Tasten eine sehnsuchtsvolle Melodie entlockten, leise und sanft. Sie erzählte von einer fernen Zukunft voller Frieden und Liebe, von einem Wunder, das bald geschehen würde und die Seelen vereinte.

Lotte lächelte versonnen, als sie daran dachte, so viel Glück, sie konnte es kaum fassen, alles so hell, so froh, und die Lichter über ihr funkelten, überstrahlten alles, glühten. So hell, dass sie sich jetzt leuchtend rot und gelb und orange verfärbten. Erst als die ersten Strahlen zu Boden fielen, erkannte Lotte, dass es Feuer war, das da auf sie herunterregnete. Schnell zog sie sich das Kleid über den Kopf, hüllte sich schützend darin ein und rannte um ihr Leben, verfolgt von einem Feuersturm, der über ihr tobte, die Häuser zum Brennen und die Dächer zum Einstürzen brachte. Glocken läuteten laut in ihren Ohren, Menschen schrien vor Verzweiflung, eine schwangere Frau stützte sich schmerzverkrümmt an einem Laternenpfahl ab und schnappte nach Luft, heiß und rauchig, kaum Sauerstoff darin. Immer wieder gab es krachende Einschläge, dumpf, dumpf, dumpf, immer wieder rumpelte und polterte es …

»Lotte, Lotte, aufwachen, wir wollen in die Kirche!« Ottos Stimme drang wie durch Watte an ihre Ohren. Er zog seiner Schwester einfach die Decke weg.

»Frechdachs, lass das!« Immer noch gefangen in ihrem Traum, versuchte Lotte ihn abzuwehren, doch vergeblich. Otto riss auch noch das Fenster auf.

Die frische Morgenluft machte, dass sich Lotte erst recht wieder die Decke über den Kopf zog. Sie hatte tief und fest geschlafen und kam erst langsam wieder in dieser Welt an, war immer noch in diesem Traum gefangen, in einem seltsamen Schwebezustand zwischen Wunder und Katastrophe. Sie wusste nicht recht, was sie denken sollte. Überhaupt fühlte sie sich merkwürdig verkatert, gefangen in einer Person, die sie nicht kannte. Weniger weil sie vielleicht ein Gläschen mehr getrunken hatte, als vielmehr weil jener Wilhelm sich in ihrem Kopf festgesetzt hatte, wo doch eigentlich nur Gedanken an Hans sein sollten. Aber ihr Herz klopfte wie verrückt, wenn sie an seinen Namen dachte, und irgendetwas war geschehen mit ihr. Getanzt hatten sie, als hätten sie nie etwas anderes gemacht, leicht, schwebend, frei hatte es sich angefühlt, selbst der langweilige Foxtrott, der langsame Walzer. Wilhelm war ihr weder auf die Füße getreten, noch hatte er den Einsatz verpasst, er hatte sie mit sicheren Bewegungen durch die tanzende Menge geführt. Und wie sie erst gemeinsam Swing getanzt hatten! Jeder für sich und doch zusammen, es war unglaublich gewesen.

Hans durfte um keinen Preis erfahren, dass sie gestern Abend ohne ihn aus gewesen war, schoss es Lotte durch den Kopf. Hoffentlich hielt Fritz dicht! Und die anderen … Auch Hedwig durfte nichts davon erfahren, vor allem die. Lotte schüttelte sich, sie fühlte sich nicht wohl, ein Geheimnis vor ihrer Freundin zu haben. Wenn Hedwig wüsste, wie viel Spaß sie gestern gehabt hatte! Ruth hätte sie ganz bestimmt verstanden.

Ruth. Mit einem Ruck richtete sich Lotte auf, schüttelte den Kopf und sprang aus dem Bett.

»Sag Mutti, ich gehe nicht mit in die Kirche, Fritz geht ja auch nicht«, sagte sie zu dem verdutzten Otto, der angefangen hatte, Murmeln aus dem Fenster zu werfen, die er später gemeinsam mit Lumpi wieder einsammeln würde. Schatzsuche war das Lieblingsspiel der beiden.

»Oweia, das gibt aber Ärger!«, rief Otto seiner Schwester hinterher. Doch die war schon Richtung Etagenklo verschwunden und hörte ihn nicht mehr.

Es war ein wunderschöner sonniger Morgen, fast noch sommerlich warm, dabei zeigten die verblühten Sonnenblumen und Dahlien bereits den Herbstbeginn an. Lotte sog die frische Luft in ihre Lungen, als sie über die abgeernteten Felder radelte, der Wind kühlte angenehm ihre Wangen. Sie fühlte sich immer noch wie erhitzt vom Tanzen und sehnte sich nach

Abkühlung. Sie wollte alleine sein. Deshalb hatte sie sich heimlich aus dem Staub gemacht, bevor die Mutter unangenehme Fragen stellen konnte. Ganz galant hatte Fritz sie gestern Abend noch gemeinsam mit Magda nach Hause begleitet, bevor die beiden weitergezogen waren. Wohin genau hatten sie Lotte nicht verraten, vielleicht war es auch gut so, so konnte sie bei der Wahrheit bleiben, wenn die Mutter sie danach fragte. Insgeheim jedoch brannte Lotte vor Neugier. Zu gerne hätte sie mehr über Magda gewusst. Die temperamentvolle Frau faszinierte sie, sie wusste auch nicht genau, warum. Vielleicht, weil sie sie ein bisschen an Ruth erinnerte. Vielleicht, weil ihr Bruder so glücklich mit ihr war. Ganz sicher aber, weil Magda sich so wenig darum kümmerte, was die anderen über sie sagten.

Zu Lottes Glück lag der See still und verlassen. Die Wasseroberfläche glänzte in der Morgensonne, Libellen schwirrten umher und irgendwo meinte Lotte zwischen Schilf und Seerosen einen Frosch quaken zu hören. Himmlisch ruhig war es, fast wie in der Kirche, in die die Mutter mit Otto nun alleine ging. Sie gehörte zu den wenigen, die überhaupt noch einen Gottesdienst besuchten.

Die Ruhe im Wald war fast nicht auszuhalten, kein Vergleich zu der wilden Musik von gestern, die immer noch in Lottes Ohren brauste. Schnell legte sie ihr Fahrrad ins Gras und versteckte ihre Kleidung an ihrer Lieblingsstelle hinter einem Stein. Dann rannte sie splitterfasernackt durch das Schilf in den See, sprang kopfüber ins kühle Nass und tat ein paar lange, kräftige Züge unter Wasser, bevor sie prustend wieder auftauchte und Wasser ausspie. Herrlich! Danach hatte sie sich den ganzen Morgen über gesehnt, die Erfrischung tat ihr gut. Immer wieder tauchte sie lange Strecken, bis ihr die Puste ausging, und das konnte dauern. Lotte besaß eine gute Kondition und zudem eine gute Körperbeherrschung. Und wenn sie etwas wollte, hielt sie es auch durch, zwang ihren Körper dazu, egal ob er nach einer Pause oder Luft oder Essen oder allem verlangte. Eisern. Irgendwann ließ sie sich rücklings im Wasser treiben. Der Himmel über ihr war blau, eine unglaubliche Tiefe, Lotte meinte, schier von ihr eingesogen zu werden und mit den Schwalben davonzufliegen. Langsam beruhigten sich ihre Atemzüge nach der Anstrengung des Schwimmens wieder, nur ab und zu bewegte Lotte Arme und Beine, um nicht unterzugehen. Auch wenn ihr Körper längst durchgekühlt war, vermeldete ihr Kopf immer noch eine unglaubliche Hitze, denn immer wieder blitzte Wilhelm darin auf. Seine Augen. Seine Hände. Sein kraftvoller Körper, wie er sie über das Parkett gedreht und geschwungen hatte. Sie sanft an der Schulter berührt und dann wieder nicht, sie eng zu sich herangezogen und über die Schulter geworfen. Bestimmend und selbstverständlich zugleich, einer wie Wilhelm wusste, was er tat, und es gefiel ihr. Weil seine Bewegungen genau wie ihre waren, ein Wechselspiel an Schritten und Figuren. Lotte hatte es einfach geschehen lassen, ein neues Gefühl, ganz anders als mit Hans. Der wollte auch immer entscheiden, führte sie jedoch in die falsche Richtung. Bei Wilhelm war sie einverstanden. Mit jeder einzelnen Sommersprosse.

Seufzend schloss sie die Augen und drehte sich wieder um. Mit wenigen Zügen schwamm sie zurück ans Ufer. Es hatte ja doch keinen Sinn, sich ihn aus dem Kopf zu schlagen, er war längst in ihr Herz gerutscht. Ihre Füße suchten Halt im glitschigen Untergrund, an dieser Stelle ragte das Schilf weit in den See hinein und Lotte musste sich an den Rohren festhalten, um wieder an Land zu kommen. Dabei kitzelten sie die Blätter am Arm und zwischen den Beinen, vielleicht waren es auch Wasserpflanzen, die sich da um sie schlängeln wollten. Mittlerweile stand die Sonne hoch am Himmel, und Lotte ließ sich rücklings in den Sand fallen.

Sie brannte darauf, mehr über diesen Wilhelm zu erfahren, er schien auf Manieren zu pfeifen, lebte nach seinen eigenen Regeln und war gleichzeitig ein Soldat. Das machte ihn interessant und geheimnisvoll. Wohlig räkelte sie sich in der Sonne und öffnete ihre Beine, die Sonne wärmte ihr wolliges Dreieck, schwarz war es, obwohl sie strohblonde Haare hatte. Unweigerlich waren ihre Finger zwischen ihre Beine gewandert, um die Feuchtigkeit zu spüren, kein Seenass, sondern Zeuge ihrer Erregung. Sofort meinte sie, vor Lust und Glück zerspringen zu müssen, streichelte sich jetzt mit einem Schilfblatt am Bauch, an den Brüsten, im Gesicht, liebkoste ihren ganzen Körper, versank in der innigen Umarmung mit sich selbst. Wohlige Schauer durchrieselten sie, vergessen waren die Sorgen um Ruth und die gereizte Stimmung mit Hedwig, der schreckliche Krieg. Sie war hier und jetzt, fühlte nur ins pulsierende Rot hinein, war eins mit sich und der Natur, dem knallblauen Himmel über ihr, den Sonnenstrahlen, die sie jetzt am ganzen Körper kitzelten, in sie eindrangen, sie von innen wärmten, bis sie meinte durchzuglühen, zu glühen, zu glühen … Ein Seufzer noch, ein heftiges Ausatmen, dann ließ sich Lotte zurück in den Sand sinken, zufrieden lächelnd. Genussvoll schloss sie die Augen und spürte dem sanften Beben nach, das langsam durch ihren Körper rollte und sie alsbald verließ, bis sie von Kopf bis Fuß nur noch eine wohlige Ruhe erfüllte. Eine Weile lag Lotte einfach so da, träumte und döste vor sich hin, am liebsten hätte sie dieses Gefühl eingepackt und für immer festgehalten.

Lotte schreckte hoch, als sie einen kalten Luftzug um ihre Schultern spürte. Eilig raffte sie ihre Kleidung zusammen, es war allerhöchste Zeit, den Heimweg anzutreten. Rasch steckte sie ihre gebräunten Füße in die Sandalen, schwang sich auf ihr Fahrrad und radelte los. Unterwegs kamen ihr die ersten Sonntagsspaziergänger entgegen, gleich würde es am See vor

Menschen nur so wimmeln, und Lotte war froh, dass sie alleine und vor allen anderen da gewesen war.

Noch ganz in Gedanken hätte Lotte beinahe den Else umgefahren, der, ohne nach links oder rechts zu gucken, direkt vor ihr einfach über die Straße lief. Sie konnte gerade noch ausweichen und stieß dafür mit der völlig aufgelösten Oma Schmidt zusammen.

»Oh Gott, oh Gottchen, das arme Kind!«, rief sie und war ganz außer sich.

»Um Himmels willen, was ist passiert? So beruhigen Sie sich doch!« Lotte war vom Rad abgesprungen und versuchte, die vor sich hin schluchzende alte Frau zu trösten.

»Nun sagen Sie doch! Ist etwas mit Hedwig? Oder mit Otto?« Eilig schob Lotte ihr Rad weiter. Vor dem Haus hatte sich bereits eine Menschentraube gebildet, die jedoch sofort auseinanderstob, als ein Wagen der Gestapo bremste. Niemand wollte etwas mit den Braunhemden zu tun haben.

»Das arme Mädchen! So ein Schicksal! Und die arme alte Oma Michalke …«, hörte sie noch. Satzfetzen blieben in der Luft hängen, die sich sofort mit hektischem Treiben füllte. Die Männer rannten in den Garten – ihren Garten! –, und Lotte bekam einen Riesenschreck. Der Fallschirm! Wenn den jemand entdeckte, war sie geliefert. Rasch rannte sie hinterher, drückte sich an Oma Schmidt vorbei – und blickte zu ihrem Entsetzen in ein blutleeres Gesicht.

Es war Dorothee, die mit verrenkten Gliedern im Rosenbeet lag. Schneewittchengleich in ihrem weißen Kleid.

II

Herbstlaub raschelte unter Lottes Füßen, als sie den Friedhofsweg entlanglief. Das Geräusch kam ihr unangemessen laut vor, beinahe unverschämt, es schreckte sogar die Frau vor der Engelstatue aus ihrem Gebet. Ein paar Wochen war es nun her, dass sie Dorothee hier beerdigt hatten. Eine kurze Zeremonie war es gewesen, in der der schwarze Markus ihr die letzte Ehre erwiesen hatte, eine viel zu kurze. Die kleine Trauergemeinde hatte nur ein Lied gesungen und war dann wieder auseinandergegangen, der Pfarrer schien es an diesem Tag eilig zu haben. Sie nannten ihn den schwarzen Markus, weil er stets in einem schwarzen Anzug gekleidet war, egal ob Winter, Frühling, Sommer oder Herbst, egal ob er Paare vermählte oder Jugendliche konfirmierte. Er hatte in den letzten Monaten mehr als einmal Besuch von der Gestapo gehabt, denn in seinen sonntäglichen Predigten stellte er das neue Führerprinzip infrage, forderte die Rückbesinnung auf das Christentum und kritisierte mit unverhohlenen Worten die Verfolgung der Juden. Doch bei der Durchsuchung seines Schreibtisches hatten sie nur die Bibel gefunden, da mussten sie ihn vorerst in Ruhe lassen.

Mit wenigen Worten hatte der schwarze Markus Dorothee bestattet, so als wäre ihre Flucht in den Tod ein Versehen gewesen, ein Unglück, das man lieber schnell vergessen sollte und kein Aufhebens darum machen. Eine junge Frau war beim Fensterputzen hinausgefallen und zu Tode gekommen, so die offizielle Version. Lotte wusste es besser. Dorothee war unglücklich gewesen, schwanger von Else und wollte nicht mehr leben, hatte in ihrer Verzweiflung keinen anderen Ausweg gewusst, als sich aus dem Fenster zu stürzen.

Wie so oft in den letzten Wochen hatte Lotte auch heute wieder vor dem Grab der Freundin gestanden und nach einer Antwort auf das Warum gesucht. Warum hatte sich Dorothee ihr nicht viel früher anvertraut? Sie machte sich die bittersten Vorwürfe, dass sie der Nachbarsfreundin nach deren Geständnis nicht besser zur Seite gestanden hatte. Wie lange der Else Dorothee wohl schon belästigt hatte? Schließlich war ihr schon seit einer Weile deren Veränderung aufgefallen. Die dunklen Augenringe. Das schlackernde weiße Kleid um die immer dünner werdenden Hüften. Die fahrigen Bewegungen und der gesenkte Blick, wann immer sie mit ihr sprechen wollte. Keine Verabredungen mehr, keine Treffen, nur Ausreden. Dorothee hatte sich immer mehr zurückgezogen, wollte anscheinend nichts mehr mit ihr zu tun haben. Bis zu jenem Nachmittag im Garten, als sie sich ihr anvertraut hatte. Als ob sie dies bereute, war sie Lotte seitdem erst recht aus dem Weg gegangen, und wann immer Lotte bei ihr geklingelt hatte, hatte sie nicht aufgemacht.

»Bestimmt war sie guter Hoffnung und hat ihr süßes Geheimnis mit ins Grab genommen. Warum sonst sollte sich eine junge Frau umbringen?«, war Hedwigs Mutmaßung gewesen, und sie ahnte nicht, wie richtig sie mit ihrer dahingesagten Bemerkung lag. »Dabei ist das doch keine Schande! Jede deutsche Frau soll dem Führer Kinder gebären!«

Damit war für Hedwig das Thema Dorothee erledigt, und Lotte wusste nicht, was sie schlimmer finden sollte: Dorothees Tod oder wie sehr Hedwig sich verändert hatte. Oder dass sie immer noch nicht hatte herausfinden können, was mit den Rosenthals und Ruth geschehen war, und sich auch niemanden mehr zu fragen traute.

Nacht für Nacht quälten sie Gewissensbisse, wie Bettwanzen setzten sie sich fest, krabbelten unter ihre Haut. Erst Ruth. Jetzt Dorothee. Nur langsam gaben Erinnerungen wie zusammengesetzte Puzzleteile einen Sinn. Bei jeder Begegnung in den letzten Wochen hatte Dorothee wie auf der Flucht gewirkt, beschämt, befleckt. Als ob sie etwas Unrechtes tun würde. Als ob ihr etwas Unrechtmäßiges angetan wurde, und das hatte dann auch noch Früchte getragen. »Ich bin schuld«, hatte sie gesagt.

Dabei war Kinderkriegen doch die hehre Aufgabe der deutschen Frau, so wollte es der Führer, und Dorothee hätte sich nur jemandem anvertrauen müssen und dann wäre für sie und das Kind gesorgt worden. Es gab mittlerweile extra Einrichtungen für junge Frauen in Not. Dann hätte sie sich nicht umbringen müssen, dann hätte sie weiterleben können. Ohne Schmach und Schande, ohne Schuldgefühle.

Niemand sprach offiziell darüber, aber jeder wusste es, und wenn Lotte recht informiert war, dann war die eine oder andere Begegnung zwischen Mädchen und Jungs während der Zeltlager in der Hitlerjugend auch nicht ohne Folgen geblieben. Aber niemand machte eine Sache daraus. Nein, eine Schande wäre ein Kind nicht gewesen, eine Tragödie war es, dass Dorothee sich nicht hatte helfen lassen. Und dass der Else ungeschoren davonkam.

Gedankenverloren lief Lotte den langen Weg vom Friedhof zurück nach Hause in den Deppertweg. Je näher sie kam, desto mehr verkrampfte sich ihr Magen, seit Ruths Verschwinden verspürte sie kaum noch Appetit. Mühsam erklomm sie die frisch gebohnerten Stufen in den ersten Stock. Der Geruch nach Bohnerwachs machte, dass sich ihre Nackenhaare aufstellten und sich ihre Schritte trotz der bleiernen Müdigkeit beschleunigten. Seit Dorothees Tod wischte der Else die Treppe jeden Tag, beinahe zwanghaft säuberte er jede Ecke, den Handlauf, die gedrechselten Stäbe. Der Geruch bereitete Lotte Übelkeit. Jede Begegnung mit dem Else bereitete ihr Übelkeit – und sie begegnete ihm mitunter Tag und Nacht.

»Was machst du da?«, fragte sie überrascht. In der Wohnungstür wäre Lotte beinahe mit Otto zusammengestoßen, der ihr gerade mit einer Schachtel unter dem Arm entgegenkam.

»Das ist für das Ernährungshilfswerk«, antwortete Otto schnell, etwas zu schnell für Lottes Geschmack. »Weißt du doch, die sammeln für die Schweine, damit wir alle endlich mal wieder Fleisch essen können.« Sagte es und wollte mit der Kiste die Treppe hinunter verschwinden.

»Hiergeblieben, mein Freund!« Lotte hatte ihren Bruder am Kragen gepackt. »Mach mal auf! Was hast du noch da drin?«

Da stimmte etwas nicht. Die Kiste für die Schweine hatte sie erst heute Morgen nach unten gestellt, weil die Gemüseabfälle so nach Kohl gerochen hatten. Überhaupt waren in den letzten Tagen etliche Vorräte aus dem Regal verschwunden und sie konnte sich nicht erklären, wohin. Jetzt hatte Lotte einen Verdacht.

»Gib das her!« Sie griff nach der Schachtel, doch Otto dachte nicht daran und hielt sie fest umklammert.

»Mach schon!« Entschlossen öffnete Lotte den Deckel, vor Schreck ließ Otto die Kiste fallen und der Inhalt purzelte heraus. Äpfel kullerten über den Boden, Brot und Rosinen hinterher, das Glas mit den eingeweckten Pfirsichen zerbrach.

»Nein! Sie brauchen das, sonst verhungern sie!« Erschrocken schrie Otto auf und beeilte sich, die guten Gaben wieder einzusammeln. Lotte half ihm kopfschüttelnd, und kurz darauf war alles wieder in der Schachtel verstaut, die Scherben zusammengefegt. Keine Sekunde zu früh, denn in diesem Augenblick kam die Mutter nach Hause.

»Was ist hier denn los?«, fragte sie und musterte missbilligend ihre beiden Kinder. »Was treibt ihr euch hier herum? Auf, auf, rein mit euch und die Vorhänge zugezogen.«

»Wir …«, stammelte Otto. Hilfesuchend sah er seine Schwester an.

»Wir haben noch etwas zu erledigen«, sprang ihm Lotte bei. »Wir wollten Suppe und Pfirsiche für die Bettler vor die Tür stellen. Dabei ist uns dieses Malheur passiert.«

»Heute Abend noch? Na gut, dann beeilt euch!« Mit diesen Worten verschwand die Mutter in der Wohnung, und die Geschwister rannten in den Garten.

»Jetzt raus mit der Sprache, was ist da los?«, stellte Lotte ihren kleinen Bruder zur Rede, als sie im Schuppen saßen und sie sicher sein konnte, dass ihnen der Else nicht gefolgt war.

»Das darf ich dir nicht sagen!«, meinte Otto und war den Tränen nah. Er hielt die Schachtel immer noch umklammert. »Ich musste schwören, sie nicht zu verraten.«

»Wem denn, in Gottes Namen? Und du sollst ihnen Essen bringen? Das ist gefährlich!« Lotte ließ nicht locker. In was war ihr Bruder da nur verwickelt?

»Aber sonst verhungern sie. Wo es jetzt immer kälter wird.« Otto schluckte.

»Ich kann dir helfen.« Lotte hatte ihren Bruder an der Schulter gefasst und schaute ihm in die Augen. »Sprich mit mir! Ich verrate auch nichts, Ehrenwort!«

»Bitte, Lotte, ich habe es ihnen versprochen!«

»Wen versteckst du?« Lotte schüttelte ihn jetzt. »Sag es mir, bitte! Los, rede schon!«

Otto schluckte. »Es ist Ruth«, brach es endlich aus ihm heraus.

»Ruth?« Lotte glaubte, nicht recht zu hören.

»Und die anderen. Sie leben im Wald, in einer Höhle.« Otto klammerte sich an sie. »Aber bitte, bitte, Lotte, verrate mich nicht!«

»Sie lebt! Ruth lebt!« Lotte schnappte nach Luft. Die gute Nachricht musste sie erst mal verdauen. »Wie? Wann? Ich meine, woher weißt du das? Wo steckt sie? Und wieso sagst du mir das erst jetzt?«

»Pssst, leise!« Otto zog seine Schwester in die hinterste Ecke des Schuppens, nachdem er draußen nachgeschaut hatte, dass sie auch ja niemand belauschte.

»Erinnerst du dich an den Morgen, als sie Rosenthals und die anderen abgeholt haben?«, sagte er mit flüsterleiser Stimme.

Lotte nickte. Wie sollte sie das vergessen! Aber sie hatte nicht gewusst, dass auch Otto Zeuge des Vorfalls gewesen war.

»Sie waren zu spät zum Treffpunkt gekommen, deswegen …«

Oktober 2018

Hazel brauchte noch etliche Zeit, um ihren Liebeskummer zu überwinden, wieder an sich zu glauben und sich nicht mehr verletzt zu fühlen. Therapien und Sport halfen. Seit jenem Tag in San Francisco, als das Wandbild Henry in ihren Gedanken wieder so lebendig gemacht hatte, hatte sie die Erinnerung an ihn wie einen goldenen Schnatz in ihr Herz geschlossen. Wertvoll, unbeständig und doch immer da. Damit hoffte sie, endlich einen Schlussstrich unter all die quälenden Fragen nach dem Warum gezogen, sich von den ständigen Gedanken an ihn befreit zu haben.

Es gelang ihr mit jedem Tag besser. Frohen Herzens ging sie wieder arbeiten, genoss die Herbstsonne und verbrachte ihre Zeit mit Lesen und langen Spaziergängen. Alleine – sie lebte zurückgezogen in ihrer kleinen Wohnung und war sich selbst genug. Bloß keine neuen Kontakte und Freundschaften, bloß keine neuen Verletzungen, von Liebe und all dem wollte sie nichts mehr wissen. Nie wieder.

»Komm doch mal raus aus deinem Schneckenhaus!«, sagte Anne irgendwann zu ihr, die auf einem Dating-Portal Männer ausprobierte. »Du musst dich wieder verlieben! Immer nur alleine, das macht dich doch einsam und krank.«

Aber Hazel schüttelte den Kopf, wollte sich nicht von Algorithmen verkuppeln lassen, sie fühlte sich weder einsam noch krank. Und doch fehlte etwas in ihrem Leben, ob sie es zugeben mochte oder nicht. Sie konnte nicht sagen, was es war. Vielleicht vermisste sie die Wärme eines liebenden Körpers, den Milchkaffee am Morgen. Vielleicht die intensiven Gespräche über Kunst und Literatur, das gegenseitige Vorlesen aus einem Buch.

Vielleicht war es doch immer noch Henry, der ihr fehlte. Da war ein Loch in ihrem Herzen, von dem sie nicht wusste, wie sie es füllen sollte. Aber wie hätte Anne das verstehen sollen, die die Flüchtigkeit von Liebschaften suchte, auch wenn sie beklagte, dass nie einer länger blieb.

Und dann lernte Hazel Theo kennen, genauer gesagt: Er machte ihr den Hof, flirtete, zeigte sich begeistert über ihre Belesenheit und Intelligenz. Er selbst war Anwalt, hatte gerade seine Notarprüfung bestanden und war auf dem Sprung in ein Leben, das erfolgsversprechender nicht sein könnte.

Es war auf der Einweihungsparty einer gemeinsamen Freundin, die frisch vermählt ein Reihenendhaus bezogen hatte und nun stolz die eigenen vier Wände präsentierte, Kinderzimmer inklusive. Bei der Hausführung durch die kleinen Räume hatten sie sich immer wieder verstohlen zugelächelt.

»Lieber eine großzügige Wohnung als so eine enge Schuhschachtel«, flüsterte Theo beim Zuprosten, sie tranken Prosecco auf das Heim der Freundin.

Hazel lächelte überrascht. Sie hatte das Gleiche gedacht, auch wenn der Gedanke arrogant war. Schließlich war Wohnraum knapp und nicht jeder konnte sich teure Mieten leisten.

Theo war ihr zuvor schon am Buffet aufgefallen, wie er sorgsam die Roastbeefscheiben auf ein Toastbrot schichtete, und weil er als Einziger keinen Kartoffelsalat aß. Das imponierte ihr, überhaupt wirkte alles an ihm stilvoll, ein Mann von Welt. So kamen sie ins Gespräch, aus einem Prosecco wurden zwei und drei und schließlich tauschten sie Nummern. Nur nicht gleich beim ersten Date ins Bett.

Bei ihrem zweiten Treffen jedoch mussten sie es tun. Auf dem Heimweg waren sie im Fahrstuhl des Fünfsternerestaurants stecken geblieben und Hazel hatte auf engstem Raum mit ihm in der Kabine gestanden. Theo hatte sie einfach an der Hand gefasst, während er ruhig und bestimmt durch die Sprechanlage mit dem Sicherheitsdienst sprach. Keine dramatische Angelegenheit, reine Routine, und keine zehn Minuten später waren sie wieder frei. Für Hazel jedoch hatte sich die Welt verändert. Bei jedem anderen wären ihre Nerven durchgedreht, wäre sie heulend vor Platzangst zusammengebrochen. Aber mit Theo an ihrer Seite fühlte sie sich sicher. Und als er sie wie selbstverständlich mit zu sich nach Hause nahm, war klar, dass sie fortan ein Paar sein würden, für immer. Theo schien auf eine Frau wie Hazel gewartet zu haben. Und Hazel auf einen Mann wie Theo.

Mit Theo wurde ihr Leben wieder reich und bunt. Er war galant, führte Hazel in erlesene Restaurants und coole Clubs, durch ihn lernte sie eine ganz neue Art des Lebens kennen. Er war charmant und höflich, konnte mitreißend erzählen und trug sie auf Händen. Er war ein Glücksfall, und Hazel mochte zunächst gar nicht glauben, dass er von nun an der Mann an ihrer Seite sein sollte.

Es war keine Liebe auf den ersten Blick gewesen, das musste Hazel Anne gegenüber zugeben. Aber sie lernte Theo zu lieben, jeden Tag ein bisschen mehr. Und nicht nur, weil er sie verwöhnte und ihr jeden Wunsch von den Augen ablas. Sondern weil er ein echter Freund und Partner war, und Liebe ging nicht ohne Freundschaft. Noch wichtiger war: Sie konnte mit Theo lachen, leicht und unbeschwert sein, den Moment genießen, ohne ihn ständig mit Bedeutung aufladen, mit Zitaten garnieren, den Sinn hinterfragen zu müssen. Nur zu gerne ließ sie sich von seiner bisweilen oberflächlichen Leichtigkeit mitreißen. Endlich hatte sie wieder Spaß am Leben, und das auf der ganzen Linie.

»Du bist schöner denn je«, meinte Anne eines Tages zu ihr. Es klang neidisch und bezog sich nicht auf das neue, modische Kleid. Anne hatte immer noch nicht den Richtigen gefunden, schlitterte von einer Liebschaft in die nächste und heulte sich jedes Mal bei ihrer Freundin aus. Skeptisch verfolgte Hazel Annes Bemühungen, fand sie manchmal gar albern. Anne war für sie die geborene Einzelgängerin, auf ihre Weise beziehungsunfähig, denn sie lebte nur für sich, zelebrierte ihre Freiheit. Wozu brauchte sie einen Mann in ihrem Leben?!

Wenn Hazel in Theos Armen lag, warm geborgen und geliebt, stellte sie sich diese Frage nicht, sie war einfach glücklich mit ihm, so glücklich wie noch nie. Weil es so ruhig und beständig war, im besten Sinne unaufgeregt, sich sicher und nach Heimathafen anfühlte. Und irgendwie auch gerettet. Nachdem Theo ihr für die Wintermonate eine Tageslichtlampe gekauft hatte und mit ihr im Februar nach Lanzarote geflogen war, sagte sie ohne nachzudenken Ja, als er sie fragte.

*

»Was für ein Treffpunkt? Jetzt sag schon, lass dir nicht alles aus der Nase ziehen!«, unterbrach Lotte den Bruder ungeduldig. »Du hättest mir wirklich früher davon erzählen müssen. Du weißt doch, welche Sorgen ich mir mache!«

»Es war so …«, begann Otto umständlich, und dann erfuhr Lotte endlich die ganze Wahrheit, die so tragisch war. Bäcker

Moses hatte gemeinsam mit den Rosenthals einen Fluchtplan entwickelt, sie hatten den richtigen Zeitpunkt verpasst, das Land zu verlassen, jetzt wurde es höchste Zeit, dass sie untertauchten. Einige Kilometer entfernt gab es eine Höhle, die geeignet und tief genug war, um ihre Familien vorerst zu verstecken. In den letzten Wochen hatten sie immer wieder Vorräte und Gerätschaften hingebracht, unterstützt von Oma Schmidt, die sich mit solchen Aktionen auskannte. Nach und nach wollten sie in die Höhle ziehen, nicht alle auf einmal, damit es nicht auffiel, und von dort dann außer Landes flüchten. Otto war ihnen durch Zufall bei einem seiner Streifzüge im Wald begegnet, da hatten sie ihn kurzerhand eingeweiht und als Schmierensteher angeheuert. Trotzdem hatte der Else irgendetwas bemerkt und angefangen, Rosenthals zu bespitzeln, als sie einkaufen gingen. Nur Ruth war es gelungen, sich heimlich aus dem Haus zu schleichen.

»Es ist meine Schuld!« Otto schniefte. »Ich habe versucht, ihn abzulenken, wegzulocken, aber er hat Rosenthals nicht aus den Augen gelassen. Was hätte ich denn tun sollen? Ich hätte sonst nur die anderen verraten!«

»Du hast getan, was du konntest!« Lotte hatte ihren Bruder in die Arme gezogen und wusste nicht, was sie fühlen sollte. Erleichterung, Freude, Trauer, Verzweiflung. So standen die Geschwister einfach da und hielten sich gegenseitig fest.

Der Himmel war grau, das Thermometer unter null gefallen, aber innerlich glühte Lotte vor Glück und Aufregung, trotz des eisigen Ostwinds. Ruth lebte!

Sie sprachen kein Wort, während Otto seine Schwester zielsicher durch die Stadt führte. Über den Adolf-Hitler-Platz und am Bahndamm vorbei hinaus in den Wald, immer darauf bedacht, dass niemand sie verfolgte. Immer wieder bog er ab und dann noch einmal und wieder in die andere Richtung.

Aber ein kleiner Junge mit einem Mischlingshund schien nicht weiter aufzufallen. Irgendwann liefen sie am Waldsee vorbei, da waren sie schon zwei Stunden unterwegs und Lotte völlig durchnässt und durchgefroren. Allein der Gedanke an das bevorstehende Wiedersehen mit Ruth ließ sie durchhalten.

Tiefer und tiefer liefen sie in den Wald hinein, weitab von den Wegen. Nie im Leben würde Lotte ohne Ottos Hilfe hier wieder herausfinden. Sie kam sich vor wie im Märchen von Hänsel und Gretel. Alsbald standen sie vor einem Felsvorsprung.

»Weiß es noch jemand?« Die ganze Zeit über hatten sie kein Wort miteinander gesprochen, aber hier draußen in der Einsamkeit des Waldes wagte Lotte endlich, den kleinen Bruder zu fragen, was ihr die ganze Zeit über schon auf der Zunge brannte.

»Nur Oma Schmidt. Sie sammelt und ich bringe die Sachen in die Höhle. Sie war nur einmal mit, der Weg ist ja viel zu beschwerlich für sie … Hier ist es.«

Otto war stehen geblieben und schaute seine Schwester selbstbewusst an. Er pfiff ein kleines Liedchen, Lumpi bellte auf Kommando, und prompt rührte sich drinnen etwas. »Komm!« Otto fasste nach Lottes eiskalter Hand und zog sie mit sich.

Nur langsam gewöhnten sich Lottes Augen an die Dunkelheit, mit unsicheren Schritten folgte sie Otto, der zielstrebig voranlief. Immer wieder mussten sie sich ducken, teilweise sogar auf allen vieren kriechen. Aber dann standen sie plötzlich in einem meterhohen Raum, ein winzig kleines Feuer glomm in der Ecke, kaum merklich zog es Rauch. Es war trotzdem zugig und klamm.

»Lotte!« Ein freudiger Schrei gellte durch die Dunkelheit, und dann schlangen sich zwei schmale Arme um sie und drückten sie heftig.

»Ruth! Bist das wirklich du?!« Vor Glück wusste Lotte überhaupt nichts zu sagen, Tränen der Wiedersehensfreude rannen ihr über die Wangen. »Ruth, Ruth, Ruth«, murmelte sie ein ums andere Mal.

»Du lebst!« Es war eine geflüsterte Feststellung, die beiden Freundinnen umarmten sich stumm.

»Was ist mit meinen Eltern? Hast du etwas von ihnen gehört?« Ruth hauchte es und Lotte schüttelte nur den Kopf.

Nach und nach kamen jetzt etwa ein Dutzend Menschen in den schwach beleuchteten Höhlenraum. Bekannte Gesichter aus der Nachbarschaft, aus ihrer Straße, weinend lagen sie sich in den Armen. Die alte Marktfrau hatte recht behalten. Und Oma Schmidt auch.

»Und du auch!« Lotte hatte freudig nach der Hand von Moses gegriffen, der ihr früher oft Zimtschnecken geschenkt hatte, wenn sie einkaufen war. Wie ernst der einst so fröhliche Bäcker dreinblickte, trotz des Wiedersehens. Seinem Bruder war die Flucht nicht gelungen, weil die Nazis ihn seit Wochen schon wegen jeder noch so kleinen Lappalie drangsalierten. Da hatte er sich aus Rücksicht auf die anderen aus den Höhlenplänen rausgehalten, um sie ja nicht zu gefährden. Rosenthals dagegen hatten noch am Tag zuvor dafür gesorgt, dass ihre Tochter unbehelligt mit Moses gehen konnte und den Else auf eine falsche Fährte gelockt. Was ihnen zum Verhängnis geworden war, wie Lotte von Otto wusste, denn der Blockwart hatte sie fortan nicht mehr aus den Augen gelassen. Es war bedrückend zu wissen, Lotte fehlten die Worte.

Möglichst unauffällig schaute sie sich um. Die Menschen hatten aus Ästen und Baumstämmen ein paar Betten gezimmert, sie meinte, ihre Strohmatten aus dem Garten zu erkennen und ein paar Decken, von denen sie dachte, die Mutter hätte sie an das Winterhilfswerk gespendet. Was ihr Bruder wohl sonst noch alles hierhergeschleppt hatte? Ab sofort würde sie selbst alles sammeln, was sie entbehren konnte.

»Um die Ecke ist die Badehöhle«, meinte Ruth, die ihrem Blick gefolgt war. »Dort gibt es einen unterirdischen Fluss, da können wir uns waschen und auf Toilette gehen … Wahrscheinlich gibt es weiter unten einen See, man hört es dort plätschern, aber es ist zu gefährlich, noch weiter in die Höhle hineinzugehen. Man kann sich leicht in dem Labyrinth der Gänge verirren!«

Lotte schluckte, eine Mischung aus Mitgefühl und Bewunderung machte sich in ihr breit. Wie schrecklich musste es sein, tagaus, tagein hier unten in der Dunkelheit zu hausen. Nicht zu wissen, wann es Tag und wann es Nacht wurde, wann die Sonne schien oder Schnee fiel. Nicht zu wissen, wer in ihre Höhle kam, und so abhängig von jemandem wie Otto zu sein, der sie mit Lebensmitteln versorgte.

»Du weißt gar nicht, wie entsetzlich kalt es in der Höhle sein kann, jetzt schon. Und wir haben noch nicht einmal Winter!« Ruth schüttelte es. Lotte hatte fürsorglich den Arm um die Freundin gelegt, sie war unglaublich dünn geworden. »Und dann immer diese Angst … Angst, entdeckt zu werden, Angst, dass sie uns doch noch holen.«

Lotte nickte. Sie war dieser Angst schon einmal begegnet. Vor ein paar Wochen am Laster.

»Ihr seid in Sicherheit«, versuchte Lotte Ruth aufzumuntern. »So schnell entdeckt euch hier niemand. Man nennt Otto nicht umsonst Häuptling Schleichende Feder!« Letzteres sagte sie mit Blick auf Otto, der ihr dankbar zulächelte. Sie wusste, wie sehr er unter der Schmach litt, den Else nicht rechtzeitig ausgetrickst zu haben. Er würde sich das nie verzeihen.

»Fragt sich, wie lange das gutgehen kann! Wie wir jetzt von hier fortkommen, wissen wir auch noch nicht. Eigentlich wollten wir alle von hier aus ins Ausland fliehen …«

Ruth seufzte und ihre Stimme klang belegt. »Aber du hast recht, wir haben Glück im Unglück gehabt. Wir haben es uns hier so gut es eben geht eingerichtet und versuchen, so etwas wie einen Tagesablauf einzuhalten. Wir feiern auch den Sabbat … aber außer schlafen oder dösen gibt es oft nichts zu tun. Und nach draußen dürfen wir ja nicht! Das ist zu gefährlich …«

»Nur ab und zu gehen wir in den Wald«, ergänzte Moses, der sich zu ihnen gesellt hatte. »Jagen, wie zu alten Zeiten.« Er grinste schief und erzählte dann, wie die Männer Fallen stellten oder Wurzeln sammelten.

»Wir haben ja Werkzeug mitgenommen«, meinte Ruth. »So können wir uns hier nach und nach richtige Möbel bauen. Nur einen Topf könnten wir noch gebrauchen. Und Decken. Meinst du …«

Lotte nickte. »Alles, was du willst.«

»Und einen Mahlstein«, ergänzte Moses. »Dann könnten wir hier Getreide mahlen und Brot backen.«

»Der ist doch viel zu schwer für Lotte!«, rief Otto dazwischen. »Leiht euch den doch bei dem Bauern hinter dem Hügel aus.«

»Schlauer Bengel!«, meinte Moses. Dann fügte er düster hinzu: »Keine schlechte Idee. Wer weiß, wie lange wir hierbleiben müssen. Wer weiß, wann sich die nächste Gelegenheit zur Flucht ergibt. Es ist ja niemand mehr da, der uns dabei helfen kann …«

»Wer weiß«, flüsterte Ruth. »Wer weiß.«

»Wir müssen wieder zurück!« Entschlossen sprang Lotte auf, Ruths Traurigkeit erdrückte sie. Sie würde alles tun, um ihr zu helfen, aber jetzt musste sie dringend an die frische Luft. »Ich komme bald wieder, versprochen. Dann bringe ich dir auch noch Kerzen mit. Und ein Buch.«

»Grüß Oma Schmidt von mir«, sagte Ruth und versuchte,

ihrer Stimme einen zuversichtlichen Klang zu geben. »Sag ihr, uns geht es gut.«

»Warum hat sie mir nichts erzählt?«

»Das fragst du … Wo doch ihre eigene Enkelin …?«

Lotte nickte, obwohl Ruth es nicht sehen konnte. Zum Abschied hielten sich die beiden Freundinnen fest in den Armen. Glücklich für den Moment, sich wiedergefunden zu haben.

Als Lotte gerade die Wärmflaschen für die Nacht richtete, klingelte es an der Tür. Erschrocken hielt sie in der Bewegung inne. Mutti und Otto waren noch nicht zu Hause, und um die Uhrzeit klingelte es sonst nie. Das Geräusch verhieß selten etwas Gutes, das wusste sie aus der Nachbarschaft. Schnell stellte sie die Kupferkannen auf den Ofen und lief zur Tür.

»Wer ist da?«

»Ich bin's, Hedwig! Mach auf.«

Besorgt öffnete Lotte. »Was … ist etwas passiert?« Vor ihr stand eine völlig aufgelöste Hedwig, die Haare noch zerzauster als sonst und die grüne Wolljacke falsch geknöpft. Sie hatte Schluckauf.

»Um Himmels willen, jetzt sag schon, was los ist.« Lotte zog die schluchzende Freundin auf den nächstbesten Stuhl in der Küche, das Schlimmste ahnend. »Ist etwas mit deinem Vater? Deiner Mutter? Deinen Brüdern?« Sofort musste sie an Vati und Hans denken.

Doch zu ihrer großen Erleichterung schüttelte Hedwig jedes Mal den Kopf, hickste aber unentwegt weiter.

»Hier, jetzt trink einen Schluck und beruhige dich erst mal, und dann erzählst du mir alles.« Lotte schob ihr ein Glas Wasser hin und schaute sie aufmunternd an. Der Ofen strahlte behagliche Wärme aus, in einer halben Stunde würde das Abendessen fertig sein. Draußen begann sich die Dunkelheit über die Stadt zu senken.

»Die haben mich genommen«, begann Hedwig und musste bei diesem Satz lächeln. »Nächstes Jahr gehe ich auf die Reichsbräuteschule!«

»Was? Sag das noch mal! Und deswegen bist du so durcheinander? Das hast du dir doch so gewünscht!« Lotte verstand die Welt nicht mehr. Sie hatte sich die schrecklichsten Sorgen gemacht, dabei war Hedwig schlichtweg vor lauter Freude aus dem Häuschen.

»Das ist eine unglaubliche Ehre!«, erwiderte Hedwig und trank mit großen Schlucken das Glas leer. »Stell dir vor: Mich, Hedwig Schmidt, haben sie auserwählt! Weil ich eine erbgesunde arische Frau bin.«

»Na, darauf kannst du dir jetzt aber was einbilden«, rutschte es Lotte heraus. Sie schaute Hedwig zweifelnd an. »Das ist doch Quatsch! Als ob andere Frauen keine gesunden Kinder auf die Welt bringen könnten!«

»Willst du welche?« Hedwig entfuhr ein freudiger Hickser und sie überhörte geflissentlich Lottes kritische Bemerkung. »Mit Hans, gell?«

Lotte lief rot an. An Hans hatte sie in den letzten Tagen am wenigsten gedacht. Genau wie an Kinder. Stattdessen war da ein großer rotblonder Mann, der ihr ständig im Kopf und im Herzen herumspukte.

»Jaja«, antwortete sie rasch, um Hedwig zufriedenzustellen. Jetzt bloß nicht über Hans und die bevorstehende Hochzeit sprechen. Aber Hedwig hatte zum Glück andere Dinge im Kopf.

»Ach, Lotte, das wird famos! Wie schade, dass du nicht genommen wurdest, sonst hätten wir uns ein Zimmer geteilt …«

Hedwig strich sich die züchtige Bluse glatt, sie war eine Meisterin im Ignorieren. »Ganz viele Kinder will ich haben, Söhne, dann bekomme ich das Mutterkreuz! Ich hätte ein gebärfreudiges Becken, haben sie bei der Untersuchung gesagt, und ganz hervorragende Anlagen. Am liebsten hätte ich so viele wie Magda Goebbels. Schau, sieht sie nicht toll aus? Sie will so schön aussehen, wie sie kann, hat sie gesagt, sie verkörpert den wahren Typ unserer Rasse ... Und wie artig ihre Kinder erzogen sind.«

»Ja, weil sie eine Kinderfrau und eine Krankenschwester hat, die sich von früh bis spät um die lieben Kleinen kümmern«, brach es aus Lotte mit einem Blick auf die Zeitschrift hervor, die Hedwig aus ihrer Tasche hervorgeholt hatte. Die *NS Frauen-Warte* war so etwas wie Hedwigs neue Bibel, die zehn Leitsätze der Rassenkunde ihre neuen zehn Gebote. Hedwig las jeden Artikel so lange, bis sie ihn auswendig konnte, besonders gerne die über Magda Goebbels. Das Bild zeigte die Frau des Propagandaministers im Kreise ihrer Kinder, alle weiß gekleidet und brav frisiert.

»Das ist doch alles Augenwischerei! Am Ende sind die Frauen alleine mit den Kindern, weil der Mann im Krieg ist. Oder noch schlimmer: Er kommt nie wieder! Und wer kümmert sich dann? Der Führer? Wo er doch selbst keine Kinder mag ... Schon jetzt gibt es unzählige Kriegswaisen, was meinst du denn, um wen sich meine Mutter den ganzen Tag im Schulhaus kümmert?« Lotte biss sich auf die Lippen, aber zu spät. Die Gedanken hatten sich einfach ihren Weg nach draußen gesucht.

»Was redest du da, Lotte? Du klingst ja wie meine Oma! Das darfst du doch nicht sagen, wenn dich jemand hört! Der Führer liebt Kinder! Er tut alles dafür, dass es seinem Volk – uns Deutschen – gut geht.« Hedwig sprang auf, ihr Schluckauf war mit einem Mal verschwunden. »Wir stehen im totalen Krieg! Nicht einen Moment darfst du die Zuversicht und den

Glauben an den Sieg verlieren! Wir müssen unsere Soldaten unterstützen, es kommt jetzt auf uns Frauen an.«

»Was redest *du* da?« Fassungslos sah Lotte ihre Freundin an, doch die war nicht zu stoppen.

»Schau dich doch um, was die Frauen alles für den Krieg leisten, wie sie in den Fabriken arbeiten, Zündkerzen montieren und Uniformen nähen.«

Lotte hatte davon gehört, aber war das etwas, worauf man stolz sein musste?

»Und es ist doch unsere Pflicht, dem Führer ganz viele Söhne zu schenken!«

»Das ist doch Unsinn! Als ob alle Frauen Kinder bekommen müssten!« Lotte schüttelte den Kopf.

»Natürlich, was sollen sie denn sonst tun? Als deutsche Frauen und Mütter haben wir uns zu kümmern! Um wohlerzogene Kinder und ein angenehmes Heim für den Mann. Damit er sich von seinen Vaterlandspflichten ausruhen kann.«

Lotte wich entsetzt zurück, diese Sätze wollte sie nicht hören, schon gar nicht in ihrer Küche. Aber Hedwig beugte sich vor, verfolgte sie, ihr Gesicht kam Lottes ganz nah, während sie weitersprach.

»Das ist deine natürliche Bestimmung! Wozu willst du denn studieren? Die Welt der Frau ist ihre Familie, ihr Mann, ihre Kinder, ihr Heim! Die Männer kämpfen mit Gewehren, unsere Waffe ist der Holzlöffel.« Hedwig nickte, sichtlich ergriffen von ihren eigenen Worten. »Du wirst schon sehen. Wenn ich erst mal die Reichsbräuteschule absolviert habe, werde ich ein Vorbild für alle deutschen Frauen sein.«

Du spinnst ja, lag es Lotte auf der Zunge, *du hast ja den totalen Knall*. Aber sie schwieg. Die Hedwig, die gerade in ihrer Küche saß, verstand keinen Spaß und war schon lange nicht mehr die Hedwig, mit der sie einst Kirschkernweitspucken gemacht hatte. Diese Hedwig interessierte das Schicksal von

Ruth nicht die Bohne, es bereitete ihr sicher keine schlaflosen Nächte wie ihr. Besser, Lotte schwieg. Hedwig sollte nie erfahren, wem alles die Flucht gelungen war. Und sie sollte so schnell wie möglich aus ihrer Küche verschwinden. Beklommen schaute Lotte ihre Freundin an, die sich in Rage geredet hatte. War es noch ihre Freundin?

»Ich kann es immer noch nicht glauben! Ich habe es geschafft!« Hedwig hatte sich beruhigt und lächelte stolz. »Ich freue mich so sehr! Endlich raus hier und weg von meinen Brüdern, die ständig über mich bestimmen wollen. Endlich bin ich wer! Oma versteht das überhaupt nicht, sie will mir das die ganze Zeit über ausreden.«

Lotte schluckte. Ja, das mochte sie gerne glauben, dass Hedwig ausbrechen wollte. Ihre Brüder waren großmäulige Angeber, Lotte hatte sie noch nie leiden können. Und Oma Schmidt wollte sie nur von den Nazis fernhalten, deswegen mischte sie sich ständig ein. Sie hatte weder Sohn noch Schwiegertochter verstanden, die mit Feuereifer in den Krieg gezogen waren, und stritt ständig mit Hedwig und deren Brüdern über Hitlerjugend und BDM. Wie Lotte wusste, schwieg sie in jüngster Zeit lieber, hielt sich zurück. Und half derweil den Menschen in der Höhle, wo sie konnte.

Lotte blickte in Hedwigs rotwangiges Gesicht, sie war beileibe keine Schönheit. Ganz anders als Ruth, die immer so zart und zerbrechlich wirkte und dabei so eine unglaublich starke und selbstbewusste Persönlichkeit war. Lotte musste an Magda denken, die so selbstsicher und ungezwungen tanzte, dass einem schon vom Zugucken schwindelig wurde. Daran, wie ausgelassen sie selbst getanzt hatte, bis sich alles drehte. Wegen Wilhelm. Lotte schüttelte den Kopf, wie um ihr schlechtes Gewissen zu vertreiben.

Längst hatte sich die Dunkelheit über die Küche gesenkt, still war es geworden. Nur das Ticken des Kurzzeitmessers war zu hören, der Kartoffelkuchen würde gleich fertig sein, Otto und die Mutter nach Hause kommen, vielleicht auch Fritz.

»Besser, du gehst jetzt«, meinte Lotte mit einem Blick auf die Uhr. »Heute Nacht gibt es Vollmond, da werden sie wieder fliegen …« Sie stand auf, besann sich und schloss erst die Vorhänge, bevor sie in der Küche das Licht anmachte. *Erst denken, dann schalten.*

»Ich werde es schaffen, wirst schon sehen!« Hedwig war nun ebenfalls aufgestanden und zupfte die Brosche an ihrer Bluse zurecht. Sie wirkte einschüchternd, wie sie da so groß und selbstsicher vor Lotte stand, wankend wie eine Flak. Hedwig war schon an der Tür, als sie sich noch einmal zu Lotte umdrehte. »Wir werden ein wunderbares Leben haben, Lotte, du und ich und Hans und mein zukünftiger Mann! Wir werden gemeinsam für unsere Kinder sorgen, für sie kochen und nähen und sonntags einen Braten auf den Tisch stellen, dass allen das Wasser im Mund zusammenläuft. Das ist unsere Aufgabe, Lotte, dafür leben und kämpfen wir. Für unser Großdeutsches Reich. Heil Hitler!« Und mit diesen Worten lief sie hinaus und ließ eine sprachlose Lotte zurück.

Luft, sie brauchte Luft. Eilig knipste Lotte das Licht aus, lief zum Fenster und öffnete es weit. Gierig sog sie die kühle Herbstluft in ihre Lungen. Das tat gut. Was redete Hedwig da nur? Kinder, Männer, Sonntagsbraten! So ein Schwachsinn! Fragend schaute Lotte zu den leuchtenden Sternen, der Mond groß und rund und unerbittlich stumm. *Lieber Gott, was wird nur werden?* Das schwarze Himmelszelt drohte Lotte zu erdrücken, das Funkeln der einzelnen Sterne tröstete sie nicht. Es schien ihr alles noch komplizierter geworden, lange vorbei die Leichtigkeit des Sommers. Hedwigs Worte klangen in ihr nach. Würden sie sich nicht schon so lange kennen, müsste sie ihr auf der Stelle die Freundschaft kündigen angesichts der

Ungeheuerlichkeiten, die sie gerade eben in ihrer Küche abgesondert hatte. Aber eine innere Stimme hielt Lotte davon ab. Es war besser, sie ließ es nicht auf einen Streit mit ihr ankommen, das konnte gefährlich werden. War sie nicht vielleicht schon zu deutlich geworden? So fanatisch, wie Hedwig geklungen hatte, war ihr alles zuzutrauen.

Etliche Wochen waren seit jenem unsäglichen Gespräch mit Hedwig vergangen, Wochen, in denen sie ihr immer wieder mit Ausreden aus dem Weg gegangen war und Hedwig sie immerhin nicht verraten hatte. Wochen, in denen sie immer wieder heimlich und auf Umwegen zur Höhle gelaufen war, um Ruth und die anderen mit dem Nötigsten zu versorgen – eingelegte Gurken, Rote Bete, Kirschmarmelade, süßsaurer Kürbis. Langsam gingen auch ihre eigenen Vorräte zur Neige, sie müssten zusehen, wie sie über den Winter kamen.

Lotte hatte in jenen Wochen fast jeden Tag Dorothees Grab besucht und auf dem Rückweg in der Kirche eine Kerze für Ruth angezündet, auch wenn die Freundin nicht katholisch war. Der Herbst wehte nun endgültig über den Garten und Lotte hatte alle Hände voll zu tun, die Beete für den bevorstehenden Winter aufzuräumen. Und dazwischen immer wieder Fliegeralarm, mittlerweile sogar tagsüber.

Der Fallschirm lag nach wie vor unter der Luke und erinnerte sie beinahe täglich an Wilhelm. Ob Lotte wollte oder nicht – er spukte in ihrem Herzen, ihre Gedanken wanderten immer wieder zu ihm, und sie wünschte sich insgeheim, sie würden sich wieder irgendwo zufällig begegnen. Sie traute sich nicht, den Stoff herauszuholen und etwas daraus zu schneidern, sie hätte nicht gewusst, wie sie den plötzlichen Reichtum hätte erklären sollen. Mit der Stoffkarte gab es nur noch selten etwas Baumwolle zu erstehen, und wenn es so weiterging, würde die Fallschirmseide ihre Rettung sein, um neue Unterkleider und Blusen zu nähen. Selbstredend würde sie einen Teil davon in die Höhle bringen, damit Ruth etwas Nützliches daraus fertigen könnte. Ebenso wie die vielen Seile und Schnüre, man brauchte immer ein Seil.

Lotte hatte Feldsalat gesät und die Kohlpflanzen umsorgt, Reisig stand für die Frosttage bereit und gefüllte Holz- und Kohleeimer für den Ofen. Die Nächte waren schon empfindlich frisch. Immer wieder bemerkte sie, wie der Else sie beobachtete, ständig schlich er um sie herum, als wüsste er, dass sie Geheimnisse hatte. Nach Möglichkeit machte sie einen großen Bogen um den Else, versuchte ihm keinen Anlass zu geben, Verdacht zu hegen. Nach wie vor machte sie sich große Vorwürfe wegen Dorothee, deren Schicksal ihr immer noch einen Schauer des Entsetzens über den Rücken jagte. Sie würde das dem Blockwart nie verzeihen.

Einmal jedoch konnte sie dem Else nicht rechtzeitig ausweichen, er hatte sie bis in den Keller verfolgt, als sie die Eimer holen wollte. Auf der Treppenstufe verstellte er Lotte den Weg.

»Na, wohin denn so eilig?«, fragte er und fasste nach ihrer Hand. »Komm, ich helfe dir mit den Eimern, die sind doch viel zu schwer für so eine zarte Person wie dich. Ich kann dafür sorgen, dass es dir gut geht …«

»Ach ja? So wie Dorothee?«, rutschte es ihr heraus.

Zum Glück kamen in diesem Moment Otto und Lumpi zur Haustür hereingestürmt, da ließ er sie augenblicklich los. Seitdem ging Lotte nicht mehr freiwillig in den Keller und verabscheute den Else aus tiefstem Herzen.

Die Mutter hatte sich verändert. Vielleicht waren es die vielen schlaflosen Nächte oder die Sorge um Vati, dessen letzter Feldpostbrief jetzt bereits drei Monate zurücklag. Sie schrieben ihm weiterhin fleißig, schickten Päckchen an die Front, nummerierten ihre Briefe, damit er bloß ja merkte, wenn einer fehlte.

Lotte hatte keine genaue Vorstellung davon, was *Front* zu bedeuten hatte. Manchmal stellte sie sich diese als eine Linie aus Soldaten vor, schnurgerade am Atlantik aufgestellt bis zum Horizont. Oder waren es Panzerstellungen, die wie eine Perlenkette aufgereiht waren? Lotte erschien die Front als ein konzentriert versammelter Ort des Krieges, und doch konnte sie sich niemals vorstellen, was es in Wirklichkeit für die Soldaten bedeutete, dort zu sein, mitten im Krieg im täglichen Tod. Sie dachte lieber nicht daran und hoffte, dass es vielleicht gar nicht ganz so schlimm war. Vati hatte beim letzten Heimaturlaub ein Ölgemälde mitgebracht. Es zeigte Sand, viel Sand, die große Düne von Arcachon, und dahinter alles blau, das war der Atlantik, der unvorstellbar unendlich sein musste. Am liebsten hätte die Mutter dort Urlaub gemacht, wie sie einmal vor sich hin träumte, sie liebte das Meer. Wenn der Krieg eines Tages vorbei war, würden sie alle gemeinsam dorthinfahren.

Lotte hatte dem Vater von der täglichen Gartenarbeit und der guten Ernte erzählt, Otto in seiner krakeligen Kinderschrift von seinen Abenteuern mit Lumpi berichtet. Auch an Hans hatte Lotte geschrieben, sich aber selbst mit verschlüsselten Worten nicht getraut, von Ruth und dem Schicksal der anderen zu erzählen. Wer wusste schon, wer die Feldpost öffnete und las, es schien ihr zu gefährlich.

Wenn sie ehrlich zu sich war – und es fiel ihr schwer, es sich einzugestehen –, waren ihre Gedanken abends beim Einschlafen jedoch nicht bei ihm. Vielmehr wanderten sie immer wieder zu dem rotblonden Mann, der sie so sicher übers Parkett geführt hatte, obwohl sie meinte, in seinen Armen den Boden unter den Füßen zu verlieren. Sie hatte Wilhelm seit jenem Abend nicht mehr wiedergesehen. Fritz, Magda und die anderen waren wochenlang zum Wandern in den Bergen gewesen. Lotte war sich mittlerweile sicher, dass sie dort nicht nur zu ihrem Vergnügen gewesen waren, sondern Wege und Möglichkeiten sondiert hatten, das Land zu verlassen. Ihr Bruder hatte so eine Andeutung gemacht. Die Mutter war vor Sorge beinahe vergangen und außer sich vor Freude, als Fritz gestern gesund und munter wieder vor der Tür gestanden hatte. Wie ausgewechselt und unbekümmert, als wäre nichts geschehen.

Mit Fritz wurde es in der Wohnung wieder laut und lustig, er kümmerte sich nicht darum, ob da draußen Krieg war oder was die Leute sagten. Er machte seine Witzchen, schwelgte in seinen Platten, pflegte seine Kleidung und rasierte sich zweimal am Tag, auch wenn die Seife knapp war. Zum Leidwesen der Mutter drehte er ungeachtet des Verbotes seine Musik auf, selbst wenn der Else mahnend an die Tür klopfte. Weniger wegen des Lärms als wegen der verbotenen Rhythmen, die unter der Türschwelle der Familie Braunstett hervorquollen. Aber Fritz war es egal, dass er gefährlich lebte, er tanzte durchs Leben, er pfiff auf das Regime, er ahnte ja nicht, welchen Preis die Mutter dafür bezahlte, dass ihm nichts geschah. Seit seiner Rückkehr wirkte er noch selbstbewusster und entschlossener, sich vom Krieg nicht die Laune verderben zu lassen.

»Swing hot, nicht nach Noten, Swing free, das ist verboten«, summte er der Mutter entgegen, wenn sie ihn ermahnte.

»Du ziehst uns alle mit ins Unglück«, hörte Lotte sie eines Abends zu ihm sagen. »Denk wenigstens an Otto! Und an Lotte, die beiden haben es nicht verdient, dass sie deinetwegen in Schwierigkeiten geraten.«

»Ihnen wird nichts geschehen«, antwortete Fritz leise. »Uns

wird schon niemand verraten! Auch der Else nicht, wir kennen uns doch schon viel zu lange.«

Wenn er sich da mal nicht täuschte. Lotte konnte förmlich spüren, wie die Mutter zusammenzuckte.

»Spiel die Platten nicht mehr«, bat die Mutter eindringlich, »du bringst uns alle in Gefahr, ob du es willst oder nicht. Bitte, versprich es mir. Du weißt nicht, was die anderen denken.«

»Versprochen und Hand aufs Herz … aber ich werde die Stadt verlassen, eines Tages«, fügte Fritz hinzu, um dann noch hinterherzuflüstern: »Du weißt, dass ich nur dir zuliebe bleibe … und riskiere, dass sie mich eines Tages doch noch einberufen.«

»Pssst, nicht so laut, wenn dich Lotte hört.« Die Mutter zog Fritz aus dem Flur in die Stube, und Lotte konnte nicht mehr verstehen, was er ihr antwortete.

Das war es also, was er pausenlos mit Magda, Bertolt, Wilhelm und den anderen zu besprechen hatte, ihr Instinkt hatte sie nicht getrogen. Deswegen trafen sie sich, deswegen saßen sie mit gesenkten Köpfen am Tisch und tuschelten, deswegen waren sie auf Wanderfahrt gewesen. Sie wollten weg, planten ihre Flucht, lieber heute als morgen. Ihr Bruder wollte raus, weg von der Familie. Sich in Sicherheit bringen vor den Verfolgern, die Andersdenkenden wie ihm das Leben schwer machten. Fritz wollte frei sein.

Wie recht er hatte. Lotte verstand ihn nur zu gut! Trotzdem erzählte sie ihm nicht von Ruth und dem Höhlenversteck, so schwer es ihr auch fiel, ihn anzulügen, als er sie nach Neuigkeiten über die Freundin fragte. Sicher war sicher.

Vielleicht würde Fritz sie mitnehmen, sie musste unbedingt mehr über seine Freunde erfahren. Über Wilhelm.

Die Gelegenheit dazu ergab sich schneller als erwartet, am nächsten Samstag schon. Fritz erwähnte beim Abendessen, dass er noch tanzen gehen wollte, und schaute Lotte dabei wie zufällig an. Da war klar, was er vorhatte. Seit seinem Versprechen war er tatsächlich jeden Abend zu Hause gewesen, doch jetzt schien die Sehnsucht nach Tanz und Abwechslung zu groß zu werden. Er hatte die letzten Tage auf seinem Zimmer verbracht, hatte gelesen und geschrieben, aber ganz bestimmt nicht für sein Medizinstudium. Lotte hatte es nicht gewagt, in seinen Unterlagen nachzuschauen, auch wenn die Versuchung groß gewesen war, als sie Ottos geflickte Unterhemden in die Schublade sortiert und dabei Fritz' Bücher und Papiere herumliegen sehen hatte, ein paar Vinylscheiben daneben. Beinahe andächtig hatte Lotte sie angeschaut, um dann flüchtig über die bunten Cover zu streichen.

»Wird Magda auch da sein?«, fragte Lotte so beiläufig wie möglich und verkniff sich die Frage nach den anderen. Aber sie spürte, wie ihr Herz schneller klopfte, als Fritz sagte: »Ja. Bertolt und Wilhelm auch.«

»Da komme ich mit«, rief Lotte und erntete einen erstaunten Blick ihrer Mutter, »ich ziehe mich nur rasch um, wartest du auf mich?«

Schnell sprang sie auf, stellte Teller und Besteck in die Spüle und tauschte in ihrem Zimmer den Kittel gegen ihr gelbes Kleid.

Juni 2019

Haltestelle Glück für immer, so lautete der Titel von Hazels neuem Lebenskapitel. Vielleicht könnte es auch *Wolke sieben in Rosarot* heißen, dachte sie schmunzelnd, als sie die neuen Romane in der Bibliothek erfasste. Allesamt Liebesromane, Frauenliteratur, wie es im Schlagwortregister so schön hieß. Als ob nur Frauen etwas mit Liebe anfangen könnten! Wenn sie da an Theo dachte und daran, wie zärtlich er war. Ihr künftiger Mann glühte vor Liebe, war entflammt und trug sie auf Händen. Würde Theo Bücher oder Gedichte schreiben, seine Texte wären mindestens so hinreißend und voller Anbetungen wie die von Shakespeare oder Petrarca.

Theo hatte es jedoch nicht so mit Literatur, wie er selbst sagte, er schrieb lieber seitenweise Aktennotizen oder las Neuerscheinungen zum Thema Erbrecht. Oft saß er bis weit nach Mitternacht und arbeitete, während Hazel längst im Bett lag und schlief. Sie störte weder das eine noch das andere, Hauptsache, er war bei ihr und sorgte für sie. Gemeinsam erlebten sie eine unbeschwerte Zeit, gingen auf Reisen und genossen jeden Moment ihres jungen Glücks. War sie früher nie viel gereist, lernte sie jetzt an seiner Seite die Welt kennen: die Malediven und Hawaii, Bali und Neuseeland, sie flogen in die Metropolen der Welt oder verbrachten Wellness-Wochenenden in den Bergen.

Ihre unvergesslichste Reise erlebte Hazel in einem *Parador* in der Nähe von Madrid. Die Maschine war überbucht gewesen, und deswegen hatte die Fluggesellschaft ihnen ein Wochenende dort als Entschädigung geschenkt. Theo war außer sich gewesen, er verpasste einen wichtigen Termin, aber Hazel genoss den spontanen Aufenthalt in diesem feudal renovierten Hotel, das früher einmal ein Adelspalast gewesen war. In den seidigen Kissen war sie Theos Geliebte, Marie Antoinette und Königin Isabel, fühlte sich wunderbar und grandios. Es war geschenkte Zeit, die sie mit Theo verbrachte, der endlich mal seine Unterlagen beiseiteschob und im Bett ganz der ihre war. Wenn sie sich nicht liebten, schälten sie Orangen und tranken Champagner, oder sie gingen in den umliegenden Feldern spazieren und erzählten sich gegenseitig von früher. Traumhaft und unbeschwert, nur Theo und sie, so sollte es immer sein.

Wieder zu Hause planten sie ihre Märchenhochzeit, wie Theo sie scherzhaft nannte. Genauer gesagt überließ er Hazel das Organisieren der Festlichkeiten, er selbst war mit seiner Kanzlei beschäftigt. Anne war begeistert und stellte sich als die beste Hochzeitsplanerin heraus, die die Welt je gesehen hatte. Sie dachte an alles – Einladungen, Tischkarten, Musik, Torte – und an die Dinge, die Hazel vorher nicht wichtig gefunden hätte. Schon allein deshalb, weil sie nie im Leben auf die Idee gekommen wäre, den Hochzeitsgästen ein Organzasäckchen mit weißen Mandeln zu schenken oder den Fotografen ein paar Tage früher zu bestellen, damit sie entspannt Aufnahmen machen konnten. Hazel ließ sich von Annes Begeisterung anstecken und sogar zu einem ziemlich knappen Brautkleid überreden, in der Kirche würde sie einen Bolero tragen.

Dass dem Standesamt eine kirchliche Trauung folgen würde, war zu Hazels Verwunderung Theos Idee gewesen. Sie hatte ihn nicht als besonders gläubig kennengelernt. Sie selbst hatte ein ambivalentes Verhältnis zu Gott, glaubte nicht und glaubte doch und willigte dann ein, als Theo ihr vorschlug, dass sie sich in der Jagdschloss-Kapelle das Jawort geben sollten. Er fand das traditionell und romantisch. Danach würde es einen Sektempfang im Schlosshof geben und dann ein opulentes Menü. Die Auswahl und Abfolge der Speisen hatte sie gemeinsam mit der Freundin ausgewählt. So kam diese erstmals in den Genuss von Almochsenfilet, Seesaibling und Chorizorisotto. Gemeinsam kosteten sie fünf Sorten Champagner, bevor sie sich für Theos Lieblingsmarke entschieden, wählten Olivenöl zu Weißbrot und Käse und schließlich kichernd, weil sie zwischendrin auch noch Rot- und Weißwein testen mussten, den Nachtisch.

Aber als Hazel orangefarbenen Klatschmohn für den Brautstrauß wollte, erntete sie ein Kopfschütteln. Sowohl von der Floristin, die die Vergänglichkeit der Schönheit beschwor, als auch von Anne.

»Wie kommst du denn auf die Idee?«, fragte Anne. »Zu deinem Kleid brauchst du einen Wasserfall. Oder einen Biedermeier-Strauß, der geht immer. Und Rosen! Rote Rosen! Hier, schau mal.« Sie zeigte ihr eine Auswahl an Sträußen, die ihr geeignet schienen, aber Hazel verzog jedes Mal das Gesicht. Aus unerfindlichen Gründen wollte sie orangefarbene Blüten haben. Schließlich einigten sie sich auf ein Gebinde als Zepter mit Sonnenblumen – und roten Rosen.

Mit einem Lächeln musste Hazel an ihre Hochzeitsvorbereitungen denken, als sie nun die Bücher einsortierte und dabei die Klappentexte überflog. All diese Romane erzählten von Herz und Schmerz, von schicksalhaften Verwirrungen, die ungewöhnlicher nicht sein konnten. Geschichten, die den Köpfen von Autorinnen entsprangen, die in Workshops kreatives Schreiben gelernt hatten, und die doch das Leben selbst nicht hätte besser schreiben können. Oder wie sonst konnte es sein, dass die weibliche Hauptfigur nach so vielen Zufällen immer endlich den Richtigen traf, nachdem sie vorher den Falschen geküsst hatte? So war es bei ihr, so war es in den Büchern, so war es im Leben.

Die große Frage war jedoch, was das Leben für sie nach dem Happy End bereithielt. Diese Romane erzählten nicht von jahrelangen Beziehungen, die der Alltag quälte, oder von Silberner Hochzeit, nicht von Einsamkeit oder Seitensprüngen. Was danach kam, blieb der Fantasie der Leserin überlassen, die die Sehnsüchte der Protagonistin miterleben, ihre Geschichte weiterschreiben, ihre Träume in Erfüllung gehen lassen konnte. Hazel war nicht sonderlich anfällig für diese Art von Romanen, sie liebte die Klassiker und hatte nur ein selbstgefälliges Augenbrauenhochziehen übrig, wenn Anne von Liebesgeschichten schwärmte. Und jetzt stand sie hier, sortierte die Bände und leistete insgeheim Abbitte dafür, weil sich ihr Glück genauso anfühlte, wie es die Cover und Titel versprachen, rosarot und klebrig süß. Sie würde die beste aller Fortsetzungen schreiben, nahm sie sich vor, die schönste Braut von allen sein und die beste Ehefrau sowieso. Mit Theo an ihrer Seite würde alles gut. Happy End forever.

*

Der Saal war voll, Hunderte Menschen tanzten, laut und wild, alleine oder zu zweit, zu dritt, ausgelassen. Für einen Moment nur dem Elend entfliehen, die Not vergessen, den Rhythmus des Lebens spüren. Wie beim ersten Mal zog die Musik Lotte sofort in ihren Bann. Zu ihrer großen Enttäuschung aber war Wilhelm noch nicht da, nur Bertolt. Und der hatte ein blondes Mädchen im Arm, Ilse, mit der er mehr oder weniger unbeholfen am Seitenrand herumtanzte. Um sich nicht völlig als Mauerblümchen zu fühlen, lief Lotte umher. Einmal um das Parkett herum, vorbei an den schweren, dunklen Vorhängen, die nicht einen Lichtstrahl hindurchließen. Am Eingang standen ein paar junge Männer herum, rauchten und diskutierten, passten auf für den Fall, dass die Gestapo wieder eine Razzia durchführen würde. Auf ihren Stühlen hingen Mäntel, im Falle eines Falles zum Überwerfen griffbereit, um ihre Sakkos zu tarnen.

Doch heute blieb es ruhig, niemand störte die ausgelassenen Tänzer, die jetzt ekstatisch über die Bühne hüpften, sich wild umherschleuderten und gegenseitig über die Rücken rollten. Fasziniert sah Lotte ihnen zu, sie war jetzt an der Seite stehen geblieben und klatschte begeistert im Takt mit, als Fritz und Magda ein gekonntes Solo hinlegten.

Fritz wirkte froh wie nie, strahlte von einem Ohr zum anderen, als er nach einer gefühlten Ewigkeit an ihren Tisch kam, um hastig ein Glas Bier herunterzustürzen.

»Wir müssen heim«, mahnte Lotte schließlich mit Blick auf

die Uhr, mehr traurig als müde, denn Wilhelm war nicht gekommen.

»Noch ein Tanz, ja?« Fritz hatte sich den Schweiß von der Stirn gewischt, die Hemdsärmel sowieso schon längst hochgekrempelt und das Sakko achtlos auf den Stuhl geworfen. Magda lächelte ihr zu. Ihr schien das wilde Tanzen nicht viel auszumachen, sie schwitzte noch nicht einmal.

»Wilhelm kommt erst später«, raunte sie ihr zu, als Fritz sie wieder auf die Tanzfläche zog. Da bereute Lotte, dass sie Fritz zum Aufbruch gedrängt hatte. Aber der tanzte und tanzte, und als er dann doch endlich auf die Uhr sah und nach seinem Mantel griff, war eine Stunde vergangen und Wilhelm hatte sich immer noch nicht blicken lassen.

»Wir begleiten Magda noch schnell nach Hause, einverstanden?«, sagte Fritz und hakte, ohne Lottes Antwort abzuwarten, beide Frauen unter, eine links, die andere rechts. »Keine Widerrede«, sagte er zu Magda, als diese protestieren wollte. »Ich bin ein Ehrenmann.« Er grinste.

»Das werden wir ja noch sehen«, meinte sie.

»Hattest du keinen Spaß? Warum hast du nicht getanzt?«, fragte Fritz seine Schwester, während sie durch die stockdusteren Straßen liefen. Sie würden über die Brücke gehen müssen, die Leuchtplaketten an ihren Mänteln lieferten nur schwaches Licht.

Lotte zuckte zusammen, sie fühlte sich ertappt. Sie hatte sich nicht alleine auf die Tanzfläche getraut, obwohl der Rhythmus ihre Beine hatte wippen lassen. »Doch, doch«, beeilte sie sich zu sagen. »Mir war nur ein bisschen schwindelig, ich bin den Sekt nicht gewohnt.«

»Na, da tut dir die Luft jetzt sicher gut«, meinte Fritz leichthin. »Schau, dort drüben ist es schon. Und in einer halben Stunde liegst du in deinem warmen Bett und kannst dich ausruhen.«

Ihre Schritte hallten in der Dunkelheit nach. Lotte war unbehaglich zumute, auch wenn sie es nicht zugeben wollte. Und das lag nicht an der finsteren Nacht und der Einsamkeit, sondern an den wenigen umherfahrenden Autos, die langsam durch die Straßen lenkten, als suchten sie etwas. Lotte war froh, als sie endlich in eine Seitengasse einbiegen mussten, um Magda vor einem kleinen, verlassen wirkenden Haus zu verabschieden.

»Ich würde euch ja mit reinbitten …« Magda lächelte verlegen und küsste Fritz zum Abschied herzhaft auf den Mund. »Aber meine Großfamilie belagert gerade sämtliche Betten und Böden. Ich hoffe sehr, sie verschwinden bald wieder.«

»Du wohnst sonst alleine?«, fragte Lotte und versuchte, einen Blick ins Innere des Hauses zu erhaschen. Irgendwo brannte ein kleines Licht, es roch ein bisschen wie in der Kirche, modrig und kalt.

»Eigentlich schon … aber irgendjemand ist immer zu Besuch! Es ist ein Kommen und Gehen.« Magda drückte Lotte zum Abschied an sich. »Bis bald! Kommt gut nach Hause. Und Swing Heil!«, salutierte sie grinsend.

»Was macht Magda? Und was ist mit ihrer Familie?«, fragte Lotte neugierig, als sie wieder die Straße zurück in ihr Viertel liefen. »Sie ist nett …«

»Magda hilft anderen Menschen, wenn du das meinst. Und sie kümmert sich um Frauen in Not«, antwortete Fritz. Er zog Lotte in seine Arme, als wäre sie seine Freundin und nicht seine Schwester, als ein greller Autoscheinwerfer sie erfasste.

»Was soll das? Lass mich«, versuchte Lotte ihn abzuwehren, aber da hielt Fritz sie noch fester.

»Gestapo«, raunte er in ihr Ohr.

Lotte bekam kaum Luft vor Angst. Zum Glück fuhr das Auto weiter. Fritz fasste sie an der Hand und zog sie eilig mit sich, schon waren sie auf der schwach beleuchteten Brücke, jetzt war es nicht mehr weit. Da lösten sich aus der Dunkelheit gegenüber vier Gestalten und liefen ihnen entgegen. Es war zu spät, um unauffällig die Seite zu wechseln. Lotte spürte, wie Fritz neben ihr tief durchatmete, sie rückte dichter an ihn heran und drückte seine Hand, beide liefen schneller und wechselten nun doch die Straßenseite. Unter ihnen sprudelte der dunkle Fluss, man sah ihn nicht, hörte nur das Wasser. Und Absätze, die über den Asphalt hallten, näher und näher kamen und jetzt vor ihnen stehen blieben. Ledergeruch kroch Lotte in die Nase und Angst über ihren Rücken. *Lieber Gott, behüte mich …*

Der erste Schlag traf Fritz am Kinn. Ehe Lotte reagieren konnte, war er zu Boden gegangen. Instinktiv drückte sie sich an die Seite, hielt sich am Brückengeländer fest und musste hilflos mit ansehen, wie sie Fritz zusammenschlugen. Sie traten wieder und wieder zu, in den Bauch, in die Seite, auf den Kopf, Lotte hörte den Kiefer krachen, ein Geräusch, das ihr durch und durch ging.

»Nein! Hört auf!« Sie stieß einen kehligen Laut aus, doch die Angreifer machten weiter. Fritz hatte sich zusammengerollt, stöhnte, die Hände schützend über seinen Kopf haltend, doch gegen die vier hatte er keine Chance, vor Angst hatte Lotte die Augen weit aufgerissen. Erst als ein Auto an ihnen vorbeifuhr, ließen sie von ihm ab und rannten davon, verschwanden in der Dunkelheit. Endlich. Erleichtert kniete sich Lotte zu ihrem blutüberströmten Bruder.

»Um Gottes willen, Fritz!« Vorsichtig tastete sie über sein Gesicht. Im schwachen Licht der Brückenlampe konnte sie nur das Schlimmste ahnen, er hatte mindestens eine Platzwunde am Kopf. »Komm, wir müssen hier weg, kannst du aufstehen?« Sie reichte ihm die Hand, versuchte ihn auf die Beine zu hieven. »Stütz dich ab, so ist gut. Und atmen nicht vergessen. Atmen, hörst du? Du musst versuchen, ein paar Schritte zu gehen …«

»Mir ist schlecht …«, stöhnte Fritz, nur mühsam krabbelte er auf alle viere, immer wieder brach er zusammen, spuckte Blut aus, rappelte sich wieder auf. Lotte stützte ihn, so gut sie konnte, mit all ihrer Kraft, doch vergebens.

»Es geht nicht. Geh und hol Hilfe …« Fritz kroch jetzt mehr, als dass er lief, er stöhnte bei jeder Bewegung. »Das war Hannes … dieser verfluchte Kerl!«

»Hier, warte, nimm das.« Lotte nahm ihr Tuch ab und band es ihm um den Kopf, um die Blutung zu stoppen. Sein linkes Auge war bereits vollkommen zugeschwollen.

Sie strich ihm zärtlich übers Haar, summte leise vor sich hin, schickte ein Gebet zum Himmel. So, wie sie es immer mit Otto machte, wenn er krank war oder sich verletzt hatte. Es half nicht, Lotte fühlte die warme Flüssigkeit in ihre Hände rinnen. Sie musste dringend handeln, Hilfe holen oder Fritz würde verbluten, er schnaufte heftig, wie um gegen die Ohnmacht anzuatmen. Lotte zog ihren Mantel aus, bettete ihren Bruder vorsichtig darauf. Da spürte sie eine Hand auf ihrer Schulter. Erschrocken drehte sie sich um. *Bewahre und behüte uns.*

September 2019

Raus hier. Sie musste raus hier. Sofort. Das war ihr erster Gedanke, als sie mit dem Türsummen den braungekachelten Eingang betrat. Es roch abgewohnt, nach frittiertem Fisch und kaltem Rauch, und sie brauchte erst gar nicht die abgestoßenen Wände um sich herum zu studieren. Sie wusste auch so, dass sie endlos traurige Geschichten von Umzügen, Abschieden und Begrüßungen erzählten, von einsamen Menschen und gebrochenen Herzen, unerfüllten Lieben, hektischen Berufstätigen und trödelnden Kindern.

Hazel atmete tief durch und versuchte, die Beklemmung in ihrem Brustkorb zu ignorieren. Wieso nur passierte es ihr immer wieder, dass sie in solche Situationen hineinschlitterte und nicht wieder herausfand? Umdrehen, weggehen, fertig. Aber Hazel blieb, wie festgeklebt. Sie hielt aus, ertrug es, stand es durch. Litt Seelenqualen. Immer. Und ihr zierlicher Körper rebellierte. Kein Wunder.

Wie damals, als ihre Mutter sie für ein Highschool-Jahr nach Stanford geschickt hatte und sie in dieser merkwürdigen Familie gelandet war. Die Tochter des Hauses, América, machte ihr das Leben schwer und drangsalierte sie, wann immer sie nur konnte: klaute ihr die Clipper-Card und die Erdnusscookies, zerschnitt ihre Lieblingsshirts. Hazel hatte sich damals nicht getraut, jemandem etwas zu sagen, hatte Wut und Ärger einfach heruntergeschluckt. So hatte sie das Jahr in Kalifornien durchgestanden, sich in ihre Bücher vergraben, gelesen und gelernt und sich weggeträumt. Als sie endlich wieder nach Hause fliegen durfte, hatte sie Magenschmerzen.

Auch später dann, bei ihrem ersten Freund, hatte sie nichts gesagt. Er hatte diese schlechte Angewohnheit, nach dem Sex sofort aufzuspringen, sich zu duschen und seine Schlumpfsammlung zu sortieren, die beim Liebesspiel durcheinandergeraten war. Jedes Mal hatte sie es ohne ein Wort ertragen, obwohl sie so gerne noch seinen Duft und seine Nähe gespürt hätte. Irgendwann hatte er Schluss gemacht, weil es eine neue Schlumpfine in seinem Leben gab. Und Hazel hatte Neurodermitis bekommen.

Erst mit Theo hatte sie herausgefunden, wer sie war, was sie wollte. Kein Wunder, die große Liebe, für immer und ewig. Die Hochzeitsvorbereitungen liefen auf Hochtouren, und Hazel war glücklich wie nie zuvor in ihrem Leben. Theo weckte ungekannte Seiten in ihr und machte, dass sie ihr Glück mit allen teilen wollte. Deswegen stand sie nun hier in diesem abgewohnten Haus.

Hazel drückte die Taste für den Fahrstuhl, die alte Dame wohnte im sechsten Stock. Seit ihre Mutter vor einiger Zeit gestorben war, engagierte sie sich für Seniorinnen, vor allem aus schlechtem Gewissen, sozusagen als Wiedergutmachung, weil sie keine gute Tochter gewesen war.

Heute sollte sie den Sonntagnachmittag bei einer alten alleinstehenden Dame verbringen, um die sich niemand mehr kümmerte. Selbst der Kanarienvogel war vor Kurzem verstorben. Hazel hielt es für einen glücklichen Zufall. Ihr Häuserblock wurde an diesem Tag wegen einer Bombenentschärfung evakuiert, Kinder hatten auf dem benachbarten Spielplatz eine Stabbrandbombe aus dem Zweiten Weltkrieg ausgegraben. So waren in aller Frühe Hundertschaften von Polizisten angerückt, um die umliegenden Häuser abzusichern, eine logistische Herausforderung für alle Beteiligten. Hazel hatte kurz überlegt, dem Spektakel aus sicherer Entfernung beizuwohnen, sich dann aber dagegen entschieden, im Nieselregen herumzustehen. Stattdessen hatte sie einen Kuchen gebacken und sich dabei besondere Mühe gegeben, einen Pfirsichkuchen nach Theos neuem Lieblingsrezept, mit Walnussöl und Lavendelblüten. Sie hoffte, die alte Dame würde diese erlesenen Zutaten zu schätzen wissen, wenn nicht, würde sich Theo später über das kleine Meisterwerk an duftenden Aromen freuen.

Hinter der verbeulten Tür hatte sich der Fahrstuhl ratternd in Bewegung gesetzt, ein gutes Zeichen. Hazel drehte lächelnd an ihrem Verlobungsring. Es war ein unglaublicher Ring, zu schön, um wahr zu sein, viel zu groß für ihre schmalen Finger. Die funkelnd blauen Edelsteine sollten an ihren Urlaub erinnern, wie Theo ihr charmant lächelnd erklärt hatte. Sie war überwältigt gewesen, zu Tränen gerührt. Vom Champagner, seinem romantischen Antrag, seinem Kuss, der ihr alles versprach. Liebe, eine sorgenfreie Zukunft, Kinder, vor allem Kinder. Für Letztere war es fast schon zu spät, Hazel ging auf die vierzig zu.

Die Fahrstuhltüren schoben sich scheppernd auseinander, ein kleiner Junge mit einer Puppe unter dem Arm hüpfte heraus, gefolgt von einer jungen Mutter mit einem Baby im Kinderwagen. Hazel schaute verstohlen hinein. Seit ihrer letzten Periode waren einige Wochen vergangen, ein Kind mit Theo wäre die Krönung ihres Glücks. Hazel lächelte, als der Junge jetzt die Puppe an ihren Kuchenbehälter hielt und schmatzend so tat, als würde sie alles aufessen.

»Ich hebe dir was auf«, rief sie ihm nach, da war er schon längst nach draußen verschwunden und sie stand in der Kabine und drückte die Taste mit der Nummer 6. Was hatte sie es gut mit Theo, dachte sie, während der Fahrstuhl sie surrend nach oben trug und sie sich ihren ersten Kuss in Erinnerung rief. In ihrem Bauch flatterte nicht nur wegen des Gedankens an ihn eine warme Gefühlswelle auf und ab. Mit viel Glück konnte sie ihm bald die freudige Nachricht überbringen, er würde außer sich sein vor Glück.

*

»Komm! Wir müssen ihn hier wegbringen. Zu Magda, schnell!« Es war Wilhelm, der Fritz jetzt unter die Arme griff und ihm mühsam auf die Beine half. Der Bruder stöhnte bei jeder Bewegung und sackte immer wieder zusammen. Lotte half von der anderen Seite mit und gemeinsam trugen sie den vor Schmerz halb ohnmächtigen Fritz von der Brücke.

»Was ist passiert?«, rief Magda entsetzt, als sie ihnen die Tür am Hintereingang öffnete, handelte dann aber schnell und half, den Verletzten in eine schmale Stube im ersten Stock zu tragen. Magdas Familie verstand ebenfalls, die Männer und

Frauen zogen sich in die Küche und den Keller zurück. Lotte blieb keine Zeit, sich darüber zu wundern, warum es so viele waren.

Erleichtert bettete Wilhelm den Verletzten auf die Matratze, strich ihm behutsam das blutverkrustete Haar aus der Stirn.

»Swing Heil, mein Lieber, du schaffst das.« Als er aufsah, suchte er Lottes Blick. Ein tiefer Schmerz lag in seinen Augen, wie damals auf der Straße, als sie Ruths Eltern holten. Und noch etwas meinte sie in seinem Blick zu lesen: Zuversicht und Wärme – und Leidenschaft. Der Wille, für etwas zu kämpfen, von dem sie alle träumten: Freiheit und Frieden. Koste es, was es wolle. Lotte erschauderte, meinte, sich in Wilhelms Augen zu spiegeln, unendliches Hin und Her, ihr Innerstes schien dort nach außen gekehrt, als fühlte er wie sie. Unwillkürlich tastete sie nach seiner Hand, schlüpfte mit der ihren hinein und drückte sie fest. »Danke«, flüsterte sie und er nickte nur.

Magda hatte unterdessen Verbandszeug und eine Schüssel Wasser geholt. Sie reinigte die Wunde am Kopf und verband sie mit einem Kohlblatt, dabei murmelte sie leise vor sich hin, wie beschwörend. Lotte sah ihr mit einer Mischung aus Skepsis und Bewunderung zu, wie sie mit Salben und Tinkturen hantierte, in einem Mörser eine grüne Paste mischte. Keine Spur mehr von der jungen, übermütig tanzenden Frau, hier wirkte eine mit Bedacht und schien in ihrer Sorge plötzlich um Jahre gealtert, dabei trug sie immer noch ihr rotes Kleid. Vorsichtig untersuchte sie Fritz, tastete sein Gesicht, seine Arme und Beine ab, auch seinen Bauch, wobei Fritz vor Schmerz aufschrie, zusammenzuckte. Magda hielt ihre Augen geschlossen, spürte in den malträtierten Körper hinein, aber zu Lottes Leidwesen war von ihrem Gesicht keine Diagnose abzulesen. Aber Magda wirkte im Schein der Kerze ruhig und konzentriert, und endlich beruhigte sich auch Lotte etwas und fasste

Vertrauen. Auch Fritz schien sich unter den Berührungen zu entspannen, bald atmete er tiefer und schlief schließlich ein.

»Wäre es nicht besser, einen Arzt zu holen?«, fragte Lotte dennoch. Ihr waren Magdas Heilkünste nicht ganz geheuer. Immerhin studierte ihr Bruder Medizin und keinen Hokuspokus.

»Damit er fragt, warum ihr nachts unterwegs wart? Nicht dein Ernst«, kam es von Wilhelm. Sie standen immer noch Hand in Hand nebeneinander und verfolgten Magdas Behandlung. »Besser, niemand erfährt davon!«

Magda runzelte die Stirn, strich sich eine dunkle Locke hinters Ohr. Ihr Armreif klimperte leise.

»Aber er ist schwer verletzt!«, wagte Lotte einzuwenden.

»Ist er nicht«, kam es beruhigend von Magda, mit Blick auf den schlafenden Fritz. »Es sind nur etliche Prellungen und eine gebrochene Rippe, das ist schmerzhaft, aber kein Drama. Allerdings wird er ein paar Tage Bettruhe brauchen, um seine Kopfverletzung auszukurieren. Er hat viel Blut verloren ...«

»Du meinst, er muss hierbleiben?« Lotte holte tief Luft. Wie sollte sie das bloß ihrer Mutter erklären? Die verging sicherlich gerade schon vor Sorge, weil sie nicht wusste, wo ihre beiden Ältesten steckten.

»Ja«, antwortete Magda schlicht. »Hier ist er sicher, ich kümmere mich um ihn. Er kommt schon wieder auf die Beine ...« Sie legte ihr für einen Moment beruhigend die Hände auf die Schultern, bevor sie die Waschschüssel und die schmutzigen Kleider zusammenraffte und das Zimmer verließ. Lotte war auf einen Stuhl gesunken, den Kopf in die Hände gestützt. Eine bleierne Müdigkeit übermannte sie und machte, dass ihr die Augen schmerzten.

»Ich weiß nicht ...«

»Aber ich.« Wilhelm war vor ihr in die Hocke gegangen und zog ihr sanft die Hände vom Gesicht.

Lotte schaute in Wilhelms Augen und verstand nicht, was er ihr sagen wollte, dabei stand die Antwort darin.

»Hab Vertrauen, Lotte. Für ihn ist gesorgt, ihm wird es an nichts mangeln.« Seine tiefe Stimme klang weich. Sie lächelte. Wilhelm sprach ihre Sprache, glaubte und fühlte wie sie.

»Komm, du musst dich auch ausruhen, das war eine aufregende Nacht«, sagte Wilhelm sanft und zog sie vom Stuhl zu sich hoch. Für einen Moment standen sie einander gegenüber, so nah wie selbst beim Tanzen neulich nicht. Er atmete tief aus, zögerte einen Moment, als wollte er noch etwas hinzufügen, ihr vielleicht erklären, warum er vorhin auf der Brücke plötzlich wie aus dem Nichts in der Dunkelheit aufgetaucht war. Doch dann sagte er nur: »Warte hier, ich hole uns ein paar Decken …« Schon war er die Treppe hinunter verschwunden, wo Lotte ihn mit Magda flüstern hörte.

Suchend schaute sich Lotte um. In dem schmalen Zimmer war ja kaum Platz für das eine Bett, wo sollte sie hier noch schlafen?

Kurz darauf kamen beide wieder nach oben. Magda bereitete neben dem Bett ein Deckenlager. »Nicht besonders weich, aber besser als nichts«, meinte sie und bedeutete Lotte, sich neben sie auf den Boden zu legen.

Wilhelm hatte sich auf den Stuhl in der Ecke gesetzt und die Stiefel von den Füßen gezogen.

»Schlaft ihr ruhig, ich passe auf unseren Kameraden hier auf. Wäre nicht das erste Mal«, meinte er und nickte Lotte zu. Dankbar lächelte sie zurück, bevor sie sich neben Magda auf der Decke zusammenrollte.

Doch an Schlaf war nicht zu denken. Fritz erwachte immer wieder aus seinem Dämmerschlaf, stöhnte und wälzte sich unruhig, er hatte Schmerzen. Und so bereitete Magda Kräuterwickel und legte ihm immer wieder die Hände auf, während Lotte seine Stirn kühlte und ihm schluckweise Wasser einflößte. Den Fliegeralarm ignorierten sie trotz aller Angst, sonst hätten sie den Verletzten allein lassen müssen, mitnehmen konnten sie ihn nicht. Irgendwann gegen Morgen wurde Fritz ruhiger und fiel endlich in einen tiefen Schlaf. Magda lag neben ihm auf dem Bett und hielt seine Hand, auch ihr waren die Lider zugefallen, ihre dunklen Locken lagen wie eine Decke auf ihrem Gesicht. Wilhelm dagegen lief unruhig auf und ab und steckte Lotte damit an, die ebenfalls hellwach war, getrieben von den Erlebnissen der Nacht.

»Wer war das?«, fragte sie leise in die Dunkelheit hinein. Sie hoffte, Wilhelm würde endlich aufhören, herumzuwandern.

»Du meinst, wer Fritz das angetan hat?«

Lotte nickte. Zu ihrer Erleichterung blieb Wilhelm tatsächlich stehen. Müde rieb er sich die Schläfen.

»Komm.« Er setzte sich neben Lotte auf die Decke, lehnte den Rücken an die Wand und zog wie selbstverständlich ihren Kopf in seinen Schoß. Lotte spürte seine warmen Hände in ihrem Haar. Beinahe zärtlich wollten sie beginnen, mit ein paar Strähnen zu spielen, doch dann schien sich Wilhelm zu besinnen, hielt in der Bewegung inne und erzählte, wie er Fritz kennengelernt hatte, weil er Magdas Freund war. Die beiden kannten sich aus Kindheitstagen, teilten die Begeisterung für Swing, und darüber hatte er dann Freundschaft mit Fritz geschlossen.

»Aber wie geht das, du bist doch Fallschirmschütze?«, flüsterte Lotte. »Und Swing ist verboten …«

»Das ist ein anderes Thema …« Wilhelm schüttelte den Kopf, und bevor sie fragen konnte, wie genau er das meinte, erzählte er weiter. Wie sich immer mehr von ihren Freunden den Nazis und der Hitlerjugend anschlossen und fast jeder begeistert in den Krieg zog. Wie die Gestapo immer bedrohlicher wurde und man immer öfter bangen musste, seiner eigenen Meinung wegen verraten zu werden. Wie schwer es für alle war, sich dagegen zu behaupten, ohne das eigene Leben zu riskieren. Wie man im Gleichschritt marschieren musste und bei jedem Tanz aus der Reihe Gefahr lief, in ein Arbeitslager gesteckt zu werden.

»Du siehst ja, was passiert, wenn man nicht aufpasst«, meinte Wilhelm. »Fritz hätte niemals so spät mit euch über die Brücke gehen dürfen! Er wusste, dass die Jungs hier Patrouille fahren … und er wusste, dass Paul und Hannes nur auf eine Gelegenheit warteten, es ihm heimzuzahlen.«

»Heimzuzahlen? Dass er kein Nazi ist so wie sie?« Lotte hatte aufmerksam zugehört.

»Ja, natürlich. Und dein Bruder ist ja auch um Fäuste nicht verlegen, das sollte wohl nichts Neues für dich sein!«

Lotte nickte. Ja, ihr Bruder half gerne handfest nach, wenn seine Argumente nicht reichten. Aber ein Schläger und Stänkerer war er nicht. Und erst recht nicht hatte er es verdient, so feige zugerichtet zu werden wie heute Nacht.

»Wir haben Magda nach Hause gebracht«, versuchte Lotte ihren Bruder in Schutz zu nehmen.

»Die kann ganz gut alleine auf sich aufpassen«, meinte Wilhelm leichthin.

»Du meinst, *ihr* wäre nichts passiert?« Lotte merkte, wie Wilhelm in der Dunkelheit den Kopf schüttelte.

»An Magda traut sich niemand heran … nur dein Bruder.« Er sagte es mit einem Grinsen in der Stimme.

»Sie ist eine besondere Frau«, meinte Lotte und dachte an Magdas konzentrierten Blick, während sie Fritz untersucht hatte.

»Das ist sie.« Täuschte sich Lotte oder schwang in seinen Worten eine Spur von Sehnsucht mit? Sie beschloss, nicht weiter darauf einzugehen. Schließlich war sie selbst mit einem anderen verlobt und hatte überhaupt keinen Grund, eifersüchtig zu sein.

»Hannes und Paul also. Und was hat Fritz mit ihnen zu tun?«, fragte sie weiter. Lotte meinte, sich dunkel daran zu erinnern, dass Paul der Sohn eines reichen Kaufmanns hier in der Stadt war und Hannes ein Arbeiterkind. Fritz kannte die beiden aus der Schulzeit, und sie waren mal die allerbesten Freunde.

»Du weißt ja, wie das läuft«, machte Wilhelm weiter. »Alle müssen in die Hitlerjugend, und entweder machst du mit oder dir wird früher oder später etwas angetan. So einfach ist das.«

Lotte nickte. Oh ja, das war bei ihr und Fritz ja nicht anders gewesen, eine Zeit lang hatten sie auch mitgemacht, mitmachen müssen. Sofort musste sie an Hedwig denken, die alles genau so meinte, wie sie es gesagt hatte. Völlig vernarrt und verrannt, nicht mehr wiederzuerkennen. Nicht mehr die Freundin, die sie einmal hatte. Sie konnte ihr noch nicht einmal mehr vertrauen und ihr erzählen, dass Ruth am Leben war.

»Hannes ist ein total fanatischer Anführer geworden«, erzählte Wilhelm weiter. »Er hat sogar seinen eigenen Vater verraten, weil der ihm den Hitlergruß verweigert hat …«

Abermals musste Lotte nicken, die Geschichte kam ihr bekannt vor. Hinter vorgehaltener Hand hörte man oft davon, dass die eigenen Kinder ihre Eltern verrieten. Niemand wusste, was der andere als Nächstes tat oder sagte. Niemand war sicher. Selbst Oma Schmidt vertraute ihrer eigenen Enkelin nicht mehr. Und umgekehrt.

Für einen Moment schmiegte sich Lotte in Wilhelms Schoß, so warm und geborgen, wie er seinen Arm um sie gelegt hatte, die Decke fürsorglich über ihre Schulter gezogen, damit sie nicht fror.

»Und ausgerechnet mit Hannes hat sich Fritz gestritten?«, fragte Lotte. Das sah ihrem Bruder ähnlich. Klein beigeben war nicht seine Sache, er musste immer das letzte Wort haben. Auch wenn er dabei sein Leben riskierte.

»Dabei war es nur eine Kleinigkeit. Es ging um Musik ... Seit Fritz und ich den Swing für uns entdeckt haben, ist Hannes diese *entartete* Musik ein Dorn im Auge. Nur beweisen konnte er noch nicht, dass wir Swingheinis sind, schließlich laufen wir tagsüber ganz normal herum. Es gibt andere, die zelebrieren das, mit karierten Jacketts, Schals und schwarzen Hüten, die haben den Regenschirm immer dabei oder tragen ständig ein Einstecktuch. Aber dein Bruder liebt einfach nur die Musik, du hast ihn ja selbst erlebt!«

»Er kann toll tanzen.« Lotte nickte. »Und Magda auch ...«

»Ja, die beiden sind ein wunderbares Paar.« Diesmal hörte es sich für Lotte so an, als wäre er damit einverstanden. Beruhigt lehnte sie sich an ihn.

»Eines Tages hat Hannes ihn beleidigt und beschimpft. Schlimmer noch: Fritz hatte sich gerade eine neue Platte gekauft, heimlich, du weißt ja, es ist schwierig geworden ... aber irgendwie hat Hannes Wind von der Sache bekommen und ihm gemeinsam mit Paul aufgelauert.«

»Ist Paul auch so fanatisch?«

»Paul ist der übelste Mitläufer, den du dir denken kannst! Heute so, morgen so ... bei ihm weißt du nie. Besser, du gehst ihm aus dem Weg. Dein Bruder war leider viel zu gutgläubig und hat ihm vertraut, weil er ihm gegenüber so vom Swing geschwärmt hatte und sich für seine Plattensammlung interessierte. Aber dann hat Paul ihn kurzerhand an Hannes verraten, und der wollte ihm dann einen Denkzettel verpassen.«

»Wollte?«

»Fritz war schneller ...« Lotte konnte spüren, wie Wilhelm in der Dunkelheit von einem Ohr zum anderen grinste. »Er hat Hannes kurzerhand mit dem Jaucheeimer getauft! Fritz hat sich den Eimer von einem vorbeifahrenden Hänger gefischt und ihn Hannes einfach übergekippt. Der Bauer war natürlich sauer.«

»Kein Wunder, dass Hannes da Rache nehmen wollte! Die arme Uniform!« Lotte verzog das Gesicht. »Meinst du, sie verraten ihn?«, fragte sie nach einer Weile und spürte, wie sich eine tiefe Angst in ihr festsetzte.

»Ich traue Hannes alles zu.« Wilhelms Stimme war wieder ernst geworden. »Wenn er jetzt weiß, wo Fritz verkehrt, wird er so schnell nicht aufgeben … Mannmannmann, vier gegen einen, wie feige kann einer sein!«

»Und ich konnte nichts tun …« Lotte schlug die Hände vors Gesicht bei der Erinnerung daran, wie sie Fritz zusammengetreten hatten. Und noch ein anderes Bild schob sich wieder vor ihre Augen: Rosenthals, wie sie auf den Laster gedrängt wurden.

»Ich weiß … das muss schrecklich für dich gewesen sein.« Wilhelm fuhr ihr tröstend durchs Haar, spielte jetzt doch mit einer Strähne, und Lotte fragte sich wieder, warum er vorhin auf der Brücke gewesen war. Überhaupt, woher er damals mit dem Fallschirm angesegelt gekommen war. Sie wollte gerade nachfragen, da sprach er leise weiter. »Sie sind in der Übermacht und haben uns in der Hand. Manchmal denke ich, wir können nichts tun …«

Außer beten, fügte Lotte in Gedanken hinzu, beten, dass dieser schreckliche Krieg endlich vorbeigeht. Hier bei Magda, zwischen Räucherwerk und Kräuterpasten, schien es ihr unangebracht, das Vaterunser zu beten, und doch hatte sie es insgeheim längst getan. Dreimal, während Magda sich um den verletzten Bruder gekümmert und sie ihm die Stirn gewischt hatte, vom Schmerzkampf ganz nass geschwitzt.

»… und doch dürfen wir nicht nur beten und abwarten, nicht nur heimlich mutige Reden schwingen, wir müssen endlich handeln …«, redete Wilhelm weiter, als ob er Lottes Gedanken lesen konnte. »Wir können nicht einfach zusehen, wie unser Land weiterhin von diesen Braunhemden vergiftet wird. Totaler Krieg, Endsieg … so etwas glaubt doch kein vernünftiger Mensch! Wenn alle nur in ihren eigenen vier Wänden ihre Meinung äußern, reicht es nicht. Ich weiß, dass es mittlerweile viele kritische Stimmen gibt, aber die wenigsten trauen sich, dafür einzustehen und laut zu sein.«

»Aber wie soll das gehen? Willst du etwa eine Revolution anzetteln?« Ungläubig schaute sie ihn an. Langsam ergab Wilhelms Verhalten für sie einen Sinn. Eigensinnig und regimekritisch und gleichzeitig ein Soldat im Dienste der Nazis, er schien ein doppeltes Spiel zu spielen. Er faszinierte sie, ob sie es zugeben mochte oder nicht. Gleichzeitig wusste sie, dass es gefährlich werden konnte, wenn sie sich in einen verliebte, der an beiden Fronten gleichzeitig kämpfte. Und doch hatte sie es längst getan.

»Was soll aus uns werden? Du weißt nicht, wem du noch vertrauen kannst«, flüsterte Lotte, und ein Schauer lief ihr den Rücken hinunter.

»Wir müssen vorsichtig sein«, flüsterte Wilhelm zurück. Lotte durchzuckte es heiß, er hatte tatsächlich *wir* gesagt. Er vertraute ihr, sie war jetzt eine von ihnen. Was immer daraus folgen würde.

»So etwas wie heute darf nicht mehr passieren. Das hätte für Fritz auch anders ausgehen können, dann wäre er jetzt in einem Lager …«

Bei dem Gedanken erschauerte Lotte abermals. Fritz' Verletzungen waren schlimm genug, nicht auszudenken, wenn er … Nein, lieber nicht dran denken. Und welch Glück, dass Wilhelm zufällig in der Nähe gewesen war.

»Danke«, sagte sie leise und schmiegte sich an Wilhelm, der sie kaum merklich noch fester an sich zog. Seine Hände streichelten die schrecklichen Erlebnisse von der Brücke weg, umhüllten sie warm und sicher, auch wenn sie vor Sorgen um Fritz fast verging. Noch ein Gefühl breitete sich in Lotte aus. Es war das tiefe Vertrauen zu einem Menschen, wie man es nicht oft im Leben verspürt. Und obwohl sie ihn kaum kannte und dieser Mann ihr mehr Rätsel als Antworten gab, war Lotte in diesem Moment bereit, Wilhelm überallhin zu folgen.

Lotte fror, obwohl die Decke sorgsam um sie gesteckt war, dabei war ihr beim Einschlafen noch so warm ums Herz gewesen. Verschlafen richtete sie sich auf, versuchte die Erinnerungen an letzte Nacht zu sortieren und war hellwach, als sie Fritz neben sich im Bett erblickte.

»Wie geht es ihm?«, fragte sie Magda, die gerade dabei war, dem Verletzten eine Hühnerbrühe einzuflößen. Durch das abgedunkelte Fenster fiel nur ein bisschen Tageslicht, auf dem Nachttisch brannte eine Kerze. Lotte hatte jegliches Zeitgefühl verloren. Wie spät mochte es sein?

Lotte schüttelte sich, den Geruch der Brühe mochte sie überhaupt nicht. In den letzten Monaten hatte sie gelernt, nicht wählerisch zu sein und sich über jedes gerupfte Huhn zu freuen, das ihr jemand aus der Nachbarschaft schenkte – was selten genug vorkam –, doch Hühnersuppe bereitete ihr jedes Mal Übelkeit.

»Wenn er das hier isst, hoffentlich bald besser«, meinte Magda. Sie wirkte ernst und fütterte Fritz mit Bedacht, der kaum den geschwollenen Mund aufbekam. Sein Auge war blutunterlaufen. Immer wieder lief ihm die Brühe übers Kinn, aber ein paar Schlucke blieben drin.

»Was haben sie ihm nur angetan …« Lotte schüttelte sich abermals.

»Vom Jammern wird's nicht besser. Hilf mir lieber. Wir müssen seinen Verband wechseln.« Magda hatte die Suppenschüssel zur Seite gestellt und wies Lotte an, warmes Wasser für den Waschzuber zu holen.

Sofort machte sich Lotte ans Werk und lief hinunter in die Küche. Dort wimmelte es zu ihrem Erstaunen vor Menschen, es mochten ein Dutzend sein. Alte, junge, blonde, dunkelhaarige, und alle redeten durcheinander, es waren noch mehr, als sie in der Nacht schon gesehen hatte. Von wegen Familie. Lotte verstand. Die einen saßen um den Tisch herum, andere hockten in der Ecke auf dem Fußboden. Lotte kam kaum zur Spüle in dem dunklen Raum, dessen Rollläden fest verschlossen waren, obwohl die Sonne doch längst aufgegangen war. Nur auf der Anrichte funzelte eine Lampe.

Suchend blickte sie sich um, in der Hoffnung, Wilhelm irgendwo zu entdecken.

»Er ist weg«, hörte sie eine brüchige Stimme neben sich sagen, sie klang wie eine zitternde Katze.

Überrascht drehte sich Lotte um. Die Stimme gehörte einer weißhaarigen Frau, die den Falten nach zu urteilen mindestens hundert sein mochte. Im Schein der Öllampe erschien sie Lotte wie eine Hexe aus Grimms Märchen.

»Er kommt und geht, wie er will. Besser, du gewöhnst dich daran.«

Lotte schluckte. Sie wusste sofort, wen die Frau meinte.

»Ich brauche warmes Wasser«, sagte sie, ohne weiter auf die Bemerkung einzugehen.

»Im Kessel auf dem Herd. Und sag Magda, sie soll Geranie und Wacholder verwenden, keine Zypresse. Er ist sehr geschwächt, sie muss mit Bedacht arbeiten …« Die Stimme klang wie aus einer anderen Welt, wie durch eine Nebelwand drang sie in Lottes Ohr. Die alte Frau sprach leise und sehr langsam, Lotte sog jedes Wort in sich auf und versuchte, sich die Namen der Heilpflanzen zu merken.

Wenig später stand sie wieder oben bei Fritz am Lager. Magda hatte ihn mittlerweile umgebettet und war dabei, die Schwellungen im Gesicht mit einer grünen Paste zu betupfen, die noch übler roch als die Hühnersuppe.

Lotte schaffte es, keine Miene zu verziehen. Schnell reichte sie Magda die Schüssel und nannte ihr die empfohlenen Kräuter.

»Die gute Honorata … ich weiß«, antwortete Magda schlicht, und Lotte fragte sich, warum hier alle alles wussten und sie nichts. Dann machte sich Magda daran, Fritz' Arme und Beine gründlich abzureiben, um schließlich den Verband am Kopf zu wechseln. Lotte half ihr dabei und nahm das blutverkrustete Weißkohlblatt entgegen.

»Das sieht gut aus, die Blutung ist gestoppt … jetzt heilt es«, murmelte Magda. Mit geübten Griffen legte sie ein neues Kohlblatt auf die Wunde, fixierte es mit einer Mullauflage und wickelte schließlich eine Bandage um Fritz' Kopf. Der wirkte immer noch matt, war aber nicht mehr ganz so blass.

»Noch drei Tage Ruhe und er hat es geschafft.« Mit einem Mal wirkte Magda zuversichtlich, zufrieden mit ihrer Heilkunst. Sie hatte das Räucherwerk neben Fritz wieder angezündet, feiner Rauch kringelte sich in der Luft. Es roch angenehm nach Wacholder und Zitrone. Lotte merkte, wie auch sie sich beim Anblick des friedlich schlafenden Bruders entspannte.

Eine Weile standen die beiden jungen Frauen nebeneinander, vereint in der Sorge um den verletzten Fritz. Lotte schickte ein *Danke, Gott!* in den Himmel. Der liebe Gott passt auf euch auf, das hatte die Mutter immer gesagt.

»Unsere Mutter!« Schon wollte Lotte aus dem Zimmer stürmen, aber Magda hielt sie fest.

»Du kannst jetzt nicht einfach gehen«, sagte sie, und ihr bestimmter Tonfall duldete keinen Widerspruch.

»Warum? Du kannst mich nicht hier festhalten …«

»Ich brauche dich hier. Und was ist, wenn sie dich kontrollieren?«

»Ich bin eine unbescholtene Bürgerin arischer Herkunft mit einem deutschen Ausweis, mir passiert schon nichts«, entgegnete Lotte leichthin.

»Ach ja?« Magda sah sie mit stirngerunzelter Miene an, halb amüsiert, halb verärgert. »Du denkst immer nur an dich, was? Was meinst du denn, was passiert, wenn sie dich um diese Zeit hier aus dem Haus gehen sehen?« Sie schüttelte den Kopf, während sie Lotte dicht zu sich heranzog. Dann sprach sie mit gesenkter Stimme weiter. »Glaubst du wirklich, all diese Männer und Frauen gehören zu meiner Familie? Hier verstecken sich Menschen … hier finden sie für einen Moment Ruhe und bekommen etwas zu essen, bevor sie mit einem gefälschten Pass das Land verlassen können. Wir wissen nicht, ob wir beobachtet werden oder nicht.«

Lotte schluckte. »Ich hatte keine Ahnung …« Nur weil Fritz jetzt hier oben lag, mussten unten alle zusammengepfercht in der engen Küche und im Keller sitzen. Indem sie mit ihm hierhergekommen waren, hatten sie alle in Gefahr gebracht.

»Ich weiß«, stellte Magda fest. »Wir schaffen dich hier raus, aber erst bei Einbruch der Dunkelheit. Das wird eure Mutter aushalten müssen … besser, als wenn es euch gar nicht mehr gibt. Kümmere dich bitte so lange um ihn, ich muss ein paar Frauen einen Besuch abstatten, sie warten auf mich.«

Also blieb Lotte nichts anderes übrig, als Stunde um Stunde neben Fritz auszuharren, seine Hand zu halten und ihn zu trösten, wenn er vor Schmerzen wimmerte und stöhnte. Zwischendurch legte sie nach Magdas Anweisungen Kräuterkompressen auf seine Augen und strich ihm die grüne Paste auf die malträtierten Wangenknochen und Rippen. Ein merkwürdiger Wachtraum, in dem sie immer wieder Wilhelm neben sich zu spüren meinte. Seine vertrauensvolle Stimme hörte, seine beruhigenden Worte.

Lotte verließ ihren Bruder und das Zimmer nur einmal, um auf die Toilette zu gehen, ein Verschlag weit hinten im Keller, dessen Ausdünstung ihr noch mehr zusetzte, als Hühnersuppe, Kräuterpaste und Jaucheeimer es zusammen vermocht hätten. Auf dem Rückweg durch die Küche knurrte Lottes Magen, doch sie wollte nicht nach einem Stück Brot fragen. So roch sie immer wieder an Lavendelblüten, betete – und musste zwischendurch oft an Wilhelm denken, der ihr so fürsorglich die Decke um die Schulter gelegt hatte. Der Gedanke an ihn wärmte sie.

Irgendwann dann, als Fritz zum dritten Mal nach etwas zu trinken verlangt und ganze acht Löffel Suppe geschafft hatte, kam Magda zurück. »Ich bringe dich jetzt hinaus, aber du darfst niemandem davon erzählen, was du hier gesehen hast. Es ist gefährlich, dass ich dich überhaupt eingeweiht habe … Wir gehen gleich hinunter in den Keller und von dort aus dem Haus. Dann läufst du vor auf die Straße. An der Ecke steht ein Auto … da steigst du einfach ein, ohne ein Wort zu sagen. Es bringt dich zum Exerzierplatz, von da aus findest du ja den Weg nach Hause.«

»Und wenn …« Lotte zögerte, ihr war das Unternehmen nicht geheuer.

»Beeil dich, wir haben nicht viel Zeit. Und mach dir keine Sorgen wegen Fritz, wir passen auf ihn auf. Wenn er gesund ist, schicke ich ihn nach Hause.« Magda versuchte ein Lächeln, doch die Anspannung stand ihr ins Gesicht geschrieben. Noch war Fritz nicht über den Berg, aber das Schlimmste hatte er hinter sich. Hoffentlich.

So blieb Lotte keine Zeit, sich von ihrem Bruder zu verabschieden oder Magda für ihre Hilfe zu danken. Ehe sie sichs versah, lief sie hinter Magda durch einen schmalen Kellergang, der ihr unendlich lang vorkam. Links und rechts gingen von Kerzenlicht erleuchtete Gewölbe ab, Lotte meinte, Stimmen zu hören und Papierrascheln. Kurz darauf schob Magda sie ohne ein weiteres Wort zur Tür hinaus und sperrte hinter ihr ab.

Lotte blinzelte in den finsteren Garten und fröstelte. Längst hatte sich die Dämmerung über die Stadt gelegt, vereinzelt blinkten am Himmel Sterne auf. Eine mondklare Nacht, in der sicher wieder die Flieger kommen würden … Lotte beeilte sich und lief auf die Straße, wo wie verabredet ein Auto mit laufendem Motor wartete.

Wenig später lief Lotte den gewohnten Weg nach Hause und bog gerade in den Deppertweg ein, als eine Wagenkolonne der Gestapo an ihr vorüberfuhr. Unwillkürlich zuckte sie zusammen. Niemand durfte wissen, wo sie die letzte Nacht verbracht hatte, auch die Mutter nicht. Und erst recht durfte sie niemandem von den vielen Menschen erzählen, die sich dort in dem Haus versteckt hielten.

Zum Glück verstand die Mutter ohne viele Worte. Mit einem Schluchzer der Erleichterung fiel sie Lotte um den Hals, als diese die Wohnung betrat und ihr sagte, dass Fritz verletzt, aber in Sicherheit war.

Als Otto erzählte, dass ein Brief von Hans gekommen war, lief Lotte rot an. Die Mutter runzelte die Stirn und murmelte etwas wie »bitte nicht noch mehr Kummer!«. Sie hatte vor lauter Sorge um ihre beiden Ältesten die Schule ausfallen lassen und den Tag mit der Bibel auf dem Schoß in der Küche verbracht, dem einzigen beheizten Raum in der Wohnung. Der Ofen verbreitete eine heimelige Wärme, und im Topf brodelte eine Rinderbrühe und wartete auf Lotte.

»Mit Einlage«, wie Otto stolz berichtete, er hatte im Werk wieder einen Henkelmann ergattert. Zufrieden schaute er zu, wie sich Lotte hungrig über ihren Teller hermachte und die Brotkanten hineintunkte.

»Aber morgen gehst du wieder an die Unität, nicht wahr?«, wollte Otto wissen und schaute hungrig auf Lottes Teller. »Und Mutti wieder ins Schulhaus! Ich gehe mit und passe auf, dass nichts passiert.« Er nickte wie zur Bestätigung und strich sich feixend die Hose glatt, als Lotte das falsche Wort korrigierte, und da kapierte sie, dass sie ihm auf den Leim gegangen war.

»Das machen wir so, selbstverständlich! Was wäre ich bloß ohne meinen kleinen Beschützer.« Die Mutter lächelte ihn liebevoll an und erzählte Lotte, wie sich der kleine Junge in der letzten Nacht während des Fliegeralarms um alles gekümmert und dafür gesorgt hatte, dass sie auch ja den Koffer nicht vergaßen. Der Else hatte ihr behilflich sein wollen, aber Otto hatte ihn keinen Fuß in die Tür setzen lassen.

»Es wird alles gut«, murmelte Lotte, wie um sich selbst Mut zu machen, und drückte ihre Hand. Wie kalt sie war! Sorgenvoll studierte Lotte das Gesicht der Mutter. Es schien in den letzten Wochen und Monaten noch mal um Jahre gealtert und faltig geworden zu sein, keine Spur mehr von der vitalen, unbekümmerten Frau, die Fritz mit seiner Kamera einst im Garten gefilmt hatte, wo sie alle lachend am Tisch gesessen und Zwetschgenkuchen gegessen hatten. An jenem Nachmittag hatte die Mutter lächelnd Vati zugestimmt, als dieser ein Loblied auf den Führer gesungen hatte. Voller Begeisterung für seine neuen Unterrichtspläne war er gewesen, Lotte erinnerte sich genau. Wie lang schien das her zu sein!

»Es wird alles gut, Fritz geht es gut, uns geht es gut«, wiederholte Lotte. *Bewahre und behüte uns.*

»Dein Wort in Gottes Ohr«, antwortete die Mutter leise und drückte ihre Tochter an sich. »Versprich mir, dass du nichts Unbedachtes machst! Es reicht, dass Fritz mir solchen Kummer bereitet …«

»Versprochen«, murmelte Lotte.

Mit gemischten Gefühlen streichelte sie über den Umschlag, den Otto ihr gegeben hatte. Hans, ihr lieber Hans hatte ihr geschrieben. Der Mann, dem sie versprochen war, den sie beinahe vergessen hatte, weil die letzte Nacht in ihrem Herzen Spuren hinterlassen hatte.

Meine liebe Lotte, schrieb er, nicht wie gewohnt »mein liebes Lottchen«. Das verhieß nichts Gutes. … *traurig ist es draußen, traurig ist meine Stimmung, einzig der Gedanke an dich spendet mir Trost. Überall ist es dunkel und kalt, seit Wochen harren wir hier im Lager aus. Warten auf Nachschub, rücken vor und wieder zurück. Und immer wieder heulen die Sirenen, müssen wir um unser Leben bangen. Gestern war es ganz schlimm, wir sind in einen Hinterhalt geraten, ein Kugelhagel ohnegleichen. Du kannst dir gar nicht vorstellen, wie furchtbar das war! Ich rannte um mein Leben, noch immer sitzt mir der Schreck in den Gliedern. Es blieb keine Zeit, die verletzten Kameraden zu bergen, ihre Schreie gellen noch in meinen Ohren. Wir mussten sie zurücklassen und dürfen erst morgen zu ihnen hinaus aufs Feld. Ich befürchte das Schlimmste … von Kugeln zerfetzt, verblutet … Ach, der Krieg ist furchtbar, und nur wenn ich an dich denke, dein liebes Gesicht vor mir sehe, werde ich froh, vertreibt dein Lächeln die Dunkelheit in meinem Herzen. Dann vergesse ich all das Elend hier und die schrecklichen Erlebnisse.*

Lotte traten Tränen in die Augen, es war unfassbar, was Hans da schrieb. So viel Leid! So viele Schmerzen! Tote in den Schützengräben, Gott sei ihrer Seele gnädig.

Leider werde ich die Läuse nicht los, selbst wenn ich immer wieder meine Jacke und Hose filze, aber wir haben kaum Gelegenheit, uns zu waschen oder die Hosen zu wechseln. Noch schlimmer als die Läuse sind die Ratten, die vor nichts zurückschrecken, auch nicht vor schlafenden Kameraden. Was sie mit den Toten in den Schützengräben anstellen, verschweige ich dir lieber … Ich weiß nur, wenn ich eines Tages wieder bei dir bin, werde ich mich lange, lange Zeit von all dem in deinen Armen ausruhen müssen.

Lotte schüttelte vor Entsetzen den Kopf. Ihr armer Hans! Ratten und Läuse! Ausgerechnet ihm, der immer in feinstem Tuch daherkam und so großen Wert auf seine tägliche Hygiene legte! Schnell las sie weiter.

Wie wird Weihnachten dieses Jahr sein, ohne dich? Ich denke oft an zu Hause und wie wir im letzten Jahr gemeinsam in der Stube saßen und uns alle auf Weihnachten freuten. Weißt du noch, wie wir Strohsterne gebastelt haben? Du hast Halme gefaltet und zusammengenäht und dich über mich lustig gemacht, weil ich mich so ungeschickt angestellt habe … Ich verspreche dir, wenn wir endlich wieder zusammen sind, werde ich den schönsten aller Strohsterne nur für dich basteln! Und auf deine Butterplätzchen freue ich mich und auf dich erst recht! Bis dahin verspreche ich, gesund zu bleiben und auf mich aufzupassen.

Sei nicht traurig und mach dir keine Sorgen um deinen tapferen Hans, bald wird es Frieden geben, wobei wir davon erst sprechen dürfen, wenn der Sieg unser ist, wie der Oberbefehlshaber der Wehrmacht sagt. Also wollen wir mutig voran, das Ziel vor Augen und tapfer kämpfen, der

Wille zum Sieg muss unser sein. Bleib schön gesund und grüß mir den Otto und deine liebe Mutter und natürlich auch den Fritz.

Es küsst dich viele Male dein dich liebender Hans.

Lotte ließ den Brief sinken. Was brachte dieser Krieg an Leid für sie alle! Sie beschloss, gleich am nächsten Tag einen Brief an Hans zu schicken, in dem sie ihm ihre Liebe bekundete. Ein selbst genähtes Taschentuch dazu und ein Buch von Ludwig Thoma, den las er so gerne. Und natürlich selbst gebackene Butterplätzchen und Strohsterne. Hans würde zu Weihnachten keinen Fronturlaub bekommen, das hatte er bereits geschrieben, und so würde es Ostern werden, bis sie sich wiedersahen. Energisch schnäuzte sich Lotte die Nase. Ja, genauso würde sie es machen. Wie sie es versprochen hatte.

September 2019

Eine dunkle Stimme riss Hazel aus ihren Gedanken. »Sie wollen bestimmt zu mir!«

Erschrocken blickte sie auf, direkt in das amüsierte Gesicht einer älteren Frau, die ihr mit einer freundlichen Geste die Hand entgegenstreckte. »Ich bin Mathilda, und Sie müssen einer von diesen Charity-Engeln sein. Kommen Sie rein und bringen wir es hinter uns.«

Hazel versuchte, die letzten Worte zu überhören, folgte Mathilda ins Wohnzimmer. Und dann blieb ihr vor lauter Staunen der Mund offen stehen.

»Jetzt kriegen Sie sich wieder ein, Kindchen. Was haben Sie denn gedacht? Dass der Fernseher in voller Lautstärke Musikantenstadl spielt und auf meinem Sofa selbst gestickte Kissen mit Knickfalte liegen?« Mathilda machte eine einladende Geste und bedeutete Hazel, Platz zu nehmen. Wie nebenbei hatte sie ihr die Jacke und den Kuchenbehälter abgenommen, während sich Hazel an ihrer Handtasche festklammerte und dreimal tief durchatmete.

»Um ehrlich zu sein, ja«, platzte es aus ihr heraus, und da mussten beide Frauen lachen.

»Ich höre lieber klassische Musik oder Radio«, erklärte Mathilda. »Machen Sie es sich bequem, ich koche uns erst mal einen Kaffee. Lassen Sie mich raten: Sie trinken gerne einen Latte macchiato, nicht wahr?«

Hazel nickte mechanisch. Himmel, wo war sie denn hier nur wieder gelandet? Die alte Frau war jenseits der Siebzig, aber zurechtgemacht wie eine Dreißigjährige, mit blond gefärbten Haaren und sorgfältig geschminkten Lippen. Sie hatte Stil, das musste Hazel zugeben.

Verunsichert nahm Hazel auf dem Sofa Platz, ein italienisches Designerstück. Sie fühlte sich wie damals, als sie zum ersten Mal bei Frau Grüner zur Englisch-Nachhilfe war. Sprachlos, hilflos und klein irgendwie, dabei war sie es doch, die der alten Dame etwas Gutes tun wollte. Die Gemeinde hatte sie hierhergeschickt, um bei einem gemütlichen Plausch Wärme, Zuwendung und Nächstenliebe zu schenken. Und jetzt saß sie hier wie eine Schülerin und ließ sich einen Kaffee kochen.

Aus der Küche drang das Geräusch der Kaffeemühle.

»Der Kuchen sieht perfekt aus, ein Rezept von Ottolenghi, nicht wahr? Er duftet köstlich nach Walnuss und Lavendel«, rief Mathilda aus der Küche zu ihr herüber. »Möchten Sie auch ein Glas Wasser dazu?«

»Gerne«, krächzte Hazel, ihr blieb fast die Spucke weg. Woher wusste sie das? »Kann ich Ihnen etwas helfen?«, rief sie pflichtbewusst Richtung Küche, wo sie Mathilda mit Tellern und Besteck klappern hörte.

»Nein danke«, kam es zurück und Hazel fragte sich zum wiederholten Male, warum sie eigentlich hier war.

Verstohlen blickte sie sich in der geräumigen Wohnung um, die moderner nicht hätte eingerichtet sein können. Weiße Möbel, stilvolle Vasen, heller Teppich. Ein kleines Ölgemälde an der Wand zeigte üppig blühenden Kalifornischen Mohn in allen erdenklichen Gelb- und Orangetönen. Hatte Hazel dieses Bild nicht schon mal irgendwo gesehen, damals im Mission District? Oder erinnerte es sie einfach nur an ihre Zeit in Stanford? Sonntags waren sie damals immer an die Half Moon Bay gefahren, und dort, in den Mohnfeldern, hatte sie unvergessliche Stunden beim Lesen auf der Picknickdecke verbracht, friedlich und eins mit der Natur, ohne América, die sonntags ihre Basketballturniere spielte. Beim Anblick des Bildes spürte sie sofort wieder die warme Sonne auf ihrer Haut, den Geruch des Meeres in ihrer Nase und die friedvolle Ruhe jener Zeit.

»Der Kaffee duftet köstlich«, rief Hazel in das Schweigen. Sie fühlte sich nicht wohl, so alleine auf dem Sofa.

Aber Mathilda hantierte gerade mit dem Milchschäumer und schien nichts zu hören. Auch gut, sie würde die Stunden schon irgendwie rumbringen. Hatte in dem Briefing nicht etwas von einer alleinstehenden Dame gestanden, deren Kanarienvogel erst vor Kurzem verstorben war und deren Sohn seit Jahren im Ausland lebte? Nun, Mathilda machte ganz und gar nicht den Eindruck von Einsamkeit. Im Gegenteil. Hazel hatte eher das Gefühl, sie zu stören. Aber statt aufzustehen und zu gehen, blieb sie, schaute sich möglichst unauffällig um und atmete tief durch.

Die Fenster gaben den Blick frei über die Dächer der Stadt, am Horizont ahnte man die Gipfel des Odenwaldes und auf dem Balkon standen Kübel mit verblühten Dahlien. Hazel freute sich schon jetzt wieder auf den nächsten Sommer. In ihrem neuen Haus gab es auch einen Garten, vielleicht würde sie Kalifornischen Mohn anpflanzen, dachte sie gerade, als Mathilda mit einem Tablett aus der Küche kam und es mit einer sanften Bewegung auf dem Couchtisch abstellte.

»Wunderbar!« Hazel schenkte Mathilda ein anerkennendes Lächeln für den bilderbuchmäßig geschichteten Latte macchiato, den diese ihr jetzt reichte.

»Blue Bottle Coffee, hat mir mein Sohn Henry aus den USA mitgebracht«, sagte Mathilda mit ihrer dunklen Stimme, »der beste Kaffee, den Sie derzeit kriegen können.«

»Himmlisch!«, antwortete Hazel, nachdem sie den ersten Schluck getrunken hatte. Viel zu heiß. Henry. Nicht nur der Name brannte auf ihrer Zunge.

»Ihr Kuchen auch«, beeilte sich Mathilda zu sagen und deutete auf die beiden Teller aus Chinaporzellan. »Ich habe mir erlaubt, ihn anzuschneiden. Er ist ihnen wirklich großartig gelungen.«

Dann fragte Mathilda rundheraus: »Und, erzählen Sie doch ein bisschen von sich. Was arbeiten Sie? Haben Sie Kinder?«

Hazel verschluckte sich an der Walnuss in ihrem Mund, sie hatte sie in großzügigen Stücken in den Teig gegeben. Schnell spülte sie sie mit einem Schluck Kaffee herunter, wobei sie sich abermals die Zunge verbrannte und Milchschaum auf den Tisch kleckerte.

»Nicht schlimm, kein Problem«, sagte Mathilda und wischte wie nebenbei mit einer Serviette die Spuren weg. »Tut mir leid, wenn ich Ihnen die falsche Frage gestellt habe. Ich dachte nur … eine so moderne und junge Frau wie Sie steht doch sicher mitten im Leben und weiß, was sie will, oder nicht?«

Hazel schaute irritiert von ihren Fingernägeln auf, die sie ausgiebig studiert hatte. Der Ring an ihrer Hand glitzerte vielversprechend in der Nachmittagssonne. Bald wäre sie Frau von Kiedrowski und keine kleine Bibliothekarin mehr, und genau das würde sie dieser neugierigen Mathilda erklären. Damals bei Frau Grüner hatte sie genauso verlegen dagesessen, als die

Nachhilfelehrerin sie nach ihren Eltern gefragt hatte und Hazel ihr herumdrucksend erzählte, dass ihre Mutter geschieden war. Genauer gesagt, von ihrem Mann getrennt lebte. Eine alleinerziehende Mutter war an sich nichts Besonderes, und doch war es für Hazel eine peinliche Angelegenheit, bis heute. Im Kreis ihrer Freundinnen war sie die Einzige gewesen, die ohne Geschwister und Vater aufwuchs, sie kannte keinen Familienurlaub, keine gemeinsamen Ausflüge am Wochenende. Nur eine gestresste Mutter, ständig in Geldnöten und in Eile, niemals Zeit für gemeinsame Unternehmungen. Nicht zuletzt deshalb sehnte sie sich nach einer richtigen Familie. Vater, Mutter, Kinder. So, wie sie sie bald mit Theo haben würde. Geborgenheit. Glück.

»Tut mir leid«, wiederholte Mathilda. »Ich wollte Ihnen nicht zu nahe treten … Ich verstehe, wenn es Dinge in Ihrem Leben gibt, über die Sie nicht reden möchten …« Sie schaute Hazel entschuldigend an, interpretierte ihr Schweigen völlig falsch.

»Gar nichts verstehen Sie.« Hazel wusste nicht, was in sie gefahren war, normalerweise ging sie Konflikten aus dem Weg. Aber von Mathilda fühlte sie sich geradezu herausgefordert.

Hazels Blick wanderte abermals zu dem Mohnbild. Diesmal studierte sie es ausführlicher, die Farben, die schwungvoll gemalten Blütenblätter, die zarten Stängel, die verspielte Vase. Und wieder meinte sie, inmitten des kalifornischen Mohnfeldes zu sitzen, zu lesen, die Wärme der Sonne auf ihrer Haut zu spüren.

»Ich liebe dieses Bild auch«, sagte Mathilda weich.

»Es ist wunderschön«, beeilte sich Hazel zu sagen. »Es nimmt einen mit auf die Reise, lässt einen träumen, von einer besseren, bunteren Welt.«

Und von Henry, fügte sie in Gedanken hinzu. Sie hatte seinen Namen nie vergessen, auch wenn sie jetzt den Ring eines anderen trug.

*

»Wie kann das sein?« Lotte saß in der dunklen Höhle und hatte sich in Ruths Armen ausgeweint, ihr alles erzählt, was sich in der vorletzten Nacht zugetragen hatte, angefangen von dem brutalen Überfall auf Fritz bis hin zu dem innigen Gespräch mit Wilhelm. Sie hatte nicht anders gekonnt, sie musste sich einfach jemandem anvertrauen, sonst wäre sie an ihren eigenen Gefühlen erstickt. »Ich kenne ihn kaum! Und doch ... seine Berührungen, seine Nähe ... Ich muss immerzu an ihn denken. Aber müsste da nicht Hans sein?«

»Kein Wunder, dass du verwirrt bist«, meinte Ruth und strich der Freundin eine Strähne aus dem Gesicht. »Mach dir keine Vorwürfe! Es ist schön, so etwas für jemanden zu empfinden!«

»Ich habe mich Hans versprochen«, meinte Lotte und erzählte, von welch furchtbaren Erlebnissen er in seinem Brief geschrieben hatte.

»Noch ist nichts passiert«, sagte Ruth. Sie rückte ein Stück von Lotte ab und schaute ihr prüfend in die Augen. »Du liebst Hans doch noch, oder?«

»Ja«, antwortete Lotte, aber es klang nicht ehrlich. Die Wahrheit war:

Wilhelms Berührungen hatten sie zutiefst verwirrt. Sie meinte immer noch, seinen Atem in ihrer Halsbeuge zu spüren, die Zärtlichkeit seiner Finger, die mit ihren Haaren spielten, die Wärme seines Körpers. Tief und fest hatte sie in seinen Armen geschlafen, sicher und geborgen wie seit Wochen nicht mehr.

»Dann ist ja gut! Liebe heilt alles ...«

Eine Weile saßen die beiden Freundinnen dicht beieinander, Seite an Seite, und Lotte spürte ihren Gefühlen nach. Liebe, welch großes Wort! Sie hatte sich bisher keine allzu großen Gedanken über ihre Verlobung gemacht, Hans und sie, das hatte sich so entwickelt, das gehörte so. Sie vermisste ihn, aber er fehlte ihr nicht. Nicht so, wie Wilhelm ihr jetzt fehlte, nicht so, dass es weh tat. Sie spürte Liebe, wenn sie an ihre Mutter dachte, die so ganz anders war als sie und in ihrer unbedingten Fürsorge doch ihr bestes Vorbild. An Vati, der genauso naturbegeistert war wie sie, Fritz und Otto, ihre Brüder. Sie liebte Ruth, ihre Herzensfreundin, die sie ohne viele Worte verstand. Sie hatte Hedwig geliebt, weil man mit ihr so herrlich herumalbern konnte und sie einst der verlässlichste Kamerad gewesen war, den man sich vorstellen konnte. Jetzt hatte sich Hedwig so verändert, und Lotte wusste nicht, ob sie unter diesen Umständen noch ihre Freundin sein konnte. Sie liebte auch Moses, der hier in der Höhle neben Ruth für alle sorgte und, wie auch immer er das anstellte, täglich für alle backte.

»Gibt es nicht viele Arten von Liebe?«, fragte Lotte in die Stille hinein. Sie saßen immer noch dicht beieinander und wärmten sich am kleinen Feuer.

»Für jeden eine …« Sie spürte, wie Ruth lächelte.

»Was ist Liebe?«

»Du stellst heute aber viele Fragen! Wenn du alles um dich herum vergisst … alles verzeihst … alles teilst. Und die Hoffnung nicht aufgibst.« Ruth seufzte tief. »Ich habe es dir noch nicht erzählt, aber Elias und ich … in der Nacht, bevor sie ihn geholt haben, da waren wir zusammen. Ich hoffe von Herzen, dass er noch lebt! Jeden Tag, jede Nacht bete ich für ihn, für uns …«

Lotte streichelte über Ruths Schulter. »Er denkt bestimmt genauso oft an dich wie du an ihn! Ganz bestimmt ist er irgendwo in Sicherheit, ganz bestimmt«, versuchte sie die Freundin zu trösten, als Ruth anfing zu weinen, insgeheim selbst ganz bang im Herzen. Wer wusste es schon?

»Schau, ich habe Brot und Marmelade mitgebracht, Oma Schmidt hat mir ein Säckchen Zucker zugesteckt. Damit kommt ihr eine Weile über die Runden, bis ich das nächste Mal kommen kann. Und hier ist noch Stoff, frag nicht, woher«, sagte Lotte, als sich Ruth endlich beruhigt hatte. »Ich muss jetzt wieder zurück, bevor der Else Verdacht schöpft. Er hat vorhin so eine Bemerkung gemacht, weil Fritz wieder nicht nach Hause gekommen ist.«

Lotte schüttelte sich. Sie war dem Blockwart mit Müh und Not ausgewichen, sein Augenzwinkern machte sie ganz nervös.

»Danke! Was täten wir hier ohne dich.« Ruth drückte der Freundin dankbar die Hand. »Leb wohl! Und schreib Hans einen Brief, versprochen?«

»Versprochen.«

Aber aus dem Brief wurde am nächsten Morgen nichts und am übernächsten auch nicht und schließlich eine ganze lange Woche nicht, bis Ende November, weil Fritz vor der Tür stand und Lottes gesamte Aufmerksamkeit brauchte. Das Gesicht geschwollen, den Kopf immer noch verbunden, sah er aus wie ein Kriegsversehrter, einer von vielen, nur dass er auf der anderen Seite stand. Aber das wussten zum Glück nur wenige, und wenn die Mutter etwas ahnte, stellte sie, erleichtert über den glücklichen Ausgang seines »Abenteuers«, wie sie es einfach nannte, keine weiteren Fragen.

»Es war zu gefährlich für mich, dortzubleiben«, meinte Fritz.

»Ich dachte mir so was«, antwortete Lotte schlicht. Insgeheim brannte sie darauf, mehr über Magda und ihre Helfer zu erfahren. Doch als sie Fritz danach fragte, ob Karl und Bertolt echte Fälscher waren und ob sich tatsächlich Sozialisten im Haus versteckten, schüttelte er nur den Kopf. »Schwesterherz, du hast eine blühende Fantasie«, meinte er und winkte ab.

Aber Lotte ließ nicht locker. »Wenn du mir die Wahrheit sagst, erzähle ich dir auch was«, sagte sie und weil Fritz schon immer ein von der Neugier geplagter Mensch war, gab er nach. Flüsterte ihr ins Ohr, dass beide in der Lage seien, Ausreisepapiere zu organisieren, aber niemals im Haus arbeiteten, dass er am liebsten sie, Lotte, gemeinsam mit Otto und der Mutter außer Landes schaffen würde und er Magda zuliebe begonnen habe, sich ernsthaft mit der politischen Lage zu beschäftigen. Über Wilhelm verlor er kein Wort.

Mit diesen Informationen musste sich Lotte zufriedengeben, auch wenn ihr die Bilder des dunklen Gewölbes nach wie vor nicht aus dem Sinn gingen. Magda nicht, wie sie den schwerverletzten Fritz mit ihren Kräuterheilkünsten auf die Beine gebracht hatte. Und erst recht nicht die wispernde Stimme der alten Honorata: *Besser, du gewöhnst dich daran.* Immer wieder hatte sie über diesen Satz nachgedacht. Und natürlich über Wilhelm, doch sie verkniff sich jede weitere Frage nach ihm, obwohl sie Tag und Nacht an ihn denken musste, darauf brannte, mehr über ihn zu erfahren, ihn wiederzusehen.

Wie versprochen erzählte sie Fritz im Gegenzug von Ruths Versteck, und ihr Bruder staunte nicht schlecht, als er erfuhr, wie sich das alles zugetragen hatte und dass auch Otto und Oma Schmidt in die Sache verwickelt waren.

»Kannst du nicht auch für sie Papiere organisieren?«, fragte Lotte, doch Fritz winkte ab.

»Eins nach dem anderen. Dort in der Höhle sind sie erst mal sicher. Wenn ich wieder auf den Beinen bin, will ich gucken, was ich für sie tun kann.« Damit war für ihn das Thema erledigt.

Lotte pflegte und umsorgte ihren Bruder, so gut es ging, überließ ihm ihr Kämmerchen und schlief in seinem Bett bei Otto. Fritz hatte Kräuterpasten und getrocknete Blüten inklusive einer Rezeptur dabei, sodass sich Lotte ein bisschen fühlte wie Magda, während sie die blauen Flecke und Blessuren ihres

Bruders bestrich und seinen Verband wechselte. Die Wunde blutete immer noch ein bisschen, aber der erste Schorf hatte sich schon gebildet. Walnussgroß wie sie war, würde sie eine unschöne Narbe hinterlassen, von Fritzens Haarpracht hoffentlich bald überdeckt.

»Besser, du vergisst ihn«, sagte Fritz und zuckte zusammen, als Lotte ihm unbeholfen die grüne Paste auf die gebrochene Rippe strich. Immerhin drückte sie nicht auf den Lungenflügel, so viel hatte der angehende Mediziner längst selbst diagnostiziert. Aber außer Ruhe, absoluter Ruhe, und abwarten gab es nichts zu tun. Ein Arzt hätte nur unangenehme Fragen gestellt.

Verlegen schaute Lotte ihren Bruder an, um sich dann schnell wieder über ihn zu beugen. Woher wusste er, dass ihr Wilhelm in Kopf und Herz herumspukte? Sein Blick, wie er sie auf der Brücke angeschaut hatte ... Und später in Magdas Kammer, wie sie eng aneinandergeschmiegt auf der Decke gelegen hatten. Noch immer meinte sie zu spüren, wie er mit ihren Haaren spielte.

»Wen meinst du?«, fragte sie leichthin, die aufsteigende Röte in ihrem Gesicht überspielend.

»Wilhelm ist politisch aktiv und gleichzeitig ... Es ist viel zu gefährlich, wenn du dich mit ihm triffst. Für ihn und für dich!« Fritz richtete sich mit schmerzverzerrtem Gesicht auf und hielt die Hände seiner Schwester fest. »Ich meine es ernst, Lotte. Er ist nichts für dich, glaube mir. Besser, du vergisst ihn«, wiederholte er eindringlich, bevor er hinzufügte: »Außerdem bist du ja auch mit Hans verlobt.« Mit diesen Worten ließ er sich wieder in die Kissen zurückfallen.

»Und mit dem soll ich schön viele brave, blonde Kinder kriegen, meinst du das? Weil es meine Pflicht als deutsche Mutter ist, künftige Soldaten für den Führer zu gebären?« Lotte schüttelte den Kopf.

»Du bist mir eine …« Fritz musterte seine Schwester ausgiebig. Dann nickte er. »Lass Mutti nicht wissen, was du denkst. Niemand darf es wissen, hörst du? Tu nichts Unbedachtes, du siehst ja, was dann passiert! Versprich es mir!«

»Versprochen!« Lotte schaute den Bruder ernst an, hob die Finger zum Treueschwur wie einst in ihren Kindheitstagen beim Indianerspielen. Und während sie Fritz mit Hingabe und Magdas Kräutern gesund pflegte, kamen ihr immer wieder Wilhelms Worte in den Sinn. Widerstand wollte er leisten, aber im Gegensatz zu Fritz hatte er sich zur Tarnung für das Leben als Soldat entschieden, blieb Traditionen und Autoritäten verhaftet. Dennoch wollte er Zeichen setzen, nach außen wirken, nicht nur im kleinen Kreis. Was genau er damit meinte und was er überhaupt machte, wusste sie nicht, Lotte konnte es nur erahnen. Jemand, der bei der Luftwaffe war und gleichzeitig Swing tanzte, ein Doppelleben führte, hatte etwas vor. Er musste Verbündete überall haben, sonst wäre es viel zu gefährlich. Politisch aktiv, sagte Fritz. Was genau hatte das wohl zu bedeuten? Lotte wollte mehr wissen über diesen Mann. Der sie verwirrte und ihr Herz zum Klopfen brachte wie noch kein Mann zuvor – und der beinahe die Sorgen um Ruth und Hans verdrängte.

Fritz erholte sich nur langsam, erlitt immer wieder Rückfälle und klagte in einer Tour über Schmerzen. Er war ein unleidlicher Kranker. Mehr als einmal war Lotte versucht, doch nach dem Doktor zu schicken, besann sich dann aber und ließ es bleiben. Noch nicht einmal lesen konnte er, weil er seine Augen immer noch nicht richtig öffnen konnte. Stattdessen redete er wie ein Wasserfall, und Lotte kannte seine Reden mittlerweile allesamt auswendig.

»Weißt du, sie haben die Menschen wie Ratten gefangen! In ihrer Wochenschau demonstrieren sie ihre Siege und Stärke, kein Wunder, dass alle in Führertaumel geraten sind! Er zeigt ihnen Klarheit, Entschlossenheit, Kraft und Handlung. Ist das nicht erschreckend? Dass sich alle nach solch einer starken Führerfigur sehnen und ihm deswegen blind folgen? Aber langsam müssen sie doch einsehen, dass er sich überschätzt hat!«

Fritz konnte sich stundenlang darüber aufregen, wie die Meinungsfreiheit unterdrückt wurde. Wie unliebsame Regimegegner zum Schweigen geprügelt wurden, aufständlerische Studenten gehängt – und wie die Juden ausgerottet werden sollten, um die deutsche Rasse zu erhalten. Sie wusste, dass es stimmte, dass das Unfassbare gerade in unmittelbarer Nähe geschah, erlebte es jeden Tag, wenn sie hinsah.

Sie sah nicht gerne hin.

Aber sie hatte es gesehen.

Wenn Fritz nicht gerade seine Tiraden von sich gab, lag er still und bedrückt in seinen Kissen, sprach kaum ein Wort und lächelte nur der Mutter zuliebe. Nachts schlief er unruhig und wimmerte, mehr als einmal wachte Lotte an seiner Seite und hielt seine Hand. Auch sie schlief unruhig und verging vor Sorge. In manchen Nächten ignorierte sie den Fliegeralarm und blieb bei ihm, sie hätte den verletzten Fritz sowieso nicht hinunter in den Luftschutzkeller schaffen können. Zu gerne hätte sie Magda geholt, doch sie wollte besser keinen Schritt über die Brücke wagen. So blieb ihr weiter nichts anderes übrig, als abzuwarten. Abzuwarten, bis der Rippenbruch endlich verheilte oder vielleicht doch Magda vor der Tür stand. Und zu hoffen, dass sie Wilhelm eines Tages zufällig auf der Straße begegnete, wie die Male zuvor. Oder dass einer von den Kumpanen Bertolt oder Karl sich blicken ließ. Doch niemand von ihnen tat ihr den Gefallen, alle schienen plötzlich wie vom Erdboden verschwunden, und Lotte schickte Otto zu Ruth, damit sie selbst bei Fritz bleiben konnte.

Zum Glück brachte das bevorstehende Weihnachtsfest Lotte auf andere Gedanken. Es ließ sie Wilhelm und die Ereignisse jener Nacht vergessen, das schlechte Gewissen wegen Hans beiseiteschieben, ein bisschen wenigstens. Sie brachte Kerzen für den Chanukka-Leuchter in die Höhle, damit sie ihr Lichterfest begehen konnten, und mit Otto holte sie Tannengrün aus dem Wald. Daraus band sie einen hübschen Adventskranz, den sie mit roten Kerzen und Schleifen verzierte. Und heimlich, damit der kleine Bruder nichts bemerkte, richtete sie in mühsamer Arbeit das Christkindleinshaus für seinen alljährlichen Gebrauch, bügelte die Türchen glatt, besserte es mit Transparentpapier aus. Seit der Druck der Bildkalender eingestellt worden war und die Partei ihre eigenen nationalsozialistischen Kalender produzierte und verteilte, schien es ihr wertvoller denn je. Weihnachten ging es doch um Jesu Geburt, Gottes Sohn auf Erden, der sie alle erlöste, die Dunkelheit hell machte … Vorweihnachten sagten sie jetzt, dass sie nicht lachte! Schimmelreiter statt heiliger Nikolaus! Das sollte mal jemand Otto erklären, wenn der seine geputzten Stiefel am Vorabend des Nikolaustages vor die Tür stellen wollte. Auch die Mutter hielt für den 6. Dezember als Überraschung für ihre Schüler Äpfel und Nüsse bereit, gemeinsam mit Lotte hatte sie schon unzählige selbst genähte Säckchen befüllt.

Im letzten Jahr hatte es niemand gewagt, dem Nikolaus ein Lied zu singen, ihm für seine guten Gaben zu danken. Der Krieg machte sie alle stumm. Nur heimlich beteten sie noch, der sonntägliche Kirchgang war ein Trauerspiel. Der schwarze Markus predigte vor einer immer kleiner werdenden Gemeinde von Frieden und Erlösung und fand selbst zwischen den Zeilen keine Worte des Trostes mehr. Kein Wunder, dass die Mutter lieber zu Hause für sich allein in der Bibel las, mit jedem Fliegeralarm wich ihre Zuversicht. Lotte tat ihr Bestes, um ihr den Alltag so leicht wie möglich zu machen, kochte und wusch und studierte zwischendurch ihre Bücher. Sie kümmerte sich um Otto und nach wie vor um Fritz, dessen malträtierter Körper wenigstens zweimal am Tag nach Kräuterwickeln verlangte. Außerdem mussten Nachttopf und Wäsche regelmäßig gewechselt werden, jetzt im Winter ein klammes Unterfangen.

Lotte wusste, dass sich die Mutter große Sorgen um den Vater machte, von dem sie lange keine Nachricht mehr erhalten hatten. Niemand wusste, ob er Weihnachten auf Fronturlaub kommen würde, und ihr war jetzt schon bange davor, dass sie Heiligabend wie im letzten Jahr wieder ohne ihn sein würden.

So war es für alle eine willkommene Abwechslung, als sie sich am ersten Advent, bepackt mit eingelegtem Obst aus dem Vorratsregal und selbst gestrickten Socken, zu einem Verwandtenbesuch aufmachten, am letzten Wochenende im November, einem graukalten Tag. Fritz ließen sie schweren Herzens in der Wohnung zurück. Er würde unter der Bettdecke BBC hören, ganz leise, wie er seiner besorgten Schwester versprach. Er wollte die Ergebnisse der Teheran-Konferenz verfolgen, bei der Roosevelt, Churchill und Stalin über den Fortgang des Krieges berieten. Immerhin war er mittlerweile in der Lage, für ein paar Stunden aufzustehen und die persönlichsten Dinge alleine zu verrichten.

Der Zug sollte sie vom Hauptbahnhof in den Odenwald zu Tante Gertrud bringen, Vatis Schwester. Sie lebte mit ihrem Mann und den vier Söhnen in einem kleinen Dorf, wo sie einen Bauernhof bewirtschafteten und ihre alten Eltern mitversorgten. Die Mutter machte keinen Hehl daraus, dass sie die Schwägerin für ein *dummes Bauerntrampel* hielt, wie sie es mehr als einmal ausgedrückt hatte, wenn sie unter sich waren. Was aber auch daran liegen mochte, dass die Tante sie einmal als *pelztragendes Hinkel* bezeichnet hatte, das in ihren Augen in der Stadt keine wirkliche Arbeit leistete und stattdessen goldene Eier aß. Beste Aussichten für ein Familientreffen also, zumal alle vier Söhne als glühende Anhänger des Regimes in den Krieg gezogen waren. Zum Stolz ihrer Mutter dienten sie mit Ruhm und Ehre und Lotte graute es schon jetzt vor den überschwänglichen Berichten und der Leistungsschau der Verdienstkreuze.

Mit gesenktem Kopf lief Lotte am frühen Sonntagmorgen am Güterbahnhof vorbei. Die Waggons standen leer, die Türen zum Beladen waren weit geöffnet und ganz sicher nicht für Vieh, wie Lotte mittlerweile wusste, Oma Schmidt hatte ihr davon erzählt. Lotte hatte es das Herz zugeschnürt, als sie erfuhr, wie sie hier an dieser Stelle Juden aus der ganzen Region sammelten, ihnen Wertsachen und Kleidung abnahmen, um sie dann halbnackt durch die Straßen zu treiben, bevor sie sie in die Waggons verluden, die sie ins Arbeitslager oder wohin auch immer brachten. Ihre Koffer blieben als stumme Zeugen auf den Gleisen zurück – und niemand fragte sich öffentlich, warum sie sie nicht mitnehmen durften. Oma Schmidt hatte nur den Kopf geschüttelt. »Diese Barbaren«, hatte sie immer wieder gesagt, und Lotte hätte ihr am liebsten kein Wort geglaubt. Aber sie hatte selbst gesehen, wozu sie in der Lage waren, damals, als die Synagoge brannte, hatte selbst gesehen, wie sie Rosenthals und die anderen auf den Laster gejagt hatten.

Als Lotte aufsah, bemerkte sie den kummervollen Blick der Mutter. Die Mutter wusste Bescheid.

Alle wussten Bescheid.

Als Tante Gertrud und Onkel Fritz sie zur Begrüßung mit »Heil Hitler« empfingen, bekam Lotte einen Hustenanfall und wäre am liebsten auf der Stelle wieder umgekehrt. Die beiden Cousins Georg und Alfred salutierten, sie waren gerade auf Heimaturlaub und trugen stolz ihre Uniformen mit den Abzeichen. Überhaupt war unübersehbar, dass die Verwandten glühende Anhänger der NSDAP waren: Am Fahnenmast wehte eine Hakenkreuzfahne, auf der Anrichte thronte ein Reichsadler aus Messing, gleich im Eingang hing ein Bild des Führers und ein Blut-und-Boden-Emblem. Lotte wechselte mit Otto einen unbehaglichen Blick. Bloß kein falsches Wort, sollte das bedeuten. Sie biss sich die Zunge blutig, und die Mutter tat so, als bemerkte sie nichts.

Als sie später an der üppig bestückten Mittagstafel saßen, ging das Gespräch nur stockend voran. Während Lotte keinen Bissen hinunterbrachte, langte Otto fleißig zu. Seit Wochen hatte er nicht mehr so viel Fleisch essen können wie heute.

»Iss nur, mei Bibsche!« Onkel Fritz lächelte wohlgefällig. »Uns geht es gut hier, der Führer ist auf unserer Seite!« Er selbst hatte rote Wangen, seine Sonntagsweste spannte zufrieden über dem Bauch.

»Was heißt schon Arbeiterklasse! Wir Bauern sind die rechtschaffende Kraft für unser Volk. Wir sind der Lebensquell für alles«, machte Cousin Georg weiter und nahm sich das größte Stück Braten. »Schau nur, Otto, so was bekommt ihr nicht in der Stadt, wo euch die Juden alles wegfressen.«

»Aber …«, wollte Lotte protestieren, wagte dann aber nicht weiterzusprechen. Zumal Alfred sagte:

»Sie fressen alles weg und wenn es nichts mehr gibt, ziehen sie weiter. Diese Rasse ist nicht dafür gemacht, sesshaft zu sein, deswegen gehört sie ausgerottet. Schau uns an: Wir Arier sind verwurzelt mit unserem Land, das ist unser Grund und Boden, unser Blut, das für immer mit den Ähren verbunden ist. Wir Bauern arbeiten mit unseren Händen dafür, dass es dem deutschen Volk gut geht. Schließlich ist der germanische Körper von Natur aus kraftvoll und stark und heimatverbunden.«

Sprachlos legte Lotte die Gabel zur Seite, wusste nicht, wie sie reagieren sollte. Das waren ja noch schlimmere Reden, als Hedwig sie schwang. Unbehaglich knetete sie ihre Hände, sie waren eiskalt. Sie fühlte sich wie eine Verräterin, weil sie schwieg, schaffte es einfach nicht, den Mund aufzumachen und diesem Unsinn etwas entgegenzusetzen. Fritz hatte sie gewarnt und ermahnt, vorsichtig zu sein. In Zeiten wie diesen sprach man selbst innerhalb der Familie lieber nicht über Politik. Kurz bereute Lotte, dass sie Himbeermarmelade und Apfelkompott verschenkt hatten. Aber nur kurz. War sie nicht Vatis Schwester? Ihre Familie? Und hatten sie nicht früher unbeschwerte Ferientage hier auf dem Hof verbracht, mit all den Pferden, Kühen, Hühnern und Gänsen?

»Und wann wird geheiert?«, fragte Onkel Fritz an Lotte gewandt. Diese verstand nicht gleich, erst als die Mutter ihr übersetzte.

»Wenn dieser schreckliche Krieg endlich vorbei ist«, antwortete sie leichthin.

Sofort nahmen alle am Tisch Haltung an, allen voran Georg und Alfred. Lotte erntete einen warnenden Blick der Mutter.

»Der Krieg ist dann vorbei, wenn wir den Endsieg haben«, versuchte Tante Gertrud, die Situation zu retten, »und dank unseres Führers und unserer tapferen Soldaten rückt er mit jedem Tag näher. Heil Hitler.«

»Jaja«, rutschte es Lotte heraus, doch bevor ihre unbedachte Äußerung hätte Konsequenzen haben können, schepperte es draußen auf dem Hof.

»Valeska!« Georg sprang auf und kurz darauf hörte man ihn laut herumschreien, gefolgt von leisem Gewimmer.

»Unsere neue Magd, sie stellt sich immer so tollpatschig an«, meinte Tante Gertrud, und bevor jemand weitere Fragen stellen konnte, stand schon die Sahnetorte zum Nachtisch bereit. Otto ergatterte zu seinem Glück ein besonders großes Stück, bevor er hinauslief, um die Kaninchen im Stall zu besuchen.

Lotte hatte ihren Teller weit von sich geschoben. Auch wenn die Torte noch so verführerisch glänzte, sie würde keinen Bissen davon anrühren. Tollpatschig! Neue Magd! Georg hatte die Zwangsarbeiterin geschlagen, das hatte sie gleich verstanden. Dabei waren sie derzeit auf dem Land auf Zwangsarbeiterinnen und -arbeiter angewiesen, die meisten Männer und Söhne waren ja im Krieg. Wenn sie das Fritz erzählen würde …

»Wie geht es denn dem tapferen Hans? Schreibt er brav? Und wie viele Kinder wünschst du dir, Lotte?«, fragte Tante Gertrud freundlich und schenkte ihr Kaffee ein. Lottes Bemerkung von vorhin schien schon wieder vergessen. Es war echter Kaffee, dem Geruch nach zu urteilen. Lotte würde keinen Schluck davon trinken.

»Ich … äh …«

»Na, ein gesundes Mädscher wie du … vier, fünf? Lauter Jungs natürlich!« Der Onkel tätschelte ihr unter dem Tisch den Oberschenkel und ließ seine Hand länger liegen als für einen Onkel üblich. Wie der Else. Lotte schluckte, die Mutter saß schweigend da.

»Ein Mädchen wie ich weiß, was sich gehört!«, antwortete sie schlicht und schob die Hand diskret beiseite. Der Onkel zwinkerte ihr zu, und Lotte war zum Speien übel. Doch um des lieben Friedens willen schluckte sie sämtliche Worte hinunter, vielleicht war sie auch einfach nur feige. Wie versteinert saß sie da, rührte gedankenverloren in ihrer Kaffeetasse und ließ die weiteren Kommentare und Bemerkungen am Tisch über sich ergehen.

»Ein gesundes Mädchen wie du wird dem Führer viele Kinder schenken, davon bin ich überzeugt«, wiederholte die Tante und lächelte ihr verschwörerisch zu. »Er sorgt für uns, und wir Frauen sorgen für den Erhalt unserer Rasse.«

»Euch geht es doch gut in der Stadt, oder?«, fragte Georg. »Nach allem, was man hört, organisiert er Kleiderspenden und Lebensmittel für alle. Und hungern muss auch niemand, weil sie Suppenküchen eingerichtet haben.«

Die Mutter nickte und Lotte erzählte ihnen lieber nicht, dass sie mittlerweile stundenlang anstehen mussten, um Butter und Milch zu kaufen, ganz zu schweigen von ihren löchrigen Schuhen und dem alten Mantel. Dass sie Obdachlosen jeden Abend einen Topf Suppe auf den Tisch vor ihrem Haus stellten. Und hatte nicht Oma Schmidt letztens in ihrer Not eine Nazi-Fahne zerschnitten, um wenigstens aus dem roten Stoff Blusen nähen zu können? Aus dem weißen hatte sie Windelstreifen für die Babys der Nachbarinnen gemacht.

»Und unser Otto wird spätestens zum Sommer hin in Sicherheit gebracht, oder? Freut er sich schon darauf? Abenteuer und Kameradschaft, besser kann er es doch mitten im Krieg gar nicht treffen. Ich finde es einfach vorbildlich, um was sich der Führer alles kümmert. Frauen und Kinder zuerst!« Alfred klopfte Lotte so kräftig auf den Rücken, dass sie Schluckauf bekam.

»Endlich mal durchschlafen, ihr müsst ja völlig mit den Nerven am Ende sein. Das wird ein Segen für den Bub«, meinte Tante Gertrud und legte der Mutter die Hand auf den Arm, bevor sie hinzufügte: »Stimmt es, dass die Stadt endlich judenfrei ist? Wurde ja auch höchste Zeit. Ich hoffe, Restaurants und Läden sind jetzt wieder in arischer Hand.«

»Es stimmt«, nickte die Mutter und wusste dann nichts weiter zu sagen. Auch Lotte schwieg, obwohl ihr die Worte auf der Zunge brannten. Sie sagte ihnen nicht, dass sie mit eigenen Augen hatte ansehen müssen, wie Juden abtransportiert wurden, wie ihre Synagoge brannte und niemand löschte. Wie Otto dafür gesorgt hatte, dass niemand bei dem Nazi-Bäcker Brezeln kaufte, weil er überall herumerzählte, dass seine Buben in den Teig spuckten.

Und während die Stimmen um Lotte herum immer lauter und begeisterter von den Erfolgen der deutschen Truppen erzählten, von einem neuen großdeutschen Reich träumten und nach einem Schnäpschen sogar das Horst-Wessel-Lied anstimmten, um den Sieg über Rotfront und Judentum zu feiern, übermannte sie ein klares Gefühl des Neins, das die Übelkeit verdrängte und sie beinahe froh machte, weil es so stark war.

Lotte dachte an Hans, der in einem Krieg kämpfte, der nicht zu gewinnen war. An Ruth und Menschen wie Rosenthals, die wegen solcher Fanatiker fortgebracht oder sogar getötet wurden. An Hedwig, die sich begeistert dem Regime angeschlossen hatte, weil sie dort endlich die Anerkennung erhielt, die ihr so gefehlt hatte.

Sie dachte an Magda, die sich einen Pfifferling um Mutterkreuze scherte, lachte und tanzte, wie es ihr gefiel. An Fritz, wie er leichthin dahertänzelte, sein Leben riskierte und doch auf der richtigen Seite stand. An all die Menschen, die sich bei Magda versteckt hielten, um so schnell wie möglich mit gefälschten Papieren das Land zu verlassen. Sie hatten nichts Unrechtes getan, sie wollten einfach nicht zu allem Ja und Amen sagen. Jeder, der nicht mitmachte, wurde brutal zusammengeschlagen oder weggebracht. Viele sah man niemals wieder.

Und sie dachte an Wilhelm. Daran, wie er getanzt und sie angesehen hatte, die klugen Ansichten, die er vertrat, aus denen sie aber doch nicht ganz schlau wurde. An seine grünen Augen, in denen ein Geheimnis verborgen lag, das sie nicht zu entschlüsseln vermochte – und dennoch war er ihr so vertraut, als kennte sie ihn schon immer. Unerschütterlich stark kam er ihr vor und doch so verletzlich, ehrenhaft und doch so weich, ganz anders als die anderen Männer, die ihr bisher begegnet waren. Er faszinierte sie. Seine klaren Worte, seine politische Haltung, sein Glaube.

Als Lotte an diesem Abend zu Hause aus dem Zug stieg, war sie eine andere.

Der erste Dezember war längst vorüber und die Blicke der Mutter wurden immer angstvoller. Mehr als einmal klappte sie morgens beim Aufstehen zusammen. Lotte machte sich große Sorgen, klepperte der Mutter ein Ei mit Zucker und Rotwein und bereitete ihr eine Extraportion Hafergrütze mit Butter und Honig, damit sie bei Kräften blieb. Aber diese schob ihre Schüssel Otto hin oder gab sie Fritz, der sich nach und nach erholte. Er lief schon wieder in der Wohnung umher, bis Weihnachten würde er vollständig genesen sein.

»Du darfst nicht verzagen«, versuchte Lotte ihre Mutter zu ermuntern. Sie wusste genau, dass der ständige Fliegeralarm mit seinem Sirenengeheul an ihren Nerven zehrte. »Wir sind behütet und beschützt! Vati wird nichts geschehen, und Fritz passt auch auf sich auf!«

»Und was ist mit dir?« Die Mutter hielt Lottes Hand fest und schaute sie bittend an. »Seit einiger Zeit bist du so verändert, gehst kaum noch an die Universität. Und meinst du, ich hätte nicht bemerkt, dass unsere Vorräte immer weniger werden? Himmel, Kind, du bringst uns alle in Gefahr. Was tust du da?«

Lotte schluckte. Wie gut hätte es getan, in der Mutter eine Verbündete zu wissen, ihr alles zu erzählen, mit ihr gemeinsam den anderen zu helfen. Doch sie schüttelte nur den Kopf. »Ich passe schon auf. Mach dir keine Sorgen.«

»In Gottes Namen! Tu nichts Unrechtes.« Die Mutter schlug die Hände über dem Kopf zusammen. Aber Lotte wusste im Herzen, dass ihre Mutter ahnte, dass sie Ruth in ihrem Versteck half, und dass sie froh darüber war.

Dann brachte der Nikolaustag, den sie jetzt alle nicht mehr so nennen durften, außer Äpfeln und Nüssen in den Stiefeln noch weitere Überraschungen. Lotte saß in der Küche und versuchte, aus nichts Plätzchen zu backen, als Otto hereinstürmte.

»Lotte, Lotte, stell dir vor, da ist ein Zug liegen geblieben! Alle laufen hin, komm, beeil dich, sonst kriegen wir nichts mehr!« Schon war Otto wieder nach draußen und die Treppe hinuntergerannt. Lotte holte ihn erst am Bahndamm wieder ein, sie hatte sich wenigstens noch einen Mantel übergezogen. Ein Versorgungszug der Armee war auf den Gleisen zum Stehen gekommen, und unzählige Menschen waren trotz der Eiseskälte schon am Werk. Lotte erkannte einige Nachbarn, auch Oltkes waren dabei und Oma Schmidt. Von Hedwig keine Spur, die wegen ihrer Größe ganz bestimmt aufgefallen wäre.

Sie schleppten Stiefel, Mäntel, Mützen und Wollschals heraus, die wohl bei der letzten Frontspende zusammengetragen worden waren, jetzt kehrten sie auf diesem Wege zu ihren Besitzern zurück, außerdem stapelweise Konserven, Säcke voller Weizen und Mais, Lotte erkannte auch die typischen Mehl- und Zuckersäcke. Ein kurzer Blickwechsel mit Otto genügte, dann rannten sie beide wie auf Kommando los – und ergatterten tatsächlich einen Sack Weizen. Mit vereinten Kräften wuchteten sie ihn aus dem Waggon und den Bahndamm hinunter, wo Lotte schnaufend innehielt. Trotz der immensen Anstrengung strahlte sie über das ganze Gesicht und hob Otto kurzerhand auf den Sack.

»Du bleibst hier sitzen und rührst dich nicht! Ich laufe rasch und hole den Leiterwagen!« Schon rannte sie los, insgeheim Fritz verfluchend, der mit seiner gebrochenen Rippe keine Hilfe war. Mit dem Wagen im Schlepptau lief sie zurück, so schnell sie konnte.

Otto war keinen Millimeter von seinem Platz gewichen und thronte mit stolzem Gesicht auf dem Weizensack, bereit, ihn mit seinen Fäusten zu verteidigen, wenn es sein müsste. Um ihn herum liefen die Menschen wild durcheinander, alle wollten noch schnell etwas ergattern, bevor die Polizei kam.

»Du bist der Beste!«, rief Lotte und erlaubte ihm, in den Wagen zu klettern. »Und jetzt schnell weg hier!«

Doch Otto sprang sofort wieder heraus. »Oma Schmidt braucht Hilfe!« Schon war er zu der alten Dame gerannt, die gerade mit einem Mann um eine Konservenbüchse rangelte.

»Meine Oma war zuerst da«, behauptete Otto, und der Mann war so verdutzt, dass er die Dose einfach losließ. Otto zwinkerte Oma Schmidt zu, dann flitzte er noch mal den Bahndamm hoch und stromerte durch die Waggons, vielleicht hatten sie noch etwas übersehen.

Lotte hielt die Luft an. Von Weitem hörte man bereits die Sirenen heulen, fluchtartig verließen die Menschen das Gelände und rannten davon.

»Lauf, Lotte, lauf, Otto kommt schon nach!«, meinte Oma Schmidt, legte ihr die ergatterte Konservenbüchse in den Wagen und lief dann selbst mit behänden Schritten über die matschige Wiese davon.

Also blieb Lotte nichts anderes übrig, als mit dem Leiterwagen und dem Zentnersack Weizen den Heimweg anzutreten. Sie trug immer noch ihre Hausschuhe, was den Weg noch beschwerlicher machte.

»Warte, ich helfe dir!« Eine vertraute Stimme und ein noch

vertrauterer Körper drängten neben sie, seine Hände fassten wie nebenbei nach der Griffstange.

»Schnell, beeil dich, wir müssen weg hier!« Er beschleunigte seine Schritte, sodass Lotte kaum hinterherkam.

»Aber Otto …«, keuchte sie.

»Er ist ein kleiner Junge, ihm werden sie ganz bestimmt nichts tun.« Seine tiefe Stimme beruhigte sie, wie immer.

Schon waren sie ein gutes Stück entfernt und bogen in eine schmale Seitengasse ein, aber Wilhelm lief immer noch mehr, als dass er ging.

»Wie geht es Fritz?«, fragte er und schnaufte noch nicht einmal.

»Jeden Tag besser! Und wo warst du die ganze Zeit?« Lotte wagte einen Blick zur Seite und sah, wie er zufrieden nickte. Seine rotblonden Haare waren frisch geschnitten, kürzer als sonst, er wirkte blass und gehetzt, ständig schaute er sich nach allen Seiten um. Erst jetzt fiel Lotte auf, dass Wilhelm einen blauen Mantel trug.

»Ich konnte nicht … Und wie geht es dir?« Jetzt hatte er doch kurz angehalten. Ganz nah standen sie beieinander, zu nah für eine, die mit einem anderen verlobt war.

»Gut!«, antwortete Lotte und wich seinem Blick aus. Grün. Grünes Gras, das sich nach dem Licht des blauen Himmels sehnte.

Da hob er mit der freien Hand ihr Kinn an, sodass er ihr in die Augen sehen konnte. Er lächelte.

»Gut.« Für einen Moment blieben sie so stehen, die Blicke ineinander versunken, ihre Lippen berührten sich beinahe, und Lotte roch die Wärme seiner Haut. Um sie herum strömten die Menschen, doch für sie stand die Welt still, sie hörte nichts, sah nichts, atmete und spürte nur ihn.

»Lotte …«, begann er rau und strich ihr über die Wange, doch dann wandte er sich von ihr ab und lief weiter. Ohne noch ein Wort zu verlieren, begleitete er sie nach Hause und war ebenso plötzlich wieder in der Menschenmenge verschwunden, wie er vorhin neben ihr aufgetaucht war. *Ich konnte nicht …*

Lotte schüttelte den Kopf, als wollte sie einen unglaublichen Traum vergessen. Vorsichtig betastete sie ihre Lippen. Nein, es war nichts geschehen.

Ihr blieb keine Zeit, über Wilhelm und sein ungewöhnliches Verhalten nachzudenken, denn in diesem Moment kam Otto angerannt.

»Schau mal, was ich noch gefunden habe«, rief er und hielt eine Schachtel in die Höhe. »Kerzen!«

»Du bist der Beste!« Lotte drückte ihm einen Kuss auf die Stirn, sie schmeckte nach Bubenstolz. »Und jetzt beeil dich, wir müssen den Sack verstecken.«

Schnell zogen sie ihre kostbare Fracht in den Gartenschuppen und Lotte zögerte keinen Moment, öffnete die Luke und stopfte den Getreidesack hinein, direkt auf den Rest weiß schimmernde Fallschirmseide. Otto beobachtete seine Schwester mit großen Augen, stellte aber keine Fragen. Er verstand auch so.

»Jetzt kommen wir über den Winter, was?«, meinte Otto, als sie kurz darauf in der Küche saßen und sich aufwärmten. Lotte hatte ihre durchnässten Hausschuhe und Strümpfe ausgezogen und zum Trocknen über den Ofen gehängt, der behagliche Wärme ausstrahlte. Schnell hatte sie dem Bruder und sich einen Teller Kartoffelsuppe aufgetan und ein Butterbrot dazu geschmiert, das kleine Mahl hatten sie sich nach dieser spektakulären Aktion verdient.

»Kommen wir!«, meinte Lotte leichthin und strahlte dabei über ihr ganzes Gesicht. Sie fühlte sich froh im Herzen, was nicht nur an dem Sack Weizen in seinem Versteck lag, sondern auch an Wilhelms Hand, die sich warm über die ihre gelegt hatte, während sie gemeinsam den Wagen zogen. Noch jetzt meinte sie, seine Berührung zu spüren.

»Lotte, es hat geklingelt. Träumst du, oder was?«, riss Otto sie aus ihren Gedanken.

»Geklingelt? Um diese Uhrzeit?« Zögernd stand Lotte auf und ging mit langsamen Schritten zur Tür, ihr Frohsinn war verflogen. Es verhieß nichts Gutes, wenn jemand schellte. Kein Brief, bitte, bitte kein Brief, murmelte sie, während sie mit zitternder Hand die Tür öffnete. Oder waren sie gekommen, weil sie den Sack Weizen genommen hatten?

Zu ihrer Überraschung stand eine junge Frau vor der Tür. Beinahe hätte sie Magda nicht erkannt. Sie trug ein braunes Kopftuch und war nicht geschminkt, in ihrem grauen Rock und den Stiefeln sah sie fast aus wie Hedwig. Wenn nicht das Muttermal an ihrer Oberlippe gewesen wäre.

»Was ist, willst du mich nicht reinlassen?« Schon war sie, ohne Lottes Antwort abzuwarten, eingetreten und zog eilig die Tür hinter sich zu.

»Ich habe es nicht mehr ausgehalten«, flüsterte sie und nahm das Kopftuch ab. »Wo ist er? Wie geht es ihm?« Sie fuhr sich mit beiden Händen durch ihre Haare, bis die Locken wieder auf ihre Schultern fielen. Ihr ungeschminktes Gesicht wirkte weich und sorgenvoll.

»Wer ist das?«, rief Otto neugierig aus der Küche.

»Es ist Magda!« Lotte schob sie rasch zu Fritz in die Kammer, bevor sie sich wieder zu Otto in die Küche setzte. Ganz bestimmt hatte sie Kräuter und Salben dabei, ganz bestimmt hatten sich die beiden viel zu erzählen. Aber vielleicht wollten sie sich auch nur küssen ... Verlegen und mit brennender Neugier saß Lotte auf ihrem Stuhl in der Küche und versuchte sich abzulenken, so gut es ging, und zum Glück stellte Otto keine weiteren Fragen. Sie kramte die Mühle hervor und begann gemeinsam mit Otto, den Weizen für die bevorstehende Weihnachtsbäckerei zu mahlen. Immer abwechselnd bedienten sie die Getreidemühle, und bald hatten sie ein Kilo Mehl in der Schüssel.

»Mein lieber Scholli«, staunte Otto und drückte mit seinen Fingern andächtig Löcher in das bräunlich weiße Pulver. »Das fühlt sich gut an!«

»Meinst du, du bekommst von Oma Schmidt zwei Eier?«, fragte Lotte.

»Zwei? Mindestens vier!« Schon war Otto zur Tür hinaus, nur einen Schal umgebunden.

»Die Jacke, du erkältest dich sonst!«, rief Lotte ihm hinterher und nutzte dann die Gelegenheit, um an Fritz' Tür zu klopfen.

Fritz strahlte über das ganze Gesicht und hielt glücklich Magdas Hand, die die seine unablässig streichelte. Beim Anblick ihrer ineinander verschlungenen Hände errötete Lotte. Der ganze Raum duftete nach Rosmarin und Arnika.

»Noch ein paar Tage, dann kannst du auch wieder nach draußen, aber vorerst bitte nur in der Wohnung auf und ab gehen«, meinte Magda. »Das hätte ich nicht besser gekonnt, hast du wirklich prima gemacht!« Sie lächelte Lotte anerkennend zu.

»Sie ist ein Goldstück!« Fritz hatte seine Schwester mit der anderen Hand zu sich ans Bett gezogen und drückte beiden Frauen jeweils einen dicken Kuss auf die Wange. »Was täte ich ohne euch!«

»Wahrscheinlich deine Ruhe genießen! Stell dir vor, wir mussten das Haus verlassen. Wir mussten uns aufteilen, weil wir beinahe aufgeflogen wären«, meinte Magda bitter. »Ich lebe mittlerweile in einer kleinen Wohnung, gemeinsam mit Honorata. Die anderen sind in ein Haus am Stadtrand gezogen. Fragt sich, wie lange das gut geht.«

»Ihr müsst vorsichtig sein«, meinte Lotte, die atemlos Magdas Bericht gefolgt war.

»Sind wir. Aktuell haben wir unsere Aktionen ausgesetzt, bis sich die Lage wieder beruhigt hat … Hier, ich hab dir übrigens etwas mitgebracht!« Magda drückte Lotte wie nebenbei einen Umschlag in die Hand.

»Was ist das?«

»Jetzt mach schon auf … Du scheinst ihm wirklich den Kopf verdreht zu haben. Wilhelm hat noch keiner Frau Liebesbriefe geschrieben«, meinte Magda leichthin.

Fritz runzelte die Stirn, soweit es seine Blessuren zuließen. »Sicherlich sollst du ihn nach dem Lesen verbrennen …«, meinte er.

»Von ihm?« Mit fliegenden Fingern zog Lotte den Brief aus dem Umschlag, spürte, wie sie beim Lesen rot anlief. Wilhelm wollte sie treffen. In zwei Tagen vorm Kino. Warum hatte er ihr das vorhin nicht gesagt? Und keine Rede von Verbrennen. Nur dass er sich sehr auf ein Wiedersehen freute, das »sehr« war dreimal unterstrichen.

»Danke«, rief sie und fiel Magda jubelnd um den Hals. »Das ist die schönste Nachricht, die ich je erhalten habe.« Sie konnte ja nicht wissen, wie sehr sie sich nach Wilhelm verzehrte. Welche Gedanken sie sich machte über seine Aktivitäten, die wildesten Geschichten hatte sie sich schon ausgedacht. Dass er ein Saboteur war, ein Widerständler. Bis hin zu der Version, dass er mit einer Nazi-Tochter verheiratet war, die sechs Kinder und das Mutterkreuz hatte. Aber all das war ihr in diesem Moment egal. Er wollte sie wiedersehen. Und er freute sich darauf. *Sehr* sogar.

Kurz darauf stand Otto wieder vor der Tür. Er jonglierte tatsächlich vier Eier in der Hand und strahlte über das ganze Gesicht.

Die Mutter staunte nicht schlecht, als sie an diesem Abend müde aus dem Schulhaus nach Hause kam. Fritz saß frisch gewaschen und mit strahlenden Augen am Küchentisch und bastelte wie in Kindertagen Nusslichter aus den Walnussschalen, die Lotte vom Backen übrig hatte. Er hatte ganz einfach Wachsstummel erwärmt und hineingedrückt, Ottos gehamsterte Kerzen würden sie für den Weihnachtsbaum aufheben. Außer den Butterherzen hatten sie noch Marmeladenkekse gebacken, den Teig ganz dünn ausgerollt, damit es möglichst viele wurden, Lotte und Otto waren gerade dabei, sie mit jeweils einem Klecks zusammenzusetzen. So viel Familienglück. Wie früher, vor dem Krieg, nur der Vater fehlte. Weihnachtsduft überall. Der Mutter traten die Tränen in die Augen, sie musste sich einen Stuhl heranziehen.

»Wie dankbar dürfen wir sein!«

»Wein doch nicht, Mutti, du musst nicht traurig sein! Schau, Weihnachten wird ganz famos! Wir haben …«

»… eine Überraschung für dich!« Lottes Gesicht war gerötet vom Plätzchenbacken und vor Stolz, als sie der Mutter jetzt von dem Sack Weizen erzählte, den sie gemeinsam mit Otto vom Bahndamm hergeschleppt und sicher im Schuppen versteckt hatte.

»Wenn die Mäuse ihn nicht entdecken, haben wir bis zum Frühjahr keine Not«, meinte Lotte und dachte an Moses, der aus dem Weizen Brot für alle backen würde.

»Beten wir dafür! Dass unser Heiland Licht in die Welt bringt und dem Krieg ein Ende bereitet.« Die Mutter hatte sich wieder in ihre Ecke gesetzt, wie so oft in jüngster Zeit.

Lotte wechselte einen besorgten Blick mit Fritz. Warum musste ihre Mutter so traurig sein, warum konnte sie sie nicht einfach loben, dass sie sich um alles kümmerten? Sich mit ihnen gemeinsam darüber freuen, dass es ihnen gut ging, sie bisher vom Bombenhagel verschont geblieben waren? Lotte seufzte. In diesen Momenten fiel es ihr schwer, ihren Frohsinn zu bewahren.

Da klingelte es an diesem Tag zum dritten Mal. Diesmal schlich die Mutter mit schleppenden Schritten zur Tür, alle am Tisch hielten den Atem an.

Lotte lief ihr sicherheitshalber hinterher. Mit vor Schreck geweiteten Augen sah sie zu, wie die Mutter mit zitternden Fingern den Brief öffnete, den der Bote gebracht hat.

»Er kommt«, flüsterte sie und lächelte. »Vati kommt zu Weihnachten nach Hause.«

Dann kippte sie Lotte in die Arme.

Unruhig lief Lotte vor dem Kino auf und ab, nur wenige Menschen waren an diesem kalten Winterabend unterwegs. Innerlich tanzte sie vor Glück und Freude und Aufregung und allem gleichzeitig. Lotte hatte sich extra beeilt und in der Eile vergessen, sich die Nägel zu säubern, die Feldsalaternte aus dem Garten hatte erdige Spuren hinterlassen. Dafür trug sie ihr schönstes Winterkleid unter dem alten Mantel, das dunkelrote mit dem schmalen Gürtel, das ihr zu ihren blonden Haaren ausgezeichnet stand. Noch im letzten Jahr wäre es ihr beinahe zu eng geworden, doch jetzt passte es wieder perfekt. Lotte hatte sogar ihren feinen Hut ausgegraben und ihn im Haar festgeklemmt. So schick hatte sie sich lange nicht mehr gemacht.

Auf dem Zettel hatte gestanden, dass Wilhelm sie zur Abendvorstellung vor dem Kino treffen wollte, wieder und wieder hatte sie ihn gelesen und ihr Glück nicht fassen können. Sie wusste, dass es sich für eine verlobte Frau nicht schickte, mit einem anderen Mann auszugehen, aber sie fühlte nichts Unrechtes dabei. *Kann denn Liebe Sünde sein?!* Ihrer Mutter hatte sie vorgeschwindelt, sie würde sich mit Hedwig und ein paar Kommilitoninnen treffen. Zum Glück hatte sie keine weiteren Fragen gestellt, zu sehr war sie mit den Vorbereitungen für den Heimatbesuch des Vaters beschäftigt. Wie aus einem Winterschlaf erwacht, schmiedete sie mit Elan Pläne. Es gab noch einiges zu tun: Fenster putzen, Holzfußboden bohnern, Gardinen waschen, Betten frisch beziehen … zu Lottes Unmut hatte sie eine ganze Liste hausfraulicher Aktivitäten genannt, die bis zur Heimkehr des Vaters erledigt werden sollten.

»Dann lernst du gleich, wie es geht. Wenn Hans zurück ist, ist ohnehin Schluss mit dem unsinnigen Studieren«, war ihr einziger Kommentar gewesen, als sich Lotte beschwert hatte, sie würde deswegen ihre Vorlesungen verpassen.

Suchend blickte sich Lotte um, aber Wilhelm war nirgends zu sehen. Fröstelnd rieb sie sich die Hände. Warum bloß hatte sie die Handschuhe vergessen? Langsam wurde es auffällig, dass sie alleine hier stand. Was, wenn zufällig Hedwig vorbeikäme? Auch der Billett-Verkäufer musterte sie neugierig.

Wenn er nicht kommt, gehe ich eben alleine, dachte Lotte gerade, als sie Wilhelms vertraute Stimme hörte.

»Schön, dass du gekommen bist!« Er lächelte zur Begrüßung, sein Atem hauchte kleine Kringel in die Luft. Mit klopfendem Herzen reichte sie ihm die Hand und sofort wurde Lotte ganz warm. Wie nebenbei kaufte er zwei Kinokarten und führte sie in den hell beleuchteten Saal. Seinen Mantel gab er gemeinsam mit ihrem an der Garderobe ab. Er trug seine Uniform, ein Offizier, der seine Freundin ausführte, die Farbe löste bei Lotte ein unbehagliches Gefühl aus. Trotzdem genoss sie jede Sekunde an seiner Seite, verdrängte die vielen Fragezeichen rund um seine Person. Was hatte er mit der Partei zu tun, und warum hatte er sich so lange nicht bei ihr gemeldet? Und wieso war er überhaupt in ihrem Garten gelandet? Welches Spiel spielte er? Ein Blick in seine Augen brachte Lotte Gewissheit, dass sie sich keine Sorgen machen musste. Jemand, der sie so warm anlächelte, ihr so innig die Hand drückte, führte ganz bestimmt nichts Böses im Schilde. Im Gegenteil, er war die Liebe in Person.

»Hier ist die Zeit stehen geblieben«, flüsterte Lotte andächtig und schaute an die mit rotem Samt bespannten Wände und die Decke, an der kristallene Leuchter hingen. Es kam ihr vor, als wäre es eine Ewigkeit her, dass sie gemeinsam mit Ruth und Frau Rosenthal hier gewesen war, dort drüben in der zweiten Reihe hatten sie immer gesessen und die Premieren beklatscht … Heute führte Wilhelm sie in die hintere Reihe, wo sich bereits einige Pärchen niedergelassen hatten. Wilhelm zog Lotte dicht neben sich, so dicht, dass sie die Wärme seiner Haut durch den Stoff ihrer Kleider spürte und er vielleicht ihr Herzklopfen.

»Hier ist es schön ruhig«, flüsterte er ihr ins Ohr, während sich der Vorhang öffnete. »Ich war so bange, dass du nicht kommst«, fügte er hinzu und drückte ihre Hand. Seine Finger waren warm, so unglaublich warm, trotz der Winterkälte draußen. Lotte lächelte und schmiegte ihre Hand noch fester in seine.

Die gesamte Vorstellung saßen sie so da, die Hände wie selbstverständlich ineinander verschlungen, und Lotte war glücklich. Sie hatte den Film schon mal gesehen, wusste nicht, ob sie ihn traurig, kitschig oder gar tiefsinnig finden sollte. Zwei Menschen, die in den Wirren des Krieges nicht zueinander finden können. Er kämpft aus Vaterlandspflichten an der Front, sie feiert als Künstlerin auf den Bühnen der Welt Erfolge. So leben und lieben die beiden aneinander vorbei, der Fliegeroffizier, der nie weiß, wann sie sich wiedersehen können, die Sängerin, die vor Sehnsucht vergeht, immer vergeblich auf ihn wartet, der eine immer dort, wo die andere gerade nicht ist. Und dann diese Lieder ... obwohl so melancholisch schwer, stimmten sie Lotte doch hoffnungsvoll. *Du bist mir fern und doch nicht fern,* sie schluckte und wagte einen Blick zur Seite, *denn unsere Seelen sind eins.* Das war es, was sie fühlte.

Lotte saß neben Wilhelm im Kino und war froh, einfach nur furchtbar froh, in seiner Nähe zu sein, sie atmete jeden Moment mit ihm, hielt ihn für immer in ihrem Herzen fest. Wie konnte das sein, dachte sie, so viel Glück und Traurigkeit zugleich. Wie konnte man das aushalten? Krieg und Frieden, Leid und Liebe, alles zusammen! *Ich weiß, es wird einmal ein Wunder gescheh'n ...*

Erst als nach der Vorstellung langsam die Lichter angingen, erwachte sie aus ihrem Glückstaumel. Verstohlen wischte sie sich die Tränen aus dem Augenwinkel und wagte einen Blick zur Seite, doch Wilhelm nickte ihr nur kurz zu und ließ beim Aufstehen ihre Hand einfach los. Irritiert schaute sie ihn an. Mit einem Mal wirkte er verschlossen und unwirsch, verschwunden waren die Nähe und Vertrautheit von gerade eben.

»Bringst du mich nach Hause?«, fragte Lotte. Sie wollte den plötzlichen Stimmungswandel nicht wahrhaben, er sollte sich nicht umdrehen und sie einfach so stehen lassen. Der Film hatte so viel in ihr ausgelöst, sie mochte nicht glauben, dass es ihm anders ergangen war.

»Selbstverständlich«, nuschelte er kaum hörbar und half ihr an der Garderobe in den Mantel.

Stillschweigend liefen sie durch die dunklen Straßen, Lotte wagte nicht, sich bei ihm unterzuhaken. Es nieselte und sie fröstelte, tausend Fragen brannten auf ihren Lippen. Zu gerne hätte sie gewusst, welches Geheimnis er verbarg, woher genau er Magda kannte und wie er zu der Tatsache stand, dass sie offensichtlich Menschen zur Flucht verhalf. Warum hatte er Fritz nicht ein einziges Mal besucht? Und wieso hatte er sie ins Kino eingeladen, wenn er jetzt doch nicht mit ihr sprach? Und das, obwohl sie doch spürte, dass er ihr so nahe war wie noch kein Mensch zuvor.

Aber sie brachte die Fragen nicht hervor, vielleicht hatte sie Angst vor den Antworten, was, wenn er wirklich verheiratet wäre oder, schlimmer noch, in die Aktionen der Gestapo verstrickt war. So liefen sie wortlos durch die nächtlichen Straßen, es waren kaum noch Menschen unterwegs und nicht einmal der Mond schien, und Lotte war nicht bange. Wilhelm war ja bei ihr, auch wenn er beharrlich schwieg. Kurz vor ihrem Hauseingang zog er sie plötzlich an sich und hielt sie einfach fest, ganz fest, so als suche er Halt. Dann schob er sie ein Stück weg und lächelte sie an. In der Dunkelheit konnte sie sein Gesicht kaum erkennen, sie atmete ihn nur.

»Lotte … ich … es ist nicht so einfach, wie du denkst …« Er hatte nach ihren Händen gegriffen und suchte nach den passenden Worten. Sie ließ ihn nicht ausreden, sondern verschloss seinen Mund einfach mit einem Kuss. Zart erst und tastend, dann fühlte sie mit der Zungenspitze neugierig nach und schließlich versanken sie beide in einer ungestümen Umarmung, hielten sich taumelnd aneinander fest. Mit einem Mal löste sich Wilhelm von ihr, guckte sie an, als wollte er etwas sagen, schüttelte stumm den Kopf und lief dann hastig davon. Das Klackern seiner Absätze hallte in der Dunkelheit nach.

Mit pulsierenden Lippen und pochendem Herzen blieb Lotte stehen und sah ihm hinterher. Ungläubig tastete sie nach ihrem Mund. Sie hatte gerade Wilhelm geküsst. Einen Mann, den sie kaum kannte und der doch so vertraut war wie kein anderer. Der ihre Gefühle zu erwidern schien und doch so hin- und hergerissen wirkte. Wenn sie nur wüsste, warum.

In dieser Nacht lag Lotte lange wach und wusste nicht, was sie denken und fühlen sollte. Immer wieder musste sie ihre Lippen berühren, immer wieder holte sie sich den Moment in die Erinnerung zurück, Wilhelms Kuss, so innig und intensiv, dass ihr die Luft weggeblieben war. Es hatte vom Bauch bis in die Fußzehen gekribbelt und ihr gefallen. Sehr sogar.

Lotte plagten Gewissensbisse. Sie hatte einen anderen geküsst, während Hans im Krieg war. Noch schlimmer: Sie war verliebt! Verliebt wie noch nie zuvor in ihrem Leben! Ihr Herz hüpfte, tanzte, hämmerte, alles in ihr sehnte sich nach ihm. Doch wer wusste schon, ob sie Wilhelm jemals wiedersehen würde? Längst hatte sie das Frontpäckchen an Hans abgeschickt und ihm ein Paar selbst gestrickte Wollsocken hineingelegt. Natürlich hatte sie ihrem Verlobten auch einen langen Brief geschrieben, in dem sie von der Gartenarbeit und dem Studium erzählte, ihrem Alltag. Sie vermisste ihn, ihren Hans.

Jetzt saß sie bei Oma Schmidt in der Küche. Bald war Weihnachten, Hedwig hatte gefragt, ob sie gemeinsam Geschenke basteln wollten, und Lotte hatte einfach Ja gesagt. Trotz allem vermisste sie ihre Freundin, sie war die einzige, die ihr geblieben war, auch wenn sie mittlerweile diese Abzeichen und die braune Kleidung trug und Lotte nicht mehr offen mit ihr reden konnte. Zudem war sie froh, endlich mal wieder aus dem Haus zu kommen. Fritz ging ihr mit seiner Unruhe und Geheimniskrämerei auf die Nerven.

»Überall im Reich zaubern die Mädel jetzt aus unscheinbaren Resten die herrlichsten Dinge. Ach, es ist so toll, wie alle in dieser Not zusammenhalten«, dozierte Hedwig und fertigte mit geschickten Händen ein Pferd aus Kordeln. »Das wäre doch auch was für Otto ... Was wünscht er sich denn?«

»Äh ... eine Trommel«, antwortete Lotte rasch. Sie kämpfte mit den Maschen. Mit der Nähmaschine war sie geschickt, aber die Häkelarbeit wollte ihr nicht so recht von der Hand gehen, ein Einkaufsnetz aus zurechtgeschnittenen Strumpfstreifen. Hedwig hatte ein ganzes Arsenal an Stoffresten und -bändern vor Lotte ausgebreitet, die sie zu nützlichen Dingen verarbeiten sollte. »Otto will zur Infanterie«, fügte Lotte hinzu. Was natürlich glatt gelogen war, doch sie konnte Hedwig unmöglich erklären, was tatsächlich auf Ottos diesjährigem Wunschzettel gestanden hatte. Nämlich keine Spielsachen wie Kampfflieger, Panzer oder Abwehrauto, die ein Jungenherz höherschlagen ließen, sondern so seltsame Dinge wie Körpercreme und Hustensaft. Lotte hatte den Wunschzettel rasch vor der Mutter versteckt und die dreifache Portion an Hustensaft mit Meerrettich, Zwiebeln und Honig angesetzt. Aber woher sollte sie um Himmels willen Körpercreme bekommen?

»Ich nähe Otto einen Winteranzug aus Vatis altem Mantel«, sagte sie, als sie Hedwigs fragenden Blick bemerkte, verschwieg ihr aber, dass sie den aufgetrennten Stoff nicht mehr finden konnte, sie hatte überall gesucht. Wahrscheinlich hatte die Mutter ihn für das Winterhilfswerk gespendet, ohne ihr Bescheid zu sagen. Oder Otto hatte ihn längst in die Höhle geschleppt.

»Und für Hans? Wie ich dich kenne, hast du für deinen tapferen Soldaten Plätzchen gebacken!« Hedwig strahlte sie erwartungsvoll an und deutete auf die Schachtel mit den Ausstechern auf der Küchenanrichte.

»Ja, aber doch nicht solche!«, rutschte es Lotte heraus. »Butterherzen, Marmeladenkekse ...«

»Aber Lotte!« Jetzt war Hedwig eifrig aufgesprungen und holte die Weihnachtsausgabe der *Frauen-Warte* hervor. »Hier, die leihe ich dir aus, da kannst du nachlesen, wie du richtige Plätzchen machst, da stehen auch Rezepte drin, wie man ohne Fett backt. Und die Förmchen für das Sinngebäck gibt es gleich dazu, Sonnenräder, Runen, Eisernes Kreuz. Das sind die richtigen Motive für unsere tapferen Soldaten!«

»Richtige Plätzchen?«, wiederholte Lotte. Sie sagte es leise, hatte die Häkelarbeit in den Schoß sinken lassen und schaute Hedwig an. »Sag das noch mal …«

»Du willst das jetzt nicht infrage stellen, oder?« Hedwig blickte ihr direkt in die Augen.

»Was?« Lotte war aufgestanden. Raus hier, sie musste raus hier. Dass Hedwig jetzt auch noch die geliebten Weihnachtsrituale leugnete und die Wohnung mit Julleuchter, Sonnenrädern und einem artgerechten Weihnachtsbaum schmückte anstatt mit Christbaumspitze, Glocken und Engeln, schnürte ihr das Herz ein.

»Was will ich infrage stellen?« Lotte wusste genau, dass es gerade um mehr als um die christliche Tradition des Weihnachtsfestes ging, um viel mehr. Sie hielt dem Blick der Freundin stand, sie erkannte sich nicht mehr darin. Eine Fremde war sie geworden. Und obwohl sie wusste, dass es gefährlich sein konnte, so offen und ehrlich vor ihr zu sprechen, machte Lotte an diesem Nachmittag weiter. Zu lange schon hatte sie geschwiegen.

»Merkst du denn nicht, was hier passiert? Sie haben Ruths Familie und unsere anderen jüdischen Nachbarn abtransportiert. Unsere Väter, Brüder und Männer lassen ihr Leben – wofür? Sie sperren alle weg, die nicht ihrer Meinung sind …« Lotte war einen Schritt auf Hedwig zugetreten, suchte nach einem Funken alter Vertrautheit und Freundschaft in ihrem Blick, aber Hedwigs Augen blitzten ihr nur kalt entgegen.

»Sie haben uns die Arbeitsplätze weggenommen, deswegen mussten sie weg. Merkst *du* nicht, was hier passiert? Der Führer sorgt für uns! Sein Wille geschehe! Sieh dir doch nur an, wie alle in diesen schweren Zeiten zusammenhalten, für die Notleidenden sammeln, Liebesgaben packen ... Er tut so viel Gutes für uns!« Hedwig hielt einen Moment ergriffen inne. »Und mal ehrlich, Lotte, warum sollen wir Weihnachten feiern, nur weil da ein jüdischer Knabe in einem armseligen Stall geboren sein soll? Der Gott der Deutschen ist ein anderer. Der Führer ist unser Licht, der einzige und wahrhaftige Heilsbringer. Du wirst schon sehen, unserem Volke wird ein Wunder geschehen!«

»Ein *Wunder?*« Lotte blieb die Spucke weg bei Hedwigs flammender, mit roten Wangen vorgetragener Rede. Für sie gab es nur ein Wunder – das Wunder der Liebe. Und Hedwig träumte von nichts als dem Endsieg, dem »Wunder« des totalen Sieges.

Sprachlos schaute sie Hedwig an. Dann drückte sie ihr die Häkelarbeit in die Hand, drehte sich um und verließ wie vom Teufel gejagt das Haus.

Lotte war übel, fürchterlich übel. Hedwigs unsägliche Worte lagen ihr schwer im Magen, kreisten wieder und wieder durch ihren Körper und ihren Kopf, und Lotte wusste nicht, wie sie das alles noch ertragen sollte. So lange hörte man es nun schon hinter vorgehaltener Hand, dass der Krieg bald vorbei wäre – aber jetzt begingen sie schon die fünfte Kriegsweihnacht und ein Ende des Schreckens war nicht in Sicht.

Vielleicht kam Lottes Übelkeit aber auch von dem Rest Kartoffelsuppe, der seit Tagen auf dem Herd gestanden hatte und nicht mehr gut gewesen war, als sie ihn vorhin in sich hineingelöffelt hatte. In diesen Zeiten durfte man nicht wählerisch sein.

Die ganze Nacht lang musste sich Lotte wieder und immer

wieder über die Schüssel beugen. Sie ignorierte den Fliegeralarm und litt Höllenqualen, Magenkrämpfe, bis ihr die Galle hochkam. Zwischendurch hielt ihr die Mutter die Stirn und musterte sie besorgt. Ihr war nicht entgangen, dass Lotte in den letzten Tagen ein paar Mal alleine aus gewesen war, und sie befürchtete das Unehrenhafteste für ihre Tochter. Aber Lotte fühlte sich einerseits zu schlecht, um der ungeheuerlichen Unterstellung ihrer Mutter etwas entgegenzusetzen, und andererseits ein bisschen ertappt, denn schließlich hatte sie einen Mann geküsst, der nicht ihr Verlobter war. Einen Mann, der geheimnisvoller nicht sein konnte, dessen Verhalten sie sich nicht erklären konnte. Wieso ging er mit ihr ins Kino, hielt mit ihr Händchen, wenn er doch nicht mit ihr reden wollte? Warum verschwand er ohne weitere Erklärung wie vom Erdboden, nachdem er sie so unglaublich geküsst hatte, dass sie jetzt noch meinte, seine Lippen zu spüren, seine Hände in ihrem Gesicht, in ihren Haaren? So dämmerte Lotte in ihrer Übelkeitswolke dem Morgen entgegen, träumte abwechselnd von Wilhelm und Weihnachtsengeln und irgendwann beruhigte sich ihr Magen endlich.

Mit schleppenden Schritten schlich sie gegen Mittag zur Waschschüssel. Das kalte Wasser erfrischte, aber wie sah sie aus! Tiefe Augenringe hatten sich in ihr Gesicht gegraben, in ihrem weißen Unterkleid wirkte Lotte wie ein Gespenst kurz vor dem Erfrieren. Schnell wandte sie den Blick vom Spiegel und ließ sich wieder aufs Bett sinken, Schwäche in den Beinen. Auf ihrem Nachttisch stand eine Tasse Tee, kalt und bitter, die Mutter musste ihn ihr heute früh hingestellt haben, bevor sie das Haus verlassen hatte.

Nach ein paar Schlucken fühlte sich Lotte endlich in der Lage, aufzustehen und sich anzukleiden. Sie wusste selbst nicht, woher sie diese Kraft nahm. Im Flur dann stolperte sie über fremde Stiefel, ein Mantel hing am Haken …

»Vati!« Mit einem Jubelschrei stürmte sie in die Stube und fiel ihrem Vater um den Hals, achtete gar nicht darauf, dass der verletzte Fritz auf der Sofalehne saß.

»Lotte! Mein Mädchen!« Lachend und weinend zugleich hielten sich die beiden fest, und Fritz schlang froh die Arme um sie.

»Wo ist Mutti?«, fragte Lotte.

»Sie war schon im Schulhaus ... und Otto auch, wir haben nach ihr geschickt«, sagte Fritz. »Die beiden werden Augen machen! Sie haben ja erst übermorgen mit dir gerechnet!«

»Ich glaube es nicht!« Lotte musste sich wieder setzen, ihr war schwindlig, diesmal vor Glück. Jetzt würde alles gut. Ihr Vater war wieder da! Gesund und unversehrt, wie es schien. Tränen der Erleichterung traten ihr in die Augen, immer wieder musste sie ihren Vater anschauen, ob er es auch war, ob es ihm auch wirklich gut ging. Schmal war er geworden, bei seinem letzten Besuch im Frühjahr hatte er noch viel kräftiger gewirkt. Sein Gesicht schien eingefallen und müde, noch nie hatte Lotte ihn so abgekämpft erlebt, selbst damals nicht, als sie diese Unmengen an Holz für den Winter eingefahren hatten. Tagelang hatte der Vater gehackt und gehackt, das Brennholz hinterm Schuppen gestapelt, sie zehrten bis heute davon.

Sie schluckte, wechselte rasch einen fragenden Blick mit Fritz. Konnten sie offen reden, wo doch der Vater einst so ein glühender Anhänger gewesen war? Immerhin waren sie eine Familie, sie liebten einander, brauchten sich.

Fritz nickte, hatte längst verstanden, wirkte bleich und bitter, keine Spur mehr von dem draufgängerischen Studenten, der die Welt verändern wollte.

»Wir werden den Krieg nicht gewinnen, oder?«, sagte Lotte leise an den Vater gewandt.

»Wir haben ihn längst verloren, Lotte, sie wollen es nur nicht wahrhaben ... Tausende stehen an der Front, frieren, leiden, hungern … Es ist unbeschreiblich, ach …« Der Vater schlug die Hände vors Gesicht und schüttelte den Kopf, seine Stimme versagte.

Betroffen sahen sich die Geschwister an, so hatten sie ihn noch nie erlebt. Noch nie hatte er vor ihnen geweint. Lotte zog sich den Wollschal enger um die Schultern. Welches unsägliche Leid musste ihr Vater gesehen und erlebt haben? Hatte Hans in seinem letzten Brief nicht ganz ähnliche Andeutungen gemacht? Lotte spürte, wie sich die Übelkeit in ihrem Magen zurückmeldete.

»Ich habe einen Plan.« Fritz hatte die Hand auf die Schulter seines Vaters gelegt und sprach mit übereifriger Stimme. »Ich bringe Lotte, Otto und Mutti in die Schweiz, das verspreche ich dir! Ich habe schon alles ausgekundschaftet … Aber wir müssen die passende Gelegenheit abwarten. Und es muss Sommer werden, sonst ist es zu gefährlich. Bis dahin müssen wir durchhalten. Und überleben. Wenn der Krieg nicht vorher schon vorbei ist.«

»Junge! Tu nichts Unbedachtes!« Der Vater schaute ihn erschrocken an und Lotte schüttelte den Kopf. Das war typisch Fritz! Begeistert von einer Idee, ließ er nicht locker, bis er sie umgesetzt hatte. Lotte seufzte innerlich. Wie schön war der Gedanke, dem Kriegsalltag zu entfliehen! Sie wagte nicht, davon zu träumen …

»Lass mich nur machen!« Fritz wirkte zuversichtlich, wie er das sagte, und Lotte fragte sich, was die Mutter wohl von seinen »Reiseplänen« hielt. Einfach in ein fremdes Land reisen, das war nicht ihre Art. Sie wäre bestimmt viel lieber zu ihren Verwandten an die Ostsee gefahren, wo der Krieg weniger spürbar war als hier in der Stadt.

In diesem Moment kam die Mutter mit einem Jubelschrei in die Stube gestürzt, begleitet von Otto, der vor lauter Freude ein Indianertänzchen aufführte.

Obwohl es noch fünf Tage bis Heiligabend waren, spürte Lotte, dass sich so Weihnachten anfühlen musste.

Die letzten zwei Wochen des Jahres waren für die Familie friedlich und voller Harmonie, trotz der Eiseskälte und des Krieges. Mehr als einmal war Fritz kurz davor, das Haus zu verlassen, aber er hatte der Mutter versprochen, sich nicht erneut in Gefahr zu begeben. Trotzdem konnte er seinen Mund nicht halten, und während sie den Weihnachtsbaum schmückte, sang er Lotte das »chemisch gereinigte« Weihnachtslied entgegen: »Morgen, Kinder, wird's nichts geben, nur wer hat, kriegt noch geschenkt, Mutter schenkte euch das Leben: Das genügt, wenn man's bedenkt …« Zum Zeitvertreib spielte Fritz mit dem Vater Schach, wenn dieser nicht auf dem Sofa ruhte oder mit Otto herumtobte. Zum Unmut der Mutter verwöhnte er seinen Jüngsten nach Strich und Faden, erlaubte Otto Schlittschuhfahren auf dem See, obwohl der noch lange nicht ordentlich zugefroren war, schenkte ihm eine Wurst für Lumpi und brachte dem Jungen das Schießen mit der Zwille bei.

»Und wenn er dann weg ist, muss ich wieder zusehen, wie ich ihn erziehe«, meinte sie halb lächelnd, halb seufzend zu Lotte, als sie in der Küche mit dem Abwasch beschäftigt waren. »Aber ich gönne ihm jede fröhliche Minute. Er muss früh genug wieder in den Krieg aufbrechen.«

Mit wehem Herzen beobachtete Lotte ihren Vater. Müde und alt schien er geworden und lange nicht mehr so überzeugt vom Krieg wie zuvor. Als sie eines Abends zufällig hörte, dass er der Mutter erzählte, wie sie einen Kameraden ins Lazarett transportiert hatten, verstand sie, warum. Lotte wollte eigentlich nur ihre Wärmflasche vom Ofen holen, als sie seine brüchige Stimme vernahm. Da musste sie am Türrahmen stehen bleiben und lauschen, denn ihr Vater weinte sonst nie. Hart wie Kruppstahl sollten deutsche Männer sein, das war seine Rede, so hatte er Otto und Fritz stets erzogen.

»Seine Schreie hallen mir jede Nacht in den Ohren«, hörte sie den Vater mit flüsterleiser Stimme sagen. »Aber er hat es überlebt, auch wenn sie ihm den Arm amputieren mussten. Er ist jetzt zu Hause bei seiner Frau und seinen Kindern ...«

Lotte schluckte und wusste nicht, was sie besser finden sollte: Unversehrt an der Front zu kämpfen oder schwer verletzt bei seiner Familie zu sein. Mit bangem Herzen folgte sie den Worten ihres Vaters. Er sprach leise, kaum wahrnehmbar und doch drang jedes Wort klar und deutlich in ihre Seele, dass es schmerzte.

»Am schlimmsten war der Bauchschuss von Werner. Er kam mir entgegengelaufen, die Augen vor Schreck geweitet, doch er schrie nicht. Die Gedärme quollen aus seinem Bauch und er versuchte sie mit den Händen wieder zurückzustopfen ...« Jetzt brach die Stimme des Vaters endgültig. Erst nach einer Weile sprach er weiter, als müssten diese schrecklichen Erlebnisse endlich aus ihm heraus. »Er guckte mich die ganze Zeit über fassungslos an, kannst du dir das vorstellen? Als ob ich ihm erklären könnte, was passiert war.«

Lotte konnte förmlich spüren, wie ihr Vater fassungslos den Kopf schüttelte und die Mutter ihm beruhigend über die Schulter strich.

»Und dann dieser Geruch nach Scheiße, ich habe ihn immer noch in der Nase ...«

Lotte sackte kreidebleich vor Schreck zusammen, eisige Schauer liefen ihr über den Rücken. Stumm drückte sie die Wärmflasche an ihre Brust, während sie an der Wand kauerte, versuchte das Bild in ihrem Kopf zu verdrängen, unvorstellbar, so ein Bauchschuss.

»Es ist ein Elend, wir haben uns alle getäuscht«, fügte der Vater leise hinzu. »Siegreiches Deutschland, fröhliche Kameraden? Nur in der Wochenschau! Truppenmoral, kämpfende Soldaten? Nicht in meinem Bataillon! Aber wir können nichts tun, wir haben keine andere Wahl …«

»Wir können nur beten«, flüsterte die Mutter, und Lotte spürte in diesem Moment nur einen schwachen Trost, als sie selbst ihre Hände faltete. Eine innere Stimme sagte ihr, dass sie doch eine Wahl hatten. Nämlich die, sich wie Magda und die anderen zu engagieren, sich wie Fritz nicht anzupassen und heimlich Fluchtpläne zu schmieden. Sich wie Wilhelm eine wie auch immer gestaltete Doppelrolle zuzulegen. Nicht einverstanden zu sein mit dem, was die Nazis machten. Das war gefährlich, man riskierte sein Leben, aber das tat man so oder so. Dann lieber im Kampf gegen Hitler sterben als im Krieg für ihn.

Und dann kam der Weihnachtsabend und mit ihm kehrten für wenige Stunden Ruhe und Frieden in den Herzen ein, auch die Sirenen schwiegen. Der schwarze Markus predigte so leidenschaftlich wie nie zuvor, sprach von Glaube, Liebe, Hoffnung und Zuversicht. »Es gibt nur einen Heiland, einen wahren Gott. Heute kommt ein Licht in die Welt! Es macht die Herzen froh und vertreibt die Dunkelheit. Fürchtet euch nicht!«

Lotte musste an Hedwig und den Glauben an ihren Heilsbringer denken, während sie auf der Kirchenbank saß und dem Lukasevangelium lauschte. Schmidts waren in diesem Jahr tatsächlich nicht in die Kirche gekommen. Wie sollte sie Hedwig jemals wieder begegnen, ihr ihre Worte verzeihen? Lotte betete an diesem Abend für ihre Lieben, Otto, Fritz, Hans, Ruth. Besonders für Ruth. Sie hatte die Freundin am

Vorabend besucht, ihr Plätzchen, Butter und etwas Fleisch gebracht und eine dicke, selbst gestrickte Wolldecke.

Lotte betete auch für Magda, die ganz anders lebte und glaubte als sie, die Karten legte, Orakel befragte und Antworten auspendelte.

Und für Wilhelm, von dem sie nichts wusste, außer dass er sich wie sie nach Liebe und Frieden sehnte und ihr Herz jedes Mal schneller klopfte, wenn sie an seinen Namen dachte. Es war ein und derselbe Gott, der sie alle behütete.

Inbrünstig wie nie sang sie *Stille Nacht, heilige Nacht*, und zwar den ursprünglichen Text. Wenn damals im Stall in Bethlehem ein Wunder geschehen war, konnte es doch wirklich wieder geschehen. Man musste nur an die Liebe glauben. Und Gott um seinen Segen bitten.

Das Weihnachtszimmer glänzte im goldenen Licht, Kerzen brannten auf der herausgeputzten Tanne, Kugeln, Engel und Lametta funkelten um die Wette. Zwischen den Zweigen hingen silberne Paradiesvögel und Glasperlen, kleine Spielzeugfiguren und winzige rote Äpfel. Lotte hatte sich beim Schmücken diesmal besonders viel Mühe gegeben, sie war diese Weihnachten besonders froh und wollte ihr Glück mit allen teilen. Weil Vati bei ihnen war und Mutti so ein glückliches Gesicht machte wie seit Wochen nicht mehr. Weil Fritz wieder gesund war und Ruth in Sicherheit. Weil sie Wilhelm getroffen hatte, der ihr Herz wärmte, auch wenn er sie gehörig durcheinanderbrachte und sie nicht wusste, wann sie ihn wiedersehen würde. Nur den Gedanken an Hans schob sie lieber beiseite.

Otto freute sich über seine dicken Socken und die Körpercreme, die Lotte im Tausch gegen ihren Pelzmuff bei Oltkes erstanden hatte. Eher gelangweilt packte er eine Dampfmaschine aus, mit einem Jauchzer dann drei Jonglierbälle von

Fritz. Für den Rest des Abends war er damit beschäftigt, seine Spielsachen abwechselnd auszuprobieren, wobei ihm das Jonglieren zum Staunen aller bald virtuos gelang. Zwischendurch stopfte er sich immer wieder Butterplätzchen und Kipferl in die Backen.

»Schön ist der Baum«, sagte der Vater zu Lotte und prostete seiner Tochter zu. Zur Feier des Tages hatten sie eine Bowle angesetzt, mit den eingeweckten Pfirsichen aus dem Garten. Das letzte Glas.

»Im letzten Jahr hatten wir in der Wüste Sterne aus Konservenbüchsen, die wir an einen selbst gezimmerten Baum aus Kistenholz gehängt haben …«, fügte er nachdenklich hinzu.

»Wie schön, dass du in diesem Jahr bei uns bist«, sagte die Mutter schnell, um ihn von dem Gedanken an den Krieg abzulenken. Sie wollte ganz offenbar nichts mehr davon hören. Weder von gefallenen oder verletzten Kameraden noch von irgendwelchen improvisierten Weihnachtsfeiern. Wenigstens heute Abend nicht. Kurzerhand schaltete sie den Volksempfänger ein.

»Oh, bitte nicht wieder so eine rührselige Weihnachtsringsendung wie im letzten Jahr!« Fritz rollte die Augen. »Ich will keine Heilsversprechungen vom Führer hören!«

»Fritz!«, kam es unisono von den Eltern.

Aber es war nicht der Führer, der sich knatternd zu Wort meldete, sondern ein Rundfunksprecher, der pausenlos davon schwärmte, wie sie in diesem Moment mit vierzig Mikrofonen Front und Heimat verbänden. Angehörige, so sagte er, erhielten die Möglichkeit, miteinander zu sprechen, angeblich live im Radio, vor neunzig Millionen Zuhörern. So gingen Grüße an die Ostfront, nach Leningrad und Toulon, Milos und die Krim, pausenlos rief der Sprecher die einzelnen Stationen auf. Alle schalteten sich zu, meldeten sich aus ihren Einsatzgebieten, ob von der Kanalküste oder vom Dnepr. Zwischen Glockenläuten beschwor der Sprecher immer wieder den Zusammenhalt zwischen Front und Heimat. Weitermachen und Wiederaufbau waren seine Parolen.

Bitte, bitte lass sie nicht wieder das Weihnachtslied anstimmen, betete Lotte insgeheim und erinnerte sich daran, wie im letzten Jahr ein Chor aus verzerrten Soldatenstimmen *Stille Nacht* gesungen hatte. Es war ihr vorgekommen wie Hohn und Spott.

»Deutsche Weihnacht wie eine große glückliche Familie. Und das mitten im Krieg«, flüsterte der Vater und schüttelte den Kopf, die Mutter legte ihm beruhigend die Hand auf den Arm und schaute Fritz mahnend an. Der zuckte mit den Schultern, drehte an den Knöpfen – und suchte BBC.

»Halleluja«, rief Otto.

III

Das wärmende Familienglück der Feiertage war längst vorbei, Silvester gefeiert und der Weihnachtsbaum abgeschmückt. Die selbst gestrickten Pulswärmer für Wilhelm lagen immer noch unverschenkt in Lottes Schublade, kein Tag verging, an dem sie sie nicht herausholte und zwischen ihren Fingern drehte. Keine Nacht, in der sie nicht von ihm und seinen Küssen träumte. Lotte verzehrte sich vor Sehnsucht und dass sie gerade diesen Liebesroman las, machte die Sache nicht besser. Immer wieder versuchte sie Fritz nach Wilhelm auszufragen, doch der zuckte nur jedes Mal mit den Schultern. Auch Magda überbrachte ihr keine neue Nachricht, und so verbrachte Lotte abermals eine unruhige Zeit des Wartens, in der sie sich mit Strickarbeiten abzulenken versuchte.

Zu Ottos Unmut waren die Winterferien vorbei und statt mit Lumpi durch den Schnee zu tollen oder zum Rodeln zu gehen, musste er wieder mit den anderen Kindern zur Schule. Die Mutter kannte keine Ausreden, selbst nicht bei herrlichstem Schnee und Sonnenschein. Vati war zwei Tage nach Neujahr mit bedrücktem Gesicht wieder an die Front zurückgekehrt, den Rucksack gefüllt mit guten Gaben aus dem Vorratskeller. Lotte hatte ihm extra noch einen dicken Schal dazugelegt, den sie vor einer Weile aus aufgetrennter Wolle gestrickt hatte. Es war Fritz' rote Jacke gewesen, die er sowieso nicht mehr trug. Zu auffällig, wie er sagte. In Wahrheit war sie ihm nicht schick genug.

»Was habe ich es gut mit euch«, hatte der Vater ein ums andere Mal geflüstert und abwechselnd seine Kinder und die Mutter umarmt, als wäre es das letzte Mal. »Die Kameraden haben es nicht so warm.«

Gemeinsam hatten sie vor seiner Abreise gebetet, nur Fritz hatte eine Ausrede gehabt, wie immer, und lieber eine geraucht.

Überhaupt war Fritz wieder ganz der Alte, scherzte und lachte und machte Lotte mit seiner Unruhe ganz verrückt. Das lag vor allem an Magda, die eines Tages mit einer Tasche Bücher und einem Korb voller Fleisch bei Familie Braunstett geklingelt hatte. Letzteren hatte sie der Mutter geschenkt mit der Bemerkung, ihr Onkel sei Jäger und habe ein gutes Herz. Eine dubiose Geschichte, die ihr niemand glaubte, aber über das Fleisch freuten sie sich alle. Weil die Temperaturen weit unter den Gefrierpunkt gesunken waren, konnten sie es gut im Schuppen lagern.

Damit war Magda in der Familie aufgenommen und die Mutter stellte keine weiteren Fragen. Sie hatte mit den Schülern und Kriegswaisen an ihrer Schule genug Sorgen. Viele der Kinder hatten kaum etwas zu essen und Warmes anzuziehen, andere liefen Gefahr, in ein Heim gesteckt zu werden, weil ihre Eltern nicht regimegetreu lebten. So hatte sie eines Tages Lotte um Hilfe gebeten, gemeinsam mit ihr das Nötigste für die Kinder zusammenzutragen.

»Dafür kriegen wir aber keine Spendenurkunde«, murmelte Lotte bitter, als sie wieder einmal eine Suppe aus Kartoffelschalen kochte und sie mit Mehl andickte, damit auch alle satt wurden. Sie gab etwas Wildschweinbrühe hinzu, damit die Kinder bei Kräften blieben. Solange sie versorgt waren, konnten sie wenigstens in ihrer heimischen Umgebung bei ihren Müttern bleiben, die tagaus, tagein an den Fließbändern der Rüstungsfabrik schuften mussten oder sonst wie beschäftigt waren.

Die Wochenschau zeigte ein anderes Bild, da schien der Krieg längst gewonnen. Da gab es genügend Essen für alle, und die Frauen steckten fröhlich singend Zündkerzen zusammen, während die Kinder in Heimen lustige Abenteuer erlebten. Keine verwundeten Väter mit traurigen Augen störten das Bild, keine Spur von Hunger und Not. Man kümmerte sich, feierte die Gemeinschaft. Alle hielten zusammen und spendeten selbst noch den letzten Wollmantel für die Soldaten an der Front.

Dabei war die Wahrheit in diesem Winter eine andere: Die Kinder litten unter den täglichen Bombendrohungen, zuckten bei jedem Geräusch zusammen. Vorbei waren die unbekümmerten Spiele und Mutproben im Wald und das sorglose Umherstromern. Still waren sie geworden und auf bedrückende Weise ruhig. Den kleinen Körpern fehlte die Kraft, sie waren hungrig und müde. Nur hier, im Schutze des Schulhauses, fühlten sie sich sicher.

»Der liebe Gott segnet dich, das ist Urkunde genug«, bemerkte die Mutter. »Schau, sind sie nicht wenigstens ein bisschen glücklich? Hier dürfen sie Kinder sein, hier müssen sie nicht gehorchen und diese Lieder singen. Oder das *Hitler Unser* beten …« Erschrocken schlug sie sich die Hand vor den Mund.

Die Kinder tobten herum und veranstalteten auf dem Schulhof eine Schneeballschlacht. Trotz der Eiseskälte war der Krieg für ein paar Stunden vergessen, Kinder waren wieder Kinder mit durchnässten Pullis und Hosen und durchgefrorenen Händen, und alle waren fröhlich.

»*Du* bist gesegnet«, sagte Lotte und drückte ihre Mutter für einen kurzen Moment an sich. Wie viel Kraft musste sie in sich tragen, um all das durchzustehen! Und welche Zerrissenheit musste sie verspüren. Einerseits war sie diesem autoritären Regime mit seinen strengen Regeln verpflichtet, andererseits handelte die Mutter aus reiner christlicher Nächstenliebe, blieb ein Mensch mit Herz.

Arm in Arm sahen die beiden Frauen zu, wie sich die Kinder gegenseitig einseiften und Schnee in den Kragen steckten. Irgendwann hatten sie genug und fingen an, dicke Kugeln für einen Schneemann zu rollen, allen voran Otto, der eindeutig der Anführer der Kinderbande war. Lumpi rannte fröhlich bellend zwischen allen herum, versuchte die Schneebälle aus der Luft zu fangen und balgte sich mit den Kindern um den Besenstiel für den Schneemann.

In der Nacht hatte es auf die Nachbarstadt einen Bombenangriff gegeben, noch weit nach Mitternacht hatte man die Einschläge gehört und die Erschütterungen bis die eigenen Häuser gespürt. Lotte hatte vor Schreck kein Auge zugetan. Der Else war im Luftschutzkeller umhergegangen, hatte alle zu beruhigen versucht und Otto ermahnt, sich tapfer wie ein Mann zu halten. Lotte hatte er die Hand auf die Schulter gelegt, doch sie hatte sie abgeschüttelt, wollte nichts mit ihm zu tun haben. Es reichte, dass er sich immer wieder im Treppenhaus herumdrückte und der Mutter ständig seine Hilfe anbot. Sie hatte nicht vergessen, was er Dorothee angetan hatte, wie konnte sie auch.

Müde und verängstigt gingen die Menschen nun wieder zu ihrem Alltag über, das strahlend blaue Winterwetter mit dem herrlichen Schnee hatte sich in nasskalte Matschpfützen verwandelt, der Schneemann schmolz dahin. Die grauen Wintertage machten viele Kinder über Nacht krank, überall hustete und röchelte es, der Arzt kam mit seinen Untersuchungen kaum hinterher. Lotte hatte abermals ihren Meerrettich-Hustensaft in extragroßen Glasflaschen angesetzt und half der Mutter so gut es ging, die kranken Kinder in der Schule zu versorgen, die sich fiebrig und schniefend in den Bänken ausruhten, ihre Mütter mussten ja arbeiten. Irgendwann kam wie selbstverständlich auch Magda und brachte ihre Kräuter mit, die sie in einem großen Topf zu einem übel riechenden Gebräu verarbeitete, misstrauisch beäugt von den Kindern. Aber weil die Mutter ihr freundlich zulächelte und den ersten Schluck nahm, vertrauten sie ihr und tranken brav ihre Schöpfkelle leer. So wurden wenigstens die Schulkinder wieder gesund und überlebten den Winter.

Die Menschen in ihrem Versteck dagegen litten mehr unter Hunger als unter Kälte, verglichen mit den Minusgraden draußen war es im Inneren der Höhle beinahe warm. Lotte hamsterte und sammelte, wo sie nur konnte, Otto übernahm Botengänge, half den Kutschern und Möbelpackern und bettelte auch mal, aber satt wurde niemand mehr. Ruth hatte sie beschworen, nichts zu riskieren, aber Lotte wollte nichts davon wissen, sie würde ihre Freundin nicht im Stich lassen. Lieber sparte sie sich selbst die Mahlzeit vom Munde ab.

Auch Oma Schmidt ging es immer schlechter, zuerst hatte die Grippe sie erwischt, und jetzt wollte sie überhaupt nicht mehr aufstehen. Hedwig kümmerte es kaum, sie war in der NS-Frauenschaft noch weiter aufgestiegen und seit Neuestem Mitglied in der Partei. Stolz trug sie das neue Abzeichen am Kragen und steckte voller Elan in ihrer neuen Uniform. Lotte und sie grüßten sich kaum noch, liefen aneinander vorbei, ohne ein Wort zu wechseln. Für ihre Oma hatte Hedwig keine Geste des Mitgefühls übrig. »Sie soll froh sein, dass ich sie nicht anzeige. Du weißt genau, was mit Menschen passiert, die den Führergeburtstag ignorieren wollen«, war ihr einziger Kommentar gewesen, als Lotte sie dann doch auf den jämmerlichen Zustand ihrer Oma ansprach. »Aber mach dir keine Sorgen, ich habe nach dem Arzt geschickt und koche ihr jeden Tag etwas zu essen, ihr geht es besser.«

Was nicht ganz der Wahrheit entsprach, wie sich herausstellen sollte. Denn als Lotte eines Tages ihren Bruder in Tränen aufgelöst in der Küche fand, den verbeulten, leeren Henkelmann vor sich auf dem Tisch, erfuhr sie das tragische Ausmaß.

»Um Himmels willen, was ist passiert?«, fragte Lotte besorgt und fühlte Ottos Stirn. »Hast du dich verletzt, tut dir etwas weh, bist du krank? Oder ist etwas mit Lumpi?«

Doch Otto schüttelte den Kopf. »Ich nicht …«, schniefte er. »Aber wenn sie nicht bald etwas zu sich nimmt, stirbt sie. Und ich … mir …« Immer wieder wurde er von heftigen Schluchzern geschüttelt.

»Schscht, beruhige dich und erzähl mir alles. Niemand stirbt so schnell …« Sie hatte den kleinen Bruder auf ihren Schoß gezogen und wiegte ihn wie ein kleines Kind, dabei war Otto trotz der mageren Kriegsjahre ein kräftiger Junge geworden. Es schüttelte ihn richtig, als ob er lange, lange sämtliche Tränen in sich gesammelt hatte.

»Was ist passiert? Was bereitet dir solchen Kummer?«

»Oma Schmidt … sie liegt nur noch im Bett und ist ganz schwach. Ich wollte ihr vorhin extra die gute Suppe bringen, und da haben mich diese Jungs angerempelt, sie haben nach mir getreten, ich war nicht schnell genug. Da bin ich gestolpert und die Suppe … und jetzt ist es meine Schuld, wenn sie stirbt.« Abermals schluchzte er heftig auf. Lotte drückte ihn fest an sich.

»Das ist nicht deine Schuld, dafür kannst du nichts«, tröstete sie ihn.

Insgeheim verfluchte sie diese Hitlerjungs, die meinten, sie wären die Größten. Erst Fritz. Und jetzt hatten sie es auch schon auf die Kleinen abgesehen.

»Wir gehen gleich rüber und schauen nach ihr, einverstanden? Wir bringen ihr eine Portion Weizengrütze und von den eingelegten Kirschen mit, dann geht es ihr bestimmt bald besser.«

Lotte entfuhr ein Schrei des Entsetzens, als sie Oma Schmidts Lager besuchte. Abgemagert und entkräftet lag die einst so lebenslustige alte Dame mit leeren Augen in ihrem Bett. Lumpi hatte sich zu ihren Füßen zusammengerollt, als wolle er sie wärmen, er winselte traurig vor sich hin. Der Geruch im Zimmer war unerträglich, kein Wunder, der Notdurfteimer war seit Tagen nicht geleert worden. Ein Topf Kohlsuppe stand auf dem Tisch und gammelte vor sich hin, Oma Schmidt schien keinen Löffel davon gegessen zu haben, Teller und Schöpfkelle lagen unberührt daneben.

»Wieso ist Hedwig nicht da? Und wo sind die anderen?«, war Lottes erste Frage. Sie musste sich ein Taschentuch vor die Nase halten, so übel roch es im Raum. Otto hatte das Fenster geöffnet und kalte Winterluft strömte herein, mischte sich mit dem Leid.

»Ach, Hedwig, das arme Ding weiß ja nicht, was es tut«, antwortete Oma Schmidt mit brüchiger Stimme. »Wie von Sinnen ist die mit ihrem Führer! Bloß kein falsches Wort oder du bist verhaftet. Ich habe ihr neulich die Meinung gesagt, doch sie hat mir den Mund verboten, so weit ist es schon gekommen. Die eigene Enkelin! Und jetzt soll ich ihre Suppe essen! Furcht und Elend hat er über uns gebracht, Furcht und Elend!«

»Wir bringen Ihnen auch etwas zu essen, Sie müssen wieder zu Kräften kommen«, versuchte Lotte einen aufmunternden Ton, obwohl ihr furchtbar zumute war. Sie ging lieber nicht auf Oma Schmidts Bemerkung ein. Was war nur aus Hedwig geworden? Verleugnete die eigene Oma!

»Es ist schon gut, mein Kind, ich habe gar keinen Hunger.« Die alte Frau hatte sich in ihren schmutzigen Kissen aufgerichtet und winkte Lotte zu sich heran. Widerwillig beugte sich Lotte über sie und hielt die Luft an, aber so konnte sie sie wenigstens verstehen.

»Hedwig ist ein gutes Kind, sie meint es nicht böse … Sie will nur zeigen, was in ihr steckt. Aber ihre Brüder lassen sie nicht.«

»Ich weiß.« Lotte rückte wieder ein Stück von ihr ab. *Herr, erbarme dich.* Seit sie Hedwig kannte, stand die im Schatten ihrer Brüder, fühlte sich von ihnen bevormundet. Lotte hatte oft genug erlebt, wie herablassend und bestimmend sie mit ihrer Schwester umgingen. Nur weil sie ein Mädchen war.

»Dann ist gut …«, murmelte Oma Schmidt, die Augen geschlossen. Sie hatte sich wieder zurücksinken lassen.

Oma Schmidts Protest zum Trotz sorgte Lotte im Zimmer für Sauberkeit und Ordnung. Otto half ihr dabei, das Bett frisch zu beziehen, während Lotte die alte Frau wusch, das Nachthemd wechselte und ihr die Haare frisierte.

»Bitte, Sie müssen wieder auf die Beine kommen, wir brauchen Sie«, beschwor Lotte Oma Schmidt und schaffte es gemeinsam mit Otto, ihr ein paar Löffel Weizengrütze einzuverleiben, Lumpi bellte bei jedem Bissen Beifall.

»Sie müssen leben, bitte, Sie müssen etwas essen. Auch wenn Hedwig es gekocht hat, ein Hungerstreik bringt uns nicht weiter. Bitte, versprechen Sie mir das!«, meinte Lotte eindringlich und drückte der alten Frau die Hand. »Wir lassen uns das Leben nicht nehmen! Eines Tages sitzen wir wieder glücklich vereint im Garten und essen Pfirsichkuchen, Sie, Ruth, Moses, wir alle …«

Oma Schmidt nickte und versuchte ein Lächeln. »Du bist gesegnet, mein Kind.«

Bei Lottes nächstem Besuch in der Höhle brach Ruth in Tränen aus, schluchzte und war untröstlich. Lotte musste die Schere zur Seite legen, die sie mitgebracht hatte, um ihrer Freundin die Haare zu schneiden, wusste sie doch, wie gerne Ruth eine Kurzhaarfrisur trug. Locken legen oder Zöpfe flechten mochte sie nicht, lieber eine schicke Haarspange oder einen modischen Hut. All das hatte Lotte dabei, um ihre Freundin auf andere Gedanken zu bringen. Wie früher, als sie gemeinsam vor dem Spiegel gestanden und Frisuren ausprobiert hatten. Nur dass heute keine Hedwig dabei war, die sich über ihre störrischen Haare beklagte.

»Was ist mit dir?«, fragte Lotte und zog sie behutsam in die Arme. Statt wie sonst nach Rosen duftete Ruth nach Höhle, ein feucht-modriger Geruch, der sich in Lottes Nase festsetzte, er würde in ihrer Erinnerung für immer mit diesem Moment verbunden sein.

»Ich habe solche Angst, Lotte, schreckliche Angst.« Ruth schüttelte es. »Es ist vor allem der Gedanke an meine Eltern. Schimpf mich undankbar … Ich bin hier, ich lebe. Und sie? Ich weiß nicht, wo sie sind. Was mit ihnen geschehen ist.« Ruth vergrub ihr Gesicht in den Händen und Lotte wusste nicht, was sie sagen sollte. Wie tröstete man eine, die tagaus, tagein in einer dunklen Höhle leben musste, ihr Schicksal ungewiss? Die nicht wusste, wo ihre Liebsten waren? Die nicht wusste, wann es Tag und wann es Nacht wurde, wann die Sonne schien oder Schnee fiel, die das sprießende Grün des bevorstehenden Frühjahrs nicht sah? So lange schon in der Höhle und kein Lichtblick.

»Bestimmt denken sie genauso oft an dich wie du an sie«, wagte Lotte einen Versuch. Wie unbeholfen sich ihre Worte doch anhörten.

Ruth hob den Kopf. »Glaubst du wirklich, sie sind noch am Leben?« In dem Dämmerlicht sah man für einen Moment Hoffnung in ihren Augen aufblitzen.

»Ich weiß es nicht … aber es ist eine tröstliche Vorstellung, dass sie bei dir sind, oder? So oder so.« Lotte versuchte, ihre Stimme zuversichtlich klingen zu lassen.

Ruth schluchzte wieder los. »Du weißt gar nicht, wie sich das anfühlt. Ich muss immer an sie denken, es ist so … unfassbar sinnlos.«

»Ist es nicht.« Lotte schüttelte den Kopf und fasste Ruth an den Schultern. »Weißt du, deine Eltern wollen bestimmt, dass du nicht aufgibst, dass du lebst.«

Nur langsam verebbten Ruths Tränen. Lotte wartete, bis sie sich beruhigt hatte, strich ihr immer wieder tröstend über die Schultern.

Schließlich wischte sich Ruth mit einer energischen Bewegung über das Gesicht. »Du hast recht. Ich darf nicht aufgeben! Und vielleicht … vielleicht sehe ich sie eines Tages wieder.«

Jetzt war es Lotte, die schlucken musste. »Das wirst du, da bin ich mir sicher«, flüsterte sie leise, bevor sie hinzufügte: »Und jetzt komm, lass mich weiter deine Haare schneiden, sonst musst du am Ende doch noch Zöpfe tragen!«

Da lächelte Ruth zum ersten Mal an diesem Tag, Lotte sah es trotz des Dämmerlichts genau. Schweigend setzte sie die Schere an und hing ihren Gedanken nach. Es war so unaussprechlich, so unmenschlich, was mit den Juden geschah, dass es einem beim bloßen Gedanken daran die Kehle zuschnürte. Worte fehlten. Unverzeihlich und nie wiedergutzumachen. Und trotzdem versuchte sie es jeden Tag.

»Autsch, das war mein Ohr! Pass doch auf!« Ruth zuckte zusammen.

»Entschuldige bitte! Hier, halte das drauf.« Lotte reichte ihr ein Taschentuch, nicht mehr das sauberste, aber es half, die Blutung zu stillen. »Ist es schlimm?«

»Was ist schon schlimm …«, seufzte Ruth und tastete nach ihren Haaren. »Wie sehe ich aus?«

»Schick wie für ein Rendezvous!«, meinte Lotte und bereute sofort ihre unbedachten Worte. »Es ist auch wegen Elias, oder?«, fragte sie behutsam nach.

»Ja. Ich vermisse ihn«, brach es da aus Ruth heraus. »Oh, Lotte, du weißt gar nicht wie sehr! Nicht zu wissen, wo er ist. Ob es ihm gut geht. Was er gerade macht. Während ich hier zum Nichtstun und Liegen verdammt bin und nicht rausdarf, immer nur diese dunkle, dämmerige Höhle … Weißt du, wovon ich dann träume? Ich stelle mir vor, wir wären glücklich verheiratet und würden alle unter deinem Kirschbaum sitzen, und unsere Kinder spielten im Garten.« Ruth atmete tief aus und versuchte ein Lächeln. »Aber da geht es mir wahrscheinlich nicht anders als dir mit deinem Hans. Geht es ihm gut? Hast du Nachricht von ihm?«

»Jaja«, antwortete Lotte flüchtig. Bei Ruths Worten hatte sie nicht an ihren Verlobten gedacht, sondern an Wilhelm. Wilhelm, der ihr Herz verdrehte, nach dem sie sich sehnte, in den sie sich Hals über Kopf verliebt hatte, sodass es schmerzte. Da konnte auch Lotte nicht mehr an sich halten, weinte mit und erzählte Ruth ausführlich von ihrem Liebeskummer, ihrem schlechten Gewissen zwei Männern gegenüber und den Gefühlswirren, die sie litt.

»Ich weiß gar nicht, was mich eifersüchtiger macht«, meinte Lotte. »Die Tatsache, dass ich so gut wie gar nichts über ihn weiß, wie er lebt, ob er vielleicht verlobt oder gar verheiratet ist, warum er kommt und geht, wie es ihm gerade passt. Oder dass er sein ganzes Leben vorgeblich dem Regime opfert, um eines Tages wer weiß was tun zu können. Denn dass er nicht für die Nazis ist, dafür lege ich meine Hand ins Feuer.«

»Ich gönn dir jede Liebe.« Ruth hatte ihr kopfschüttelnd zugehört. »Aber es beruhigt mich nicht, dass du jemanden wie Wilhelm kennst. Lass dich in nichts hineinziehen, was du später womöglich bereust.«

»Ich bin eine schlechte Freundin«, schimpfte sich Lotte, »da lebst du hier elend versteckt unter Lebensgefahr, weißt nicht, wo deine Lieben sind – und ich habe nichts Besseres zu tun, als dir noch mehr Kummer zu bereiten.«

»Lieber durch Liebe verwirrt als durch Hass«, antwortete Ruth schlicht und drückte Lotte an sich. »Was du von Hedwig erzählt hast, finde ich viel schlimmer. Ich verstehe nicht, warum sie sich nicht mal mehr um ihre arme Oma kümmert. Da habe ich lieber eine Freundin, die von Herzen liebt.«

»Und leidet …«, fügte Lotte düster hinzu.

»Was willst du, weniger lieben und weniger leiden?« Ruth schüttelte den Kopf, kannte Lottes Antwort. Die seufzte.

»Aber ich kann doch nicht zwei Männer gleichzeitig lieben. Das geht doch nicht!«

»Wer sagt, dass das nicht geht?« Ruth rückte ein Stück von ihr ab und lächelte sie an. »*Kann denn Liebe Sünde sein?* Weißt du noch? Es gibt so viele Lieben! Hans und du, ihr seid die allerbesten Freunde, die man sich denken kann, und Liebe geht nun mal nicht ohne Freundschaft.«

»Aber ich verrate ihn …«

»Er weiß nichts davon. Und ich sage auch nichts weiter.«

»Hüte dich!« Jetzt musste auch Lotte lächeln.

»Mach dich nicht verrückt, Lotte. Du lebst, du liebst, du bist lebendig! Ein größeres Geschenk kannst du überhaupt nicht bekommen und wer weiß, was uns noch alles bevorsteht …« Ruths Augen nahmen den traurigen Ausdruck eines Menschen an, dessen Wunsch in unerreichbar weite Ferne gerückt ist. Einen kurzen Moment nur hing Ruth ihren Gedanken nach, dann griff sie nach Lottes Hand.

»Du bist frei«, sagte sie eindrücklich. »Niemand kann dir sagen, was du fühlen musst, wen du lieben, für wen du dich entscheiden musst. Heirate lieber keinen als einen Mann, den du nicht liebst. Lebe lieber die Liebe, als dass du bereust, es niemals probiert zu haben. Folge deinem Herzen, folge der Liebe, die du fühlst. Hab keine Angst! Und vor allem: vertraue darauf, dass letztendlich alles so wird, wie es werden soll.«

»Woher nimmst du nur diese Kraft?« Lotte umarmte Ruth innig. Wie reich es sich anfühlte. Wie gut es tat, sie an ihrer Seite zu wissen, verbunden in Liebe und Schmerz, ihre Herzensfreundin. Ein warmes Gefühl und ein Licht in der Dunkelheit.

Plötzlich drang aus einer Ecke der Höhle ein tiefes Stöhnen.

»Das ist Kathrin …« Ruth schaute Lotte mit sorgenvoller Miene an. »Sie ist schwanger, aber es ist noch viel zu früh für ihr Baby. Das geht nun schon seit einigen Tagen so.«

»Sie braucht einen Arzt!«

»Ach ja?« Ruth schaute ihre Freundin spöttisch an.

Lotte biss sich auf die Lippen. Wie dumm von ihr!

Besorgt bückte sie sich zu der stöhnenden Kathrin. Schweiß perlte auf deren Stirn, sie fror und schwitzte zugleich, von Fieberkrämpfen geschüttelt. Geschwächt wie sie war, würde sie einen Transport bestimmt nicht überstehen. Gleichzeitig wäre es viel zu gefährlich, noch jemanden in die Sache einzuweihen.

»Oma Schmidt wüsste Rat, sie war früher Hebamme.« Ruth strich der Schwangeren über die Haare.

»Oma Schmidt hat gerade andere Sorgen …«

»Ich habe ihr schon Tee gekocht, ihr ein Zuckerbrot gemacht, aber sie ist sehr schwach …« Ruth seufzte.

»Ich kenne jemanden, der ihr helfen kann.«

»Tu bloß nichts Unbedachtes, Lotte!«

»Ich passe schon auf.« Lotte schluckte. Natürlich war es riskant, aber auch richtig, Magda in die Sache einzuweihen. Und hatte sie überhaupt eine Wahl?

Lotte atmete tief durch, die Brücke lag vor ihr, sie zögerte, den ersten Schritt zu tun. Immer wieder fuhren Autos an ihr vorbei, Schneematsch spritzte an ihren Mantel. Sie spürte ihre Füße kaum. Von dem langen Marsch zurück aus dem Wald waren die Stiefel völlig durchnässt. Bloß nicht schwächeln jetzt, weiter, weiter. Mit aller Kraft versuchte sie, die Erinnerungen an jenen Abend fortzuschieben, ihr Herz pochte ängstlich, als sie an dem Brückenpfeiler vorbeilief. Für einen Moment blieb Lotte stehen und schloss die Augen, meinte Tritte und Schläge zu hören, das Knirschen von Fritz' Kiefer, fühlte Panik in sich hochkriechen.

Hier hatten sie Fritz brutal zusammengeschlagen.

Hier hatte sie neben Wilhelm gestanden.

Lotte atmete tief durch. Sie musste ihn wiedersehen, unbedingt. Sie lief und lief, vorbei an jenem Haus, das nun noch verlassener wirkte als in jener Nacht. Magda wohnte jetzt fünf Straßen weiter, eine kleine Wohnung im ersten Stock eines ganz normalen Mehrfamilienhauses.

»Was willst du hier?« Ohne viele Worte zog sie die zitternde Lotte in die Küche, zog ihr die nassen Klamotten vom Leib und hüllte sie in eine warme Decke, bevor sie ihr heißen Tee einflößte, der Lotte augenblicklich wärmte und zum Leben erweckte. Schnell erzählte sie von der schwangeren Kathrin in der Höhle, Magda verstand sofort.

»Es ist zu früh, das Baby darf noch nicht kommen«, erklärte Lotte.

Magda nickte. »Und du bist dir sicher, dass du das kannst?«

Lotte hielt ihrem Blick stand. »Wenn du mir sagst, was ich tun soll …«

»Warte einen Moment.« Schon war Magda aus der Küche verschwunden, nicht ohne Lotte vorher eine bittere Flüssigkeit eingeflößt zu haben, die förmlich in ihrem Bauch explodierte.

Erschöpft lehnte sich Lotte an den Kachelofen und schloss die Augen. Erst jetzt spürte sie, wie müde sie war. Gleichzeitig empfand sie eine unglaubliche innere Unruhe, wusste nicht, was sie denken und fühlen sollte, Krieg und Frieden, so dicht beieinander. Die Kinder in der Schule. Oma Schmidt. Ruth. Die Nachbarn in der Höhle, die schwangere Kathrin. Sie lebten, einstweilen in Sicherheit und doch noch lange nicht gerettet. Und jetzt war sie hier, bei Magda. Die sie an die Nacht erinnerte, die sich für immer in ihrem Herzen eingebrannt hatte.

»Du hast ihn nicht vergessen«, drang plötzlich eine bekannte Stimme an ihr Ohr. »Du willst es auch gar nicht.«

Lotte erschrak. Honorata musste unbemerkt schon die ganze Zeit über in der Ecke am Ofen gesessen haben.

»Der Tod kommt dreimal, bevor neues Leben entsteht. Hüte dich vor dem Feuerregen, er nimmt und gibt.«

Was für ein Feuerregen? wollte Lotte fragen, doch in diesem Moment kam Magda wieder in die Küche.

»Wärm dich noch ein bisschen, dann musst du wieder zurück. Du kannst hier nicht bleiben«, sagte Magda und packte ein dickes Bündel mit Kräutern, füllte eine Flasche mit einer braunen Flüssigkeit und zählte Pastillen in eine Schachtel. »Das hier muss sie trinken, dreimal täglich einen Esslöffel, hiervon jeden Tag eine … Aus den Kräutern soll sie sich einen Tee kochen. Heißes Wasser gibt es?«

Lotte nickte und wusste nicht, was sie sagen sollte. Dankbar nahm sie Magdas Anweisungen entgegen und versuchte, sich alles zu merken. Wollte sie Kathrin retten, durfte sie nichts vergessen. Sie nahm noch einen Schluck Tee, dann zog sich Lotte die trockenen Sachen an, die Magda ihr hingelegt hatte. An der Tür drehte sie sich noch mal fragend zu ihr um.

»Ich weiß nicht, wo er ist«, sagte Magda.

Besser, du gewöhnst dich daran.

Beklommen lief Lotte nach Hause, um noch schnell etwas Warmes zum Anziehen für Kathrin zu holen. Ihr Bauch glühte von Magdas Gebräu. Wie konnte man an einem Tag nur so traurig und trotzdem so zuversichtlich sein, fragte sie sich, als sie für einen kurzen Moment erschöpft innehielt und in den klaren Himmel über sich schaute. Sicher würde das Thermometer in der Nacht noch mal tiefer fallen. Sie durfte die Hoffnung nicht aufgeben. Die Höhle war kalt und dunkel und gefährlich, aber Ruth hatte ein Versteck und war am Leben! Und mit vereinten Kräften und mit Gottes Hilfe würde sie dafür sorgen, dass es so bliebe. Irgendwann würde der Krieg vorbei sein.

Oktober 2019

Hazel sortierte die Kunstbücher in der Bibliothek, trug Neuzugänge ein, half einem Studenten, sich zwischen all den unzähligen Seiten zurechtzufinden, ein Universum des Wissens, jedes Buch öffnete eine neue Tür, jede Zeile, jedes Wort hatte eine andere Bedeutung. Nur flüchtig erlaubte sich Hazel, in die neue Biografie von Frida Kahlo hineinzublättern. Ein kurzer Blick, dann stellte sie das Buch ins Regal. Sie kannte keine Künstlerin, aus der mehr Persönliches herausgeflossen wäre, und es berührte sie jedes Mal aufs Peinlichste, es fühlte sich zu intim an. Schnell wieder zuschlagen. Ihr Innerstes hatte sie offenbart, nackter konnte man nicht sein, ihre Seele der Welt gezeigt und in ihrem Schmerz etwas Unsterbliches geschaffen. Hazel fand es bewundernswert mutig, diese Verletzlichkeit zu offenbaren, aus Tränen etwas Kreatives zu schaffen, Schmerzen in Kunst zu verwandeln. Damals, als sie meinte, wegen Henry vor lauter Liebeskummer sterben zu müssen, hatte sie sich der Künstlerin eng verbunden gefühlt, enger als jetzt, wo sie kurz vor der Hochzeit stand und einen Mann ehelichen würde, der bodenständiger und ehrenhafter nicht sein könnte.

Was hatte sie Henry um die Gabe beneidet, seine Gefühle zum Ausdruck zu bringen? Er konnte herrliche Grimassen schneiden oder tief verletzt gucken, laut polternd seinem Ärger Luft machen oder scharf schneidende Sätze sprechen, je nachdem, wie es die Rolle verlangte. Wenn er tanzte, erzählte sein Körper Geschichten, jede Bewegung, jeder Atemzug ließen Gefühle fließen, spiegelten seine Seele. Dass er dabei immer ein anderer war, sich verwandelte, störte sie nicht, sie kannte ja sein wahres Ich. Hatte sie zumindest bis zu jenem Tag gedacht, als sie ihn mit der anderen erwischte.

Oft hatte Hazel darüber nachgedacht, während sie ihre Bücher in die Regale sortierte, den Alp, der ihr bisweilen das Leben so schwer machte, zu malen, ihm Ausdruck zu verleihen, eine Gestalt zu verpassen. Aber Hazel fehlte das Talent, vielleicht auch der Mut, es auszuprobieren. Immerhin schrieb sie regelmäßig Tagebuch, hielt in hübschen Notizkladden die Erlebnisse fest, die sie berührten, und war dann selbst über sich überrascht, welch passende Worte sie für ihre Gefühle fand, für die traurigen Gedanken, die ihr bisweilen das Leben schwer machten.

Seit sie denken konnte, wurde sie immer wieder von dieser Traurigkeit eingeholt, spürte Beklemmungen in der Brust, eine unglaubliche Last, die auf ihr lag. Manchmal hatte sie schon gemeint, es wären Depressionen. Sie war in Behandlung gewesen, aber es führte zu nichts. Schatten, die kamen und gingen, wie sie wollten, gegen die sie machtlos war. Je älter sie wurde, desto besser lernte sie damit umzugehen, diese Gefühle als einen Teil von sich zu akzeptieren. Die Therapien hatten geholfen. In der Zeit nach der Trennung von Henry waren die Schatten übermächtig geworden, erst mit Theo hatten sie sich langsam verabschiedet. Wenn Hazel in der Bibliothek arbeitete, konnte sie am besten vergessen, und wenn sie ihre Nase in die Bücher steckte, sowieso.

Also las Hazel alles, was ihr in die Hände kam, begab sich auf Fantasiereisen, durchlitt die romantischsten Liebesgeschichten, erlebte Abenteuer, das Leben anderer. Sie hatte aus ihrer Leidenschaft ihren Beruf gemacht. Bibliothekarin war sie, würde die Chefin beerben, die alsbald in den wohlverdienten Ruhestand gehen würde. Dann würde sie die Leitung übernehmen, die Menschen zum Lesen verlocken, gerade in Zeiten wie diesen.

*

Sirenen heulten, Nachbarn stürmten an Lotte vorbei in den Keller, doch Lotte stand unschlüssig im Hauseingang und knetete Fritz' Wollpulli in der Hand. Ausgerechnet jetzt gab es am helllichten Tag Fliegeralarm, dabei wollte sie doch so schnell wie möglich zurück zur Höhle.

»Komm, Lotte, beeil dich«, rief Otto und rannte die Treppe hinunter, die Mutter war mit den Schulkindern gekommen, sie alle drängten in den Luftschutzraum.

»Na, was haben wir denn vor?« Der Else trat neben Lotte und zwinkerte ihr zu. Oder starrte er auf das dicke Bündel in ihrem Arm? Er nutzte den allgemeinen Tumult und hielt sie fest. »Keine Sorge, ich verrate dich nicht. Wenn du mir dafür einen Gefallen tust …«

In diesem Moment donnerten die ersten Flieger über die Stadt. Lotte zuckte vor Schreck zusammen, unwillkürlich kauerte sie sich an den Else.

»Wusste ich's doch«, flüsterte er an ihrem Ohr, es klang beinahe zärtlich. »Hab keine Angst! Komm, weg hier, wir müssen runter. Da bist du in Sicherheit.«

»Ich muss gar nichts! Lassen Sie mich in Ruhe!« Energisch befreite sich Lotte aus seiner Umarmung und spuckte ihm vor die Füße.

»Ich warne dich, Lotte! Ich weiß, dass du jemanden versteckst …«

Lotte jagte der Schreck in die Knie. Bluffte er nur oder wusste er wirklich Bescheid? Dem Else war alles zuzutrauen!

Abermals dröhnten die Fliegermotoren, die Sirenen heulten unablässig. Lotte atmete tief durch, innerlich bebte sie vor Angst, jede Körperzelle vibrierte im Takt des Alarms. Doch sie war stehen geblieben, hatte die Schultern gestrafft und blickte dem Else mutig entgegen. Sie hatte nichts zu verlieren, nur zu gewinnen. Von ihm würde sie sich nicht einschüchtern lassen, das war sie Dorothee schuldig. Und Ruth. Auch ihrer Mutter.

»Wir sprechen uns noch«, drohte er. Dann wandte er sich ab und lief in den Keller, wo ihn Lotte kurz darauf Anweisungen rufen hörte.

Anstatt ihm zu folgen, rannte sie los. Lief so schnell sie konnte durch die verwaiste Stadt, immer im Schutz der Mauern geduckt, während ein Angriff dem nächsten folgte, in kilometerweiter Entfernung Bomben einschlugen, dass es sie zu Boden warf. Das Herz hämmerte in ihrer Brust, Pulli und Beutel an sich gedrückt, rappelte sie sich auf und rannte weiter. Es war der helle Wahnsinn, was sie da tat, aber sie hatte keine andere Wahl. Lotte rannte um ihr Leben, nahm die Abkürzung in den Wald und verlangsamte ihre Schritte erst, als ihr schwarz vor Augen wurde. Keuchend hielt sie inne, besann sich auf den Weg und lief dann in gemäßigtem Tempo weiter.

Als sie an der Höhle ankam, war sie nass geschwitzt, obwohl die Temperaturen weit unter null lagen. Sie spürte ihre Arme kaum und taumelte die letzten Meter der Freundin in die Arme.

»Lotte!«, rief Ruth entsetzt. »Um Himmels willen!« Sie fing Lotte gerade noch auf, bevor diese erschöpft zusammensackte.

»Hier, ich habe Medizin für Kathrin mitgebracht. Und einen Pulli. Wir müssen ihr einen Tee kochen …« Lotte öffnete atemlos ihr Bündel und reichte Ruth die Kräuter.

»Gleich. Jetzt komm erst mal zur Besinnung. Was ist denn passiert? Du bist ja völlig durcheinander.«

Lotte blickte auf. »Ja, das bin ich wohl«, sagte sie, aber sie dachte dabei nicht an den fürchterlichen Else und seine Drohungen und dass er sie in der Hand hatte. Sondern an einen Mann, der sie in seinen Armen gehalten hatte wie noch kein Mann zuvor. Der ihr Küsse gestohlen hatte, dass ihr der Atem weggeblieben war. An den sie Tag und Nacht denken musste, pausenlos, nach dem sie sich sehnte, ob sie es zugeben mochte oder nicht. Sie durfte nicht fühlen, was sie fühlte, aber die Sehnsucht nach ihm war stärker als alles andere, ließ sie Elend und Leid vergessen und sich Tag und Nacht in seine Arme träumen. Lotte fühlte sich schlecht deswegen, kam sich unglaublich egoistisch vor. Und doch konnte sie nichts dagegen tun, es geschah immer wieder. Der Gedanke an Wilhelm zauberte ein versonnenes Lächeln in Lottes Gesicht.

»Aber es ist alles in Ordnung«, beruhigte sie die besorgte Ruth, und gemeinsam kümmerten sie sich um Kathrin, die blass und stöhnend auf ihrem Holzbett lag.

»Hier, die sind für dich.« Lotte zählte der Schwangeren die Pastillen in die Hand, Ruth reichte ihr den Tee dazu.

Dann massierte Lotte Kathrins Füße und legte ihr die Hand auf den Bauch, so wie Magda ihr es erklärt hatte. Zu Lottes Überraschung konnte sie tatsächlich fühlen, wie sich etwas unter der gewölbten Bauchdecke entspannte, sie meinte sogar, das Herzchen schlagen zu spüren. Kathrins Stöhnen verebbte langsam und sie fiel in einen ruhigen Schlaf. Ruth schaute der Freundin bewundernd zu, stellte aber keine weiteren Fragen.

»Du bist ein Engel!«, flüsterte sie.

»Ich bin eine Verräterin«, flüsterte Lotte. »Und wenn ich ihn nicht bald wiedersehe, werde ich noch verrückt.«

Zu Hause warteten keine guten Nachrichten auf Lotte. Ein Brief von Hans lag auf dem Tisch, diesmal mit einem unbekannten Stempel. Mit hastigen Fingern öffnete Lotte den Umschlag und las zu ihrem Entsetzen, dass Hans eine schwere Schussverletzung im Lazarett auskurierte.

… seit Weihnachten nun schon liege ich hier und du kannst dir nicht vorstellen, wie elend ich mich fühle. Alles schmerzt, mein Kopf, der Brustkorb, bei jeder Bewegung brennt mein Bein wie tausend Feuer. Mit zahllosen Stichen haben sie mir die Haut wieder zusammengenäht, sie sieht aus wie ein Flickenteppich! Aber ich habe Glück im Unglück gehabt, Knochen und Sehnen sind heil geblieben, deswegen möchte ich nicht undankbar sein. Und wie sehr habe ich mich über dein liebes Päckchen gefreut! Die Socken trage ich an den Händen und stelle mir vor, du wärest bei mir … Du weißt gar nicht, wie sehr ich dich vermisse, meine liebe Lotte. Eine reizende Kindergruppe hat uns am Weihnachtstag besucht, sie haben für uns gesungen und kleine Geschenke mitgebracht. Ich habe mir vorgestellt, es wären unsere Kinder, die für ihren kranken Papi hübsche Lieder singen und mit mir gemeinsam von deinen mit so viel Liebe selbst gebackenen Plätzchen naschen … Nächstes Weihnachten, Lotte, da will ich bei dir sein, in deinen Armen ausruhen von all dem Leid und Schmerz, da feiern wir gemeinsam die Heilige Nacht. Du und ich. Und vielleicht sind wir guter Hoffnung, bald eine richtige Familie …

Lotte ließ den Brief sinken. Hans. Ihr lieber, lieber Hans. Wie konnte sie nur. Sie war ihm versprochen, er war schwer verletzt und sehnte sich nach einer glücklichen Familie, nach seiner Frau. Er brauchte sie, ohne sie würde er nicht überleben. Und sie hatte nichts Besseres zu tun, als Tag und Nacht von einem anderen zu träumen, der sang- und klanglos wie vom Erdboden verschwunden war. Schnell holte sie ihr Briefpapier und schrieb Hans zurück, tröstende Worte voller Liebe und Zärtlichkeit, die ihr leicht aus der Feder flossen – und die eigentlich für einen anderen gedacht waren.

An diesem Abend betete Lotte lange und innig. Sie bat Gott um Vergebung und gleichzeitig um ein Zeichen, wie sie mit der Verwirrung ihrer Gefühle umzugehen hätte. Sie wollte alles wiedergutmachen, Hans eine gute Ehefrau sein und Wilhelm vergessen. Sie wollte die Hoffnung nicht aufgeben. Das Wunder würde geschehen und der Krieg bald vorbei sein. Niemand mehr verfolgt, niemand mehr getötet. Sie würden endlich, endlich wieder in Frieden leben, Ruth und Elias, Hans und sie, und alle ihre Lieben würden zusammen sein.

November 2019

Alles schien endlich gut zu werden für Hazel, und doch hatte sich ein Fragezeichen in ihr Leben eingeschlichen, klein nur, aber funkelnd, eine dahingeplapperte Bemerkung, sie hatte ausgereicht, alles, was Hazel ausmachte, infrage zu stellen. Theo, der Mann, den sie von Herzen liebte, der sie auf Händen trug und ihr Sicherheit gab. Ausgerechnet er, der sie zum Lachen brachte und das Beste aus ihr herauskitzelte, er hatte etwas gesagt, was fast nicht mehr gutzumachen war. Dahingeplappert zwar, aber so, dass es tief schmerzte, beim Weintrinken mit Freunden: *Ach, Belletristik, welche Zeitverschwendung, wenn sich jemand etwas aus den Fingern saugt, wer soll das schon lesen.* Vor Empörung hatte sich Hazel verschluckt, aber statt aufzustehen war sie geblieben. Ihre Welt war nicht aus den Fingern gesaugt, sie war echt und voller Leben! Sie liebte das Eintauchen in andere Geschichten, in diese andere Welt. Denn sie war tief, voller Gefühle, gelebtem Leben und Tränen. Wie konnte er nur so etwas sagen, sicher hatte er es nicht so gemeint.

Hazel hatte Theo nach dieser Bemerkung noch am gleichen Abend ihr Lieblingsgedicht vorgetragen. Gerührt hatte er ihr zugehört, sie lagen eng umschlungen, die Körperwärme des anderen spürend, während draußen der Regen gegen das Fenster sprühte, wie passend.

»*Óyeme como quien oye llover …* Höre mich, wie jemand, der es regnen hört«, flüsterte Hazel leise. Sie saß mit dem Rücken an die Wand gelehnt, Theos Kopf in ihrem Schoß, und hatte sofort Henrys Stimme im Ohr, von dem sie damals das Gedicht gelernt hatte. Sie konnte kein Spanisch, aber sie hatte ihm so lange nachgesprochen, bis sie es auswendig konnte. Hazel liebte die lautmalerische Wärme der Sprache, spürte den geheimnisvollen Wortbedeutungen nach, wie sie auf der Zunge zerschmolzen.

»*Ni atenta, ni destraída …*« Weder aufmerksam noch abwesend. Hazel konnte sich für diese Anrede an die schlafende Geliebte begeistern, diese Elegie über das Nichthören, die spanischen Worte drangen wie von selbst murmelnd aus ihrem Mund, Worte wie Luft und Wasser. Es war egal, woher sie kamen und wer sie waren, die Worte hatten kein Gewicht. Was zählte, war dieser Moment.

Henry.

»*… tus dedos de aire abren los párpados del tiempo …*« Hazels Finger fanden wie von selbst Theos Gesicht, tasteten zart über seine Augen, die immer so aufmerksam waren, fühlten nach seinem schmal geschwungenen Mund, der sie mit seinen humorvollen Bemerkungen so oft zum Lachen brachte, damals wie heute.

Hazel spürte ihn, tastete nach seinen Haaren, öffnete das Zeitfenster. Dann war es plötzlich wieder Sommer, es war Henry, den sie liebkoste, ihre Münder neckten sich, Zungen spielten miteinander, küssten wie damals, vorsichtig, neugierig und fordernd zugleich. Ein einziger langer Abschiedskuss, dem sie sich völlig hingab, warm und liebevoll. Theos helle, sommersprossige Haut leuchtete im Dunkeln, als er sich über sie beugte, seinen Atem mit ihrem Mund verschloss und sie seinen Körper in ihren nahm.

»Es ist wegen dieser alten Dame, oder?«

Es war weit nach Mitternacht, als Theo ihr die Frage stellte. Sie saßen in der Küche, tranken Wein und aßen Käse. Die Halogenlampen über der Spüle entzauberten alles, was zwischen ihnen gewesen war, längst waren sie wieder angezogen.

»Was meinst du?«, fragte sie und wusste es sogleich. Seit ihrem Besuch bei Mathilda hatte sich etwas zwischen ihnen verändert, sie hatte sich verändert. Kaum merklich zwar, aber etwas in ihr war in Schwingung geraten und sie konnte es nicht mehr aufhalten. Die Begegnungen mit Henry, als wären sie gestern gewesen. Dabei war es doch reiner Zufall, dass Mathilda einen Sohn gleichen Namens hatte. Trotzdem. In Mathildas Wohnung hing dieses Bild, und es hatte eine alte Wunde aufgebrochen, von der sie gedacht hatte, sie wäre längst vernarbt.

Theo schaute sie prüfend an, er wirkte müde, in letzter Zeit arbeitete er zu viel.

»Du solltest dir nicht immer so viele Gedanken über andere machen«, meinte er. »Sie kommt schon klar. Und hast du nicht erzählt, ihr Sohn kümmert sich um sie? Hör endlich auf, ein schlechtes Gewissen wegen deiner Mutter zu haben …«

Hazel nickte. »Ja«, antwortete sie schlicht und nippte an ihrem Wein. »Es wird wirklich höchste Zeit …«

»Du hast alles getan, was du tun konntest, letztlich war es ihre Entscheidung, unsere Hilfe nicht anzunehmen.«

Es stimmte, was Theo sagte. Ihre Mutter hätte die Möglichkeit gehabt, bei ihnen zu wohnen, vielleicht sogar ihre Enkelkinder aufwachsen zu sehen. Stattdessen hatte sie darauf bestanden, in ihrer alten Wohnung zu bleiben, ihren Alltag trotz aller Beschwerlichkeiten selbst zu meistern. Sie war schon immer eigensinnig gewesen, wusste alles besser als ihre Tochter, die es ihr nie recht machen konnte. Als sie dann die Treppe hinunterstürzte, war niemand da. Hazel kam drei Tage zu spät.

*

Um den Else abzuhängen, hatte Lotte diesmal auf dem Weg zur Höhle die Straßenbahn genommen, später würde sie nach dem Umsteigen das letzte Stück zu Fuß zurücklegen müssen. Außerdem trug sie schwer: einen Koffer voller Kartoffeln, die Otto bei einem seiner Streifzüge ergattert hatte. Zu ihrer Überraschung stieg am Exerzierplatz eine junge Frau ein und setzte sich neben sie.

»Du kennst mich nicht«, raunte Magda lächelnd. »Wir fahren nur zufällig in derselben Bahn.«

»Verstehe.« Lotte lächelte zaghaft zurück und deutete auf die ausgebeulte Tasche. »Wo gehst du hin?«

»Du stellst zu viele Fragen.« Magda schüttelte den Kopf.

»Und ich bekomme zu wenige Antworten!«

Magda tat so, als hätte sie das nicht gehört. An der übernächsten Haltestelle jedoch zog sie Lotte vom Sitz. »Also gut, wie du willst. Komm mit.«

Stillschweigend liefen sie einen schlecht gepflasterten Weg bergan. Lotte kam mit ihrem schweren Koffer kaum hinterher, während Magda noch nicht einmal schnaufte.

»Wo gehst du hin?«, wiederholte Lotte. Magda hatte auf

einer Anhöhe innegehalten. Von hier aus hatte man einen grandiosen Blick über die Stadt. Die vielen Fachwerkhäuser, das Schloss, in der Mitte die Lücke, wo bis vor einiger Zeit noch die Synagoge gestanden hatte, gegenüber der Wald mit seinen versteckten Geschichten, von denen es unter der Stadt noch mehr gab.

»Ich besuche ein paar Frauen …« Magda deutete auf ihre Tasche und zog sich den Schal fester um. »Komm mit, ich kann deine Hilfe gebrauchen, es werden immer mehr.«

Was blieb Lotte anderes übrig, als ihr zu folgen. Der Weg wurde immer beschwerlicher, die Häuser um sie herum immer armseliger, die Straße war längst nicht mehr befestigt. Hier wohnten die Arbeiter der Stadt in behelfsmäßigen Unterkünftigen, und im trüben Wintergrau wirkte erst recht alles trostlos und verlassen, ausgestorben. Keine Kinder spielten auf den Straßen, noch nicht mal ein Hund bellte. Nur hier und da hörte man ein Baby schreien.

Magda lief zielstrebig voran, eine Abbiegung hier, ein Weg dort, bis sie vor einer kleinen Behausung standen, die schäbiger nicht sein konnte.

Etliche Augenpaare richteten sich auf Magda und Lotte, als sie in den schwach erleuchteten Raum traten. Lotte blinzelte, um sich an die Dunkelheit zu gewöhnen.

»Sie alle sind hier, um sich von dir helfen zu lassen«, sagte eine junge Frau, die sich als Hilde vorgestellt hatte.

»So viele …« Magda öffnete seufzend ihre Tasche. »Es ist euer gutes Recht, ich bin stolz auf euch. Schaut her, was ich euch mitgebracht habe. Und das hier ist Lotte. Sie ist auf eurer Seite, ihr könnt ihr vertrauen«, stellte sie Lotte vor und diese grüßte schüchtern in die Runde.

Zu ihrem großen Erstaunen zeigte Magda dann, wie mit einem Kondom umzugehen war, erklärte detailliert und offen die Funktion eines Diaphragmas. Half der einen oder anderen

Frau beim Einsetzen, beantwortete geduldig ihre Fragen zu Handhabung und Hygiene. Alle hörten aufmerksam zu, ganz ohne Scheu.

Auf dem Rückweg war Magda schweigsam und in sich gekehrt, Lotte folgte ihr in einer Mischung aus Respekt und Bewunderung. Was Magda da tat, verstieß gegen das fünfte Gebot. Es war Frevel, Hochverrat, sie widersetzte sich dem Verhütungsverbot, schlimmer noch, sie ermunterte andere Frauen dazu. Damit ignorierte sie die Maßgaben des Regimes. Wenn Hedwig das wüsste. Hitler wollte Gebärmaschinen, Produzentinnen von arischen Kindern, die Rasse um jeden Preis erhalten, selbstredend waren auch Abtreibungen verboten.

Wenn Lotte Magdas Äußerungen bisher richtig verstanden hatte, wirkte sie eigentlich als Hebamme, aber wenn es sein musste, wusste sie eine Schwangerschaft auch rechtzeitig abzubrechen.

»Weißt du, was du da tust?«, fragte Lotte, da liefen sie längst wieder die belebte Straße entlang, auf die Tram hatten sie diesmal verzichtet. Lotte spürte ihre Arme längst nicht mehr.

Statt einer Antwort brach Magda in schallendes Gelächter aus, so laut, dass sich die Menschen nach ihr umdrehten.

»Mein liebes Lottchen«, rief sie aus und wischte sich eine Träne aus dem Augenwinkel. Lotte fragte sich, was daran so lustig war und warum Magda jetzt ausgerechnet diesen blöden Spruch machte. Nachdem sie sich wieder beruhigt hatte, fasste sie Lotte an der Schulter und drehte sie zu sich um.

»Weißt du, was du *nicht* tust? Ich habe sie gesehen, all diese ausgemergelten Frauenkörper, die jedes Jahr ein Kind zur Welt bringen, es mindestens zwei Jahre stillen … Sie sind hoffnungslos ihrer Fruchtbarkeit ausgesetzt, dem Egoismus ihrer Männer. Wie sie gleichzeitig ackern und arbeiten, um ihre Familien zu ernähren, weil ihre Männer im Krieg geblieben sind oder als Krüppel zurückkommen, weil das Geld hinten und vorne nicht reicht. Und dafür verleiht der Führer ihnen auch noch einen Orden!« Magda schüttelte den Kopf.

Lotte schaute sie nachdenklich an. Nur langsam verstand sie, was Magda ihr sagen wollte. Es ging den Nazis allein darum, die Folgen des Krieges auszugleichen. Weil überall Männer fehlten, förderten sie die Frauen.

»Aber diese Frauen wollen kein Mutterkreuz in Gold!«, machte Magda weiter. »Sie wollen Essen und Kleidung für sich und ihre Kinder, genug für alle. Ich helfe ihnen, damit sie selbstbestimmt über eine Schwangerschaft entscheiden können.«

»Wie lange machst du das schon?«

Die beiden Frauen hatten sich auf eine Bank gesetzt, zwei ganz normale Freundinnen, die sich über das Leben unterhielten und intime Geheimnisse tauschten. Erleichtert stellte Lotte ihre Koffer ab, sie würde morgen zur Höhle gehen.

»Es war Honorata, die damit angefangen hat, von ihr habe ich alles gelernt. Sie ist Hebamme, unzähligen Kindern hat sie in meinem Beisein schon auf die Welt geholfen …« Magda lächelte bei der Erinnerung. »Irgendwann fiel ihr der Weg immer schwerer und sie wollte nicht, dass die Frauen zu ihr kamen, das war zu gefährlich. Seitdem gehe ich zu ihnen, berate sie, unterstütze sie, helfe, wenn sie in Not sind …«

»Besser, es käme erst gar nicht so weit«, warf Lotte ein und erzählte Magda von der Auseinandersetzung mit ihrer Mutter und Hedwig über die *natürliche Bestimmung der Frau* – für die eine war es ein Naturgesetz, für die andere eine Weisung des Führers. Früher hatte sie das nicht weiter hinterfragt und mit Hans selbst eine Familie gründen wollen. Aber mittlerweile wollte Lotte ganz bestimmt erst mal keine Kinder, sondern ihr Studium zu Ende bringen und dann unterrichten. Wenn es die Umstände überhaupt zuließen.

»Genau darum geht es …« Magda nickte und stand wieder auf, es war viel zu kalt. »Es sind unsere Körper, unsere Bäuche. Niemand hat darüber zu bestimmen, kein Mann, keine Partei. Nur wir.«

Magda drehte sich zu Lotte um, sah ihr direkt in die Augen und fasste sie an den Schultern. »Wir haben schon so viel erreicht im Kampf um die Gleichberechtigung! Das lassen wir uns jetzt nicht kaputtmachen. Du bist eine starke junge Frau! Dir gehört die Zukunft. Du studierst … Du allein bestimmst darüber, was du willst und was du tust. Versprich mir das!«

Lotte nickte, sie verstand genau, was Magda ihr sagen wollte. Nur hatte sie sich bisher nicht getraut, ihre Gedanken in so klare Worte zu fassen, geschweige denn, über Verhütung nachzudenken. Es waren völlig neue Wege, die sich ihr öffneten, und Lotte spürte keine Angst. Mutig voran.

»Ja«, wiederholte sie laut. »Das verspreche ich dir. Und wann immer es möglich ist, werde ich dich dabei unterstützen.«

»Du bist die Beste!« Magda drückte ihr einen Kuss auf die Wange. »Gleich morgen kannst du damit anfangen, ich brauche Alkohol für meine Tinkturen, und mittlerweile guckt der Apotheker schon ganz komisch. Dich mit deinen blonden Haaren wird er so schnell nicht verdächtigen …«

Als wollte sich der Winter in Erinnerung bringen, fielen eines Tages dicke Flocken vom Himmel und hüllten die Stadt über Nacht in ein friedliches Weiß. Lotte zog den jauchzenden Otto durch den Schnee, Fritz schob von hinten mit, und bald gesellten sich mehr und mehr Kinder aus der Nachbarschaft hinzu. Unten am Rodelberg empfingen Magda, Bertolt und Karl sie mit einer wilden Schneeballschlacht.

»Na warte!« Fritz sprintete Bertolt hinterher, während Karl versuchte, Lotte zu bewerfen. Die wich ihm geschickt aus, duckte sich, rannte weg – direkt in die Arme von Wilhelm.

»Da staunst du, was?« Er lachte sie einfach an, als wäre nichts geschehen. Als hätte er sich nicht wochenlang nicht bei ihr gemeldet, kein Lebenszeichen gesendet. So entwaffnend, so charmant, dass sie ihm einfach nicht böse sein konnte.

Statt einer Antwort warf ihm Lotte einfach eine Ladung Schnee ins Gesicht, was Wilhelm natürlich nicht auf sich sitzen ließ. Er setzte ihr nach, als sie mit geschickten Haken in den Wald lief und sich hinter einem Baum versteckte.

Atemlos und mit klopfendem Herzen war Lotte stehen geblieben, lehnte mit geschlossenen Augen an einem Baum. Er war da, kam näher, schon hörte sie seine knirschenden Schritte im Schnee, spürte seinen warmen Atem, als er vor ihr stand und sie anschaute.

»Du willst mich jetzt nicht küssen, oder? Einfach so. Wo du dich wochenlang nicht gemeldet hast.« Sie lächelte ihn an, keine Zeit zum Denken oder Fühlen oder um gar wütend auf ihn zu sein. Er war hier, bei ihr. So nah.

»Wer sagt denn, dass ich das vorhabe …« Schon spürte sie seine Lippen auf den ihren, schmeckte seine Zunge, liebevoll und forschend zugleich. Wie von selbst wanderten ihre Hände unter seine Jacke, zog sie ihn zu sich heran.

»Wo warst du?«, wagte sie zwischen zwei Küssen zu fragen, doch statt einer Antwort küsste er sie nur wieder, dass sie glaubte, zu zerspringen. Voller Leidenschaft drängte sie sich an ihn, hielt ihn fest und er sie.

»Lotte, Lotte«, murmelte er in ihr Haar und immer wieder: »Lotte, Lotte …«

Da hielt sie inne und rückte ein Stück von ihm ab. Sie musste ihn ansehen, seine Augen, seine rotblonden Haare, die ihm in nassen Strähnen unter der Mütze in die Stirn fielen, zählte jede einzelne Sommersprosse, wie winterblass sie waren. Wilhelm war heute in Zivil, ein junger, übermütiger Mann wie so viele, einer von ihnen. Lotte schaute ihn fragend an, wollte ergründen, was er vor ihr verbarg, doch er schüttelte nur stumm den Kopf.

»Ich bin hier, bei dir«, flüsterte er mit rauer Stimme in ihr Ohr, küsste ihr die Schläfen, wanderte herab in ihre Halsbeuge und verbarg für einen Moment sein Gesicht an ihrer Brust. Wilhelm hielt sich fest, hielt sie fest, als wollte er sie nie wieder loslassen, als wäre sie seine Rettung. Und Lotte stand da, mit dem Rücken am Baum, in innigster Umarmung mit diesem Mann, und verstand die Welt nicht mehr.

Die Begegnung mit Wilhelm brachte Lotte völlig durcheinander, wühlte sie auf. Alles wieder auf Anfang. Hatte sie vor Kurzem noch gehofft, seine Nähe und Küsse irgendwann wieder vergessen zu können, brannte die Berührung seiner Lippen in ihrer Halsbeuge wie ein Feuermal, spürte sie immer noch seine Finger auf ihrer Haut. In den folgenden Tagen verzehrte sie sich nach ihm, meinte, vor Sehnsucht zu sterben. Mit dem Kopf ständig bei ihm und seinen Küssen im Schnee, fiel es ihr schwer, sich auf ihr Tagwerk zu konzentrieren.

Um sich Wilhelm nahe zu fühlen, lief Lotte wieder und wieder zu dem Rodelberg und zu dem Baum, wann immer es ihr die Zeit erlaubte.

»Wir sehen uns bald wieder, versprochen«, hatte er zum Abschied gesagt und sie innig geküsst. »Gib mir Zeit, die Dinge zu regeln. Vertraue mir.« Aber wie sollte sie einem vertrauen, von dem sie nichts wusste und der sich nicht bei ihr meldete. So stand sie dann da, in Erinnerungen versunken, umarmte den Baum, streichelte die Rinde, tastete nach ihren Lippen. Starrte in die Baumkronen und träumte vor sich hin. Träumte von diesem unergründlichen Mann, dem sie sich so nah fühlte und der ihr gleichzeitig so weit entfernt erschien wie der Himmel über ihr. Wilhelm blieb wieder einmal verschwunden, und um sich abzulenken, machte sich Lotte auf den Weg zu Ruth.

An diesem Tag schneite es in einer Tour und jeder, der nicht unbedingt etwas draußen zu tun hatte, blieb lieber drinnen in der warmen Stube. Das Thermometer zeigte unter null und der Schnee fiel in dichten Flocken vom Himmel, man sah die eigene Hand kaum vor Augen. Sämtliche Konturen der Bäume und Felder erschienen verschwommen, der Wald wie durch einen eisigen Bann erstarrt, gefroren, ein Schnappschuss in Weiß.

Lotte lief, den Schlitten hinter sich herziehend, durch den verschneiten Wald. Heute baute niemand einen Schneemann, es rutschten keine Kinder jauchzend den Hang hinab. Es war still, beinahe totenstill, nur Lottes Schuhe hinterließen knirschende Fußabdrücke, und der Schlitten schlingerte hinter ihr her, knallte ihr immer wieder in die Hacken.

»Es ist verrückt, was du machst, völlig verrückt«, sagte sie zu sich selbst, während sie weiterlief. »Du hast dich in ein Gespenst verliebt, leicht wie der Schnee, nicht greifbar, flüchtig.«

Lotte stapfte bergan durchs trübe Nichts, die Richtung stimmte immerhin, auch wenn sie keinen Meter weit sehen konnte, die Welt um sie herum nur grauweiße Watte. Der Wind rauschte eiskalt in ihren Ohren, sie meinte, von irgendwoher Stimmen zu hören, vielleicht waren doch noch ein paar Kinder gekommen und machten jetzt eine Schneeballschlacht.

Weiter, nur weiter. Es hatte wieder zu schneien begonnen, die Flocken legten sich auf Lottes Mütze, streiften ihr Gesicht und klebten Glitzertränen auf ihre Wimpern, blieben auf dem Mantel liegen, wo sie alsbald kleine Häufchen bildeten. Lotte blinzelte in das Schneegestöber um sie herum. Da klarte der graue Schneehimmel über ihr für einen Moment auf. Lotte legte den Kopf in den Nacken und schaute in ein tiefblaues Guckloch. Plötzlich erstrahlte alles um sie herum in einem reinen Weiß. Oder guckte jemand zu ihr hinunter? Lotte schüttelte ungläubig den Kopf, konnte ihr Glück kaum fassen, wie behütet sie war, wie sehr sie liebte.

Sie liebte diesen Mann. Sie fühlte sich frei, wegen ihm oder durch ihn, so genau war das nicht festzustellen. Sie war niemandes Frau, musste für niemanden am Herd den Kochlöffel schwingen, sie entschied selbst, wer sie sein wollte. Ob sie Lehrerin sein würde oder Kinder bekommen. Oder auch beides. Oder wie Magda ein freies Leben führen und sich für andere Frauen einsetzen. Lotte zog ihre Handschuhe aus, zog sich beinahe andächtig den Verlobungsring von ihrem Finger, drehte ihn nachdenklich in den Händen – um ihn dann weit hinter sich in den Schnee zu werfen.

»Es ist verrückt, was du machst, völlig verrückt«, wiederholte sie, bevor sie sich auf den Schlitten schwang und einfach losfuhr, sie würde schon irgendwann unten ankommen und könnte dann immer noch zu Ruth gehen. Die Füße zum Bremsen bereit, steuerte sie lachend bergab, der Wind peitschte ihr die Schneeflocken ins Gesicht. Jetzt sah sie überhaupt nichts mehr, da konnte sie genauso gut die Augen schließen. Lotte schoss lachend den Hang hinunter wie durch einen Tunnel, immer wieder flackerten weiße Lichter. Es waren die Schneeflocken, die in ihren Augen blitzten.

Das rauschende Gefühl der Abfahrt, das glänzende Glück in ihrem Körper. Das war das Letzte, woran sich Lotte erinnerte. Dann ein Aufprall und ein Schmerz, sie musste mit dem Kopf irgendwo gegengestoßen sein, der Schlitten schoss davon. Wie ein Engel lag Lotte auf dem Rücken im Schnee, Arme und Beine von sich gestreckt, und schaute in den Himmel über ihr, aus dem unablässig dicke Flocken auf sie hinabschneiten. Dicke, weiße Flocken, das Zuschauen machte sie schläfrig und träge, immer langsamer fiel der Schnee. Nur für einen Moment die Augen schließen, dem süßen Gefühl der Müdigkeit nachspüren, dem Rausch der Abfahrt und dem Glück in ihr, wenn sie an Wilhelm dachte. Schwarz und warm und dunkel wurde ihr, bald wäre auch sie ein dicker, weißer eingeschneiter Hügel in der Landschaft. *Der Herr segne und behüte dich …*

»Lotte, Lotte, kannst du mich hören?« Otto kniete neben ihr und strich ihr den Schnee von Haaren und Mantel. Neben ihm bellte Lumpi die Verunglückte lebendig. Wie lange mochte sie hier so gelegen haben? Es dämmerte bereits.

»Was machst du hier?« Lotte richtete sich stöhnend auf und fasste sich an den schmerzenden Kopf, Blut rann ihr über das Gesicht, an ihrer Hand hinunter, es sickerte unablässig aus einer klaffenden Wunde an ihrer Stirn.

»Du musst ins Krankenhaus, schnell!«, rief Otto und schleppte den Schlitten herbei, der bis auf eine gebrochene Latte noch funktionsfähig war.

»Was ist passiert?«, murmelte Lotte matt und stieg mühsam auf. Sie war kurz davor, wieder die Besinnung zu verlieren.

»Hier, drück das darauf!« Otto hatte seinen Schal vom Hals genommen und seiner Schwester auf die Stirn gelegt. »Und jetzt halt dich fest, ich bringe dich zum Arzt.«

»Es muss diese Wand gewesen sein, die war neulich aber noch nicht …« Ungläubig schaute Lotte zu der Mauer, offensichtlich die Umzäunung eines Hofes.

»Neulich bist du auch ganz woanders gerodelt!« Otto schaute seine Schwester zweifelnd an, die schon wieder stöhnend auf dem Schlitten zusammengesunken war.

»Du musst dich festhalten, sonst schaffe ich das nicht!« Er zog mit aller Kraft, aber er kam kaum voran.

»Ich versuche zu laufen. Wenn du mich stützt, sollte es gehen!« Tapfer richtete sich Lotte auf, und für einen Moment musste sie an jene Nacht denken, als sie den verletzten Fritz gemeinsam mit Wilhelm zu Magda gebracht hatte. Wilhelm … Bei dem Gedanken an den Geliebten straffte Lotte augenblicklich die Schultern, Schritt für Schritt ging es immer besser voran, aber ihr war zum Erbrechen übel. Als sie die Stadt erreichten, eilten Menschen herbei, um der Verletzten zu helfen. Ohne Umstände und weitere Fragen brachte man sie ins Krankenhaus, wo sie eine Weile auf einem Stuhl im Flur warten musste, bis sie an der Reihe war. Blass und bleich lehnte sie an der Wand.

»Was machst du denn für Sachen!« Die Mutter kam den Flur entlanggeeilt. Ihre Schulkinder hatte sie für einen Moment sich selbst überlassen, um ihrer Tochter beizustehen. Besorgt betrachtete sie die klaffende Wunde, sie musste genäht werden, eindeutig. Lotte bekam kaum etwas mit. Ihr Kopf dröhnte und ihr Herz, eben noch so froh und voller liebevoller Gedanken, schmerzte zum Zerspringen. Wilhelm schien ihr weiter weg denn je.

Endlich waren sie an der Reihe.

»Das muss gesäubert werden vor dem Nähen, mit ganz viel Jod, unbedingt«, rief ihre Mutter aufgeregt, als sie Lotte in den Behandlungsraum führten.

»Was denken Sie, was wir hier tun?« Der Arzt fuhr sie harsch an. »Wenn Sie dann bitte draußen warten würden …«

»Immer diese Mütter, die machen einen ganz verrückt. Tun Sie dies, tun Sie das, tun Sie meinem Liebling bloß nicht weh, aber machen Sie ihn schnell gesund«, meinte der Arzt, während er Lotte die Stirn wieder zusammennähte. Sie hatten ihr eine örtliche Betäubung verpasst, sodass sie kaum etwas spürte. Nur die Kopfschmerzen, die wurden immer schlimmer und brachten sie zum Schweigen. Sie hätte dem Arzt gerne gesagt, dass ihre Mutter nicht gerade zimperlich im Umgang mit Kindern war. Sonst würde sie nicht all die Rangeleien auf dem Schulhof aushalten, all das Gebalge und Gestreite.

»Besser, sie sorgt dafür, dass so ein fesches Mädel einen richtigen Mann bekommt, der ihr die Flausen austreibt.« Damit setzte er den letzten Knoten, verpflasterte unsanft, was zu verpflastern war, und schickte Lotte mit der überflüssigen Anweisung nach Hause, sich auszuruhen und zu erholen.

Mitten in der Nacht wurde Lotte wach, weil ihr Kopf glühte und der Mund brannte. Sie hatte einen höllischen Durst. Mühsam rappelte sie sich auf und wankte in die Küche, um sich ein Glas Wasser einzuschenken, schleppte sich wieder zurück durch die kalte Wohnung und deckte sich sorgsam zu, obwohl ihr so heiß war. So fieberte Lotte dem Morgen entgegen und wusste nur, dass sie zu Hause in ihrem Bett lag. Der Kopf schmerzte, die Wunde pochte, sie fühlte sich elend. Immer wieder schlief sie ein, fiel ins dunkle Nichts, als wäre sie ohnmächtig, es war kein erholsamer Schlaf, der Lotte umhüllte. Im Fiebertraum erschien ihr Hedwig, das Gesicht zu einer fiesen Fratze verzogen, umrahmt von goldenem Engelshaar, und schrie ihr Befehle entgegen: *Vergiss ihn, vergiss ihn, vergiss ihn*! Dabei wiegte sie ein Baby in den Armen, das sich vor Lottes Augen in rasender Geschwindigkeit verdoppelte, es wurden vier, bald waren es acht Babys, und das Mutterkreuz in Gold baumelte Hedwig am Hals. Es wog so schwer, dass es sie hinunter in den Fluss zog, der in Wirklichkeit eine Höhle war. Hedwig winkte Lotte zu, während sie in der von Kindern überfluteten Dunkelheit verschwand, um kurz darauf in Gestalt von Ruth vor ihr zu stehen und ihr mit einer goldumrandeten Kaffeetasse zuzuprosten.

Ruth streckte die Hände nach ihr aus, lächelte ihr zu. Lotte blinzelte ungläubig, hob die schweren Augenlider, und dann streichelte jemand Lotte über die Stirn. Sie schmiegte ihre Wange in die Handflächenhöhle, atmete augenblicklich ruhiger, ein liebevoller Strom der Zärtlichkeit durchfloss sie, erfüllte sie durch und durch, ganz warm.

»Sie muss ins Krankenhaus«, hörte sie eine vertraute Stimme. Sie klang besorgt.

Starke Arme packten sie, eine Decke wurde über sie gelegt. Jemand trug Lotte vorsichtig die Treppe hinunter und setzte sie in einen Leiterwagen. Diesmal sparte der Arzt sich seine Witzchen und zog sofort eine Spritze mit Penicillin auf.

»Blutvergiftung«, hörte sie ihn sagen, und dann machte er sich abermals an ihrem Kopf zu schaffen, öffnete die Wunde wieder und säuberte sie gründlich.

»Sauber wie ein desinfiziertes Ghetto«, sagte er zufrieden, als er die Stiche setzte und verpflasterte und Lotte wieder halbwegs bei Bewusstsein war. »Das können Sie Ihrer Mutter sagen.«

Lotte hütete sich, ihrer Mutter von den unsäglichen Äußerungen des Arztes zu berichten, überhaupt ließ sie seine Sprüche über sich ergehen und schämte sich hinterher, weil sie nicht protestiert hatte.

Diesmal war es Fritz, der nach Magdas Anweisungen die Schwester umsorgte. Aber Lottes Schmerzen waren nicht mit einer Spritze, Pflastern oder Medikamenten zu heilen. Der Tee brachte Linderung, die Pastillen auch, aber sie fühlte sich dennoch elend und krank. Erinnerungen und Sehnsucht quälten sie. Warum kam Wilhelm sie nicht besuchen, warum hinterließ er ihr nicht wieder eine Nachricht? Hatte er sie vergessen, vergessen, was zwischen ihnen war? Dass er ihr ein Wiedersehen versprochen hatte? Er hatte doch ganz bestimmt von Fritz erfahren, wie schlecht es ihr ging.

Gleichzeitig hatte Lotte ein schlechtes Gewissen, wenn sie an Hans dachte, den Ring, seinen Ring, der jetzt irgendwo da draußen im Schnee lag. Vielleicht würde ihn bei der Schmelze im Frühjahr jemand finden. Sie hatte alles aufs Spiel gesetzt für einen, der kam und ging, wie es ihm gefiel. Sie konnte sich nicht daran gewöhnen. Sie konnte Wilhelm und seinen Kuss nicht vergessen.

Fritz war es, der der Liebeskranken die Augen öffnete. Lotte war mittlerweile wieder auf den Beinen, wenn auch schwach und antriebslos. Mit bleichem Gesicht saß sie in der Küche, nähte für Ruth und die anderen Decken und Kleidung oder strickte aus Wollresten warme Pullover. Fritz unterstützte sie, war aber der Meinung, dass es für ihn selbst zu gefährlich wäre, in den Wald zu gehen. So brachte Otto die Sachen in die Höhle, während Lotte zu Hause vor Kummer verging, die Arbeit lenkte sie kaum ab. Dass sie fast den ganzen Tag alleine verbrachte, machte die Sache nicht besser. Inzwischen war sie sich fast sicher, dass es da eine andere Frau gab, an die Wilhelm gebunden war, und dass er sich deshalb nicht bei ihr blicken ließ. Warum sonst diese Heimlichtuerei? Immer wieder wanderten ihre Gedanken zu Wilhelm, immer wieder wünschte sie sich, Ruth wäre an ihrer Seite, sie könnte ihr ihr Herz ausschütten, reden, und Ruth würde sie trösten, wie es nur eine Freundin konnte. Wie gut hätte das getan.

Da brachte Fritz ihr eines Tages einen Stoß Papier in die Küche, den Lotte unter ihrem Bett aufheben sollte. Er habe keine Zeit, sich weiter darum zu kümmern, Magda warte auf ihn. Wie selbstverständlich bat er sie darum, während sie Kartoffeln schälte.

»Wenn du ihm einen Gefallen tun willst, zwingst du ihn nicht, sich zwischen dir und seiner Mission zu entscheiden. Wilhelm muss frei sein«, meinte er wie nebenbei, drückte Lotte die Mappe in die Hand und war schon wieder verschwunden, nicht ohne sich vorher ein Stück rohe Kartoffel aus der Schüssel gemopst zu haben.

»Welche *Mission*? Und wieso frei? Was hat das mit mir zu tun? Jetzt sag schon, Fritz Braunstett, was weißt du über ihn?«, rief sie ihrem Bruder hinterher, doch der drehte sich noch nicht einmal um und war auch in den folgenden Tagen nicht bereit, ihr eine Antwort zu geben, sosehr sie ihn auch bedrängte. Aber sie musste endlich mehr über Wilhelm erfahren! Also tat sie das, was man eigentlich nicht machte, und blätterte in die Unterlagen hinein. Es waren handgeschriebene Notizen, meistens hingeworfene Zweizeiler, aber auch ewig lange, aneinandergereihte Sätze mit komplizierten Inhalten, aus denen Lotte nur eins immer wieder herauslas: Wilhelm war der Meinung, dass jeder Einzelne seinen Teil der Verantwortung übernehmen sollte an dem, was da gerade in Deutschland geschah, ohne Wenn und Aber, ohne Ausrede, schließlich hatten sie ihn mehrheitlich gewählt.

Lotte schluckte. Wie recht er hatte! Aber was nützte es, wenn sie sich der Ungeheuerlichkeiten bewusst war und doch nicht handelte? Sie konnte doch nicht ständig mit einem schlechten Gewissen herumlaufen! Das Leben ging doch weiter! Gleichzeitig bangte ihr Herz in jeder Sekunde um Ruth, Vati, Hans und alle, fühlte sie sich furchtbar angesichts der schrecklichen Taten des Regimes, die niemand niemals wiedergutmachen konnte. Sofort erinnerte sie sich an ihr unbehagliches Gefühl seinerzeit, als sie Onkel und Tante im Odenwald besuchten. Da hatte sie auch einfach geschwiegen und nichts erwidert, als die ihre Nazi-Parolen zum Besten gegeben hatten. Oder wenn Hedwig von ihrer Frauenschaft schwärmte, dann hörte sie auch nur zu und sagte nichts. Seufzend blätterte Lotte weiter. So einfach, wie Wilhelm sich das vorstellte, war es doch gar nicht! Oder doch? War sie einfach nur feige? Auf einem anderen Blatt las sie dann weitere Gedankenschnipsel von Wilhelm.

… und doch nimmt die Mehrheit alles einfach hin! Macht mit, schaut zu, niemand widersetzt sich, alle halten still wie hypnotisierte Kaninchen.

… warum schweigen sie alle? Ist es wirklich nur die Angst um das eigene Leben? Oder schweigen sie auch aus einem Gefühl von Schuld heraus, weil alles andere ein Eingeständnis ihrer Zeugenschaft wäre?

Lotte nickte zustimmend. Das waren interessante Gedanken und Fragen, die Wilhelm da hatte.

… ich hoffe und bete, dass es viele sind, die im Verborgenen ihre Meinung vertreten, heimlich Reden schwingen oder Gott um Hilfe bitten, unsere Flugblätter lesen.

… ich hoffe und bete, dass sich der eine konsequent weigert, der Hitlerjugend beizutreten.

… ich hoffe und bete, dass der andere seine Bibel niemals gegen das Parteibuch eintauschen oder das Hakenkreuz in seiner Kirche aufstellen wird.

… ich hoffe und bete, dass es viele stille Helfer gibt, die Juden verstecken, Fahnenflüchtigen und Andersdenkenden helfen.

… ich hoffe und bete für sie, sie alle handeln als Mensch in dieser unmenschlichen Zeit. Mein Weg ist jedoch …

Hier brachen die Notizen ab, als ob Wilhelm beim Schreiben gestört worden wäre. Nachdenklich verstaute Lotte seine Unterlagen wie versprochen unter ihrem Bett, auch nicht schlauer als zuvor. Nur dass sie jetzt das schlechte Gewissen plagte, weil sie in seinen Sachen herumgeschnüffelt hatte. Schlimmer noch: Sie fühlte sich schuldig, weil sie wie die meisten Deutschen schwieg. Ob es eine andere Frau gab, hatte sie nicht herausgefunden.

So wurde Lotte noch stiller und nachdenklicher als zuvor. Manchmal befürchtete sie, bei dem Sturz gegen die Mauer hätte ihr Kopf einen ernsthaften Schaden erlitten. Wie konnte sie nur! Zwei Männer gleichzeitig lieben. Einen Mann lieben, den sie kaum kannte. Der etwas vor ihr verbarg, ein Geheimnis in sich trug, das er ihr nicht anvertrauen wollte, ein doppeltes Spiel spielte, dessen Regeln sie noch nicht verstanden hatte. Die Gewissensbisse brachten sie jede Nacht um den Schlaf – wenn es nicht der Fliegeralarm war.

In Wirklichkeit war es nicht Lottes Kopf, sondern ihr Herz, das krank und verletzt war, sie verzehrte sich vor Sehnsucht nach ihm. Manchmal wusste sie vor lauter Kummer weder aus noch ein, verkroch sich in der Küche oder grub den Garten um. Sobald es wärmer würde, müsste gesät werden, Kartoffeln hatte sie schon gesetzt. Sie spürte die besorgten Blicke der Mutter, wenn diese aus der Schule kam und ihre Tochter in der dunklen Küche hocken sah, die Schüssel mit den geschälten Kartoffeln im Schoß und noch lange nicht fertig. Lotte fühlte sich schwach, ging nicht zur Uni und las nicht einmal mehr in ihren Büchern.

Erst nach endlos vielen Tagen fand sie wieder genug Kraft, den langen Weg zur Höhle auf sich zu nehmen, um Ruth alles zu erzählen. Die lächelte still.

»Du musst nicht traurig sein! Hans liebt dich und du liebst Wilhelm und er liebt vielleicht eine andere, das ist der Kreislauf der gebrochenen Herzen.«

»Du wieder!« Lotte fühlte sich nur ein bisschen getröstet.

»Du kannst ihn ja trotzdem lieben«, meinte Ruth.

»So alleine?«

»Hast du mir nicht selbst erzählt, wie wunderbar frei sich deine Liebe für ihn anfühlt? Das ist großartig, Lotte! Lebe es, liebe es.«

Lotte nickte, schon froher im Herzen. Warum nicht, ihre Gefühle für Wilhelm ließen sich ja sowieso nicht abstellen. Und hatte sie das nicht damals im Schnee ganz intensiv gespürt, Liebe und Freiheit zugleich?

»Du ohne Liebe … das mag ich mir überhaupt nicht vorstellen.« Ruth drückte ihre Freundin an sich.

»Ich werde also einfach vor mich hin lieben«, murmelte Lotte und lächelte dabei.

Nur mühsam bahnten sich die ersten Knospen ihren Weg, Krokusse, Forsythien, langsam erwachte die Welt aus ihrem Winterschlaf und verwandelte die kargen Äste in lebendiges Grün. Zaghaft zeigten sich die ersten bunten Triebe der Tulpen und Narzissen, sie würden sich beeilen müssen, wollten sie zu Ostern blühen. Dabei sehnten sich die Menschen so nach Sonne und Leichtigkeit! Der ständige Fliegeralarm und das Verdunklungsgebot machten sie alle mürbe, die vielen Todesanzeigen gefallener Soldaten in den Zeitungen auch. Immer öfter fielen Bomben auch in ihrer Nähe und zerstörten ganze Straßenzüge, immer mehr Städte wurden total ausgebombt, man erzählte sich den Witz von den »Warenhäusern«.

Doch das Leben ging weiter, immer wieder gab es Einladungen, geselliges Beisammensein im Schatten des Krieges, man feierte Geburtstage oder Fronturlaube, Geburten oder

Hochzeiten. Letztere setzten kleine Nadelstiche in Lottes Herz. Ihrer Mutter hatte sie erklärt, dass sie den Ring verloren hatte, und einen zweifelnden Blick geerntet.

Dem schwarzen Markus und seiner Predigt von der Auferstehung und dem Ewigen Leben glaubte kaum jemand mehr, weshalb die Vorbereitungen für das bevorstehende Osterfest dürftig ausfielen. Damit seine Kirchenbank nicht völlig leer blieb, besuchte Lotte wieder regelmäßig seine Gottesdienste. Vielleicht auch, um ein Zeichen zu setzen. Doch Lotte vermisste offene Worte, der Pfarrer schien Angst zu haben und predigte nur noch von Frieden und Harmonie. Als bei einem ihrer Gottesdienstbesuche die Nazi-Fahne den Altar schmückte, ging sie danach nicht wieder hin.

In ihr selbst aber blieb die Liebe zur Freiheit und zu Wilhelm, und trotz ihrer Sehnsucht und der Ungewissheit machte sie sie auf besondere Weise froh. Sie versuchte, sich nicht mehr von dem braunen Regime drangsalieren zu lassen, die Schreckensnachrichten auszublenden und stattdessen Zuversicht und Vertrauen nachzuspüren. Das war sie auch Ruth schuldig, die Tag für Tag, Nacht für Nacht in der Höhle ausharrte. Und hatte Wilhelm es nicht auch zu ihr gesagt: Vertraue mir!

Es fiel ihr nicht leicht, die Traurigkeit wollte immer wieder zurück, doch gemeinsam mit Ruth konnte sie sogar ab und zu wieder lachen, herumalbern wie zu früheren Zeiten. Als dann am Ostersonntag die Sonne schien, die Narzissen blühten und Otto zum ersten Mal in diesem Jahr kurze Hosen tragen konnte, war Lotte seit Langem wieder leicht ums Herz, *Hoffnungsglück*. Sie hatten ein kleines Festmahl bereitet, selbstredend erhielten die Menschen in der Höhle die größere Portion. Fritz war mit Magda zum Essen gekommen, gemeinsam spielten sie mit Otto *Mensch ärgere Dich nicht*. Nur diesmal war es Magda, die ständig gewann.

Weil die Mutter sich lieber ausruhen wollte, machten sie sich zu viert auf zum Osterspaziergang, begleitet von Lumpi, der im Park begeistert nach den ersten Schmetterlingen schnappte. Lotte hatte sich Locken gemacht, trug ihr gelbes Lieblingskleid mit dem blauen Jäckchen und ließ sich von Fritz und Magda von deren »Reiseplänen« erzählen. Sie wollten in die Schweiz, sich vor dem Krieg und den Nazis in Sicherheit bringen und dort ein neues Leben beginnen.

»Es wird immer schwieriger für mich«, sagte Magda. »Ich fühle mich ständig beobachtet, das ist entwürdigend.«

»Höchste Zeit zu verschwinden«, meinte Fritz. »Magda riskiert täglich ihr Leben … und ich, dass ich doch noch meinen Marschbefehl kriege.«

»Fritz denkt immer nur an sich!«, sagte Magda und schüttelte den Kopf. »Als ob es so einfach wäre, alles hinter sich zu lassen. Die Menschen brauchen uns.«

»Deswegen gehen wir ja auch noch nicht übermorgen.« Er nahm ihre Hand und drückte einen Kuss darauf, und Magda lachte. Typisch Fritz!

Fröhlich schlenderten die jungen Menschen über die Wiese. Niemand wäre auf die Idee gekommen, dass sie Pläne gegen das Regime schmiedeten, dabei waren, das Land und den Krieg hinter sich zu lassen, und mehr noch, anderen dabei halfen, es ihnen gleichzutun.

»Und für dich, Otto und Mutti ist es woanders auch viel sicherer. Wer weiß, vielleicht fällt ihnen eines Tages doch noch ein, uns auszubomben …«, sagte Fritz gerade, da gesellte sich Wilhelm wie selbstverständlich zu ihnen.

»Hoppla, so ein Zufall!« Er hakte Lotte einfach unter, und zu fünft setzten sie ihren Weg fort. Zwei junge Paare, die die Frühlingssonne genossen, und ein kleiner Junge mit seinem Hund.

Lotte war rot angelaufen, ihr Herz hüpfte vor Glück und gleichzeitig brodelte es in ihr. Was fiel ihm ein, wieder einmal wie aus dem Nichts aufzutauchen und so tun, als sei es das Normalste der Welt? Sie wusste nicht, was sie sagen sollte. Sie musste auch nichts sagen, Wilhelm erzählte in einer Tour. Er trug seine Uniform, und als Lotte ihn verstohlen von der Seite musterte, spürte sie, wie seine Hand ihren Arm enger an sich drückte.

»Komm, wir holen dir bei Frieda am Kiosk ein Eis«, meinte Magda zu Otto, der mit Lumpi herumtollte, und zog Fritz mit sich.

»Wie geht es dir, bist du wieder gesund?«, war Wilhelms erste Frage, als sie alleine waren. Er war stehen geblieben und schaute Lotte an, strich ihr wie nebenbei die lockige Strähne aus der Stirn, die die Narbe verbarg.

»Mir geht es gut«, antwortete Lotte und wehrte seine Hand ab. »Wo warst du? Warum hast du dich nicht gemeldet?«

»Das ist eine komplizierte Geschichte …« Er hatte sich wieder abgewandt und zog sie weiter.

»Und warum ist alles so kompliziert?« Missmutig lief sie neben ihm her. Da sah sie ihn seit Wochen zum ersten Mal wieder und konnte sich überhaupt nicht richtig darüber freuen. »Jaja, sag nichts, es hat etwas mit deiner Uniform zu tun und warum du gleichzeitig mit Magda und den anderen zu tun hast, oder? Oh, wie ich diese Geheimniskrämerei satthabe. Bist du deswegen etwa in meinem Bohnenbeet gelandet?«, schnaubte sie.

»Bitte, Lotte, verstehe doch … ich kann nicht darüber sprechen.« Wilhelm atmete hörbar aus.

»Du kannst mir vertrauen, ich erzähle es niemandem.«

»Natürlich nicht. Aber du hast ja selbst bei Fritz erlebt, was passiert, wenn du nicht ihrer Meinung bist … und du weißt, wozu sie noch in der Lage sind.« Wilhelm verzog schmerzlich sein Gesicht. »Wir müssen vorsichtig sein, sehr vorsichtig, sie haben ihre Spitzel überall.«

»Du bist selbst einer von ihnen …«

»Das glaubst du doch nicht wirklich.« Entrüstet schüttelte er den Kopf. »Das ist nur Tarnung, sie gibt mir die Möglichkeit, zu überleben, ganz nah dran zu sein und an Informationen zu gelangen. Aber ich weiß nicht, wie lange ich das noch durchhalte … die Befehle, das Gebelle … Wie kann ich die Menschen bestrafen, auf deren Seite ich stehe? Für die ich kämpfe? Manchmal denke ich, das halte ich nicht aus.« Wilhelm war stehen geblieben, unter der Weide neben dem Springbrunnen. Ganz dicht, ganz nah. Wie konnte sie ihm böse sein.

Lotte schmiegte sich an ihn. Wie gut tat es, ihn zu spüren, seine Wärme zu atmen. Er war hier, bei ihr, endlich, und endlich redete er mit ihr, auch wenn er immer noch nicht ganz offen sprach. Sie spürte seine Verzweiflung, die Zerrissenheit.

»Ich hatte solche Angst um dich«, flüsterte er in ihre Haare, drückte zärtlich kleine Küsse auf ihre Stirn und auf ihre Narbe, als wollte er damit den schrecklichen Unfall vergessen machen. »Versprich mir, dass du von nun an besser auf dich aufpasst!«

»Versprich du mir, dass du nicht einfach wieder so lange wegbleibst«, erwiderte Lotte.

»Ja«, sagte er und drückte sie noch fester an sich. »Aber es ist nicht so einfach, wie du denkst.«

»Und warum ist es so kompliziert?« Lotte atmete tief durch. Ihr Leben war seit einer Weile auch nicht mehr so einfach, nicht nur wegen des Krieges.

»Gehen wir ein Stück, dann redet es sich leichter.« Wilhelm zog sie einfach weiter, und Lotte löste sich nur widerwillig aus der Umarmung.

»Es ist so«, begann er umständlich und Lotte hörte seiner Stimme an, dass es wirklich kompliziert sein musste, was er ihr zu sagen hatte. »Ich lebe in einer anderen Stadt, aber sie haben mich für die nächsten Monate hierher abkommandiert, leider.« Er verzog mit gespieltem Entsetzen das Gesicht und rollte die Augen.

»Sie … wer genau?«

Wilhelm zuckte zusammen, setzte zum Sprechen an, sagte dann aber nur: »Mehr kann ich darüber nicht sagen … bitte, Lotte.«

»Jaja, ich kann mir schon denken, besser, ich weiß nicht zu viel. Und ich soll dir vertrauen«, warf Lotte bissig dazwischen. Sie musste dreimal tief durchatmen, um sich wieder zu beruhigen. Was immer er vorhatte, ganz bestimmt könnte sie ihn bei seinem Vorhaben unterstützen, sie hatte ja seine Flugblätter und Notizen gelesen. Und schließlich wussten Fritz und Magda auch Bescheid.

»Du musst mich nicht für dumm verkaufen. Ich weiß alles. Und du vertraust mir nicht«, stellte sie fest.

»Ich kenne dich nicht«, erwiderte er nüchtern, und das wäre der Moment gewesen, in dem sich Lotte hätte umdrehen müssen. Was fiel ihm ein? Natürlich kannte er sie.

»Dann lerne mich eben kennen«, rief sie, halb empört, halb übermütig.

»Bin schon dabei!« Er zog sie in seine Arme.

»Ich kenne dich ja auch nicht«, flüsterte sie, »aber ich weiß, wie du küsst.« Zärtlich fuhr sie mit ihrer Fingerspitze die Konturen seines Mundes nach, tauchte in seine Augen ein, unendliches Grün, sie spiegelte sich darin, tanzte in den gelben Tupfen.

Wieder und immer wieder küssten sie sich, auf die Wange, auf die Lippen, versteckten sich hinter einem Busch, und Lotte war es nur recht. Nicht auszudenken, wenn sie Hans' Mutter begegnen würde.

»Triff mich heute Nacht«, flüsterte Wilhelm mit rauer Stimme. »Wenn es Fliegeralarm gibt, fällt es nicht auf!«

»Wo?«, hauchte Lotte atemlos zurück und glaubte, nicht richtig gehört zu haben. Er wollte sich mit ihr treffen, heimlich.

»Unten, unter eurer Straße, du musst durch euren Luftschutzkeller in den nächsten Gang und dann unter den Häusern durch. Ich laufe dir bis zu deiner Treppe entgegen … Kommst du?«

Zur Antwort nickte Lotte stumm.

»Ich kann es kaum erwarten … du und ich … ganz alleine. Ohne ständig aufpassen zu müssen, dass uns jemand beobachtet.« Wilhelm zog sie flüchtig an sich, küsste sie ein letztes Mal und verließ dann eilig den Park.

Benommen vor Glück lief Lotte nach Hause, ihr war es egal, dass sich die Menschen nach ihr umdrehten, sollten sie doch denken, was sie wollten. Lotte schwebte durch die Straßen, hüpfte über das Kopfsteinpflaster, tanzte die Treppen hinunter. Wilhelm war gekommen und hatte sie geküsst, sie würde ihn wiedersehen … Über den Adolf-Hitler-Platz lief sie und durch den Park, vorbei an Oltkes Laden und dem Bäcker, zurück in den Deppertweg.

Gleich nach dem Abwasch verzog sich Lotte auf ihr Zimmer, mit klopfendem Herzen wartete sie. Nur gab es in dieser Nacht keinen Alarm, die Sirenen schwiegen. So lag Lotte Stunde um Stunde auf ihrem Bett und wusste nicht, was sie tun sollte. Sie hörte, wie erst Otto und dann die Mutter zu Bett gingen und überall im Haus Ruhe einkehrte, das Trappeln der Füße und Rauschen der Rohre verstummte. Ob Wilhelm trotzdem auf sie wartete? Irgendwann hielt sie es nicht mehr aus, schlüpfte in ihre Schuhe und schlich so leise wie möglich aus der Tür. Kurz hielt sie den Atem an, aber die Mutter hatte nichts bemerkt, alles blieb ruhig.

Die Treppen knarzten und Lotte rechnete jeden Moment damit, dass der Else das Licht anmachte und sie entdeckte. An der obersten Kellerstufe blieb sie kurz stehen, es kostete sie Überwindung, ins dunkle Nichts hinabzusteigen. Durch das Gitterfenster fiel fahles Mondlicht, Schatten huschten an der Wand, so groß wie Ratten, so flink wie Mäuse. Lotte schüttelte sich. Völlig verrückt, was sie hier tat, völlig verrückt. Ein leiser Schrei entfuhr ihr, als sie gegen etwas Großes, Weiches prallte.

»Ich habe gewusst, dass du kommst! Endlich.« Warme Arme umfingen sie, leidenschaftlich. Lotte spürte seine Lippen, seine drängende Sehnsucht, nur zu gerne erwiderte sie seinen Kuss und tauchte ein in dieses taumelige Gefühl des heißen Glücks.

»Warte, nicht hier.« Wilhelms Atem ging stoßweise, er zog sie an sich, um sie sogleich an der Hand zu fassen und durch den Keller mit sich zu ziehen, von einem Haus zum nächsten liefen sie, es musste fast der gesamte Deppertweg sein, den sie über sich ließen. Man hatte die Keller der Häuser miteinander verbunden, damit die Menschen ins Freie konnten, falls einer der Schutzräume verschüttet würde. Wilhelm führte sie zielsicher durch ein Labyrinth der Kellergänge, bis sie vor einer unscheinbaren Tür standen. Öffnete man sie, empfingen einen auf den ersten Blick nur Gemäuer und Geröll. Auf den zweiten lag dahinter ein Räumchen, kaum größer als Lottes Kammer. Hier gab es eine Matratze und Licht, auf dem Boden standen Kerzen, die den kargen Wänden etwas Heimeliges verliehen.

Lotte war stehen geblieben, unschlüssig beobachtete sie Wilhelms Bewegungen, sie wirkten vertraut, merkwürdig vertraut, sie wusste schon im Voraus, was er als Nächstes tun würde: Er blieb vor ihr stehen und schaute ihr in die Augen, ein scheues, fragendes »Willst du?« folgte, und dann halfen sie sich gegenseitig aus ihren Kleidern. Eilig knöpfte sie ihm das Hemd auf, da hatte er ihr schon die Bluse über den Kopf gezogen. Mit bebenden Fingern öffnete er ihren BH, kniete vor ihr, um für einen Moment wie andächtig vor ihren Brüsten innezuhalten, umfuhr sanft die Konturen ihrer Rundungen, zupfte an den Brustwarzen, die sich erwartungsvoll aufgestellt hatten, liebkoste sie, umkreiste sie mit der Zunge, um dann mit den Lippen weiterzuwandern zwischen ihre Schenkel, wo er sie sanft kostete und ihr Seufzer der Lust entlockte.

Längst lagen sie auf der Matratze, zitternd, bebend. Wie von selbst wanderten Lottes Hände über seinen Körper, fühlten seine Haut, die gespannten Muskeln und seine Erregung, als sie sein Glied in ihren Händen hielt. Nie im Leben hätte sie zu träumen gewagt, dass es sich so weich und so hart zugleich anfühlen würde. Schauer liefen wie in Wellen durch ihren Körper, voller Erwartung presste sie sich an ihn und nur kurz durchzuckte sie ein leiser Schmerz, als er in sie drang, um sie mit sanften Stößen ins Glück zu tragen.

Erst hinterher dachte Lotte darüber nach, dass Wilhelm jetzt ihr erster Mann war und nicht Hans wie versprochen. Ein flüchtiger Gedanke und gleich wieder weg. Es gab nichts Falsches an ihren Gefühlen. Sie war hier, bei ihm, lag in seinen warmen Armen und wusste, sie konnte nie wieder ohne ihn sein. Innig umschlungen lagen sie da, spürten dem Beben in ihren Körpern nach, als könnten sie beide nicht fassen, was da gerade mit ihnen geschehen war.

»Ich muss gehen«, flüsterte Wilhelm nach einer Weile in ihre Haare, sie nickte und ahnte, dass es sinnlos war, weitere Fragen zu stellen.

Lotte wusste schon jetzt nicht, wie sie die Zeit ohne ihn aushalten sollte.

Dezember 2019

Am Anfang war der Schrei. Klar und schrill durchschnitt er die Nacht, weckte Hazels tief schlafendes Herz und machte, dass sie pochend erwachte. Schlaftrunken richtete sie sich auf, horchte angestrengt in die Dunkelheit hinein. Da, wieder. Ein Wimmern, oder war es doch ein Stöhnen und Seufzen? Es folgten jetzt leisere Schreie, wenn es denn überhaupt noch Schreie waren, nicht einfach Laute.

Konnten Schreie leise sein?

Ihr Körper sehnte sich nach Ruhe, wollte schlafen, nicht an morgen denken, in wenigen Stunden würde der Wecker klingeln.

Seufzend rieb sich Hazel die Augen, alles in ihr vibrierte, sämtliche Sinne: wach. Der Schrei war durch ihre Ohren tief in ihren Körper gedrungen, hatte in Sekundenschnelle sämtliche Zellen erfasst.

Ein Weckruf.

Theo neben ihr schnarchte zum Erbarmen laut. Sanft berührte Hazel seine Schulter. Die Schnaufer setzten für einen Augenblick aus. Die Stille beschwichtigte, beruhigte. Für einen Moment wollte sie Theo wecken, die Hand schon in der Luft, doch gerade als sie abermals sanft seine Schulter berühren wollte, drehte er sich mit einem Ruck zur Seite, zog die Decke fest um sich und schnarchte grunzend weiter, lauter als zuvor. Erschrocken hielt Hazel in der Bewegung inne.

Wieder ein Schrei, lauter diesmal. Jetzt drangen die Geräusche in rhythmischer Gleichmäßigkeit an ihr Ohr, Schreien, Wimmern, Stöhnen wechselten sich ab. Hazel hörte zu, wie sich das junge Pärchen in der Wohnung über ihnen die Seele aus dem Leib vögelte.

Hazels Körper glühte, beschämt und erregt zugleich. Während sich ihr Atem langsam wieder beruhigte, Theos Schnarcher abermals einen Aussetzer machten und sich in dieser Atempause eine nie gekannte, beinahe friedliche Stille über das gesamte Haus legte, stach die Gewissheit unbarmherzig und mit Eiseskälte zu.

Das letzte Mal mit Theo war lange her. Viel zu lange für ein Paar, das noch nicht einmal verheiratet war. Und schon gar nicht war der Sex mit Theo wild und laut und hemmungslos, wie früher, als Hazel sich durch den Abi-Jahrgang geliebt hatte auf der Suche nach Abenteuer. Bei der Erinnerung zeigte sich ein zufriedenes Lächeln auf ihrem Gesicht. Hazel zog die Decke fester um sich, um den längst vergessenen Gefühlen nachzuspüren.

Kein Vergleich zu dem gewohnheitsmäßigen Ritual mit Theo. Nur ganz selten hatte sie die Initiative ergriffen, in den letzten Wochen und Monaten sowieso nicht mehr. Theo trank in letzter Zeit noch mehr als sonst und war noch mal fünf Kilo schwerer geworden, ein Klotz von Mann, schnaufend, so viel Fleisch, das sich um sie klammerte und sie zu erdrücken drohte. Irgendwo angesiedelt zwischen Lust und träger Gewohnheit hatte sie die Abfolge seiner Berührungen wieder und wieder zugelassen, doch sie erregten sie nur noch mit viel Willen und Konzentration.

Hazel spürte, wie Tränen in ihr hochstiegen, plötzlich fiel ihr das Atmen schwer. Sie trank einen Schluck Wasser aus dem Glas, das immer neben ihrem Bett stand, um das beklemmende Gefühl in ihrer Brust zu verdrängen. Da war es wieder. Es ist alles gut, versuchte sie sich zu beruhigen, du hast alles, was du willst, und noch mehr, du heiratest ihn, er liebt dich und wird dich auf Händen tragen. Du erwartest ein Kind von ihm. Denkst du, hoffst du. Mach endlich den Test, dann hast du Gewissheit.

An Schlaf war nun nicht mehr zu denken, obwohl jetzt alles ruhig war, das Pärchen hatte beglückt voneinander abgelassen.

Nur das leise Surren des Kühlschranks drang aus der Küche, ein vertrautes Geräusch schlafloser Nächte, in denen sie durch die Wohnung gewandert war, zu müde, um schon wach zu sein, zu wach, um weiterschlafen zu können.

Leise, um Theo nicht zu wecken, stand Hazel auf und schlich ins Badezimmer. Der Schwangerschaftstest lag schon seit letzter Woche in ihrer Schublade, und sie hatte immer wieder eine Ausrede gefunden, ihn nicht anzuwenden. Sie hatte Angst vor dem Ergebnis. Jahrelang war ein Kind alles gewesen, was sie sich gewünscht hatte. Und jetzt … jetzt schien es ihr plötzlich unpassend, dass Theo der Vater sein sollte. Wie konnte das sein? Alles in ihr sehnte sich nach weichem Babyduft, und gleichzeitig spürte sie in diesem Moment, dass ein Kind ihr Leben nur verkomplizieren würde. Es würde ihre Probleme nicht lösen, stattdessen würde es nur neue bringen.

Mit der ungeöffneten Packung in der Hand ließ sich Hazel rücklings an den Kacheln auf den Boden rutschen. Lange Zeit saß sie so da, spürte, wie die Kälte in ihrem Rücken langsam durch ihren Körper kroch, sie lähmte und bewegungslos machte. Theo hätte sie ausgelacht, wenn er sie so hätte sitzen sehen, ihr die Zweifel weggeküsst und für sie entschieden, endlich den Test zu machen, damit sie Gewissheit hätte für das, worauf sie sich so sehr freute.

Henry hätte sie in seine Arme gezogen, von den Kacheln weg, und sie gewärmt. Ihr zugeflüstert, dass sie sich nicht verrückt machen solle, ein Kind wüsste schon, wann es zu einem kommen wolle und wann nicht, sie könne den Test getrost wegwerfen, es würde nichts an dem Ergebnis ändern.

Entschlossen straffte Hazel die Schultern. Dann warf sie den Test in den Mülleimer und stellte sich unter die Dusche.

*

Lottes Glück fühlte sich wunderbar an, war kaum auszuhalten, so groß und stark, dass es die Dunkelheit des Krieges überstrahlte. Fliegerbomben fielen auf alle Großstädte des Reiches, es gab noch mehr Verletzte, noch mehr Vermisste und unendlich viele Tote, doch Lotte kümmerte es kaum. Vergessen war Hans, vergessen war Vati. Lotte sprühte vor Lebensfreude und war nicht wiederzuerkennen, auferstanden wie der Leibhaftige wirkte sie in ihrer Kraft. Sie besuchte Ruth und ging wieder in die Vorlesungen, sofern denn welche stattfanden, und steckte alle mit ihrer Fröhlichkeit an.

Lotte tanzte durch die Tage – beinahe hatte sie vergessen, wie leicht und wunderbar sich das anfühlte – und fieberte den Nächten entgegen, in denen sie Wilhelm treffen würde. Längst kannte sie den Weg durch die Keller, jeden Winkel, jede Tür, auch die Ratten machten ihr keine Angst mehr. Doch jedes Mal war es ein Katz-und-Maus-Spiel mit dem Else, dem Lottes nächtliche Aktivitäten natürlich nicht entgangen waren. Immer wieder lauerte er ihr auf, immer wieder gelang es ihr, ihm zu entkommen, ihn auszutricksen. Es war gefährlich, was sie tat, er hatte sie in der Hand, und es war nur eine Frage der Zeit, bis er sie auffliegen lassen würde. Denn dass niemand Lottes Anschuldigungen Glauben schenken würde, wenn sie ihrerseits von seinen Verfehlungen erzählte, war so gut wie sicher, der Else hatte überall Freunde. Er war Blockwart, hatte Macht über die Menschen in ihrer Straße, auch über Lotte und ihre Familie. Das wurde ihr einmal mehr schmerzlich bewusst, als sie eines Tages nach Hause kam und der Else gerade ihre Wohnung verließ. Die Mutter saß mit leerem Blick am Küchentisch. Als sie Lotte bemerkte, stand sie auf, strich sich die Kleider glatt und eilte in ihre Schlafkammer.

Wenn aber bei Fliegeralarm die Keller vor Menschen wimmelten, fiel Lotte nicht weiter auf, wie sie in ihrem dicken Mantel durch die Gänge huschte, darunter nur ein leichtes

Nachthemd. Es war verrückt, unvernünftig und vielleicht auch unmoralisch, aber sie hatte keine Wahl, sie musste Wilhelm sehen. Oft trafen Lotte und Wilhelm gemeinsam vor ihrem Geheimversteck ein, fielen sich leidenschaftlich in die Arme und schlossen die Tür hinter sich. Längst hatte Lotte Decken und Kissen herbeigeschafft, so wirkte der Raum nicht mehr so karg. Wilhelm sorgte für Nachschub an Kerzen und hatte immer irgendwas Gutes zu essen dabei, Trauben, Käse.

Fritz wunderte sich. Immer wieder musterte er seine Schwester aufmerksam von der Seite, immer wieder machte er Anspielungen auf ihre Verlobung mit Hans, versuchte sie aus der Reserve zu locken. Aber Lotte schwieg. Dabei strahlten ihre Augen mit der Frühlingssonne um die Wette, Fritz schaute nur nicht genau genug hin.

Hedwig war es schließlich, die Lottes Versteckspiel beinahe auffliegen ließ. Die beiden begegneten sich vor Oltkes auf der Straße. Seit der Sache mit Oma Schmidt waren sie sich lieber aus dem Weg gegangen, doch heute platzte Hedwig vor Stolz und erzählte, dass sie an verschiedenen Lehrgängen und medizinischen Tests teilnehmen durfte.

»Die arische Rasse muss sich erbgesund vermehren«, sagte sie stolz und schämte sich noch nicht mal für diesen Unsinn, den sie da von sich gab. Sie zog Lotte in einen Hauseingang, um ihr unter dem Siegel der Verschwiegenheit zu erzählen, dass sie sich mittlerweile regelmäßig mit Offizieren und Generälen traf.

»Irgendjemand muss uns ja erhalten, von wem soll die deutsche Frau denn sonst schwanger werden? Unsere tapferen Soldaten stehen für unseren Führer an der Front, und wir sind die Mütter … Jetzt guck doch nicht so spießig, ich mach das doch nicht aus Lust und Übermut!« Hedwig rempelte Lotte, die vor Entsetzen die Augen aufriss, kichernd in die Seite. »Das ist unsere Aufgabe!« Sie reckte begeistert die Faust in den Himmel.

Lotte schüttelte sich. Von wegen spießig! Wenn Hedwig wüsste, wie wenig sie sich gerade um die spießbürgerliche Ehemoral scherte … Aber der Erhalt der arischen Rasse kümmerte sie dabei rein gar nicht.

»Komm schon, Lotte, jetzt mach nicht so ein Gesicht. Du weißt genau, dass es nicht der Heilige Geist ist, der die Kinder macht.«

Prompt lief Lotte rot an. Sie dachte an ihr letztes Zusammensein mit Wilhelm, das so wundervoll und intensiv gewesen war, dass sie gedacht hatte, nur auf diesem Weg können Kinder entstehen. Natürlich machte sie sich längst Gedanken darüber, was passierte, wenn sie schwanger würde, ließ sich dann aber jedes Mal wieder schnell von seinen Küssen forttragen. Sie hätte Magda fragen können, aber sie traute sich nicht, niemand durfte ja davon wissen. Instinktiv strich sich Lotte über ihren Unterleib. Besser nicht daran denken! Und jetzt kam Hedwig und legitimierte den Seitensprung, der ja noch nicht einmal einer war, weil sie mit Hans nicht verheiratet war. Nur verlobt.

Lotte spürte, wie Hedwig sie ungeniert von oben bis unten musterte. Sie war ihrer Bewegung gefolgt. »Jetzt sag nicht … Lotte! Du bist mir eine. Ich wusste ja gar nicht, dass Hans auf Heimaturlaub war. Aber keine Sorge, es ist deine ganz natürliche Bestimmung.« Freudig umarmte sie die Freundin, die nicht so recht wusste, wie ihr geschah. »Und es ist schön, gell?«, flüsterte sie ihr noch ins Ohr, und da musste Lotte unwillkürlich nicken.

»Wie geht es deiner Oma?«, fragte sie schnell, um vom Thema abzulenken.

»Das muss dir doch nicht peinlich sein.« Hedwig ging gar nicht weiter auf ihre Frage ein. »Hans ist ein guter Arier, wenn ich mich an seine blauen Augen und seinen gestählten Körper erinnere …« Sie lächelte, und Lotte dachte daran, wie wenig Hans in seinem letzten Brief nach arischem Durchhaltevermögen geklungen hatte.

Lotte hob den Kopf und lächelte zurück. »Du hast recht«, sagte sie. »Es muss mir nicht peinlich sein. Aber verrate mich nicht, ja? Noch ist es mein Geheimnis und ganz frisch, ich habe noch niemandem davon erzählt.«

»Versprochen.« Hedwig umarmte Lotte froh. »Der Führer wird es dir danken! Wir brauchen jedes Kind. Heil Hitler.«

Und weil Lotte nicht wusste, wie sie sich aus Hedwigs Umarmung lösen sollte, ohne sich zu verraten, ertrug sie zum hundertsten Mal deren Litanei über die natürliche Bestimmung der Frau, die von den Roten bedroht sei, weil sie die Frauen statt an den Herd in die Fabrik stellen wollten. Emanzipation sei ja so was von jüdisch, nie im Leben würde dieser Gedanke zu einer arischen Frau passen.

Lotte schaute sie erschrocken an. »Das ist nicht dein Ernst, oder?«

»Natürlich nicht!«, beeilte sich Hedwig zu sagen. »Du weißt genau, wie ich das meine. Ruth wollte ja auch viele Kinder haben …« Sie lächelte schief, und Lotte musste wieder einmal an den Morgen denken, an dem sie die Rosenthals und die anderen auf den Wagen getrieben hatten. Sie schüttelte sich. Vor lauter Liebesglück hatte sie beinahe vergessen, wessen Krieg das war und gegen wen. Hier und überall.

Glücklicherweise kam Otto in diesem Moment um die Ecke, genauer gesagt war es Lumpi, der Hedwig mit gefletschten Zähnen anbellte.

»Was willst du denn?« Erschrocken sprang sie zurück. »Halt doch die Töle fest!«

»Aus, Lumpi, aus!« Otto pfiff den Hund zu sich heran, der augenblicklich gehorchte, Hedwig aber weiterhin anknurrte.

»Du hast da was«, stellte Otto schlau fest. Er grinste von

einem Ohr zum anderen, obwohl ihn irgendetwas bedrückte. Seine Augen wirkten rotgeweint.

»Was soll ich haben?« Hedwig guckte an sich herunter und strich sich wie nebenbei über ihre Abzeichen.

»Das hier!« Otto machte einen Schritt auf sie zu und zog ein Stück Salami aus ihrer Rocktasche. Triumphierend hielt er es in die Höhe. »Das ist für Oma Schmidt, nicht wahr? Da wird sie sich aber freuen!« Sagte es, streckte Hedwig die Zunge raus und war mit Lumpi im Schlepptau schon wieder verschwunden. Hedwig sah ihm sprachlos hinterher.

»Wie geht es denn deiner Oma?«, wiederholte Lotte ihre Frage, froh darüber, endlich das Thema wechseln zu können.

»Ach, die … sie wird es schon irgendwie schaffen.« Hedwig wusste nicht, ob sie lachen oder schimpfen sollte. Und Lotte wusste nicht, was sie über ihre Freundin denken sollte. Woher um Himmels willen hatte sie diese Wurst?

Oben in der Wohnung fand Lotte einen in Tränen aufgelösten Otto vor.

»Sie werden verhungern«, schniefte er, »wenn sie nicht bald etwas zu essen bekommen. Und Kathrin geht es auch wieder schlechter. Was sollen wir nur tun, Lotte?«

Natürlich hatte er die Wurst nicht für Oma Schmidt genommen, sondern für die Menschen in der Höhle. Lotte hatte in den letzten Wochen immer wieder Obst und Gemüse aus dem Garten hingebracht, eine Handvoll Weizen, eingelegte Kirschen, Möhren aus der Miete, die den Winter unbeschadet überstanden hatten. Aber auch ihre Vorräte gingen zur Neige, und manchmal fragte sie sich, wo sie denn überhaupt noch etwas Essbares für sie alle herbekommen sollten, sie musste gut haushalten und alles mit Bedacht einteilen. Moses und ein paar andere Männer waren vor zwei Wochen losgezogen, um ein Wildschwein zu erlegen, das sie bis auf den letzten Knochen aufgegessen hatten. Immer öfter zogen sie jetzt los, der Hunger ließ ihnen keine andere Wahl.

»Sie werden nicht verhungern«, versuchte Lotte ihren kleinen Bruder zu trösten. »Dafür werde ich sorgen, das verspreche ich dir.« Sie versuchte, zuversichtlich zu klingen. Am liebsten hätte sie Wilhelm von dem Versteck erzählt, er wüsste mit Sicherheit Rat und würde alles daransetzen, Ruth und den anderen zu helfen. Aber eine innere Stimme hielt sie davon ab, es würde ihn noch mehr in Gefahr bringen. Wilhelm wollte etwas tun, gutmachen, was nicht gutzumachen war, und Lotte bewunderte ihn für seine Entschlossenheit. Gleichzeitig empfand sie großes Mitgefühl, spürte sie doch immer wieder seine Verzweiflung, sein Hadern mit seinem Handeln, dazu hatte sie nicht erst seine Notizen lesen müssen. Aber Wilhelm schien einem inneren Ruf zu folgen, ein Mensch, der nur Gott und seinem Gewissen unterstellt war, wie er es formulierte. Deswegen war er aus taktischen Gründen in der Partei. So saß er nah am Zentrum der Macht, war rechtzeitig informiert, wenn etwas passierte, und hatte die Möglichkeit, andere zu warnen, das Schlimmste zu verhindern. Längst ließ er sich nicht mehr gemeinsam mit Fritz und Magda blicken, längst hatte er sie beschworen, niemandem etwas von ihrem Verhältnis zu erzählen.

Es war ein gefährliches Spiel, was er da spielte, er riskierte täglich sein Leben. Und Lotte ihres.

Unruhig verbrachte Lotte an diesem Abend zwei, drei Stunden im Keller, zwischen Bangen und Hoffen, aber Wilhelm kam diesmal nicht, auch am nächsten und übernächsten Abend nicht. *Besser, du gewöhnst dich daran.* Lotte ertrug diese Ungewissheit kaum, machte sich die größten Sorgen, sah ihn geköpft, gehängt, gefoltert oder malte sich in den schillerndsten Farben sein Familienleben aus. Sie wusste nicht, welche die schlimmere Vorstellung war. Nach einer Woche ohne ihn hielt Lotte es nicht mehr aus. Sie schnürte Otto ein dickes Bündel mit guten Sachen, ihr fehlte sowieso der Appetit, und schickte ihn alleine zur Höhle. Dann lief sie so schnell sie konnte zu Magda.

»Was willst du?« Magda stand im Türrahmen und schaute sie fragend an.

»Ich brauche deine Hilfe!«

»Ach ja?«

Lotte erntete einen spöttischen Blick aus Magdas dunklen Augen. »Und womit kann ich dienen? Wanzen, Krätze, Durchfall? Such dir was aus, davon gibt es hier genug!«, brach es aus ihr heraus. »Ich habe gerade zwei neue Untermieter, die machen nur Ärger. Aber bei Karl konnten sie nicht bleiben, deswegen campieren sie jetzt in meiner Küche. Die arme Honorata weiß auch nicht mehr weiter.«

Magda führte Lotte in die Stube und bedeutete ihr, Platz zu nehmen.

»Ich kann dir leider nichts anbieten, wir haben fast nichts mehr zu essen«, bemerkte Magda wie nebenbei. »Und meine Arbeit ist auch gefährlich geworden. Sie haben das Viertel geräumt, wir können die Frauen nur noch heimlich in ihren Verstecken treffen.«

»Deswegen bin ich nicht hier.« Lotte schüttelte den Kopf und zog sie dicht zu sich heran. »Ich muss wissen, wo Wilhelm ist. Ich dachte, er ist bei dir«, sagte sie leise und kam sich im gleichen Moment unglaublich dumm vor. Da stand sie, Lotte, die stotternde Geliebte, vor dieser Magda, die tagaus, tagein für das Überleben von Verfolgten und Gerechtigkeit für

Frauen kämpfte, und sie sorgte sich um ihren Liebhaber, nur weil er mal ein paar Tage nicht zu ihr gekommen war. Lotte fühlte sich schäbig, aber sie kam gegen ihre Gefühle nicht an.

»Hat er dir nichts gesagt?« Magda schaute sie prüfend an.

»Nein, ich … ich weiß doch fast nichts über ihn.« Lotte verkniff sich mühsam die aufsteigenden Tränen.

»Ach, du armes Ding! Warte, ich bin gleich wieder bei dir!« Kurz darauf war Magda wieder zurück, mit einem dampfend heißen Becher.

»Trink, dann geht es dir gleich besser!« Sie legte Lotte tröstend den Arm um die Schultern und wartete, bis sie sich beruhigt hatte.

»Ich vermisse ihn so sehr«, brach es aus Lotte heraus, und es war ihr egal, dass sich mittlerweile Honorata zu ihnen gesellt hatte.

»Verstehe.« Magda sagte eine Weile nichts und wechselte einen kummervollen Blick mit der Alten. Nach einer Weile fügte sie hinzu: »Ich kann dir nicht sagen, wo er ist, das muss er schon selbst tun … Bestimmt kommt er wieder zu dir zurück, wenn seine Aufgabe erfüllt ist. Wilhelm …«, sie stockte, als würde sie überlegen, was sie erzählen durfte und was nicht, »Wilhelm ist ein Freigeist, ein Querdenker, er steht auf der richtigen Seite. Ich bin mir sicher, er denkt genauso oft an dich wie du an ihn. Und jetzt geh, bitte. Es ist nicht gut, dass du hier bist.« Magda zog sie vom Stuhl.

Lotte nickte zaghaft, an dem bitteren Gebräu in dem Becher hatte sie nur ein bisschen genippt. Sie war schon an der Tür, als sie sich noch einmal umdrehte:

»Ihr seid alle so fürchterlich stark und tapfer! Kümmert euch. Und was tue ich? Studiere Schönschrift und Abc, nähe Latzhosen und Tischdecken, pflanze Bohnen an und koche Klöße … Ich mache genau das, wogegen ihr kämpft! Ich füge mich wie alle in meine Pflicht, eine gute deutsche Hausfrau und künftige Mutter … Was kann ich nur tun?«

»Was du tun kannst?« Magda war zu ihr getreten und hatte nach ihren Händen gefasst. »Willst du das wirklich wissen? Hör endlich auf mit deinem Selbstmitleid und mach dich nicht kleiner, als du bist! Du bist eine starke junge Frau, die viel mehr kann, als nur Kinder zu kriegen. Und hilfst du etwa nicht auch Menschen in Not?«

Lotte schaute sie überrascht an. Sie hielt einen Moment inne, dann sagte sie: »Ich hab mir bisher nie viele Gedanken darum gemacht, ich dachte immer, es gehört sich einfach so. Erst seit ich euch kenne, seit ich Wilhelm kenne, fühle ich diese Freiheit, selbst denken und entscheiden zu dürfen«, fügte sie leise hinzu.

Magda nickte. »Ich weiß. Und es hat weniger mit Wilhelm zu tun, als du denkst.«

»Ich kann dir helfen, ich kann die Frauen auch besuchen. Hattest du mir das nicht neulich erst vorgeschlagen? Ein neues Gesicht ist weniger verdächtig. Und ich kann anderen Frauen Mut machen, auch selbst zu denken.« Lotte lächelte zaghaft und Magda wollte sie zur Antwort in ihre Arme ziehen, doch sie war noch nicht fertig. »Ich bin der deutschen Sprache mächtig, ich meine: Ich will Lehrerin werden, ich kann Texte schreiben … ich kann bei euch mitmachen, mich verdächtigt so schnell niemand.«

»Du willst mitmachen? Das ist nicht so einfach, wie du dir das vorstellst. Wir sind nur ein paar Männer und Frauen, die sich mit allem, was sie haben und was möglich ist, gegen die Nazis wehren. Einige von uns fälschen Pässe und Unterlagen, damit sich Menschen in Sicherheit bringen können. Andere formulieren ihre Gedanken zur politischen Lage der Dinge und informieren darüber, was wirklich passiert. Sie verteilen Flugblätter, damit deutlich wird, dass wir viele sind, die so denken … Echter Widerstand ist das noch lange nicht, wir sind in keiner Partei, nicht richtig organisiert. Aber es darf trotzdem niemand merken. Es ist gefährlich, Lotte.« Magda schaute sie durchdringend an. »Bist du dir sicher?«

»Sehr sicher«, antwortete Lotte mit fester Stimme. Sie schluckte. Das, was sie hier machte, war sicher schlimmer, als heimlich die Verlobung mit Hans aufzulösen. Aber sie hatte keine andere Wahl, sie musste es tun.

»Dann triff mich in einer Stunde am Bismarckbrunnen. Ich bringe dich zu ihnen.«

»Danke«, flüsterte Lotte immer wieder, als sie später an Magdas Seite durch die Innenstadt lief, »ich weiß gar nicht, wie ich dir danken soll.«

»Es liegt ganz allein an dir«, meinte Magda lächelnd und hakte sich bei ihr unter. Sie zog Lotte über den Marktplatz, vorbei an der Stadtkirche, weiter in eine Straße, die belebter nicht hätte sein können.

»Hier ist es.« Magda blieb vor einem Schulgebäude stehen.

»Hier?« Lotte glaubte erst, nicht recht zu sehen, verstand dann aber, dass niemand in diesem Gymnasium regimefeindliche Aktionen wittern würde. Kurz darauf führte Magda sie den langen Flur entlang weiter die Treppen hinunter zum Keller, wo man Männerstimmen leise miteinander diskutieren hörte. Vor der Tür drehte sie Lotte zu sich und sah ihr tief in die Augen. »Du bist längst eine von uns, das weiß ich seit jener Nacht, in der ihr Fritz zu mir gebracht habt. Aber du musstest es erst selbst entscheiden. Du musst wissen, dass du dein Leben riskierst, wenn du bei uns mitmachst. Niemand wird dir immer alles sagen, du darfst nicht zu viele Fragen stellen, versprich mir das.«

Lotte durchzuckte es heiß. Sie nickte. Sie war sich sicher, genau das wollte sie. Endlich etwas Sinnvolles tun und nicht länger im Garten vor sich hin grubbern oder das Einmaleins abfragen. Sie wollte wie Magda und Wilhelm und die anderen dazu beitragen, dass die Menschen endlich kapierten, mit welch barbarischem Regime sie es zu tun hatten. Die leise Meinung laut machen für alle.

Die Männer im Raum musterten Lotte skeptisch, als Magda sie einfach durch die Tür hineinschob und dann ohne ein Wort wieder im Flur verschwand. Sie stellte sie noch nicht einmal vor. Irritiert blickte sich Lotte um und stieß einen leisen Freudenlaut aus, als sie Wilhelm erkannte, der ihr überrascht zulächelte, den anderen dann aber nur kurz erklärte, dass es sich bei der Unbekannten um Fritz' Schwester handelte. Neben ihm stand Bertolt, einen Stapel Papier in der Hand, und begrüßte sie mit Handschlag. Er freute sich offenbar, Lotte zu sehen. Mit klopfendem Herzen stand sie da. Hier steckte Wilhelm also, seltsam vertraut und doch so fremd in seiner Uniform, die Haare noch kürzer als bei ihrer letzten Begegnung.

»Kannst du tippen?«, fragte Wilhelm und deutete mit einem Nicken zur Schreibmaschine. »Wir brauchen jemanden, der unsere Gedanken zu Papier bringt …«

»Kann ich!«, erwiderte Lotte strahlend. »Und noch viel mehr.«

Alsbald war eine heftige Diskussion im Gange, Satzfetzen flogen hin und her. Wilhelm formulierte umständliche Satzmonster und sah Lotte dabei fragend an, er schien nicht recht zufrieden mit dem, was er sagte. Bertolt runzelte die Stirn, hatte jedoch keine besseren Ideen. Da setzte sich Lotte einfach an die Schreibmaschine und begann, ohne lange nachzudenken, auf eigene Faust alles in einfache Worte umzuformulieren. Sprach Wilhelm ihr doch aus der Seele und war sie längst ein Teil von dem Wir, von dem er sprach.

Lotte schrieb:

Wie können wir als Christen mit ansehen, wie die Braunen so menschenverachtend handeln? Sie vernichten Menschen, sperren sie weg, fügen ihnen unermessliches Leid zu. Alle, die anders denken, anders sind. Nicht in ihre Rassenideologie passen. Juden, Zigeuner, Behinderte, Homosexuelle, Bolschewisten, Sozialisten, die Liste ist unendlich.

Sie haben Synagogen und Bücher verbrannt, sie zerstören Familien, Wohnungen und Läden, es geschieht am helllichten Tag.

Sie bringen sie in Arbeitslager, quälen, foltern und töten sie.

Aber wir schweigen und fühlen uns machtlos.

Machtlos angesichts ihrer menschenverachtenden Brutalität.

Machtlos angesichts des Mitläufertums, der Willenlosigkeit, mit der sich alle zu ihren Komplizen machen, um ihr eigenes Leben nicht zu gefährden.

Machtlos angesichts der gewaltsamen Machtdemonstration, die die Menschen in Schach hält, ängstigt, zu Tode quält und ihnen die Sprache raubt.

Machtlos angesichts der Dummheit, die im deutschen Volk grassiert, weil es sich seine Selbstständigkeit hat rauben lassen, die Fähigkeit, selbst zu denken und zu handeln.

Aber Dummheit ist kein angeborener Defekt, Dummheit ist eine Folge von Machtmissbrauch – und Machtentfaltung setzt die Dummheit der anderen Seite voraus.

Macht raubt der Gegenseite die Selbstständigkeit, egal ob Männer über Frauen bestimmen, Eltern über Kinder oder eine Partei über ein ganzes Volk.

Macht macht Menschen willenlos und zum Instrument des Machtapparats.

Weil die Menschen keine eigene Meinung haben, machen sie sich dann Schlagworte und Parolen zu eigen, ohne sie zu hinterfragen, sie als böse Worte zu erkennen. Ohne ihre Folgen zu ahnen.

Wir sagen: Schaut hin! Denkt nach! Bildet euch eine Meinung und lasst nicht zu, dass andere euch euer Leben diktieren. Lebt verantwortlich vor Gott und den Menschen, dann findet ihr eure innere Bestimmung, euren inneren Frieden. Dann überwindet ihr das Böse mit dem Guten, Dummheit mit Selbstständigkeit, Hass mit Liebe.

Ergriffen ließ Lotte ihre Finger auf die Tastatur sinken. Im Raum war es still. Wilhelm sprach ihr aus dem Herzen – warum hatte er ihr nicht längst davon erzählt, was ihn bewegte? Stattdessen hielt er diese Maskerade als Flieger-Offizier mit tausend Heimlichkeiten aufrecht, kam und ging, wie es ihm passte, und war in Wahrheit Gott ergeben, dachte und fühlte genau wie sie. Sie hatte es ja längst gespürt, jetzt hatte sie es schwarz auf weiß. Nachdenklich sah sie ihn an. Wilhelm lehnte am Schrank und rauchte, erwiderte ihren Blick. Sie war hier, mit ihm in einem Raum, formulierte klarer und direkter, was er meinte, brachte seine ausufernden, komplizierten Gedanken auf den Punkt. Das Volk für dumm verkaufen … das war das, was sie in der Wochenschau mit ihrer Propaganda machten. Sie hatten die Macht, verbreiteten Angst und Tod und hatten es tatsächlich geschafft, dass alle gegen die Juden hetzten, alle immer noch den Krieg bejubelten, der doch längst verloren war.

Und noch ein Gedanke bewegte Lotte im Herzen, erschien ihr kühn, verwegen, vielleicht auch unangemessen. Sie hatte das mit den Frauen eingefügt, schließlich wurden sie seit jeher von Männern für dumm verkauft, durften erst seit Kurzem wählen und studieren gehen. Auch sie waren Opfer männlichen Machtdenkens, wenn auch auf ganz andere Weise. Sie sah es ja an Hedwig und ihren Brüdern. An ihrer Mutter. Und auch bei sich. Da ging es nicht um Leben und Tod, sondern um die Frage, wer die gesellschaftlichen und politischen Regeln des Zusammenlebens bestimmte.

Zufrieden sah Lotte zu, wie Wilhelm zustimmend nickend ihre getippten Zeilen las und immer wieder zu ihr herüberlächelte.

»Das Vervielfältigungsgerät steht bei mir«, sagte Bertolt. »Aber wir brauchen Papier … Kannst du im Schreibwarenladen welches besorgen? Dich verdächtigt so schnell keiner.«

»Natürlich.«

Als Lotte an diesem Abend nach Hause kam, war sie so froh wie seit Langem nicht mehr. »Du bist mein Leben«, hatte Wilhelm ihr zum Abschied ins Ohr geflüstert, und da wusste sie, dass alles, alles richtig war, was sie tat und fühlte. Sie musste nur noch Fritz schonend beibringen, dass sie nun eine von ihnen war – wenn Magda es ihm nicht schon längst gesagt hatte.

Zu Hause entdeckte Lotte die Kinderlandverschickung für Otto mitten auf dem Küchentisch. Hatte sie sich eben noch beflügelt und voller Tatendrang gefühlt, holte sie die Einladung – nichts anderes als ein Befehl – auf den Boden der Tatsachen zurück. Wie viele andere Kinder auch sollte Otto »zur gesundheitlichen Förderung unbekümmerte Ferien auf dem Land« verbringen. Er sollte in der Gesellschaft von Buben und Mädeln in seinem Alter eine sinngemäße Erziehung erfahren und vor den drohenden Bomben in Sicherheit gebracht werden, damit die Bevölkerung nicht noch weiter schrumpfte. So viele Großstädte hatte es schon getroffen, nur sie waren bisher immer noch verschont geblieben. *Gott sei Dank.*

»Endlich«, seufzte die Mutter und rieb sich die müden Augen. »Die anderen Kinder fahren auch mit. Da kann ich die

Schule für ein paar Wochen schließen und meine Schwester an der Ostsee besuchen.«

»Da gehe ich nicht hin, niemals!«, rief Otto und verschränkte entrüstet die Hände vor der Brust. »Was wird denn dann aus Lumpi?«

In Wirklichkeit machte er sich Sorgen um Oma Schmidt und seine Schützlinge in der Höhle. Lotte schickte ihm einen mahnenden Blick. Ihrem Bruder würde die fröhliche Zeit mit Spielen und Abenteuern mit Gleichaltrigen guttun. Endlich wieder durchschlafen! Endlich richtiges Essen. Endlich kein Sirenengeheul. Und das alles kostenlos. Insgeheim rechnete sich Lotte aus, wie viele Mahlzeiten sie durch seine Abwesenheit sparen würde, die sie dann zu Ruth bringen konnte.

Doch Otto dachte überhaupt nicht daran, sich diesem Marschbefehl, wie er sich ausdrückte, unterzuordnen. Er protestierte, wehrte sich, argumentierte erstaunlich geschickt für seine zehn Jahre, aber wie alle anderen Kinder hatte er keine Wahl.

»Das wird famos«, versuchte die Mutter ihn zu ermuntern. »Auf dem Land bist du in Sicherheit und kannst endlich einmal durchschlafen. Vielleicht hast du ja Glück und darfst bis in den Herbst bleiben.«

Lotte sah die Landverschickung mit gemischten Gefühlen. Sie gönnte Otto diese Ferien von Herzen, doch hinter der wohlmeinenden Führerfürsorge steckten Erziehung zum Gleichschritt, Lagerappell und Gehorsam im Kreise der Hitlerjugend.

Als die Mutter Otto dann drei Tage später zum Bahnhof bringen wollte, um ihn gemeinsam mit den anderen Kindern ins Ferienlager zu verabschieden, fehlte von Otto jede Spur.

Nur Lotte wusste, wo er sich versteckt hatte, sie hatte Otto bei der Flucht geholfen und ihm das Nötigste eingepackt. Ihn ermahnt, nichts Unbedachtes zu tun, ihn darauf hingewiesen, dass das Leben in der Höhle gefährlich und vor allem sehr einsam und dunkel sein konnte. Ohne Lumpi. Ohne Streiche. Ohne Spiele mit den anderen Kindern.

Die Mutter war außer sich vor Sorge, wollte losstürmen und ihren Jüngsten suchen, doch Lotte hielt sie zurück. »Er ist in Sicherheit«, sagte sie. »Ich weiß, dass es ihm gut geht.«

»Sag mir, wo er ist«, flehte die Mutter, doch Lotte schüttelte nur den Kopf.

»Das kann ich dir nicht verraten, bitte, du musst mir vertrauen. Ihm passiert nichts!« Sie schaute die Mutter beschwörend an. Nicht auszudenken, was geschehen könnte, wenn sie ihr von dem Höhlenversteck erzählte und sie womöglich auf die Idee käme, ihren Sohn und die anderen zu besuchen. Der Else würde sie verfolgen, er wich ja schon so kaum von ihrer Seite, fand immer einen Grund, bei der Mutter zu klingeln oder ihr behilflich zu sein. Nein, es war besser, sie wusste von nichts.

Lottes Mutter nickte ergeben, was blieb ihr auch anderes übrig, als der Tochter zu vertrauen, sie betete jeden Tag für ihren Jüngsten. Doch Ottos Verschwinden raubte ihr mehr Kraft, als sie zugeben wollte. Sie sackte in sich zusammen, kaum waren die letzten Schulkinder glücklich am Bahnhof verabschiedet worden. In den letzten Wochen und Monaten hatte sie sich für sie aufgeopfert, doch nun rebellierte ihr Körper und sehnte sich nach Erholung. Lotte verordnete ihr Ruhe, wollte ihr Hühnersuppe und Kräutertee kochen. Aber anstatt im Bett zu bleiben, setzte sich die Mutter selbst in den Zug und fuhr zu ihren Verwandten an die Ostsee. Es war eine eigensinnige Familie.

Auf diese Weise auf sich gestellt, verbrachte Lotte viel Zeit allein, entweder in der Wohnung oder außer Haus. Sie schrieb seit Neuestem Tagebuch, das sie sicherheitshalber in Wilhelms Mappe unter ihrem Bett versteckte. Seitdem sie sein Flugblatt um ihre eigenen Ansichten zur Frauenfrage ergänzt hatte, ging ihr die Sache mit der Selbstbestimmung nicht mehr aus dem Sinn, schossen die Gedanken in ihrem Kopf hin und her. Lange schon war ihr das Diktat des braunen Heimchens am Herd zuwider gewesen, sie hatte sich bisher nur nicht getraut, es laut zu sagen, zu parteitreu war Hedwig, zu gehorsam die Mutter, zu gefährlich waren die Zeiten. Aber Frauen sollten sich bilden können, studieren, die Möglichkeit haben, zu lernen, wann und wo immer sie wollten – und nicht nur, weil es gerade in die Ideologie der Nazis passte. Sie sollten arbeiten dürfen, egal in welchem Beruf, ob Schneiderin oder Lehrerin, Hebamme oder Ärztin. Selbst darüber bestimmen, ob, wann und wie viele Kinder sie bekämen. Unabhängig und frei sein. In Liebe. So wie sie mit Wilhelm.

Lotte konnte die Frauen in den Baracken nicht vergessen, immer wieder träumte sie von dunklen Gestalten, die sich wimmernd die Bäuche hielten und sie vorwurfsvoll anschauten, weil sie tatenlos zuschaute. Tagsüber traf sie dann die Frauen auf der Straße oder bei Oltkes, wie sie mit verhärmten Gesichtern Lebensmittel zusammenklaubten. Aber sie waren keine Heldinnen an der Heimatfront, sie hatten der Welt nicht den Krieg erklärt. Diese Frauen fuhren Straßenbahn, bauten Häuser, schmiedeten Stahl und buken Brot, ganz einfach weil es notwendig war, um zu überleben. Diese Frauen sorgten dafür, dass das Leben weiterging. Sie protestierten nicht, sie machten einfach nur das Beste aus dem, was Männer ihnen hinterlassen hatten, was Männer ihnen zugestanden.

Ja, vielleicht verdient jede von ihnen ein Mutterkreuz, schrieb Lotte in ihr Tagebuch. *Aber nicht, weil sie vier, sechs, acht und mehr arische Kinder in die Welt setzen. Sondern weil sie in diesen schlimmen Zeiten dafür sorgen, dass es ihren Kindern an nichts fehlt, Essen, Trinken, Kleidung und Liebe, vor allem Liebe. Dass sie spielen dürfen, fröhliche Kinderlieder singen und den Mut nicht verlieren.*

Lotte musste an ihre Mutter denken, eine warme Welle der Zuneigung und Dankbarkeit durchflutete sie. Kurz ließ sie den Stift sinken, es fiel ihr schwer, die Arbeit der Mutter zu würdigen, so aufopferungsvoll bis zur Selbstaufgabe. Und doch gab es nichts Normaleres, Menschlicheres, als sich um Kinder zu sorgen und zu kümmern. Die Kinder hatten ein Recht auf Leben, sie wollten spielen, aber hatten sie auch eine Zukunft, wo doch ringsum die Welt in Trümmern lag? Lotte seufzte tief und schrieb weiter.

Wie viele wissen Bescheid, wie viele denken wie ich?, notierte sie. *Ich sehe es in den Blicken der Frauen auf der Straße, in den Blicken der wenigen verbliebenen Männer. Ich bemerke es an der fassungslosen Stille im Kinosaal, wenn die Wochenschau vorüber ist. Die meisten von ihnen würden am liebsten weggucken, sich nicht verantwortlich fühlen, denken, dass sie sowieso nichts tun können. Aber warum jubeln sie weiter? Warum lassen sie sich von den Erfolgsmeldungen der Wehrmacht blenden, lassen es zu, dass jetzt auch Kinder in den Krieg ziehen? Manchmal denke ich: Vielleicht wäre alles andere ein Schuldeingeständnis, schließlich haben sie ihn alle gewählt.*

Wenn dann die Gedanken zu viel wurden, ertappte sich Lotte dabei, wie sie wieder davon träumte, als federleichte Tänzerin die Herzen des Publikums zu erobern. Wie schön wäre das! Ohne Sorgen durchs Leben schweben, glitzernd und glanzvoll. Doch diese Zeiten waren vorbei.

Wann immer es möglich war, verbrachte Lotte ihre Zeit mit Magda. Gemeinsam besuchten sie Frauen und verteilten Verhütungsmittel. Oder sie betreuten Schwangere, verabreichten Kräutertees und Pastillen, damit diese bei Kräften blieben. Manchmal nutzte Lotte die Gelegenheit, um sich mit ihnen über ihre Gedanken zu unterhalten, ermunterte sie, ihr Leben selbst in die Hand zu nehmen. Dann wieder tippte Lotte heimlich Flugblätter, erstellte Verteilerlisten oder organisierte Papier, mal hier, mal dort, um bloß nicht aufzufallen, half Bertolt am Vervielfältigungsgerät und packte die Bündel.

Lotte stellte nicht viele Fragen, sie hatte schon bald verstanden, wie die Sache lief: Wenn er denn mal da war, war Wilhelm der Vordenker und Impulsgeber, von ihm stammten die Ideen, die dann Karl oder Bertolt weiterdiskutierten, formulierten, aufschrieben. Er wusste, welche Razzien die Gestapo als Nächstes plante, wo Bertolt Flugblätter hinterlegen konnte, ohne dass es gefährlich wurde. Nach wie vor kam und ging er, wie es ihm gerade passte, und Lotte hatte aufgehört, nachzufragen. Er war da, bei ihr, sie arbeiteten zusammen, ergänzten sich – allein das zählte und sie liebte ihn dafür jeden Tag mehr.

Viele, mehr als sie dachte, waren nicht bereit, die Hand zum Hitlergruß zu erheben, und noch mehr zeigten sich erschüttert darüber, was sie den Juden antaten. Aber die meisten machten nichts, sondern redeten und diskutierten nur in den eigenen vier Wänden. Vielleicht waren einige stille Retter darunter, die wie Lotte Juden versteckten oder Informationen weiterreichten, vielleicht auch ein paar Fälscher und andere Helfer. Jeder protestierte auf seine Weise, im Rahmen seiner Möglichkeiten, und es waren nicht nur die übrig gebliebenen Swings vom Tanzpalast und einige Christen rund um den schwarzen Markus, die ihre Flugblätter lasen. Wenn Bertolt von seinen Streifzügen durch die Stadt zurückkam, war sein vorher prall gefüllter Koffer leer und seine Augen strahlten. Gleichwohl saß ihnen stets die Angst im Nacken.

Fritz half derweil Karl beim Erstellen von Ausweisen. In den letzten Wochen waren so viele neue Anfragen wie noch nie dazugekommen, und gleichzeitig ging es nur langsam voran, weil überall Spitzel und Gestapo lauerten, immer wieder mussten sie tagelang Pause machen oder von einem Versteck zum nächsten übersiedeln. Längst nahm Fritz die Sache ernst und freute sich, gemeinsam mit Lotte zu wirken, auch wenn darüber seine eigenen Pläne in den Hintergrund gerieten. »Wie kann ich flüchten, wenn noch so viele Menschen in Gefahr sind und ich ihnen dabei helfen kann, sicher außer Landes zu kommen?«, sagte er einmal zu ihr. Es war ein geschäftiges Arbeiten, ein konzentriertes Schaffen, das Lotte von Herzen froh machte und erfüllte.

Wenn nicht eines Tages dieser Brief von Hans gekommen wäre:

Meine liebe Lotte, ich hoffe, du bist wieder gesund! So ein großer Schrecken, zu lesen, dass du solch einen schlimmen Unfall hattest. Ich hoffe, deine Verletzungen sind verheilt und du machst gerade das, was du am liebsten tust: Erdbeermarmelade kochen, Blumen pflücken, Pfannekuchen backen. Ich hoffe, es geht dir besser als mir hier … Mir geht es nämlich schlecht, das will ich dir nicht verschweigen. Ich quäle mich über die Stunden hinweg, und du sollst wissen, dass ich Tag und Nacht an dich denke, nur die Erinnerung an dein Lächeln bewahrt mich in dieser dunklen Zeit davor, verrückt zu werden. Mein Bein hat sich entzündet, es will nicht heilen, immer wieder platzen die Nähte auf, quillt Eiter hervor. Sie überlegen, ob sie es amputieren müssen. Ich habe solche Angst davor. Seit Monaten liege ich hier nun und darf nicht raus, weder auf Heimaturlaub noch zu den Kameraden an die Front. Hier zu sein, umgeben von Bombenhagel und Artilleriefeuer, ist schlimm. Glücklicherweise sind wir bisher verschont geblieben, wir haben Angst, fürchterliche Angst, jeden Tag, jede Nacht. Dem Kameraden neben mir haben sie die Hände weggebombt, letzte Nacht ist ein anderer an seinen schweren Kopfverletzungen gestorben. Warum nur will dieser Krieg kein Ende nehmen? Dein Hans sehnt sich nach Ruhe und Frieden, nach deinem fröhlichen Lachen. Für immer. Und so frage ich dich: Willst du meine liebste Lotte sein, auf ewig, bis dass der Tod uns scheidet? Lass uns Mann und Frau werden, mein Liebes, ich will dein dich liebender Hans sein, für immer der Deine, sage Ja, und du machst mich zum glücklichsten Menschen der Welt!

Mit wehem Herzen ließ Lotte den Brief sinken. Hans wünschte sich eine Ferntrauung, sie sollte einem Stahlhelm das Jawort geben! Am liebsten hätte Lotte seine Zeilen ungelesen gemacht, brachten sie sie doch in allergrößte Gewissensnöte gegenüber ihrem besten Freund aus Kindheitstagen, der sich nach Ruhe, Glück und Frieden sehnte, der pflichtbewusst und vaterlandstreu in den Krieg gezogen war, überzeugt vom Sieg. Aber es war längst zu spät. Sie war erwachsen geworden, sie trug den Ring nicht mehr, hatte den Gedanken an ihr Versprechen verdrängt. Wenn sie ehrlich zu sich war, liebte sie Hans schon lange nicht mehr, wie sie ihn als seine Frau hätte lieben sollen, vielleicht hatte sie ihn auch nie geliebt. Vielleicht hatte sie bisher nicht gewusst, was Liebe war.

Die letzte Nacht hatten sie und Wilhelm wieder einmal im Keller verbracht. Sie hatten kaum geschlafen, wieder und wieder hatten sie sich geliebt, bis in die Morgenstunden, den Fliegeralarm wie immer ignoriert. Zwischendurch hatten sie geraucht und geredet und von dem Wein getrunken, den Wilhelm mitgebracht hatte. Überhaupt war diese Nacht ein Geschenk gewesen. Wilhelm hatte ein Grammophon in den Keller mitgebracht, zusammen mit ein paar Vinylscheiben, die nichts als ihre Lieblingslieder spielten, als er die Nadel auf die Scheibe legte. Getanzt hatten sie, eng umschlungen und doch ganz wild, dass die Gläser klirrten und Lotte Angst hatte, jeden Moment könnte jemand an die Tür klopfen und sie entdecken.

Zu Lottes großer Überraschung hatte Wilhelm ihr dann ein kleines Gemälde geschenkt. Es zeigte ein leuchtendes Mohnfeld, wie noch von der Sonne warm. Es schien wahrhaft zu glühen, solche Kraft besaßen die Farben, Gelb, Orange, Rot in allen Schattierungen.

»Versprich mir, dass du gut darauf aufpasst«, hatte er mit einem Leuchten in den Augen gesagt, und Lotte hatte keine weiteren Fragen gestellt, sondern das Bild kurzerhand an der Wand aufgehängt. Noch jetzt meinte sie, das glutvolle Rot vor sich zu sehen und überall auf ihrer Haut und in sich zu spüren, aber es mochte auch die Erinnerung an Wilhelms leidenschaftliche Berührungen sein. Sie fühlte sich ihm enger verbunden denn je.

Und ausgerechnet nach dieser Nacht, in der er ihr das Bild geschenkt hatte, hatte sie nun Hans' Brief erreicht. Sie musste die Verlobung offiziell lösen, zur Wahrheit stehen. Lange genug war sie nicht ehrlich gewesen. Lotte zögerte nicht, sie hatte in den vergangenen Wochen gelernt, mutig und wahrhaftig zu sein.

Lieber Hans, mein lieber Freund,

ist dieser Krieg nicht furchtbar für uns alle? Es tut mir aufrichtig leid, dass deine Verletzung nicht heilen will, ich wünsche dir von Herzen gute Besserung! Gerne würde ich dir aufmunternde Worte schicken, aber auch hier spüren wir jeden Tag, wie schrecklich der Krieg ist. Wir leiden Hunger und Not, Fliegeralarm gibt es beinahe täglich. Ich kann mich nicht daran gewöhnen, ich habe jedes Mal Angst. Dieses ständige Bangen und Hoffen macht mich ganz verrückt, und ich bin froh, dass ich jemanden getroffen habe, der mir in diesen schweren Zeiten zur Seite steht.

Lotte ließ den Stift sinken und atmete tief durch. Was schrieb sie da?

Selbstredend konnte sie Hans nicht die vollständige Wahrheit erzählen, dass sie heimlich Swing tanzte, Flugblätter tippte und ihre Nächte mit einem anderen verbrachte. Hätte sie ihm schreiben können, wie alles angefangen hatte, die Wahrheit von Fritz und Magda und Ruth, dann hätte er vielleicht besser verstanden, warum sie so handelte, wie sie handelte, so fühlte, wie sie fühlte. Aber was gab es zu erklären, wenn eine so sehr liebte, dass sie alles vergaß, sich frei fühlte? Nein, es war richtig, ihrem Herzen zu folgen und sich nicht an ein Versprechen zu binden, das sie längst nicht mehr fühlte, vielleicht nie gefühlt hatte. So blieb es dann bei einem *Tut mir leid, ich kann nicht deine Frau werden, vergib mir* und *Ich wünsche dir alles Gute und Gottes Segen. In ewiger Verbundenheit, Deine Lotte.*

»Warum kann es nicht immer so sein?«, seufzte Lotte wohlig, als sie sich rücklings neben Wilhelm im Wasser treiben ließ und in den Himmel schaute. Blau und so friedlich und kein Flieger in Sicht. Sie wünschte, sie könnte diesen Moment mit Ruth teilen, die seit Monaten in dieser dunklen Höhle leben musste. Was würde sie darum geben, die Freundin endlich befreien zu können. Endlich auch mit ihr mal wieder so wie mit Wilhelm an den See zu radeln und durchs erfrischende Nass zu toben.

»Weil sonst diese Momente nicht kostbar wären und wir das Glück nicht spüren würden«, antwortete Wilhelm. Er griff unter Wasser nach ihrer Hand und drückte sie fest, stellte sich dann hin und zog Lotte zu sich heran. Er hatte aus einer der Wasserbinsen einen Ring gedreht, den er ihr über den Finger streifte. Es bedurfte nicht vieler Worte, nur vieler leidenschaftlicher Küsse. Lotte ließ es glücklich geschehen, sie nickte, umklammerte seinen Hals, seine Hüften, und so trug er sie ans Ufer und liebte sie im Sand, bis sie kam, pulsierend, bebend, seufzend vor Lust. Aber damit nicht genug, Wilhelm küsste Lotte wie von Sinnen, als wäre es das letzte Mal, beinahe biss er sie, kroch in sie hinein, stieß heftig und dann doch wieder ganz sanft. Und Lotte wusste nicht, ob sie es mochte oder nicht, aber es erregte sie, machte, dass sie sich aufrichtete und Wilhelm von Kopf bis Fuß küsste, seine Brust, seinen Bauch, seine Lende, alles vom Schaft bis zur Spitze in den Mund nahm und liebkosend damit spielte, bis sie es selbst vor Lust kaum noch aushielt und von ihm gestreichelt werden wollte, ihn wieder in sich spüren, ein funkensprühendes Meer.

Später lagen sie still nebeneinander, still lag die Wasseroberfläche, die Leidenschaft von gerade eben wie verschluckt. Lotte kickte einen Stein ins Wasser, sah zu, wie er im Sinken lauter Wellen schlug, Kreise ans Ufer trieb bis zu ihren Füßen. Immer wieder musste sie Wilhelm von der Seite ansehen, ihn unverhohlen mustern, voller Stolz, voller Liebe. Er war ihr Mann, niemand sonst.

»Denkst du, es gibt einen Gott? Ich meine, einen, der seine Hände über uns hält?«, fragte Wilhelm unvermittelt in die Stille hinein. Seine Stimme klang besonders, so etwas fragte man nicht jeden. Er saß rücklings an einen Baumstamm gelehnt und schaute in das grüne Blätterdach über sich.

»Warum fragst du das?«, wollte Lotte wissen und fügte sogleich voller Inbrunst hinzu: »Ja, das glaube ich, und ich glaube daran, dass er mich in besonderer Weise behütet und beschützt, auf mich aufpasst … sonst …« Sie griff nach seiner Hand und schaute ihm tief in die Augen. »… sonst hätte er dich nicht in mein Leben geschickt! Ich hätte beinahe einen großen Fehler gemacht, einem Mann mein Jawort gegeben, den ich nicht liebe. Dich dagegen … ich liebe dich von ganzem Herzen, ich liebte dich, bevor ich dich kannte. Es ist, als wärest du schon immer in meinem Leben gewesen.«

Lotte lächelte scheu und wartete auf Wilhelms Reaktion. Was machte dieser Mann mit ihr, dass sie ihm ihr Innerstes offenbarte, nackter konnte sie nicht sein.

»Lotte!« Wilhelms Stimme klang rau, er zog sie in seine Arme und küsste ihr Haar, umarmte sie innig und hielt sie fest, so fest, dass es Lotte beinahe schmerzte. »Ich empfinde wie du, du bist mein Glück. Aber da ist etwas, was ich dir unbedingt sagen muss, längst hätte sagen müssen …« Lotte hielt den Atem an und befreite sich aus seiner Umarmung. Ungläubig schüttelte sie den Kopf, wollte nicht hören, was er ihr zu sagen hatte, es verhieß nichts Gutes.

Wilhelm suchte nach den passenden Worten. »Lotte … ich liebe dich von ganzem Herzen, nie zuvor habe ich eine Frau so geliebt wie dich. Ich wusste nicht, wie sich das anfühlt. Den Gleichklang unserer Seelen zu spüren … dich zu vermissen, dass es weh tut. Dich zu spüren, mich vor Sehnsucht nach dir zu verzehren …« Wilhelm verzog schmerzhaft das Gesicht, er hielt die Augen geschlossen. Etwas schien ihn zu quälen, nicht über seine Lippen kommen zu wollen. »Aber … die Sehnsucht nach Frieden in meinem Herzen ist größer. Ich will nicht länger hinnehmen, was gerade in unserem Land geschieht, dass sie unschuldige Menschen töten.«

»Ich weiß«, unterbrach ihn Lotte und wollte ihn küssen. »Das weiß ich doch längst. Dafür liebe ich dich!«

Wilhelm schüttelte den Kopf, wich ihr aus. »Du weißt gar nichts … du weißt nicht, wie es sich anfühlt, diese Ungerechtigkeit im Herzen zu spüren, den Schmerz des Krieges in jeder Faser deines Körpers in dir zu fühlen.« Abermals stockte er, schaute sie nicht an, als er sagte: »Deswegen kann ich nicht mit dir sein.«

»Weswegen? Ich verstehe dich nicht.« Lotte rückte weiter von ihm ab. Ein Schreck jagte in ihren Bauch, es klang, als wollte er sie verlassen. Sie sah ihn fragend an. In Wilhelms Augen lag ein tiefer Schmerz, sie konnte seine Seelenqualen förmlich spüren. Und trotzdem …

»Ich muss das ändern, ich muss etwas gegen sie tun. Deswegen …« Er schluckte, knetete seine Finger. »Ich hätte es dir längst sagen müssen, du hast es nicht verdient, dass man dich belügt. Aber die Wahrheit …«

»Was ist die Wahrheit?« Lotte sprang auf, das Schlimmste ahnend.

»Ich bin verlobt, seit einer Weile schon. Sie ist die Tochter eines Brigadeführers, du weißt, was das bedeutet … und ich werde sie bald heiraten.«

»Was?« Nur langsam drangen seine Worte zu ihr durch, verstand Lotte ihren Sinn, setzten sie sich in ihrem Herzen fest. Für einen Moment wurde ihr schwarz vor Augen. »Sag das noch mal. Du bist mit einer Nazi-Tochter verlobt? Warum? Was ist das für ein widerliches Spiel?«

Fassungslos starrte sie ihn an, glaubte, nicht richtig gehört zu haben. Langsam ergab sein mysteriöses Verhalten, sein Kommen und Gehen einen Sinn. Es war noch schlimmer als in ihren dunkelsten Träumen. Doch Wilhelm nickte.

»Das ist kein Spiel, das ist Ernst, Lotte. Nur so erhalte ich Zugang zu Informationen, die ich sonst nicht bekommen würde. Wenn mir ihr Vater vertraut und ich Teil ihres Machtsystems bin, bin ich ganz nah dran, hab ich Zugang … Nur so kann ich das Schlimmste verhindern. Unser Vaterland retten, Menschenleben retten … Es formiert sich gerade ein Netzwerk an Widerstand über alle Kreise hinweg, von Militär bis Gewerkschaft. Es ist unsere einzige Chance, etwas zu verändern, nur so …«

»Liebst du sie?«, unterbrach ihn Lotte. Allein das zählte für sie in diesem Moment. Es durfte nicht sein, keine andere. Er war doch ihr Mann!

»Lotte!« Er war ebenfalls aufgesprungen, stand vor ihr. »Ich bin bei dir, Lotte, nur bei dir … aber ich brauche sie.«

»Und was wird aus uns?« Lotte flüsterte jetzt. Sie drehte an dem Ring an ihrem Finger.

»Es ändert sich nichts zwischen uns. Bitte, versteh doch! Es geht nicht anders. Wenn der Krieg erst mal vorbei ist, fangen wir ein neues Leben an, wir beide, nur du und ich. Ich habe einen Bruder in Amerika, der wartet auf mich … Bis dahin werden wir weiterhin zusammen sein und …«

»… und uns immer nur heimlich treffen können«, vollendete Lotte leise seinen Satz. »Immer versteckt, niemals gemeinsam in der Öffentlichkeit tanzen oder spazieren gehen oder …« Sie schluckte. Gerade hatte er ihr noch diesen Ring geschenkt, sie in den Himmel geliebt. Und jetzt das. Verlobt mit einer Nazi-Tochter. Wie sollte sie das verstehen?

»Ich kann das nicht«, sagte sie leise und schaute ihn an. Am liebsten hätte sie sich auf dem Absatz umgedreht und wäre davongerannt. Aber ein Blick in seine warmen grünen Augen genügte, und sie blieb stehen. Wie sehr liebte sie diesen Mann.

»Mach es mir nicht schwerer, als es sowieso schon ist«, sagte er mit belegter Stimme und zog sie fest in seine Arme. Sie schmiegte sich an ihn, saugte seine Worte auf und spürte ihr Herz stolpern. »Du bedeutest mir viel, unendlich viel. Ich liebe dich von Herzen. Aber das andere ist stärker.«

Völlig durcheinander und in Tränen aufgelöst machte sich Lotte an diesem Nachmittag mit Lumpi im Schlepptau auf den Weg zu Ruth. Sie musste mit jemandem sprechen, sonst würde sie noch verrückt werden. Wilhelm würde eine andere heiraten! Er *musste* es tun, hatte er gesagt. *Es* war stärker! Was konnte stärker sein als ihre Liebe, fragte sich Lotte zum wiederholten Male, warum war sie ihm nicht wichtig genug? Zu allem Überfluss war ihre Periode überfällig – ein Kind in der jetzigen Situation, das hatte ihr gerade noch gefehlt. Wie von Sinnen lief sie los, dem Else schnurstracks in die Arme.

»Hoppla, wohin so eilig?«, rief er und hielt sie fest. »Jetzt beruhige dich doch, was ist denn passiert?« Er reichte ihr ein Taschentuch, und für einen Moment vergaß sie, wie widerlich er sein konnte, und schnäuzte dankbar hinein.

»Diese Offiziere haben keinen Schneid, die wissen nicht, was sich gehört«, machte er weiter. »Besser, du vergisst ihn!«

Hatte sie diese Worte nicht schon einmal gehört? Lotte schaute ihn überrascht an, die Tränen versiegten augenblicklich. Woher wusste er …? Jetzt bloß kein falsches Wort, dann wäre sie geliefert. Und Wilhelm gleich mit. Sie musste den Else bei Laune halten.

»Sie haben recht! Besser, ich halte mich an ältere Herren, die sind galant und wissen, was sich gehört!« Sagte es, drückte dem verdutzten Else das nasse Taschentuch in die Hand und lief dann mit eiligen Schritten davon, links, rechts, links. Irgendwann stieg sie in die Straßenbahn und fuhr einmal durch die ganze Stadt. Bloß weg.

Bald darauf stolperte Lotte tränenblind durch den Wald, strauchelte, riss sich die Wange auf, als sie an einem Ast hängen blieb. Weiter lief sie, immer weiter, diesmal ohne Umwege und Haken und stand alsbald vor der Höhle, wo Lumpi fröhlich anschlug, schließlich hatte Otto ihm das so beigebracht.

»Na, du Guter! Pssst, leise, du verrätst ja alle …« Lotte ging in die Hocke, um das Hündchen von der Leine zu lassen. »Komm, lauf!«

Ihre Augen brauchten einen Moment, um sich an die Dunkelheit zu gewöhnen. Tastend lief sie voran, bloß keinen falschen Schritt.

»Lotte, bist du das?« Otto fiel ihr um den Hals und drückte sich schluchzend an sie.

»Was ist passiert, geht es dir nicht gut, bist du krank?«, fragte Lotte besorgt.

»Es … es ist so dunkel hier«, flüsterte Otto. »Ich darf nicht raus … und ich habe solchen Hunger.« Ein ums andere Mal streichelte er Lumpi, der ihm vor lauter Wiedersehensfreude die Wange abschleckte.

»Otto hätte nicht hierherkommen dürfen.« Ruth war zu den Geschwistern getreten. »Warum hast du ihn nicht davon abgehalten? Es ist viel zu gefährlich, für uns alle! Und so eine Höhle ist kein Ort für einen kleinen Jungen.«

»Ich bin nicht klein«, protestierte Otto schwach.

»Hallo, Ruth!« Lotte hatte sich von ihrem Bruder gelöst und umarmte die Freundin. »Wie geht es dir? Und den anderen?«

»Wie soll es mir schon gehen?« Ruth seufzte. »Hier ist es dunkel und kalt, aber wir leben. Wenn ich recht informiert bin, ist das das Wichtigste.« Ihre Stimme klang bitter. Es war zu dunkel, sonst hätte sie sehen können, dass Lotte den Kopf schüttelte.

»Ich hab Kirschen mitgebracht. Und Brot, magst du?«

»Was für eine Frage! Komm.« Sie liefen tiefer in die Höhle hinein zu den anderen, die in einer Ecke dicht aneinandergedrückt kauerten und vor sich hin dösten. Als sie Lotte bemerkten, kam Bewegung in die Menschen. Hände griffen nach dem Beutel, teilten Brot und Obst, es war nicht viel, was Lotte hatte auftreiben können.

»Du warst lange nicht da … Was ist passiert? Du hast doch etwas auf dem Herzen«, wollte Ruth wissen, während sie hastig Brotkrumen in sich hineinstopfte. Otto hatte sich mit Lumpi an der Feuerstelle zusammengekauert. Im Dämmerlicht sah Ruth sie aufmerksam an. Da brach Lotte in Tränen aus und erzählte ihr, was sich am See zugetragen hatte, welch ungeheuerliche Wahrheit ihr Wilhelm offenbart hatte.

»Er wird sie heiraten!«

»Und du Hans«, gab Ruth zurück.

»Ich habe die Verlobung gelöst. Aber Wilhelm hat mir diesen Ring geschenkt.« Abermals begann Lotte zu schluchzen, so laut, dass sie nicht bemerkte, wie Ruth neben ihr tief durchatmete. Behutsam zog die Freundin sie an sich, streichelte ihr übers Haar, wartete geduldig, bis sie sich beruhigt und ausgeweint hatte.

»Jetzt noch mal langsam: Du hast dich von Hans getrennt und dich dafür mit Wilhelm verlobt?«

»Ja, nein. Also nicht so.« Lotte schüttelte den Kopf und erzählte, dass sie den Ring abends noch wutentbrannt auf den Misthaufen geworfen hatte, am liebsten wollte sie ihn nie wiedersehen. »Und jetzt habe ich niemanden mehr!«, schluchzte sie.

»Doch. Du hast mich. Deine Eltern, Otto und Fritz. Und dein Leben, das ist ganz viel«, flüsterte Ruth in Lottes Ohr.

Dann rückte sie ein Stück von ihr ab. »Das darfst du nicht vergessen, niemals, hörst du?«

»Es ist so sinnlos … Dieser Krieg, er macht alles kaputt. Ich weiß manchmal nicht, wie ich das alles aushalten soll. Und außerdem … ich glaube, ich bin schwanger, von ihm. Was soll ich denn jetzt nur tun? Was wird aus meinen Plänen? Ich wollte doch studieren …« Lotte atmete tief aus, am liebsten hätte sie wieder losgeweint.

»Jetzt hör aber auf! Ein Baby ist doch etwas Wunderbares! Davon geht die Welt nicht unter.« Ruth hatte Lotte an den Schultern gefasst und schüttelte sie. »Kannst du auch mal an etwas anderes denken als nur an dich?«

Lotte schluckte. Es stimmte. In den letzten Wochen hatte sie für Wilhelm und ihre Liebe gelebt und die Menschen in der Höhle darüber beinahe vergessen. In seinen Armen hatte sie all die Schreckensnachrichten ausgeblendet, sich in seiner Nähe froh und frei gefühlt. Gleichzeitig hatte sie bei den Flugblättern mitgewirkt, geholfen, wichtige Informationen unter die Bevölkerung zu bringen, um alle wachzurütteln.

»Du weißt wenigstens, dass dein Wilhelm lebt und dass er dich liebt! Er hat es dir selbst gesagt, er kommt immer wieder zu dir zurück«, fuhr Ruth fort, und ihre Stimme klang jetzt so, als würde sie den Kopf schütteln. »Ich dagegen habe schon ewig kein Lebenszeichen mehr von Elias. Von meinen Eltern auch nicht.«

Beschämt senkte Lotte den Kopf. Was für eine schlechte Freundin sie war! Wie konnte sie nur so egoistisch sein? Während sie mit Wilhelm die glücklichsten Stunden erlebte, saß Ruth alleine in einer feuchten Höhle und wusste nicht, was werden würde. Während sie im Sonnenschein tanzte, war Ruth zum Stillhalten in der Dunkelheit verdammt.

»Es … tut mir leid. Verzeih mir, bitte.« Lotte suchte nach Ruths Hand, drückte sie fest. »Ich weiß auch nicht, wie das passieren konnte. Seit ich Wilhelm kenne, ist alles so anders geworden, kannst du das verstehen? Manchmal denke ich, es darf nicht sein, dass wir uns lieben. Wie kann ich glücklich sein, wenn um mich herum all dieses Elend ist?«

Lotte schloss für einen Moment die Augen, am liebsten hätte sie sich wie Lumpi vor dem Feuer zusammengerollt und alles vergessen, was ihr gerade so kompliziert erschien.

Eine Weile saßen die beiden jungen Frauen schweigend im Dunkeln.

»Vielleicht wird eines Tages ein Wunder geschehen ... Weißt du noch, wie wir damals diesen Film gesehen haben? Gemeinsam mit ... meiner Mutter?« Ruths Stimme klang belegt. »Immer, wenn es ganz dunkel um mich herum ist, dann sehe ich diese Szene vor mir, in der die Leander inmitten dieser vielen weißen Engel steht, wie ihr die Träne aus dem Augenwinkel hervorquillt, während sie auf der Bühne steht und singt ...«

»... und *dann werden tausend Märchen wahr!* Ich wünsche mir nichts sehnlicher, als dass er für immer bei mir bleibt«, flüsterte Lotte.

»Und ich, dass dieser verdammte Krieg endlich verloren wird!« Ruth war ein Stück von der Freundin abgerückt. »Jeden Tag bete ich dafür. Gott hat uns bis hierher beschützt, also hat er doch noch etwas mit uns vor!«

»Woher nimmst du nur diese Kraft?« Lotte vergrub ihr Gesicht in den Händen. »Mir fällt es immer schwerer, daran zu glauben.«

»Du hast mehr Kraft, als du denkst. Schließlich bist du es, die uns all die Wochen und Monate hier mit dem Nötigsten versorgt hat und sich selbst dabei vergessen hat, Wilhelm hin oder her. Jeden Tag bist du den Gefahren des Krieges ausgesetzt ... Und hast du nicht auch erzählt, dass der Else dir ständig auflauert? Sei nicht so streng mit dir. Wir sind nur Menschen, wir sind fehlbar!«

»Das ist ein schwacher Trost«, seufzte Lotte und wagte nicht weiter darüber nachzudenken, was nun aus ihr werden sollte. Schwanger von Wilhelm, wie sollte sie das ihrer Mutter erklären?

»Hab Vertrauen ins Leben, Lotte.« Ruth umarmte die Freundin und drückte sie an sich, ein letztes Mal. Lotte nickte und straffte die Schultern.

»Danke … Ich muss wieder zurück, bevor jemand etwas bemerkt.« Dass der Else mehr wusste, als gut war, verschwieg sie lieber. Sie würde eine Weile noch vorsichtiger sein müssen.

»Warte, nimm mich mit!« Otto hatte sie am Höhlenausgang eingeholt.

»Du willst also wieder zurück?« Lotte schaute ihren Bruder lange an. Er schien ihr in den letzten Wochen wieder ein Stück gewachsen zu sein. Sie müsste ihm neue Hosen nähen.

Am ganzen Leib zitternd fiel Lotte Magda wortwörtlich ins Haus, sie fing sie im letzten Augenblick auf, als sie ihr ein paar Tage später die Tür öffnete. Ein Teller Hühnersuppe brachte Lotte wieder zur Besinnung, es war der Geruch, der sie augenblicklich wieder zum Leben erweckte, nicht die kraftspendende Brühe.

Magda saß an ihrem Bett und versuchte, ihr löffelweise wieder Leben einzuflößen. »Du musst essen, du brauchst Kraft.«

Lotte schüttelte den Kopf, wehrte die Hand mit dem Löffel ab. Alles, nur keine Hühnersuppe.

»Was ist passiert?«, fragte Magda. »Warum warst du so lange nicht mehr hier?«

»Das weißt du.« Lotte wich ihrem fragenden Blick aus. Lieber wieder die Augen schließen.

»Ich weiß überhaupt nichts«, sagte Magda sanft. »Ich sehe nur eine völlig entkräftete junge Frau. Und ich weiß, dass Bertolt dich vermisst …«

»Bertolt!« Lotte schnaubte. Sie spürte schon wieder Tränen, dabei hatte sie doch schon so fürchterlich viel geweint, rot verquollen, Schatten unter den Augen. »Und was ist mit Wilhelm?«, hauchte sie. Erwartungsvoll schaute Lotte Magda an, doch die gab ihr keine Antwort und hielt ihrem Blick stand.

»Weshalb bist du wirklich hier?«

»Du musst mir helfen«, sagte Lotte leise und knetete verlegen ihre Hände. »Ich erwarte ein Baby.« Sie kam sich unglaublich naiv vor. Da war sie regelmäßig mit Magda unterwegs und hatte sich nicht getraut, mit ihr über Verhütung zu sprechen. Und jetzt war ihre Periode überfällig.

»Von ihm?« Magda hob zweifelnd die rechte Augenbraue, vielleicht verzog sie auch ihren Mund zu einem spöttischen Grinsen, zumindest bewegte sich das Muttermal.

»Du musst mir helfen, bitte! Ich kann dieses Kind nicht bekommen … Er hat eine andere! Überhaupt, wie soll ich das meiner Mutter erklären?« Lotte hatte sich in ihren Kissen aufgerichtet, flehentlich blickte sie Magda an.

Die schüttelte den Kopf. »Was denkst du, was ich jetzt tue?«

»Bitte! Du kennst doch alle Kräuter, da gibt es doch bestimmt irgendetwas. Oder …« Lotte wagte nicht weiterzusprechen, von Engelmacherinnen hatte sie gehört.

Magda atmete tief ein und aus. »Denkst du, ich bohre einfach mit einer Stricknadel in dir herum? Ist es das, was du da von mir verlangst? Außerdem: Für die arischen Frauen ist doch gesorgt, also geh zu deiner Hedwig und lass dir von ihr helfen, die kennt sich doch bestens aus.«

»Von Hedwig? Niemals!« Lotte schüttelte sich bei der Vorstellung, der ehemals besten Freundin von ihren Umständen zu erzählen. Begeistert würde die in die Hände klatschen, etwas von erbgesund und biologisch-arisch einwandfrei rufen und ihr dann selbstredend einen Platz im Lebensborn organisieren.

»Das ist der beste Weg für dich. Mach es nicht noch schlimmer, als es ist.«

»Dann eben nicht! Ich komme schon klar!« Lotte wollte aufspringen, doch sofort wurde ihr wieder schwindelig. Auch wenn sie es noch so sehr wollte, sie kam hier nicht weg. Ihr Körper rebellierte.

»Kindchen, Kindchen«, hörte sie Magda wie durch einen dunklen Tunnel sagen. Ihre Ohren rauschten, dann wurde alles schwarz.

Das Nächste, was Lotte spürte, war die Hand der Alten, die auf ihrem Bauch herumtastete.

»Was …« Mühsam richtete sie sich auf.

»Da ist kein Kind«, meinte Honorata und nickte Magda zu.

»Wusste ich's doch!« Magda lächelte und reichte Lotte eine Tasse, die grün dampfte. Ausgerechnet.

»Wie, du wusstest es?« Lotte nippte an dem heißen Getränk und fühlte sich augenblicklich besser. »Ich bekomme überhaupt kein Kind?«

»Ich habe es dir gleich angesehen … Honorata auch.«

Die Alte nickte und grinste breit. »Du bist viel zu dünn und rappelig. Du musst von dem Tee trinken, dann kommt die Blutung. Wäre es von ihm gewesen?«

Magda nickte, bevor Lotte es tun konnte. Dann schob sie Honorata kurzerhand zur Tür hinaus.

»Danke«, brachte Lotte hervor. Nur langsam kam die Erleichterung. Sie war nicht schwanger, sie würde kein Kind bekommen, sie musste sich niemandem offenbaren. In ein paar

Wochen wäre alles vergessen. Wenn sie nur endlich Wilhelm aus ihrem Kopf bekäme.

»Es tut mir leid, dass ich hier so hereingeplatzt bin … Ich wusste nicht, was ich tun sollte.«

»Ist schon in Ordnung. Ich habe mir längst so etwas gedacht, irgendwann musste es ja passieren.« Magda winkte ab, sie hatte sich neben Lotte aufs Bett gesetzt und zog sie versöhnlich an sich.

»Und für die Zukunft nimmst du ein Diaphragma.«

»Es gibt keine Zukunft für uns.« Unvermittelt weinte Lotte wieder los.

IV

Lotte erwachte in einem See aus Blut. Schwankend zwischen Schmerzen und Erleichterung, entledigte sie sich der schmutzigen Wäsche. Jetzt im Sommer würden die Laken nicht lange zum Trocknen brauchen. Magda hatte tatsächlich recht behalten. Einen kurzen Moment, wirklich nur einen winzig kleinen, bedauerte Lotte, dass sie doch kein Kind von Wilhelm erwartete, vielleicht wäre es ja ganz schön gewesen, sie beide als Eltern, eine kleine Familie, Vater, Mutter, Kind. Schnell wischte Lotte den Gedanken an ihren Geliebten beiseite. Sie musste ihn vergessen. Wie konnte sie ihn vergessen? Alles erinnerte sie an ihn.

Um sich abzulenken, stürzte sich Lotte in die Gartenarbeit. Eine gute Ernte war wichtiger denn je, sie musste die Beete gut bewirtschaften. Sie hatte gerade die Leiter an den Kirschbaum gestellt, da knallte Wilhelm abermals mit voller Wucht in ihr Leben. Genauer gesagt stand er plötzlich wie aus dem Nichts vor ihr.

»Was willst du?«, fragte sie harsch und wollte die Leiter hinauf.

»Bitte, Lotte, lass es mich dir erklären …« Er fasste sie am Arm, doch sie schüttelte seine Hand ab.

»Ich weiß nicht, was es da zu erklären gibt!«, rief sie und kam sich vor wie in einem schlechten Liebesfilm. Aber sie blieb stehen und schaute ihn an.

»Bitte.« Seine Augen sagten alles, doch sie zögerte noch.

»Komm!« Lotte griff nach seiner Hand und zog ihn schnell mit sich in die Gartenhütte.

»Also, was willst du hier?«

»Dich wiedersehen«, sagte er und nahm sie in seine Arme, bedeckte ihr Gesicht mit tausend Küssen. »Du weißt doch, ich kann ohne dich nicht sein.«

Mit klopfendem Herzen ließ sie es geschehen, auch wenn ihr Kopf sagte, dass es nicht richtig war. Aber seine Berührungen, seine Nähe machten, dass sie alles vergaß. Er war hier, bei ihr! Allein das zählte. Aber da war noch etwas, das sie wissen musste, sie hatte davon im Radio gehört.

»Dieser Sprengstoffanschlag auf den Führer, all die Verletzten und Toten … hast du etwas damit zu tun?«, fragte Lotte und hatte Angst vor seiner Antwort.

»Es ist ein Zeichen! Endlich verstehen die Deutschen, versteht die Welt, dass wir nicht alle Nazis sind«, wich er ihrer Frage aus. »Jetzt räumen sie mit der braunen Pest auf. Es ist menschenverachtend, was er macht, dagegen ein Zeichen zu setzen ist kein unchristliches Handeln, wenn du das meinst, im Gegenteil.«

Wilhelm hatte Lotte noch enger an sich gezogen, sie schmiegte sich an ihn. Sein vertrauter Geruch, die Wärme seiner Hände. Alles, was zwischen ihnen stand, war für einen Moment vergessen, es zählte nur das Hier und Jetzt.

»Aber alle sind jetzt alarmiert, überall gibt es noch schärfere Kontrollen. Unsere Arbeit ist gefährlicher denn je, ich kann nicht mehr dabei sein. Wir müssen noch mehr aufpassen.«

Lotte nickte. Nur wenn Hitler tot war, konnte Frieden gelingen. Aber wie durch ein Wunder hatte dieser bisher sämtliche Attentate und Giftanschläge überlebt. Es ging das Gerücht, dass er nur das aß, was Magda Goebbels für ihn kochte.

»Ich bin hier, damit du die anderen warnst. Ich kann nicht mehr kommen, verstehst du? Sie haben gemerkt, dass ich unregelmäßig zum Dienst erscheine und Verbindungen zu Bertolt habe, sie beobachten mich ... Aber ihr müsst weitermachen, wir dürfen nichts unversucht lassen! Wer sonst soll sich dem Diktator widersetzen? Wir müssen verhindern, dass das Massenmorden weitergeht, dass sie jetzt auch noch Kinder und Frauen in den Krieg schicken. Alle, alle müssen wissen, was da vor sich geht!«

»Und was wird aus uns?« Eine Frage, die Lotte seit jenem Nachmittag umtrieb. Mit Wilhelm fühlte es sich alles so kompliziert an. Ohne ihn schien ihr das Leben sinnlos.

Wilhelm atmete tief durch, hob ihr Kinn mit den Fingerspitzen an und sah ihr lange in die Augen. »Wir sind zusammen, du und ich. Immer. Egal, was passiert. Hier.« Er hatte ein goldenes Medaillon aus seiner Hosentasche geholt, ließ es vor Lottes Nase baumeln, bevor er es ihr um den Hals legte. »Es gehörte meiner Großmutter. Sie war eine stille Kämpferin, wie du. Ihr seid euch sehr ähnlich.«

»Wilhelm, ich ...«

»Schsch.« Statt einer Antwort verschloss er ihren Mund mit einem innigen Kuss, mit einem Versprechen. »Immer, verstanden? Ich will mich nicht mit dir streiten«, sagte er sanft und hielt sie fest, »aber die Zeit läuft mir davon ... Wir sehen uns ... heute Nacht im Keller, bitte. Bitte komm!« Noch einmal drückte er sie an sich, dann ließ er Lotte stehen und schwang sich über die Gartenmauer. Sie würde seine Spuren in den Beeten beseitigen müssen. Ungläubig schaute sie ihm nach, die Hand an das goldene Schmuckstück geklammert. Lange Zeit stand sie so da. *Immer* hatte er gesagt. Natürlich würde sie in den Keller kommen. Immer.

Januar 2020

Wütend stolperte Hazel auf die Straße. Zum ersten Mal, seit sie sich kannten, hatte sie sich mit Theo gestritten. Lappalie, Kleinigkeit, bis ein Wort das andere gab und nichts mehr schönzureden war. Es lag nicht an Theo. Er war zu gut, um wahr zu sein, Hazel hatte einen Grund gesucht, ihn von sich zu stoßen, wollte etwas an ihm finden, was ihr nicht gefiel. So hatte sie seinen mächtigen Körper als Anlass genommen, um ihm sein tägliches Frühstücksei schlechtzumachen, wo sie selbst nur Müsli aß. Er hatte ärgerlich reagiert, wie immer, wenn sie ihn kritisierte, und hinterher hatte Hazel überhaupt nicht mehr gewusst, warum sie angefangen hatte, mit ihm zu diskutieren. Und da sie nicht weiterwusste, flüchtete sie nun, alles besser als wie ein Kleinkind vor ihm in Tränen auszubrechen. Sie hatte ihn ja auch herausgefordert.

An der nächsten Straßenkreuzung hatte sie sich beruhigt. Sie würde heute zu Fuß zur Bibliothek gehen, auf den Bus verzichten, die frische Winterluft würde ihr guttun. Was war nur in sie gefahren?, dachte sie, während sie durch den morgendlichen Fußverkehr Slalom lief, Kaffeebechern und Kindern auf Laufrädern auswich, alle eilig, keine Zeit zum Grüßen.

Gedankenverloren lief Hazel weiter, vorbei an den roten Backsteinhäusern, dem Feinkostladen und der Apotheke, dem Ludwigsturm mit dem Kiosk davor. Stolpersteine pflasterten den Weg. Hazel kannte jeden einzelnen von ihnen. Damals in der Schule hatte sie für ein Referat Namen recherchieren müssen, und die Schicksale dahinter hatten sich tief in ihre Seele eingebrannt. Wie konnte sie vergessen? Nie wieder. Im Bismarckbrunnen kickten ein Junge und ein Mädchen, bestimmt würde ihnen das gleich jemand verbieten, wie Kindern ja immer alles verboten wurde. Wenn sie jemals Kinder hätte, würde sie ihnen alles erlauben: herumtoben, Quatsch machen, Freiheit fühlen.

Rasch wischte Hazel den Gedanken zur Seite. Just nach dem Streit mit Theo hatte ihre Blutung eingesetzt, da war dann die Entscheidung, auf die sie gewartet hatte. So oder so war sie frei, aber das machte es ihr leichter, ihren Weg zu gehen.

Zügig lief Hazel durch die Fußgängerzone, schmucklos, trostlos, kein Glanzstück der Architektur, diese Innenstadt, man hatte hier nach dem Krieg so schnell wie möglich Häuser hochgezogen und war um jeden Quadratmeter Wohnraum froh gewesen. Flüchtig dachte sie an die Stabbrandbombe von neulich, die das Räumkommando sicher geborgen hatte. Eine von Hunderten, die bei Erdarbeiten gefunden wurden, wer wusste schon, wie viele noch unter ihren Füßen, unter den Straßen und Häusern schlummerten, hier in der Stadt, im Land, überall. Bomben, die an Krieg und Elend erinnerten, an Tod und Zerstörung, immer wieder.

Der Zweite Weltkrieg hatte seine Spuren hinterlassen, Brandbomben schienen immer noch unter ihnen zu sein. Hazel bemerkte mit Sorge, wie um sie herum neuerdings wieder Stimmen lauter wurden, die populistische Parolen dröhnten, rechtes Gedankengut verbreiteten, sogar die Nazi-Zeit wieder heraufbeschworen. Stimmen, von denen sie geglaubt hatte, sie wären längst verstummt, und doch stießen sie jetzt auf offene Ohren.

Hazel schüttelte sich, musste einem Fahrradfahrer ausweichen, der sie auf dem Luisenplatz beinahe umgefahren hätte. In Gedanken versunken lief sie weiter und bog um die Ecke in den Deppertweg, wo sie gegen eine Frau prallte, die sich mit vorwurfsvoller Miene zu ihr umdrehte.

Es war Mathilda.

»Hallo, welche Überraschung!« Hazel entschuldigte sich rasch für das Versehen. »Ich war in Eile … ich komme zu spät zur Arbeit.«

»Nichts passiert!« Mathilda raffte ihre Einkaufstasche zusammen und lächelte sie an. »Ich auch. Stellen Sie sich vor, Henry kommt mich besuchen!«

Bei seinem Namen zuckte Hazel zusammen, winzige Stromschläge vibrierten durch ihren Körper. Wie konnte das sein? So lange her und doch wie gestern. Dabei war es überhaupt nicht gesagt, dass es sich bei Mathildas Sohn um jenen Henry handelte, der ihr seinerzeit das Herz gestohlen hatte. Es wäre ein unglaublicher Zufall. Und doch …

»Das freut mich zu hören! Wann denn?« Hazel konnte sich die neugierige Nachfrage nicht verkneifen und erntete einen erstaunten Blick von Mathilda. »Äh, ich hab mir nur Sorgen gemacht … weil Sie ja so alleine leben«, beeilte sich Hazel hinterherzuschieben.

»Ich komme schon klar.« Mathilda nickte ihr noch einmal freundlich zu, raffte ihre Tüten zusammen und lief dann weiter.

Hazel schaute ihr nachdenklich hinterher. Dann zückte sie ihr Handy und rief ihre beste Freundin an. Anne hatte schon immer gewusst, was in Sachen Henry zu tun war. Sie kannte ihn und ihre Liebesgeschichte von Anfang an, hatte sich geduldig Hazels Herzensnöte angehört und sie getröstet. Sie verstand, dass jemand, der so tief im Herzen saß, nicht vergessen werden konnte. Auch wenn sie der Meinung war, dass Hazel unbedingt Theo heiraten sollte und ihr gehörig die Leviten las, weil sie die bevorstehende Hochzeit platzen lassen wollte. Aber Anne wäre nicht die beste aller Freundinnen gewesen, hätte sie nicht, nachdem sie sich die ganze Geschichte angehört hatte, das Folgende gesagt:

»Natürlich musst du herausfinden, ob er es ist. Das bist du dir schuldig. Und Theo sowieso.«

»Das hat mit Theo überhaupt nichts zu tun«, antwortete Hazel mit fester Stimme und wusste in diesem Moment, dass es keine Fortsetzung ohne ein Ende geben konnte.

*

Die Mutter war wieder zurück, sonnengebräunt und erholt stand sie eines Tages in der Küche und kochte Kakao. Es duftete verführerisch. Otto fiel seiner Mutter jubelnd um den Hals und diese strahlte vor Stolz und Glück, dass ihr Jüngster wohlbehalten zu Hause war und sie endlich wieder bei ihren Kindern sein konnte. Sie alle waren gesund, da stellte sie keine weiteren Fragen. Der Kakao war ein Geschenk von Muttis Schwester, die selbst Kinder hatte und wusste, womit man ihnen in Zeiten wie diesen das Leben versüßen konnte.

»Gott segne euch«, rief die Mutter ein ums andere Mal und zog vor lauter Wiedersehensfreude ihre Kinder immer wieder in ihre Arme, Fritz, Lotte, Otto. »Vati hat auch einen langen Brief geschrieben.« Sie kramte einen zerknitterten Umschlag aus ihrer Rocktasche hervor, er wirkte, als habe sie ihn viele Male gelesen. »Er vermisst euch sehr und lässt lieb grüßen.«

»Und was schreibt er noch? Geht es ihm gut, ist er unverletzt?« Lotte schaute die Mutter fragend an, sie hatte ja das Gespräch zwischen ihnen belauscht und wusste, wie sehr den Vater der Einsatz quälte, der tägliche Kampf auf Leben und Tod.

Zur Antwort nickte die Mutter nur stumm, Tränen in den Augen. Da wusste Lotte Bescheid.

»Hoffentlich kommt er bald wieder zu Besuch!«, meinte Otto. »Dann kann ich ihm Lumpis neue Kunststücke vorführen.«

»Apropos Lumpi«, meinte die Mutter lächelnd. »Wird es nicht höchste Zeit zum Spielen, bevor die Sonne untergeht?« Schon schickte sie ihren Jüngsten nach draußen, Fritz war noch mit Magda verabredet und verabschiedete sich ebenfalls. So holte Lotte das Nähzeug hervor. Sie wollte aus einer alten

Hose von Fritz eine kurze für Otto schneidern, mit dem restlichen Stoff ein Leibchen für Moses, das ihn in der Höhle wärmen sollte. In jüngster Zeit klagte er über Nierenschmerzen.

»Wie geht es Hans?«, fragte die Mutter unvermittelt in das Surren der Nähmaschine hinein.

Lotte schaute überrascht auf. An Hans hatte sie in der letzten Zeit am wenigsten gedacht. »Ich habe lange nichts mehr von ihm gehört.«

»Seine Mutter sagt, er kommt bald zur Erholung hier ins Garnisonslazarett. Und dass du die Verlobung gelöst hast ...«

Die Nähmaschine übertönte die Fragezeichen. Statt einer Antwort nickte Lotte.

»Wie kannst du das dem armen Hans nur antun!«, empörte sich die Mutter. »Du hast es versprochen. Ist dir denn nichts mehr heilig?«

Die Nähmaschine ratterte.

»Er ist gut für dich, Lotte, er liebt dich. Er kann dir ein sorgloses Leben bieten! Du wirst schicke Kleider tragen, Kinder kriegen, sonntags mit dem Auto ins Grüne fahren ... Du brauchst nicht zu studieren, dich nicht abzurackern, so wie jetzt.«

»Mutter!« Mit einem Ruck nahm Lotte die Füße vom Pedal. »Wie kannst du so etwas sagen? Wir haben Krieg!« Und leise fügte sie hinzu: »Außerdem liebe ich ihn nicht.« Dann noch leiser: »Und ich will keine Kinder.«

»Was?« Die Mutter schaute sie sprachlos an. »Aber das ist doch ...«

»Jaja, ich weiß schon. Meine natürliche Bestimmung als Frau.« Lotte runzelte die Stirn. »Aber ich träume nicht davon. Außerdem kann ich dann nicht arbeiten gehen.« Sie hatte sich wieder Ottos Hose zugewandt, die Säume mussten gesteckt werden.

»Ich könnte mir ein Leben ohne euch überhaupt nicht vorstellen.« Die Mutter hatte ihre Hand auf Lottes Arm gelegt. »Ihr seid ein Geschenk Gottes.«

»Ich weiß.« Lotte hielt sie für einen Moment fest.

»Überleg dir das gut. Es ist nämlich so …« Die Mutter suchte nach den richtigen Worten. »Kinder hast du immer, sie sind ein Teil von dir. Egal ob sie dir den Mann nehmen …«

»… oder ihn zum Krüppel schießen, so wie Hans.« Lotte biss sich auf die Unterlippe. Es war ihr so herausgerutscht, und sogleich schämte sie sich für ihre unbedachte Äußerung.

»Es liegt nicht in unserer Hand«, sagte die Mutter.

Lotte schüttelte den Kopf. »Doch, es liegt an uns«, antwortete sie mit fester Stimme. »Der Krieg ist von Menschen gemacht.«

»Um Gottes willen, Mädchen, was sagst du da?« Die Mutter schaute sie erschrocken an. »Fängst du jetzt auch so an wie Fritz und Magda? Bewahre! Tu mir das nicht an, ihr bringt euch nur in Gefahr, uns alle. Hab ich denn nicht schon Leid genug?« Sie drückte sich die Bibel an die Brust und atmete schwer.

Da stand Lotte einfach auf, ließ die Näharbeit Näharbeit sein und lief aus der Wohnung. Mit ihrer Mutter war noch nie zu reden gewesen.

Sie stolperte direkt in die Arme vom Else, der unten im Treppenhaus herumlungerte. Er schien schlechte Laune zu haben.

»Soso, die Frau Mutter ist wieder da«, meinte er und hielt Lotte am Ärmel fest. »Und der kleine Bruder auch. Wo hat er denn gesteckt?«

»Sie waren beide verreist«, antwortete Lotte und versuchte, sich aus seinem Griff zu winden. Sie stand auf dem Treppenabsatz über ihm und schaute dem Else genau in sein Glasauge.

»Da haben meine Kollegen aber andere Informationen.« Er trat noch dichter an sie heran, so nah, dass sie seine Zwiebelausdünstungen roch. Angeekelt verzog sie das Gesicht.

»Dein Bruder wurde nämlich im Lager vermisst. Hast du dafür eine Erklärung?«

Lotte schüttelte den Kopf. Sie hielt den Atem an. Was wusste der Else?

»Keine Angst, ich habe ihnen gesagt, dass dein Bruder auf tragische Weise verunglückt ist, da haben sie keine weiteren Fragen gestellt. Er ist ja ständig alleine unterwegs. Im Wald. Da kann ja immer mal etwas passieren … Otto hat dort ein Versteck, nicht wahr?« Er zwinkerte ihr zu.

Bei dem Wort Versteck war Lotte empfindlich zusammengezuckt. Der Else grinste fies.

»Und nicht nur Otto hat eins.« Er legte seine Hand in Lottes Nacken und zog ihr Gesicht dicht zu sich heran.

Lotte erschrak. Woher wusste er das? Wie naiv war sie in den letzten Wochen gewesen! Natürlich hatte der Blockwart längst mitbekommen, dass sie sich heimlich mit Wilhelm im Keller traf. Und jetzt nutzte er sein Wissen, um sie zu erpressen. Da half es ihr auch nicht, dass sie wusste, was er Dorothee angetan hatte.

»Ein schönes Liebeslager habt ihr zwei dort unten«, höhnte der Else weiter. »Meinst du, ich habe eure Spuren noch nicht bemerkt? Nacht für Nacht schleicht sich das ach so unschuldige Fräulein Rühr-mich-nicht-an durch das Haus … Und dann diese schöne Einrichtung, mit Musik und Kerzen … Ich weiß, was ihr dort unten macht. Manchmal sind die Laken noch warm …« Er seufzte tief und schüttelte den Kopf, packte ihre Handgelenke.

»Lassen Sie mich!« Lotte wehrte energisch seine Hände ab, versuchte vergeblich, sich aus seinem Klammergriff zu befreien.

»Dann eben nicht.« Der Else stieß sie gegen die Wand.

»Sie tun mir weh!«, hörte sie sich wimmern.

»Du lebst gefährlich! Meinst du, ich wüsste nicht von deinen heimlichen Aktivitäten?«, setzte er drohend hinterher. »Wenn herauskommt, dass er sich mit einer Verräterin trifft, machen sie kurzen Prozess mit ihm. Und mit dir auch.«

Lotte versagten die Knie. »Bitte, verraten Sie uns nicht!«, rief sie mit zitternder Stimme und schaute den Else flehentlich an.

»Das werde ich nicht, keine Sorge.« Er lächelte, bevor er Lotte galant die Hand reichte und ihr half, sich aufzurichten. Beinahe zärtlich strich er ihr eine Locke aus der Stirn.

Lotte atmete tief durch. So ein Schwein! Aber was sollte sie machen, er hatte sie in der Hand.

»Vielleicht interessiert es dich, dass ich Nachforschungen über ihn angestellt habe«, machte er weiter. »Was immer er dir erzählt, er sagt nicht die Wahrheit.«

»Was wissen Sie über ihn?«, rutschte es Lotte heraus. Sie biss sich auf die Lippen, zu spät.

»Ich passe auf dich auf. Mehr musst du nicht wissen.« Der Else hatte ihr jetzt den Arm um die Schulter gelegt und zog sie an sich. Er atmete schwer, sie spürte seine Erregung. Angst und Ekel krochen in ihr hoch.

»Jetzt hab dich nicht so«, flüsterte er rau. »Du willst es doch auch. Du machst es jede Nacht mit ihm. Aber er wird nicht mehr kommen.«

Hinterher wusste Lotte nicht mehr zu sagen, woher sie plötzlich diese Kraft nahm. Als der Else seine Hand auf ihre Brüste legen wollte, verpasste sie ihm einen gezielten Schlag auf die Nase, dass er mit einem Aufschrei von ihr abließ und stöhnend zu Boden sank. Lotte rannte hinaus auf die Straße, bloß weg hier, egal dass die Leute guckten, egal dass der Else ihr hinterherfluchte. In Panik rannte sie den Deppertweg entlang. Beinahe wäre sie dabei über Lumpi gestolpert, der ihr auf dem Fußweg entgegenkam. Lotte strauchelte und fing sich in letzter Sekunde.

»Hey, was machst du denn hier? Komm, ich bringe dich zu Oma Schmidt! Bist du etwa abgehauen? Und wo hast du Otto gelassen?« Lotte wollte Lumpi am Halsband fassen, doch der entwischte ihrem Griff. Sie rannte ihm hinterher, da machte er einen Satz und lief los, direkt vor ein Auto.

Reifen quietschten, Lumpi jaulte – und dann nicht mehr.

»Nein!« Lotte kniete vor dem blutenden Fellbündel und hob Lumpi auf ihre Arme, Tränen strömten über ihr Gesicht. »Bitte, bitte, du darfst nicht sterben.« Immer wieder streichelte sie über seinen Kopf, doch das Hündchen hielt die Augen geschlossen, schnaufte nur matt.

»Was hat der Köter auch auf der Straße zu suchen?« Der Fahrer des Wagens war ausgestiegen, ein paar Neugierige standen herum, liefen aber rasch weiter, als sie seine Uniform bemerkten.

»Er ist einfach losgerannt, ich konnte nichts tun.« Lotte schüttelte sich, wie um einen Alptraum loszuwerden. Erst der Else und jetzt das.

»Pass doch das nächste Mal besser auf!« Der Braune polterte sie an.

Lotte hob den Blick und schaute irritiert zur Seite, als sie Wilhelm bemerkte, der aus der Beifahrertür stieg.

»Kommen Sie, ich helfe Ihnen.« Seine Stimme klang warm und tief, wie immer. Lotte spürte seine Betroffenheit, es schnürte ihr das Herz. Er warf seinem Kollegen einen kurzen Blick zu, dann fasste er Lotte am Arm und führte sie zu einer Bank.

»Lumpi …«, flüsterte sie fassungslos.

»Es tut mir leid …« Wilhelm streichelte wieder und wieder über das zuckende Fell. Der Hund kämpfte.

»Wie soll ich das bloß Otto erklären? Ich konnte ihn nicht halten, er ist einfach losgerannt.«

»Es ist nicht deine Schuld. So etwas passiert.« Wilhelm suchte nach den passenden Worten, zog ein Taschentuch aus seinem blauen Mantel, sah sie mit schmerzerfülltem Blick an. »Er darf nicht merken, dass wir uns kennen. Ich kann dich nicht nach Hause begleiten, so leid es mir tut, Lotte, ich ...«

Ein letztes Blinzeln, ein erlösender Schnaufer.

»Ja.« Lottes Stimme klang tonlos.

Sie drückte Lumpi an sich wie ein Kind und stand auf, schwankte für einen kurzen Moment. Blut tropfte auf die Straße, ihr sonnengelbes Kleid war längst durchtränkt. Dann trug sie den toten Hund auf dem Arm den langen Weg bis nach Hause.

Februar 2020

»Ich liebe dich!« Wie immer, wenn Theo auf Dienstreise war, schickte er verliebte Nachrichten, und Hazel freute sich darüber. Wenn er nicht bei ihr war, vermisste sie ihn und dachte nicht daran, ob er schnarchte oder selbstgefällige Antworten gab.

An jenem Morgen schaute Hazel auf das Display ihres Handys und fühlte – nichts. Kein Kribbeln, keine Freude, keine Zufriedenheit. Nur Leere. Wie konnte das sein? Bis gestern noch wollte sie an seiner Seite glücklich für immer werden, mit ihm eine Familie gründen, ein sorgloses Leben führen, sich geliebt fühlen, bis dass der Tod euch scheidet. Aber wenn Hazel jetzt in sich hineinhorchte, ganz tief und ehrlich, spürte sie nur noch Henry, in jeder Faser ihres Körpers war die Erinnerung an jene Zeit präsent, lebendig, als wäre es erst gestern gewesen. Es war nicht das Einfamilienhaus mit der schicken Einbauküche, wonach sich Hazel sehnte, kein großzügiger Garten mit Feuerschale und Outdoormöbeln. Sie brauchte Henry, um glücklich und vollkommen zu sein, das wurde ihr in diesem Moment bewusst, als sie, noch im Schlafanzug und mit dem Morgenkaffee in der Hand, auf Theos Nachricht starrte und versuchte herauszufühlen, was da gerade mit ihr geschah. Warum sie so willenlos ihren Gefühlen ausgesetzt war, sich nach jemandem sehnte, der ihr das Herz gebrochen hatte. Verlangen nach etwas, das lange vorbei war, so viele Jahre dazwischen und doch nicht vergessen. Doch Gefühle passierten, ein Spiel der biochemischen Stoffe im Körper, nicht zu erklären.

Hazel hatte keine Wahl, sie musste es tun. Am liebsten hätte sie sofort mit Theo gesprochen, ihm erklärt, was sie fühlte oder besser: was sie nicht fühlte. Und er hätte sie in seiner verständnisvollen Art angeschaut, den Kopf geschüttelt und die Welt nicht mehr verstanden. Theo, der erfolgreiche Anwalt und Notar, dem alles gelang, was er anpackte, der für alle sorgte, es gut meinte und dabei nicht merkte, dass er andere bevormundete.

Seufzend legte Hazel ihr Handy zur Seite, Theo würde heute Abend zurückkommen, sie waren beim Italiener verabredet. Bis dahin würde sie warten müssen, noch einmal gründlich über das nachdenken, worüber sie eigentlich nicht nachzudenken brauchte.

Als es so weit war, hörte Theo ihr dann zu, ohne ein Wort zu sagen, nickte, als hätte er sich schon längst so etwas gedacht, und ertrug es mit Anstand und Fassung, als sie sich den Verlobungsring vom Finger zog und ihn ihm zurückgab.

»Du hast eine bessere Frau als mich verdient«, sagte Hazel und fühlte sich wie im Herzkino, aber sie meinte es genau so. Viele Monate lang war Theo der Richtige für sie gewesen, sie hatte geglaubt, in ihm den Mann ihres Lebens gefunden zu haben. Aber es ging nicht um ihn. Es ging um Hazel, ihr Leben, ihre Träume. Und das waren ganz andere als Theos.

»Du brichst mir das Herz, aber ich gebe dich frei«, sagte er, und das war so ein typischer Theo-Satz, der Hazel das Aufstehen erleichterte.

*

»Es sterben immer drei«, sagte Oma Schmidt, als sie von Lumpis tragischem Tod erfuhr, und sollte damit Recht behalten. Otto trauerte um seinen vierbeinigen Freund und war tagelang nicht ansprechbar. Seiner Schwester konnte er nicht in die Augen sehen. Lotte schlug ihm vor, Lumpi im Garten zu begraben, aber Otto wusste eine schöne Stelle im Wald, an der sie ihm dann beide die letzte Ehre erwiesen. Eingehüllt in einen Rest Fallschirmseide ruhte der Hund nun schneewittchengleich unter einer Eiche in den ewigen Jagdgründen, ein kleines Holzkreuz schmückte sein Grab.

Es war unerträglich mit anzusehen, wie sehr Otto um ihn weinte, für Lotte war es schlimmer als Lumpis Tod selbst. Ihr Leben lang waren die beiden unzertrennlich gewesen und jetzt das. Sie hatte es nicht verhindern können. Immer noch stand sie unter Schock, das Quietschen der Reifen hallte in ihren Ohren nach, das Blut auf dem Kleid, das sich nicht vollständig herauswaschen ließ, blieb ihr Zeuge.

In ihrer Not traf sich Lotte mit Magda in einem kleinen Café, sie musste mit jemandem sprechen, der sie verstand, der sie tröstete und auf andere Gedanken brachte. Nur wenige Menschen konnten es sich noch leisten, ins Café zu gehen, es gab kaum Kuchen und nur Ersatzkaffee, aber ein Stück Normalität. Es war unverfänglicher als in der Wohnung oder im Garten, und Lotte hatte ihr blaues Kleid angezogen.

»Ich habe alles falsch gemacht«, sagte sie. »Ich hätte Lumpi nicht hinterherrennen dürfen, das war viel zu leichtsinnig. Ich weiß ja, dass er sich nicht gerne anfassen lässt.«

»Du konntest nicht wissen, dass er sich losreißt, er kannte dich doch.« Magda legte ihr beschwichtigend die Hand auf den Arm. »Es tut mir schrecklich leid! Der arme Otto …«

»Es ist furchtbar! Aber noch viel schlimmer ist, dass ich Wilhelm nicht verstehe. Er ist einfach wieder fort, hat sich nicht gemeldet. Als wäre nichts geschehen.«

»Er ist nicht so, das weißt du besser als ich!« Magda schüttelte den Kopf. »Aber du musst ihn lassen. Hat er dir das nicht erklärt? Ich hatte gehofft, du verstehst ihn. Wenigstens du.«

»Du etwa nicht?« Lotte schaute Magda nachdenklich an.

»Nein.«

»Ihr seid euch sehr nah, nicht wahr?« Schon immer hatte Lotte das besondere Band zwischen Magda und Wilhelm gespürt, doch bisher hatte sie nie nachgefragt.

»Wir sind wie Geschwister aufgewachsen, wenn du das meinst. Unsere Eltern waren enge Nachbarn und Freunde, wir haben uns täglich gesehen … Seit ihrem Tod sind wir uns noch näher.« Magda schluckte.

»Das tut mir leid.« Lotte drückte ihre Hand.

»Wilhelm hat für sich einen anderen Weg gewählt. Er hat sich in den Kopf gesetzt, die Menschheit zu retten, er will die Würde der Verfolgten und Getöteten wiederherstellen, auch wenn es ihn das eigene Glück kostet. Ist Fallschirmschütze und Mitglied in der Partei geworden, um den Mächtigen nahezukommen, immer zu wissen, was sie vorhaben … und kann trotzdem nicht verhindern, dass sie Unmenschliches tun.«

»Und jetzt will er sogar eine Nazi-Tochter heiraten.« Lotte seufzte.

Magda guckte überrascht. »Das wusste ich nicht! Wie schlimm muss das für dich sein.« Sie schaute Lotte mitfühlend an.

»Ich kann ihn sogar verstehen, ist das nicht verrückt?« Lotte schluckte. »Er denkt so groß, so tief, so richtig. Ich wünsche ihm von Herzen, dass seine guten Gedanken Früchte tragen. Dass er mit seinen Worten die Menschen erreicht, etwas bewirkt. Und gleichzeitig wünsche ich mir nichts sehnlicher, als dass er sich zu unserer Liebe bekennt. Bei unserem letzten Treffen wirkte er so gequält, wie innerlich zerrissen.«

»Kein Wunder! Wilhelm liebt dich sehr.«

»Dann soll er sich für mich entscheiden!«

»Das hat er schon. Damals, in jener Nacht. Glaub mir, Lotte, du bist alles für ihn, er gibt dir alles, was er hat.« Wie Magdas Worte in Lottes Seele schmerzten! Sie wusste, was sie ihr sagen wollte. Und trotzdem …

»Wie kann er sein eigenes Glück vergessen und so hart gegen sich selbst sein?«, fragte Lotte und schaute Magda mit tränenerfüllten Augen an.

»Du weißt, warum. Sei stolz auf ihn! Männer wie Wilhelm gibt es nur wenige. Du hast seine Liebe, mehr kannst du nicht verlangen.«

Lotte nickte. Sie umfasste ihr Medaillon, streichelte über die eingravierten Kreuze. »Meine Mutter verzeiht mir nie, dass ich die Verlobung mit Hans gelöst habe. Sie darf niemals erfahren, dass ich heimlich Wilhelm treffe.« Lotte schaute düster vor sich hin.

»Du tust deiner Mutter Unrecht!«

»Sie ist so verbohrt. Ständig mit ihrer Bibel … Sie will nur, dass ich eine gute Ehefrau und Mutter werde.«

»Weil sie es nicht anders kennt. Weil sie nicht weiß, dass du alles machen kannst. Frau sein, Mutter. Unterrichten und dich für die Gesellschaft einsetzen. Und hast du nicht selbst erzählt, dass sie in diesen schwierigen Zeiten so viele Kinder versorgt hat?«

»Das macht sie aus Nächstenliebe«, warf Lotte ein.

Magda schüttelte zweifelnd den Kopf. »Sie wäre die Letzte, die nicht verstehen würde, wenn sie wüsste. Und garantiert würde sie auch deiner Freundin und den anderen in der Höhle helfen.«

»Andererseits verrät Hedwig beinahe ihre eigene Oma … Ist es nicht schrecklich, was mit uns geschieht? Wir werden alle zu Verrätern, egal wie wir uns verhalten. Entweder verraten wir die Menschen, die uns nahestehen – niemals wäre doch jemandem eingefallen, seinen Lieblingsbäcker wegen seiner krummen Nase zu verraten! Oder die Synagoge abzubrennen, in der man so oft gefeiert hat. Oder dem schönen Fritz das Tanzen zu verbieten, nur weil einem die Musik nicht gefällt –, oder wir verraten die Partei.« Lotte strich sich eine Strähne aus dem Gesicht.

»Ein System zu verraten, das Menschen verachtet, ist kein Verrat!«, warf Magda düster ein, und Lotte fielen unwillkürlich Wilhelms Worte ein.

»Wenn alle so denken würden … Die meisten jubeln ja dem Wahnsinn immer noch zu«, meinte Lotte. »Aber das kann ich nicht mehr, für mich ist es viel komplizierter geworden … ich traue mich nicht, Position zu beziehen, helfe lieber heimlich, still, schweige, gebe mein letztes Hemd … und lebe in ständiger Gefahr und Gewissensnöten. Aber ich schaffe es einfach nicht, mich offen gegen sie zu stellen. Ich habe Angst, dass sie mich dann schnappen und in ein Lager stecken … oder Otto … Das lässt mich oft verzweifelt zurück, aber ich finde keinen Ausweg.«

Magda nickte. »Das ist menschlich, Lotte, mach dir keine Vorwürfe. Und gleichzeitig ist es sehr mutig, was du tust. Ich finde, das muss jeder für sich entscheiden. Aber es ist falsch zu denken, dass der Einzelne nichts tun kann.« Sie schaute Lotte liebevoll an. »Du bist eine von den Guten! Und jetzt mach, dass du nach Hause kommst, bevor es dunkel wird und deine Mutter Fragen stellt.«

Die beiden Frauen umarmten sich. »Wann nur ist dieser Krieg endlich vorbei?«, flüsterte Lotte in Magdas Ohr, damit niemand der anderen Gäste sie hören konnte.

»Ich wünschte, ich wüsste es«, flüsterte Magda. »Sie *kämpfen* für den Frieden, immer noch. Ist das nicht absurd?«

Draußen dämmerte es bereits, aber die Hitze des Tages hing noch in der Luft. Lotte beeilte sich. Im Dunklen war ihr der Wald unheimlich, zu viele Geräusche, die sie nicht kannte. Immer wieder raschelte es hinter und neben ihr, und es war nicht Otto, der missmutig vor ihr herlief. Seit der Sache mit Lumpi hatte er kaum ein Wort mit seiner Schwester gesprochen. Wie konnte sie das nur wiedergutmachen? Die Last des schlechten Gewissens klemmte auf ihrer Brust und machte ihr das Atmen schwer, nur mühsam kam sie voran. Das Leid um sie herum schien ihr unerträglich zu werden, immer mehr fühlte sie sich mitverantwortlich dafür. Warum hatte sie nicht früher etwas gesagt, etwas getan? Du hast ihn nicht gewählt, hörte sie Ruth sagen, die immer die vernünftigen Argumente parat hatte, du hättest es auch niemals getan. Es ist nicht deine Schuld! Trotzdem, dachte Lotte, es war ihr Erbe, sie musste damit leben. Sie waren in der Übermacht, hatten die Gewalt, gegen sie hatte man keine Chance. Man gehorchte, machte mit, verriet andere, kämpfte an der Front – oder wurde selbst getötet. Wurde zum Mörder, der dem Feind zuvorkam, bevor es einen selbst erwischte, Lebensretter in eigener Sache. Ein perverser Gedanke, der Lotte schüttelte. Es schien ihr unerklärlich, warum so wenige bereit waren, Widerstand zu leisten, ihre Stimme zu erheben, so wie Wilhelm es tat. Aber wenn sie ehrlich zu sich war, wusste sie nicht, ob sie an seiner Stelle diesen Gewissensspagat aushalten würde, Nazi spielen, um Hitler stürzen zu können. Und ihre Liebe würde sie auch nicht einer politischen Idee opfern, das musste sie wohl oder übel vor sich selbst zugeben. Deswegen verstand sie Wilhelm nicht und gleichzeitig bewunderte sie ihn dafür.

Lotte zog es die Füße weg, sie musste sich auf einen Stein setzen, sich ausruhen. Noch vor einem halben Jahr war sie an dieser Stelle durch den Schnee geirrt, hatte sie hier irgendwo ihren Ring fortgeworfen. Es war alles so unbegreiflich, ihr Kopf schmerzte vor lauter Nachdenken, ihr Herz brannte vor lauter Gefühlen. Unwillkürlich fasste sich Lotte an ihre Narbe, die rote Spange verblasste mehr und mehr, blieb als Zeichen der Erinnerung, dass sie sich damals für Wilhelm entschieden hatte.

Plötzlich hörte sie ein Geräusch, Otto war weit vorausgelaufen. Der Else, war ihr erster Gedanke. Erschrocken drehte sich Lotte um, da galoppierte eine Horde Wildschweine an ihr vorbei und zog eine stechend riechende Wolke hinter sich her. Irgendetwas musste sie aufgeschreckt haben. Mit angehaltenem Atem und klopfendem Herzen wartete Lotte, bis sich der Staub gelegt hatte, horchte in den Wald hinein, doch es blieb still. Nur halb erleichtert lief sie weiter. Ihr war unbehaglich zumute, sie wurde das Gefühl nicht los, dass sie irgendjemand verfolgte.

»Jetzt rede doch bitte mit mir!«, bat Lotte abermals. Sie hatte Otto wieder eingeholt. Schnaufend liefen sie bergan, Schweiß perlte auf ihrer Stirn. Otto sprach immer noch kein Wort und über ihnen türmten sich die Wolken. Diesmal machten sie einen noch größeren Umweg mit noch mehr Abbiegungen und Zwischenstopps als sonst. Lotte hatte Angst vor dem Else. Wenn er wusste, dass sie und Wilhelm sich heimlich im Keller trafen, wusste er bestimmt auch von dem Höhlenversteck. Ständig schaute sie sich um, zuckte bei jedem Knacken zusammen. Aber es war niemand zu sehen.

Um sie herum wurde es immer finsterer. Schwefelgelbes Licht fiel durch das Blätterdach, am Horizont donnerte es bereits. Mit Glück würden sie noch rechtzeitig vor dem Gewitter in der Höhle sein, sie waren nur noch wenige Meter entfernt. Trotzdem musste Lotte eine Pause machen, um sich hinter einem Baumstamm zu erleichtern. Als sie wieder auf den Weg kam, war ein Alptraum wahr geworden.

Vor ihr stand der Else und hatte Otto am Kragen gepackt. »Na, du Bürschchen, wohin des Weges?«, fuhr er ihn an. »Was hast du denn Hübsches dabei? Das ist doch sicher nicht für die Rehe gedacht …«

»Lassen Sie meinen Bruder in Ruhe!«, warf sich Lotte dazwischen, wurde aber einfach zur Seite geschoben. Gegen den mächtigen Mann hatte sie keine Chance. Mühsam rappelte sie sich auf, hängte sich an seinen Arm.

»Sie sind böse! Lassen Sie mich los!« Otto versuchte mit aller Kraft, sich zu befreien, doch der Else hatte ihn fest im Griff. Mit der anderen Hand stieß er Lotte abermals so heftig weg, dass sie strauchelte und fiel.

»Sag mir, was du vorhast, und dir passiert nichts!« Der Blockwart hatte sich an Ottos Rucksack zu schaffen gemacht. »Was haben wir denn da?« Er hielt sich ein Stück Speck unter die Nase und schnupperte genüsslich daran. »Ich höre?«

Er stieß Otto unsanft zu Boden. Der rollte sich flink zur Seite, griff nach einem Stock und versuchte, den Else damit anzugreifen. Vergeblich. Der lachte nur und griff so fest nach Ottos Arm, dass es knackte. Otto schrie auf.

»Nein!« Erschrocken hielt sich Lotte die Hand vor den Mund. Ein Gestapo-Offizier hatte sich neben dem Else vor

Otto aufgebaut. Im ersten Augenblick dachte Lotte, es wäre Wilhelm. Plötzlich kamen Soldaten von überallher, zogen ihre Gewehre und hielten Lotte, die immer noch auf dem Boden lag, und den vor Schmerzen wimmernden Otto in Schach.

»So, mein Bürschchen, und du verrätst uns jetzt, wen ihr hier versteckt. Deine widerspenstige Schwester schweigt ja hartnäckig«, sagte der Else streng. Otto drehte sich und zappelte, versuchte vergeblich, sich aus seinem Griff zu winden. »Sprich, es ist besser so! Sonst hast du deine Mutter und deine Schwester zum letzten Mal gesehen, diese störrischen Weiber …« Letzteres rief der Else mit Blick auf Lotte, die sich mit schmerzverzerrtem Gesicht nun mühsam aufrappelte. Vor Schreck erstarrt, wagte sie nicht, einen Schritt zu tun, und konnte nur hilflos mit ansehen, wie die Soldaten die Höhle stürmten und mit vorgehaltenen Gewehren Ruth, Moses, Kathrin und die anderen heraustrieben, vor sich herschubsten. Für Lotte interessierten sich die Soldaten nicht mehr. Sie stand da und versuchte zu verstehen, was nicht zu verstehen war.

Lotte schlich ihnen im Schutz der Bäume hinterher, der Gewittersturm wehte durch ihre Haare, sie fühlte sich machtlos wie noch nie und fürchtete um ihrer aller Leben. Erniedrigender konnte es nicht sein, wie sie sie den langen Weg hinunter in die Stadt jagten. Welche Todesangst mussten sie haben, das Grauen stand ihnen ins Gesicht geschrieben. Ruth hielt sich auf dem langen Marsch die ganze Zeit über die Hand vor die Augen, selbst das gelbliche Licht blendete sie. Moses stützte Kathrin, die jeden Augenblick zusammenzubrechen drohte, er wirkte fahl und doch gefasst, Lotte mochte gar nicht hinsehen. War das ihr Bäcker Moses, der den Kindern immer mit einem Lächeln im Gesicht Brezeln geschenkt hatte?

Am Güterbahnhof blieben sie endlich stehen. Der Else hatte immer noch Otto am Schlafittchen, zog ihn hinter sich her, der Arm des Bruders hing seltsam herab. Ein paar Menschen strömten neugierig herbei, um nachzusehen, was da vor sich ging, liefen aber schnell weiter, als sie die zerlumpten Gestalten bemerkten.

»Hier geht's lang!« Die Soldaten drängten Moses, Ruth und die anderen in einen der Waggons. Der Gestapo-Offizier schloss mit einem Schlag die Tür. »Und morgen geht's dann weiter!«

Lotte wagte nicht daran zu denken, wohin.

»Und jetzt zu dir …« Der Offizier wandte sich an den verletzten Otto.

»Ich bringe ihn weg! Er bekommt seine gerechte Strafe, dafür sorge ich höchstpersönlich«, sagte der Else schnell und zog ihn weiter die Straße entlang, Lotte lief einfach mit, das Schlimmste ahnend. Doch als sie um die Ecke waren, gab der Else Otto frei.

»Geh nach Hause, Bürschchen, und lass dich nie wieder von mir erwischen, hörst du?« Dann zündete er sich eine Zigarette an und lief davon.

Mit schleppenden Schritten schlichen die Geschwister nach Hause, der Himmel war mittlerweile rabenschwarz, jeden Augenblick würde das Gewitter losplatzen. Otto wimmerte, schmerzensbleich im Gesicht. Er gehört ins Krankenhaus, dachte Lotte und fühlte sich furchtbar, weil sie durch ihr unbedachtes Verhalten alle verraten hatte. Sie musste dringend Hilfe für Ruth und die anderen organisieren, sie um jeden Preis aus diesen Waggons befreien. Also drückte sie der Mutter ohne eine weitere Erklärung den Verletzten in die Arme und machte sich des lospeitschenden Regens zum Trotz auf den Weg. Es donnerte und blitzte zugleich. Die Einzigen, die ihr jetzt noch helfen konnten, bevor das Schlimmste geschah, waren Magda und die anderen.

Plötzlich spürte sie einen Arm auf der Schulter, jemand zog sie in einen Hauseingang. Erschrocken schrie Lotte auf. Als sie erkannte, wer da vor ihr stand, traute sie ihren Augen nicht. Es war Hedwig.

»Was machst du hier?«, rief sie gegen das Donnergetöse an.

»Ich habe auf dich gewartet.«

»Gewartet?« Lotte schaute Hedwig verständnislos an.

»Du willst zu Ruth, oder?«

Woher wusste sie davon?

»Jetzt guck nicht so. Komm lieber, bevor uns noch jemand sieht, der Else zum Beispiel.« Hedwig fasste Lotte an der Hand und lief mit ihr Richtung Güterbahnhof. Sie waren die Einzigen, die bei dem Unwetter auf der Straße waren. Ein Soldat kauerte unter einem Dach und hielt Wache, er schien eingenickt zu sein.

»Komm.«

»Was hast du vor?«

Doch statt einer Antwort lief Hedwig zielstrebig voraus.

»Wenn er wach wird, lenk ihn ab, sag ihm, dass du Angst vorm Gewitter hast, lass dir was einfallen.« Schon war sie hinten an den Waggons, wo sie sich an den Riegeln zu schaffen machte, dahinter blieb es still. Viel zu still. Gerade als wieder einmal ein Donnern vom Himmel krachte, rollte Hedwig die Tür auf und drinnen kam Bewegung in die Menschen. Der Soldat schlief immer noch.

»Schnell, ihr müsst weg hier!« Hedwig schickte sie alle in den Regen, doch sie zögerten, wussten wohl nicht recht, wohin. »Los, ihr seid frei, versteht ihr nicht? Lauft!« Sie schrie es gegen das Gewitter an, die nassen Haare hingen ihr ins Gesicht.

Da wachte Lotte endlich aus ihrer Erstarrung auf und zog Ruth einfach an der Hand mit sich. »Vertrau ihr! Hedwig weiß, was sie tut.« Sie drückte die Freundin an sich, atmete ein letztes Mal ihre warme Haut, den vertrauten Höhlengeruch der vergangenen Monate. Sie wusste nicht, was geschehen würde, ob sie sich jemals wiedersehen würden.

»Komm, wir müssen hier weg, wir haben keine Zeit zu verlieren! Ich bringe euch in Sicherheit.« Hedwig war zu ihnen getreten, wirkte eilig und besorgt. Immer wieder schaute sie sich um, ob sie auch ja niemand beobachtete.

»Danke, das vergesse ich dir nie!« Für einen kurzen Moment umarmte Lotte ihre Freundinnen, eine links, eine rechts. So standen die drei jungen Frauen da, im strömenden Regen, und wussten nicht, was sie sagen sollten. In ihrem Herzen spürte Lotte ihre tiefe Verbundenheit. Was immer die Zukunft bringen würde, sie würden einander nie vergessen, nichts und niemand wäre so stark, ihre Freundschaft zu zerstören. Das wusste sie jetzt.

»Danke, danke für alles!«, flüsterte Ruth. Dann lief sie einfach los, auch die anderen hatten sich in Bewegung gesetzt, keine Zeit zum Abschiednehmen, Moses, Kathrin, einer nach dem anderen folgte zu Lottes Erleichterung Hedwig, die jetzt in ihrer Uniform energisch voranschritt. Immer schneller wurden sie, jetzt rannten sie. Sie waren fast schon um die Ecke, da drehte sich Ruth noch einmal zu Lotte um und lächelte.

»Leb wohl! Geh mit Gottes Segen«, winkte sie zurück. »Kol tuv.«

Lotte hatte ihr gelbes Kleid verbrannt, gemeinsam mit ihren Träumen als Sommertänzerin war es in Flammen aufgegangen. Es war Zeit, Abschied zu nehmen und einen Neuanfang zu wagen, wie auch immer er aussehen würde. Genau an diesem

Tag kamen zwei Briefe für sie an. Der ohne Absender stammte ohne Frage von Ruth, und wenn sie die wenigen Zeilen richtig entschlüsselte, war sie in San Francisco in Sicherheit, hatte einen Künstler kennengelernt und Bertolt getroffen. Sie klang froh, es bestand Hoffnung auf ein Wiedersehen mit Elias. Der andere Brief stammte von Hans' Mutter, die ihr mit blumigen Worten mitteilte, dass ihr Sohn mit gebrochenem Herzen und amputiertem Bein seinen Verletzungen erlegen war. Die Beerdigung würde in zwei Wochen auf dem Alten Friedhof stattfinden, von Beileidsbekundungen bitte sie abzusehen.

Lotte trauerte tief um den einstigen Freund und Verlobten. Insgeheim leistete sie Abbitte, weil sie so harsch über ihn geurteilt hatte, wie er einst so euphorisch den Braunen nachgelaufen war, pflichtbewusst wie die meisten. Es war sein Weg gewesen, und er hatte nicht wissen können, wohin das führte. Doch er hätte auch die Möglichkeit gehabt, sich gegen das Regime zu stellen, Nein zu sagen. Vielleicht hätten sie ihn nicht erwischt, vielleicht wäre er nicht in einem Lager hingerichtet worden, wer wusste das schon? Vielleicht hatte er später daran gedacht, als er mit Wundbrand und Schmerzen im Lazarett lag, und es bereut. Vielleicht aber auch nicht.

Lotte seufzte, so viele Vielleichts. Wie sehr hätte sie ihm eine Frau gewünscht, die zu ihm passte, die mit ihm gemeinsam im Auto durch den Odenwald fuhr, ihm den Sonntagsbraten auf den Tisch stellte. Lotte wäre die Falsche für ihn gewesen, das wusste sie jetzt.

Dafür hatte Hedwig endlich den Richtigen gefunden. Stolz präsentierte sie sich mit ihrem künftigen Mann beim sonntäglichen Spaziergang auf der Straße, schon bald sollte Hochzeit sein und sie Frau Generalmajor. Sie konnte es kaum erwarten, schien wie ausgewechselt. Lotte freute sich für die Freundin, gönnte ihr das Glück von ganzem Herzen. Sie konnte in Zukunft so viele Orden, Mutterkreuze und Ehrennadeln tragen, wie sie wollte. Hedwig hatte Ruth das Leben gerettet, das würde Lotte ihr nie vergessen.

Dann lagen eines Tages Vatis Mütze, Pass und Abzeichen stumm auf dem Tisch. Im Kampf gefallen. Er war noch vor Ort bestattet worden. *Es sterben immer drei.*

»Das heißt, er war schwer verletzt oder sofort tot«, meinte Fritz trocken und packte die Sachen samt seiner Kamera und Fotos in eine Kiste. Zusammen mit Wilhelms Mappe, die mitsamt dem Tagebuch immer noch unter Lottes Bett versteckt war, vergrub er sie im Garten unter dem Kirschbaum. Er wollte fortan für die Zukunft leben, wie er sagte, nicht mehr für die Vergangenheit.

Lotte schüttelte entsetzt den Kopf. Sie wusste nicht, was schlimmer für sie war: Die Vorstellung, dass ihr Vater von Granaten zerfetzt auf dem Schlachtfeld verblutet war oder dass sie hier kein Begräbnis haben durften, keinen Trauergottesdienst, keinen Ort, an dem sie für den Vater beten konnten. *Ruhe in Frieden.*

Vatis Foto mit dem Trauerflor erinnerte sie nun jeden Tag daran, dass die Hoffnung gestorben war. Die Mutter saß nur noch in der Ecke und betete, tagaus, tagein mit der Bibel auf dem Schoß, und Otto verstummte, als wäre mit dem Arm auch seine Sprache eingegipst worden. Während draußen langsam der Sommer verblühte, wurde es bei Braunstetts dunkel und kalt. Frohsinn, Lachen und Heiterkeit wichen wie die warmen Temperaturen, niemand wusste, wie es weitergehen sollte. Statt draußen vor der Tür zu bleiben, war der Tod über die Schwelle getreten. Als das Ölgemälde aus Arcachon von der Wand fiel, hob es niemand auf.

Auch Lotte hatte das Gefühl, ihr hätte jemand das Licht ausgeknipst. Jemand fehlte, etwas fehlte. Obwohl er auf seine Weise schon so lange abwesend war, war er nun unwiederbringlich fort. Mit einem Schlag fühlte sie sich furchtbar einsam und hoffnungslos, am liebsten hätte sie sich zu der Mutter in die Ecke gesetzt. Aber sie hatte Ruth versprochen, nicht zu verzagen.

»Du darfst jetzt nicht aufgeben, hörst du!«, rief Fritz und schüttelte seine Schwester. »Morgen verlassen wir die Stadt, morgen gehen wir endlich alle von hier weg. Magda und ich haben alles vorbereitet.« Er nickte Magda zu, gemeinsam waren sie gekommen, um Lotte zu trösten.

Doch die Mutter wollte nicht fort, und da war klar, dass auch Otto nicht mitgehen würde. Seit Vatis Tod wich er nicht von ihrer Seite. Mit tiefen Schatten unter den rotgeweinten Augen saß sie stumm und verzweifelt in der Ecke, wollte kaum noch essen und trinken, sosehr sich Lotte auch bemühte. Es tat ihr weh, die Mutter so leiden zu sehen.

»Wir müssen gehen! Bitte. Ich habe vorhin …« Magda machte eine Pause. Sie atmete tief durch, hielt dabei das Pendel in ihrer Hand. »Ich habe die Karten gelegt. Es wird morgen einen Feuersturm geben. Besser, du verlässt mit uns heute noch die Stadt.«

»Karten?« Lotte runzelte die Stirn. »Wer glaubt denn an so etwas!« Sie suchte Fritz' Blick, doch der nickte nur.

»Sie legt sie jeden Tag, Lotte. Und bisher haben sie sich noch nie geirrt. Komm mit uns.«

Lotte fasste sich an ihr Medaillon mit den vielen kleinen Kreuzen drauf. »Ich glaube nicht an solchen Hokuspokus! Wer kann denn schon die Zukunft voraussagen?«

»Es war eine eindeutige Botschaft, Lotte. Ich denke mir das nicht aus …«

»Das glaube ich nicht.« Lotte schüttelte den Kopf. »Warum konntest du mir dann nicht sagen, was mit mir und Wilhelm wird, wenn deine Karten dir alles verraten? Warum weißt du dann nicht, wann dieser Krieg endlich zu Ende geht? Wie viele Menschen noch sterben müssen? Warum dieser Krieg alles kaputtmacht? Auch die Liebe ...« Lotte hatte sich in Rage geredet, schrie jetzt, verzweifelt, schluchzte. Es schien ihr alles so unfassbar, so ungerecht. Fritz legte seiner Schwester tröstend den Arm um und wartete, bis sie sich beruhigt hatte.

»Wenn es deinen Gott wirklich gibt, warum lässt er all das dann zu?«, fragte Magda leise.

»Vielleicht weil er ein weiser Gott ist und wir keine Marionetten sind«, antwortete Lotte und löste sich von Fritz. »Vielleicht will er, dass die Menschen verstehen, dass sie Unheil anrichten, damit sie aus ihren Fehlern lernen ... und in der Liebe bleiben«, fügte sie hinzu.

»Und deswegen müssen so viele qualvoll sterben?« Magda schüttelte den Kopf und stand auf. »Komm mit uns, Lotte, bitte.«

»Nein.«

Lottes Stimme klang klar. Magda mochte vielleicht recht haben, doch sie konnte ihr nicht folgen. Ihr Gott hatte schon oft dafür gesorgt, dass sich alles zum Guten wendete. Er würde weiterhin seine schützende Hand über sie halten. Sie musste hierbleiben. »Und was wird aus Mutter? Und Otto?« Und Wilhelm, aber das wagte Lotte nicht laut zu sagen. *Ich bleibe bis zum Schluss,* hörte sie seine Stimme in sich. *Solange wir hier sind, können wir auch etwas tun. Niemals würde ich mein Land verraten, ein Kind verlässt seine Mutter nicht.*

»Niemand soll umsonst gestorben sein! Wir führen den Kampf für Frieden und Freiheit weiter, aber das geht nur, wenn wir am Leben bleiben«, sagte Fritz entschieden und umarmte seine Schwester innig. »Eines Tages werden wir alle wieder zusammen sein. An einem anderen Ort, zu einer anderen Zeit.«

Lotte nickte, atmete tief durch, fasste nach Magdas Hand. Dann löste sie sich von ihrem Bruder und schaute aus dem Fenster. Am Horizont klarte der Himmel auf. »Ja«, sagte sie. »Ich weiß.«

März 2020

»Du musst herausfinden, ob du ihn wirklich noch liebst und er dich. Oder ob du nur einem Gespenst hinterhertrauerst«, meinte Anne, als sie gemeinsam auf dem Weg zum Swing-Workshop waren. Ihre Freundin hatte sie dazu überredet und Hazel hatte halbherzig eingewilligt. Sie liebte Literatur, sie liebte Theater und Musik. Aber tanzen? Henry hatte sie auch immer dafür begeistern wollen. »Tanzen ist wie …«, hatte er gesagt, und da hatte sie sich nicht mehr getraut. Hazel meinte nämlich, weder Rhythmus- noch Körpergefühl zu haben, mit Theo klappte es nicht immer im Bett. Außerdem hatte ihre Mutter sie öfter als Trampel bezeichnet, wenn sie zu ihren Musik-CDs durch die Wohnung getanzt war und dabei aus Versehen eine Vase von der Anrichte geschmissen hatte. »Und wackel nicht so mit den Hüften, das sieht komisch aus«, hatte sie gesagt, und da waren Hazels Füße eingefroren.

Und jetzt stand sie neben Anne im Kreis und sollte *bouncen*, die Knie federn lassen und in den Hüften locker bleiben, und merkte gar nicht, wie sie dabei über das ganze Gesicht strahlte, weil es sich so unbekümmert und leicht anfühlte. Sie übte die Schritte des *Followers*, ließ sich von Anne führen, tanzte abwechselnd mit der einen oder dem anderen. Swing fühlte sich so unbekümmert und leicht an! Für die nächsten zwei Stunden vergaß Hazel, wie kompliziert ihr Leben gerade war, spürte einfach nur Musik in ihrem Herzen und ließ es zu, dass der Rhythmus ihre Beine wiederbelebte. Es fühlte sich an wie fliegen.

Federleicht tanzte sie herum, ganz alleine und doch geborgen in der wogenden Menge. Und das ganz ohne einen Mann an ihrer Seite, glitzerte plötzlich die Erkenntnis in ihr wie die Discokugel, die sich an der Decke drehte. Ein magischer Moment, der eindringlicher nicht sein konnte: Sie, in Sommerrock und Turnschuhen, mitten auf der Tanzfläche. Frei und froh wie früher, als sie ein Teenager war und das Leben noch vor sich hatte. Natürlich war sie längst eine andere, aber die fröhliche, unbeschwerte Hazel war immer noch da, spürte ihre Kraft und meinte, vor lauter Lebensglück zerspringen zu wollen.

»Theo ist ein Idiot, dass er dich einfach so gehen lässt. Und du bist verrückt, dass du dich von ihm trennst«, meinte Anne in der Pause. Unablässig schielte sie nach dem Tanzlehrer, einem jungen Typen mit zusammengeknoteten Haaren, attraktiv und sexy, ohne Frage.

Hazel seufzte, peinlich berührt von den Bemühungen ihrer Freundin. »Kannst dich ja selbst an Theo ranschmeißen«, sagte sie, und es klang bissiger, als sie es meinte. »Du weißt ja, wo er wohnt.«

Aber Anne hörte ihr gar nicht mehr zu, sondern flirtete über ihren Kopf hinweg, was das Zeug hielt. Insgeheim klopfte sich Hazel auf die Schulter, dass sie so mutig war, kurz vor dem sicheren Hafen der Ehe doch noch abzudrehen. Die meisten anderen Frauen in ihrem Alter – Anne zum Beispiel! – wären wohl vor lauter Torschlusspanik geblieben. Aber so ehrlich war Hazel dann doch, sich einzugestehen, dass sie damit ihr Unglück besiegelt hätte. So gab sie ihrem Leben und ihrer Liebe wenigstens eine zweite Chance. Blieb die Frage, ob sie wirklich so mutig sein würde, Henry zu suchen. All die Jahre hatte sie der Versuchung widerstanden, seinen Namen zu googeln und Nachforschungen über seine Engagements anzustellen.

Jetzt wollte sie endlich die Antwort auf die Frage hören, warum er sie damals betrogen hatte. Sie fühlte sich endlich reif genug für die Wahrheit.

Mathilda wunderte sich nicht, als Hazel am nächsten Tag vor ihrer Tür stand.

»Kommen Sie herein, ich habe auf Sie gewartet.« Mit einer einladenden Geste deutete sie aufs Sofa, wo etliche Fotoalben ausgebreitet waren, auf dem Tisch davor standen zwei Weingläser.

»Henry holt gerade unser Abendessen. Mögen Sie Sushi?« Mathilda sammelte die Unterlagen ein und rieb sich dann die Nase, als müsse sie über etwas nachdenken.

Hazel lächelte, die Geste der alten Dame kam ihr vertraut vor. Sushi also mal wieder. Entspannt lehnte sie sich zurück, nahm einen Schluck von dem Wein. »Sehr gerne«, antwortete sie und ließ ihren Blick umherschweifen. Wie bei ihrem ersten Besuch war alles geschmackvoll und ordentlich eingerichtet, nichts hatte sich verändert. Doch. Das Mohnbild hing an einer anderen Stelle. Nicht mehr über der Kommode, sondern mitten über dem TV-Möbel, einen Fernseher gab es nicht mehr.

»Er ist kaputtgegangen«, meinte Mathilda, die Hazels Blick gefolgt war, mit einem Schulterzucken. »Es kommt sowieso nichts mehr im Fernsehen, ich schaue lieber Netflix.«

»Das Bild hat eine besondere Bedeutung für Sie, oder?«, fragte Hazel, ohne weiter auf die Bemerkung einzugehen.

»Wie man es nimmt«, antwortete Mathilda nachdenklich, und ihre Stimme klang wehmütig. »Meine Mutter hat es damals im Krieg vor den Flammen gerettet. Und ich habe es gehütet wie meinen Augapfel, es hat bis heute keine einzige Schramme, und das, obwohl es schon so alt ist.«

»Dann ist es sicher besonders wertvoll …«

»Ich weiß nicht, wer es gemalt hat und was Kunstkenner dafür zahlen würden. Aber für mich besitzt es einen unschätzbaren Wert. Denn dieses Bild …«, Mathildas Stimme wurde brüchig, »… dieses Bild hing plötzlich in meinem Zimmer an jenem Morgen, an dem meine Mutter in den Fluss gegangen ist.«

Hazel schwieg, immer noch versunken in den Anblick des Mohnblumenstraußes. Ihr war, als öffnete sich eine Tür, dabei war es Henry, der plötzlich eingetreten war, das Zeitfenster öffnete, zurück auf Anfang. Sie lächelten sich zu, erkannten sich.

»Warum?«, fragte Hazel nach einer Weile und schaute erst Henry, dann Mathilda an. »Warum ist sie in den Fluss gegangen?«

Mathilda seufzte und schwieg lange, bevor sie weitersprach. »Meine Mutter hatte die Hoffnung nie aufgegeben, ihren geliebten Wilhelm eines Tages wiederzusehen, sie hatten sich in der Brandnacht verloren … Jeden Tag betete sie dafür. Aber das Leben auf dem Land … die Einheimischen machten den Flüchtlingen aus der Stadt das Leben zur Hölle … und irgendetwas Traumatisches muss ihr passiert sein, daran ist sie zerbrochen. Man konnte ihr dabei zusehen, wie sie zurückgezogen in ihrer Ecke saß, die Bibel im Schoß. Sie hat durchgehalten, bis ich alt genug war, um auf mich selbst aufzupassen.« Mathilda sah mit leerem Blick aus dem Fenster, in der Erinnerung gefangen.

»Du musst nicht traurig sein, meine Großmutter hätte das nicht gewollt.« Henry war zu Hazel getreten und strich ihr die Tränen von der Wange. »Sie und Wilhelm sind jetzt im Frieden vereint. Für immer. So, wie sie sich das immer gewünscht haben.«

Hazel schluckte, lächelte ihn an. Dann hielt sie seine Hand fest. Sehr fest.

*

Lottes Augen brannten, Staub, Rauch und Dreck hatten sich darin festgesetzt. Mühsam blinzelte sie in das Morgenlicht, nur langsam kam sie wieder zu Bewusstsein. Vorsichtig tastete sie nach ihren Haaren. Wie Draht fühlten sie sich an, aber sie war unverletzt. Lotte wischte sich den Ruß aus dem Gesicht, strich über den Mantel, seinen blauen Mantel. Immer, hatte er gesagt. Für immer, das hatte sie schon bei ihrer ersten Begegnung gewusst, damals, als er in ihrem Garten gelandet war. Und spätestens in jener Nacht, in der sie Fritz gerettet hatten, war sie ganz sicher gewesen. Wie viel seither geschehen war … Lotte atmete tief durch, schüttelte den Kopf. Um sie herum war alles still, viel zu still, noch nicht mal ein Vogel sang. Sie musste raus hier, musste raus aus diesem Brunnen, der längst ausgetrocknet war, weg von den Toten. Nur wenige erhoben sich jetzt neben ihr, wankten wie sie auf die Straße.

Langsam lief Lotte los, wusste nicht, wohin, alles um sie herum war verkohlt, süßlicher Gestank hing in der Luft. Die Tasche eng an den Leib gepresst, stand sie auf der Straße oder auf dem, was mal eine Straße gewesen war, und versuchte sich zu orientieren. Aber die Stadt, ihre Stadt, gab es nicht mehr. Steingerippe, Schutt und Asche, alles verkohlt, tote Menschen. Wie Puppen lagen sie da, kleine schwarze Puppen, die niemand mehr liebkoste. Die wenigen Überlebenden gruben mit den bloßen Händen im Schutt, andere flüchteten mit ihren Leiterwagen, in ihren Augen das blanke Entsetzen. Lotte irrte umher, blickte sich suchend um, in der Hoffnung, irgendwo ein bekanntes Gesicht zu entdecken. Aber da waren nur Tote, unzählige Tote, die Frau mit dem Neugeborenen an der Ecke wie eine schwarze Mumie, überall Asche.

Wilhelm. Wo war er? Was war mit ihm geschehen? Und was war mit Otto und ihrer Mutter? Sie lief los, aufs Geratewohl in den Deppertweg, die Richtung musste stimmen. Unterwegs kamen ihr Menschen entgegen, die Koffer mit ihren Habseligkeiten schleppten und im Vorübergehen von verdampften Leichen in den Kellern erzählten. Tausende Menschen, denen der brennende Munitionszug ein Massengrab bereitet hatte, weil sie dachten, der Angriff wäre nicht vorbei. Berstende Granaten und fetzende Explosionen, die sie in den glühend heißen Kellern festgehalten hatten, während über ihnen die Stadt niederbrannte. Rauchvergiftung und Erschöpfung überall.

»Junge Frau, du musst zum Krankenhaus, dort waschen sie dir die Augen aus«, rief ihr jemand zu.

»In der Krone kannst du einen Zettel mit der Suche nach Vermissten aufhängen«, sagte ein anderer.

Lotte schüttelte den Kopf, sie wusste, dass so ein Zettel sinnlos war, Wilhelm würde nicht darauf reagieren. Später würde sie Suchanzeigen für ihre Mutter und Otto aufhängen, vielleicht wusste jemand, wo sie waren. Vielleicht waren sie doch in letzter Sekunde mit Fritz und Magda aus der Stadt geflohen. Hoffte Lotte.

Aber jetzt musste sie Wilhelm finden. Weiter, weiter lief sie, der rauchschwarze Himmel drückte düster auf die Stadt, die Luft war qualmig und schwer, leer und trostlos die Straßen. Hatten wirklich nur so wenige überlebt? Mauerreste und Geröll empfingen sie im Deppertweg – war es der Deppertweg? Trümmerberge ringsum, Fassaden wie Skelette, aber keine Menschenseele.

»Ich bin bei dir«, hatte er gesagt, »egal, was passiert.« Wieder und immer wieder hörte Lotte Wilhelms Stimme zu sich sprechen, während sie lief, wie eine Beschwörungsformel hatten sich seine Worte in ihr eingebrannt. *Unsere Seelen sind eins.* Sie sah seine Augen, die in ihr Herz sprachen, wenn er sie anblickte, spürte seine Hände, die ihre Seele streichelten, wenn er ihren Körper berührte. Seine Liebe, die sie wärmte. Lotte stand jetzt zwischen verkohlter Erde und Geröll an der Stelle, wo einmal die Gartenhütte gestanden haben musste, die Luke mit der Fallschirmseide darunter. Auch hier, alles verbrannt. Hier mussten irgendwo die Unterlagen von Wilhelm vergraben sein … Suchend blickte sie sich um, versuchte sich zu orientieren zwischen dem, was einmal ihr Haus und ihre liebevoll angelegten Beete gewesen waren. Vom Kirschbaum war nur noch ein schwarzes Gerippe übrig, wie ein Mahnmal ragte es in die Luft. Dort, dort hinten musste es gewesen sein! Lotte kniete im Dreck, der Boden war noch warm. Mit fliegenden Fingern schob sie Schutt und Asche zur Seite, wie durch ein Wunder hatten die Sachen den Brand unversehrt überlebt, ihr Tagebuch, Fritz' Filmdosen, am Rand leicht angeschmolzen. Sanft strich sie übers Vatis Sachen, dann griff sie nach der Mappe.

»Wilhelm«, flüsterte sie. Tränen quollen aus ihren Augen, sie brannten. Von Gefühlen übermannt drückte sie seine Unterlagen an sich. Dabei segelte ein grünes Blatt Papier zu Boden, sie musste es seinerzeit übersehen haben, als sie die Sachen durchgeschaut hatte.

Liebe Lotte, las sie, als sie es aufhob. Unverkennbar Wilhelms Schrift. Gebannt las sie weiter. Es war, als spräche er zu ihr, sofort hatte sie seine Stimme im Ohr.

Ich weiß, du hast dich oft gefragt, warum ich an jenem Tag mit dem Fallschirm in deinem Garten gelandet bin, ich habe es in deinen Augen gesehen und nie beantwortet, ich bin dir immer ausgewichen. Wenn du diesen Brief gelesen hast, verstehst du hoffentlich, warum die Antwort so kompliziert ist für mich.

Lotte ließ das Blatt sinken und starrte vor sich hin. Ja, warum. Oft hatte sie sich in den letzten Monaten gefragt, was alles passiert wäre, wenn sie sich damals nicht im Bohnenbeet gegenübergestanden hätten. Mit angehaltenem Atem las sie weiter, der folgende Satz wunderte sie nicht.

Ich habe mich oft gefragt, was alles passiert wäre, wenn ich nicht in deinem Bohnenbeet gelandet wäre. Es muss Gottes Fügung gewesen sein, denn ich war an jenem Tag fest entschlossen gewesen, dem Regime, der Partei, dem Krieg endgültig den Rücken zu kehren. Der Zufall wollte es, dass ich mit dem Fallschirm abspringen musste, und wie ich da vom Himmel segelte, wusste ich, das ist die Gelegenheit, jetzt oder nie. Abtauchen wollte ich, mit Nazi-Deutschland nichts mehr zu tun haben, ich würde als freier Mann ein freies Leben führen, in Amerika, bei meinem Bruder. Endlich! Lange schon hatte ich mich mit dem Gedanken getragen, es war so gefährlich geworden für unsereins, seine eigene Meinung laut und mutig zu vertreten. Ich hatte Angst, dass sie auch mich in ein Lager stecken, schlimmer noch, dass ich meinen Mut mit meinem Leben bezahlen muss. Abhauen wollte ich. Stattdessen bin ich in deinem Garten gelandet – und du in meinem Herzen! Nie im Leben werde ich den Anblick vergessen! Du, mit deinen zerzausten blonden Haaren im Kirschbaum, deine blauen Augen vor Schreck weit aufgerissen, barfuß. Und doch wirktest du so voller Vertrauen ins Leben, als wüsstest du, dass dir nichts geschehen und alles gut werden würde, gesegnet. Du hast mich angesehen, wie mich noch nie jemand angesehen hat.

Lotte lächelte bei der Erinnerung. Wie lange war das her! Schmutzige Gartenfüße und Kirschen im Bauch, es schien ihr unvorstellbar weit weg zu sein. Ja, auch ihr hatte sich dieser Augenblick für immer in die Seele gebrannt.

Dein Lächeln hat mit einem Schlag alle meine Vorsätze zunichtegemacht. Wie hätte ich in diesem Moment fahnenflüchtig werden können? Du hast mir Mut gemacht, meinen Weg zu gehen und im Namen Gottes für Freiheit und Gerechtigkeit einzustehen, so schwer er auch erscheint. Also bin ich geblieben, habe dieses Doppelspiel weitergespielt, damit Menschen wie du vor den Braunen gerettet werden, damit wir eines Tages in Frieden leben.

Gott und du gebt mir die Kraft dafür, ich lebe nur für dich.

Aber ich wollte dich vergessen und dich nicht mehr wiedersehen, weil ich wusste, dass alles viel zu kompliziert werden würde, ich dich verletzen würde, weil ich mit einer anderen verlobt bin, weil ich täglich Gefahr laufe, dass sie mich erwischen. Aber wie konnte ich, wir sind uns ja immer wieder begegnet, der Herrgott hat unsere Wege gelenkt! Und dann diese Nacht auf der Brücke … seitdem weiß ich, dass ich ohne dich nicht sein kann! Meine geliebte Lotte, bitte verzeihe mir, was ich dir antue, ich habe es für dich und die anderen getan, du sollst wissen, dass ich für immer der Deine bin, nie ein anderer war. Wenn du diese Zeilen liest, denke ich an dich, aber ich werde dich erst wiedertreffen, wenn dieser Krieg endlich vorbei ist. In Liebe, dein Wilhelm.

Lotte schluckte, wusste nicht, wohin sie fühlen sollte. Welche Seelenqualen sprachen aus diesen Zeilen, was musste Wilhelm gelitten haben in seiner Zerrissenheit. Und doch hätte er die Wahl gehabt, dachte sie trotzig für einen Moment, sie hätten gemeinsam flüchten können. Aber es hätte nicht zu ihm gepasst. Es war für ihn eine Frage der Ehre, auf diese Weise für sein Vaterland zu kämpfen, und nur konsequent, sein eigenes Liebesglück dafür zu opfern. Warum aber hatte er ihr diesen Brief nie gegeben? Rasch schaute sie auf das Datum. Es war Monate her, dass er ihn geschrieben hatte. Oder hätte Fritz ihn ihr damals zusammen mit den Unterlagen aushändigen sollen und hatte es doch nicht getan? Eine Antwort und noch mehr Fragen, eine Liebe und so viele Schicksale, die in diesem Garten zusammenführten.

Gedankenverloren sah sich Lotte um, die Tasche mit dem Mohnbild und den Schallplatten hielt sie zusammen mit der

Mappe fest an sich gepresst, mit der anderen Hand umklammerte sie das goldene Medaillon. Ein trostloser Anblick, die zerstörten Häuser ringsum, rauchende Trümmer und traurige Mauergerippe, wo einst fröhliche Familien beisammenwohnten, lachten und sangen, gemeinsam *Mensch ärgere Dich nicht spielten,* wo Otto mit Lumpi herumtobte. Und neben ihr der verkohlte Kirschbaum …

Da brach der Himmel über ihr auf. Überrascht legte Lotte den Kopf in den Nacken und schaute in das unendliche Blau über ihr. Die Sonne warf unwirkliche Schatten, ein hellgelbes Licht überall. Wie behütet sie war, wie geliebt von diesem Mann. Sie würden für immer verbunden sein. In Liebe und Freiheit. Und sie würden sich wiedersehen, eines Tages, dessen war sich Lotte in diesem Moment ganz gewiss. Es wäre kein Wunder. Sie lächelte.

Die Kirschen blühten im Frieden. Unter dem schneeweißen Baum saß eine junge Frau und strickte, Masche um Masche verwob sich, während ihre Gedanken in der Vergangenheit weilten. Neben ihr im Kinderwagen lag ihre kleine Tochter, Mathilda, erst wenige Wochen alt.

Hinter Lotte lag ein langer Winter des Hungerns und des Liegens. Die Schwangerschaft war anstrengend gewesen und die Geburt schwer, sie wäre beinahe gestorben. Aber das Kind, ihr gemeinsames Kind, wollte leben, hatte sie am Leben erhalten, all den Entbehrungen zum Trotz, sie von innen gewärmt, die Hoffnung aufrechterhalten, dass sie eines Tages wieder alle zusammen sein würden. Wilhelm. Die Mutter und Otto, Magda und Fritz. Die Brandnacht hatte sämtliche Lebenszeichen verschüttet. Trotz zahlreicher Nachforschungen war es Lotte bislang nicht gelungen herauszufinden, was mit ihnen geschehen war. Sie hoffte inständig, dass Magda und Fritz noch rechtzeitig die Flucht aus der Stadt gelungen war, aber die anderen … Die Häuser im Deppertweg waren bis auf die Grundmauern niedergebrannt, die Keller kohlrabenschwarz, kein Stein mehr auf dem anderen. Vergeblich hatte Lotte einen Tag lang in den Mauerresten nach Zeichen gesucht, einem Kleidungsstück, einer Nachricht von ihrer Mutter. So waren ihr nur Vatis Sachen geblieben, Fritz' Filme, die Mappe und der Brief von Wilhelm, die sie am Morgen nach dem Feuer im Garten ausgegraben hatte.

Später am Tag hatte sie sich wie alle Überlebenden die Augen auswaschen lassen. Ihre Haare und Augenbrauen waren versengt, aber wie durch ein Wunder hatte sie nur kleine Brandblasen an den Füßen. Als dann die Möglichkeit bestand, mit dem Zug in den Odenwald zu flüchten, hatte Lotte nicht lange nachgedacht und war eingestiegen.

Vatis Schwester hatte sie nicht gerade mit offenen Armen empfangen, eher mitleidig hatte sie ihr eine Kammer über dem Kuhstall zugewiesen, aber die erschien Lotte wie das Paradies. Sicher und geborgen weinte sie sich zwischen den Heuballen mit dem Malmen der Kühe im Ohr in den Schlaf, roch ihre Wärme bis zu sich unter die Decke und stellte sich vor, Wilhelm läge bei ihr und hielte sie in seinen Armen. Sie wusste nicht, wo er war, traute sich nicht, seinen Namen zu nennen, sie hätte ihn womöglich verraten. So blieb ihr die Gewissheit der Liebe im Herzen, die Hoffnung, dass er überlebt hatte, der Glaube daran, dass Gott seine Hand über ihre Leben halten würde. Lotte zweifelte nicht eine Sekunde daran, und als sie dann die ersten Bewegungen des Kindes in sich spürte, wusste sie, dass alles gut werden würde.

Ihrem Kind zuliebe hatte sie durchgehalten, die Anfeindungen der Cousins ertragen, die sie als nichtsnutzige Städterin beschimpften, ihr die Torte vor der Nase wegaßen, ohne ihr ein Stück abzugeben. Geschwächt von Hunger und Schwangerschaft war Lotte weder für das tägliche Kühemelken noch fürs Käsemachen einsetzbar, einzig bei der Flickwäsche konnte sie sich nützlich machen. In ihrer Not musste sie sogar das goldene Medaillon gegen Babykleidung tauschen, es brach ihr beinahe das Herz. Doch Lotte kämpfte sich durch, genauso wie Mathilda, die drei Tage brauchte, bis sie das Licht der Welt erblickte, dann aber jeden Tropfen Milch aus dem ausgemergelten Körper ihrer Mutter saugte, sich vor Koliken krümmte, statt zu schlafen, und ununterbrochen schrie. Lotte wusste sich nicht zu helfen, wagte nicht, sich der Tante anzuvertrauen.

In ihrer Verzweiflung holte sie eines Tages das Bild mit dem leuchtenden Mohn aus seinem Versteck unter dem Bett hervor, betrachtete es lange und bewunderte das Farbenmeer, zog lie-

bevoll mit den Fingern die Konturen nach, als wäre es Wilhelms Mund, dem sie einen Gutenachtkuss geben würde. Mathilda, die den Blicken ihrer Mutter gefolgt war, weinte von da an nie mehr.

Nachwort

2013 habe ich zum ersten Mal die Idee für einen Roman mit dem Arbeitstitel *Brandnacht* notiert. Ich habe mich gefragt, wie Schicksale aus jener schrecklichen Nacht am 11. September 1944 mit denen von heute zusammenlaufen könnten, wenn Brandbomben das verbindende Element sind, eine fällt, eine wird evakuiert … Dann ist Lottes, Mathildas und Hazels Geschichte daraus entstanden, ein Roman, der damals und heute zusammenfügt, verbunden durch ein Bild. Mehr und mehr kam zusammen, ich habe mich gefragt, wie der Alltag für eine ganz normale junge Frau im NS-Staat wohl ausgesehen haben mag. Dann sind Bilder, persönliche Erfahrungen, Reisen, Schicksalsschläge und Erlebnisse eingeflossen, Recherchen und Gespräche, nie vollständig, und doch habe ich das Gefühl, es ist alles gesagt: Nichts ist schlimmer als der Holocaust. Das habe ich beim Schreiben immer wieder erinnern müssen, wenn Seelen- und Liebesqualen meiner Protagonistin Oberhand nahmen, wenn Emanzipationsgedanken und Frauenbewegung sich stärker einschreiben wollten, weil eine innere Stimme in mir rief: Aber das Leben geht doch weiter! Persönliche Schicksalsschläge empfinden wir immer als absolut, wir sind Menschen. Das große Ganze dürfen wir trotzdem nie aus dem Blick verlieren. Gleichzeitig hätte ich mir gewünscht, dass viel mehr Menschen Widerstand geleistet hätten.

Mittlerweile blüht kalifornischer Mohn in meinem Garten, ich lebe seit einiger Zeit im Haus meiner Großmutter, deren Mann beim Angriff auf die Firma Merck am 12. Dezember 1944 in Darmstadt getötet wurde – nachdem er zuvor an der Ost- wie auch der Westfront gedient und die Brandnacht überlebt hatte. Er hieß Wilhelm.

Viele Menschen, die mir nahestehen, haben mich beim Schreiben unterstützt. Manche wissen nichts davon, anderen habe ich wieder und wieder in den Ohren gelegen, wenn ich nicht weiter wusste, mich Textpassagen und Sehnsucht nach San Francisco quälten, mich die Erkenntnisse über die Gräueltaten der Nazis umtrieben und ihre Ideologie, mir die Haltung der ehemaligen Reichsfrauenführerin Scholtz-Klink die Sprache verschlug und schlaflose Nächte bescherte.

Mein Vater Wilfried Einwohlt, der wie Otto ist und doch seine Geschichte mit der Blutvergiftung Lotte leihen musste. Meine Kinder Jil und Max, die mich mit ihrer Neugier und ihrem Wissen über das den NS-Staat und den Zweiten Weltkrieg überrascht und mit ihrer kritischen Haltung und Diskussionsbereitschaft jeden Tag mein Schreiben befeuert haben. Ohne euch wäre ich nicht. Charlotte Teske danke ich von Herzen für unsere intensiven »Walkie-Talkies« im frühmorgendlichen Wald, Thomas Herget für unseren Ausflug nach Carmel on the Beach und noch so viel mehr. Anne und Alfred Rose für Nachhilfe in Sachen Theologie, so bibelfest bin ich dann doch nicht.

Fritz Deppert und Peter Schmidt, Zeitzeugen der Brandnacht, die sich in Darmstadt unermüdlich für die Erinnerung und gegen das Vergessen einsetzen – ich habe tiefen Respekt. Ebenso für Hilde Mark und Frau Clemm, denen ich Einblicke in den Kriegsalltag verdanke, die so in keinen Geschichtsbüchern stehen. Rebecca Friedrich vom Hessischen Staatsarchiv danke ich für die Bereitstellung zahlloser Zeitungsartikel, die Matrix meines Romans, und Andreas Ullmann von der Universität Bamberg fürs kritische Gegenlesen. Antje Herden für unsere Gartengespräche und Frauenzeitschriften der Zeit, Nicole Göbel und Michael Schmidt für die unvergessliche Stilberatung, das gelbe Kleid musste leider dran glauben. Lorena Würker für ihre lebhaften Impulse und kritische Leseweise.

Kerstin Kipker für ihren Textsupport und Kerstin Kindinger fürs Mitfiebern und Unterstützen, Immer-wieder-Zuhören und Gedankenteilen.

Ich danke Ulrike Schuldes und noch mehr Heide Kloth für ihr Vertrauen in mich, meiner Lektorin Gesa Weiß für das Ringen um Sätze und Worte. Schreiben ist ein einsamer Job, aber ohne Team und Verlag wird kein Buch daraus.

Ach, und da wären noch der Kirschbaum meiner Nachbarn und mein Garten mit den Blumen-, Bohnen- und Kartoffelbeeten, der heiße Sommer 2018, als der Soldat in meine Geschichte fiel und alles begann … Und noch anderes, was jetzt auch nicht jeder wissen muss, aber gerne herauslesen darf.

Ich bin froh, dass aus meinem Arbeitstitel *Brandnacht* leuchtend bunte *Mohnschwestern* geworden sind. Es zeigt, dass sich Zeiten ändern. Und dass selbst in dunklen Momenten die Sonne immer scheint. In diesem Sinne: *Weint, wenn's geht, nicht! Sondern lacht!*

Ilona Einwohlt, September 2019

PS: Dass mittlerweile ein echter Fallschirmspringer in meinem Leben gelandet ist, wundert mich übrigens nicht.

Quellen

Erich Kästner, Weihnachtslied, chemisch gereinigt, aus: Herz auf Taille, Atrium Verlag AG, Zürich 1928 und Thomas Kästner

Octavio Paz, Óyeme como quien oye llover, aus: Árbol adentro, Seix Barral, Barcelona 1987

It Don't Mean a Thing (if It Ain't Got That Swing), Musik: Duke Ellington, Text: Irving Mills

Musik, Musik, Musik (Ich brauche keine Millionen), Musik: Peter Kreuder, Text: Hans Fritz Beckmann (aus dem Film »Hallo Janine« von 1939)

Kann denn Liebe Sünde sein, gesungen von Zarah Leander, Musik: Lothar Brühne, Text: Bruno Balz (aus dem Film »Der Blaufuchs«, 1938)

Ich weiß, es wird einmal ein Wunder gescheh'n, gesungen von Zarah Leander, Musik: Michael Jary, Text: Bruno Balz (aus dem Film »Die große Liebe«, 1942)